JANUS
十八世纪研究
主　编
韩加明
顾　问
迈克尔·麦基恩

批判性思维的形成
从德莱顿到柯勒律治

[美]詹姆斯·安格尔 著
夏晓敏 译

Forming the Critical Mind
Dryden to Coleridge

James Engell

华东师范大学出版社

华东师范大学出版社六点分社 **策划**

主编的话

韩加明

南美洲的蝴蝶偶尔扇动几次翅膀,不久,远方山呼海啸。这已为世人皆知的蝴蝶效应道出了世界万物的密切联系,虽有时诸事看似相隔万里,泾渭分明,但探赜索隐,却是丝丝入扣。作为万物之灵的人类,我们的存在也依据自然的规律不仅在个人与他人,及至群体之间建立交错互动的关系,而且置身于一个由往昔、当下与未来织起的网中。生活在当下的世人往往着想于未来,效力于当前,有时不免忽略如此事实:未来之新是以往昔之旧为基,借助当下的中介促就。因此,了解这个世界的历史与过去,方能知晓时下的来龙去脉,也就能洞悉未来的风云变幻。基于此,我们推出以"雅努斯(Janus)"为命名的译丛。

雅努斯(Janus)是古罗马元初与转折之神,亦称双面神。他有两张脸,一面追思往昔,另一面放眼未来。英语中的一月(January)即源自于此。双面神同时也主宰冲突的萌发与终结,主司战争与和平。在他的神殿中,门若开启就意味着战争,门若闭合则意味着和平。在跨文化语境中,我们又赋予此神新的寓意,希望此套译丛以史为鉴,探究西方文明发轫之渊,而目之所及,关怀所至正是当下中国,及至中华文明的未来。

当下中国已取得令世人瞩目的成就,走出了一条具有自己特色的发展道路。然而,今日之伟工源自三十多年前的改革开放,源自封闭多年后我们开始了解世界这一事实。中国在历史上曾扮演过重要角色,复兴中华文明,一如当年汉唐之于世界文明,这一使命感激荡在无数国人心中,也促使众多国内学者著书立传,为当下及未来的国运力陈个人洞见。在汗牛充栋的学术贡献中,系统迻译剖析西方现代文明起源动因的学术名著是我们掌握当前世界智识成果的捷径,有着不可忽视的作用,是鲁迅先生所言的,从别国窃得火来,本意煮自己之肉的盗火者心血之作。

西方现代文明的发韧源于18世纪的欧洲,英国则是火车头。这个孤悬亚欧大陆之外的岛国开现代文明之先。君主立宪制的逐渐成型为困扰人类历史的专制王权与国家治理权对立冲突提供了切实可行,效果颇佳的解决方案,奠定了现代政治文明基础;工业革命及重商主义不仅引领整个人类进入全新时代,而且以贸易、商业为主导的国家政策短期内让小小岛国有雄心与实力成为日不落帝国,此间订立的种种工商业行为操守成为现代经济文明指南;国民的富裕与时代的发展催生了文化需求,阅读时政期刊掌握咨询,学习得体举止;阅读小说感受审美愉悦,领悟诸多作家苦心孤诣力求塑就的时代意识,现代文化起源可以追溯至此。由此可见,18世纪英国提供了政治、经济、文化有机互动,彼此构建的样本,而此时的中国正是国人称道的康乾盛世,永延帝祚随后证明只是皇室呓语,探究两国国运的此消彼长内在原因能让我们明白现代文明发展的肌理,为当下与未来作出明智的选择。

自18世纪以降,世界文明几经跌宕,有太多值得关注之处。然而,纵览古今,放眼中外,不难看到文明的活力在于开放,在于兼容并包,由此才会有创新与发展。作为拥有五千年华夏文明的中国,一度习惯于"中央之国"这种封闭的状态,对外国文化与文明吸纳、借鉴方面存在不足,且总有循环复合的趋势。时至今日,新时代不仅要求我们融于世界,而且要求我们保持民族的个性,在此两者之间保持恰当的平衡实属不易。此番努力中最难之处是破除一个个有形与无形思想禁囿,超越当前诱惑与困顿,把握未来发展趋势的思想启蒙。这是我们学人应尽的本份,也是我们应肩负起的开启民智之担当。

有鉴于此,本系列译丛从大量外国研究 18 世纪学术专著中遴选优秀佳作,以期在为国内学者提供学术参考的同时也为普通读者提供高质量,促使人思辨的读物。这些学术专著虽然涉及面不同,但有共同的特点,即从万花筒中选择一个精妙点着手,通过细致周密的分析将具有变革意义的文化现象发展脉络清晰且令人信服地呈现给读者,构思缜密,论证有力,而且才情具备,读来口有余香,是国内学者学术论述的极佳学习范本。

古人云,开卷有益,我们在此恭请读者通过相关研读获得所需学识,同时寄语此译丛能成为一座跨越时空,跨越族群与文化的思想之桥,让每一位在此憩息、行进的游人得以远眺与俯瞰世间的万般风景,也愿此桥如一道彩虹映落于历史长河,虽波光潋滟,但永存恒在。

谨此为序。

目　　录

前言 / *1*

引言：18 世纪批评的源动力 / *1*

第一部分　变形记

第一章　实用理论家：德莱顿的"模式的多样性" / *15*
第二章　文雅的悖论：文学的进步和衰落 / *50*
第三章　"远离敬神的虔诚"：现代神话的兴起 / *89*

第二部分　判断和价值，文学性和社会性

第四章　无可争辩：休谟对批评的批判 / *123*
第五章　陌生化：伦理与美学问题 / *151*
第六章　类型、正典和读者 / *179*

第三部分　方法和目标

第七章　约翰逊和批评的正反对立 / 205
第八章　新修辞学派批评家：符号学、理论和心理学 / 226
第九章　什么是诗歌？ / 259

雅努斯（Janus）：批评与现代性 / 292
索　引 / 313

前　言

批评已经发展成为一个如此庞大而专业化的事业,以至于没有一本书能够完整地论述这个主题,甚至它的基本原理也无法详述。那些对特定方法和改进有深入了解的人,往往对什么是必要的意见不一。这个主题就像一个开放的城市。它不仅仅有几个大门和入口,还有其他地方高不可攀的墙壁。多条道路多条门槛通向城内,最终都互相联系。尽管描述该地区的系列术语和地图绘制令人生畏,但没有人能管辖其法律,也没有旅行者需要特别签证,任何读者都可以进入。然而,在这些令人振奋的且常常令人困惑的批评方法中,某些想法依然存在。它们会改变,但会持续存在,不会过时。这本书是关于这些持续存在的想法和概念的,关于它们在从德莱顿(Dryden)到柯勒律治(Coleridge)的第一个批评思想爆炸性出现的时代,这些想法和概念的发展。

寻找任何思想的绝对起源可能是虚妄的。在 18 世纪,许多追求起源和独创性的人们——无论是在语言、社会契约,还是美学价值方面——都会遇到这种形式的知识考古学带来的巨大挫败感。不过,在这个过程中,他们有了重大发现,创造了新的思想和方法,我们继承下来了其中的许多。这本书追溯了许多重要的思想。它们的基础可以称之为理论,因为 18 世纪和 19 世纪早期,在语言、体裁、神话、文学结构、诗歌语言、普遍语法、写作对读者的影响、理论与实践批评的关系,以及文学在文化和社会中的作用等方面,批评都常常是公开地理论性的,都清醒地考虑到批评体系和理论的局限性。

伴随着这些对整个批评领域迅速成为专门领域的浓厚兴趣,时代的趋势是让广大知识分子能够接触到文学批评,将其作为一种核心的话语形式加以运用,这种话语形式属于一种针对社会、社会价值和社会象征的更广泛的批评。(洛克[Locke],而不是索绪尔[Saussure]或皮尔斯[Peirce],首先提出了一门成熟的符号学,并将这个词引入到现代用法中)。归根结底,这种批评关注的是人性——个人和社会、心理和精神、经济和政治。尽管这个时代的批评家们意识到,社会和语言结构在很大程度上不可避免地(不管有多少人抗议)决定着任何作家采用的形式、词汇,甚至是价值观,但这些批评家永远不会忘记,写作的仍然是人,而不是文化机器。写作需要独立的意识和意志,独立的性格和僻静的空间,希望和恐惧在那里寻求有价值的对象。如果文本之外没有别的东西,那么我们的生活也就是文本,个体精神存在于任何刻有文字的事物中。

我希望本书能够引出18世纪发展起来的本土批评概念,与过去三、四十年里所阐述的概念和理论之间的暗示性关联。熟悉这两个历史批评主体的作家习惯性地注意到,它们之间有显著的相似之处。为什么是这样呢? 本研究的一个主题就是试着回答这个问题。

在浪漫主义批评理论产生最初的巨大冲击之后,英美批评走过了一个半世纪,其一系列方法并不是特别的理论化。18世纪的许多批评差不多都已被遗忘了。在德国和法国,然后在美国,一定程度上在英国(德国大学的模式影响较小),文学史和历史文献学(historical philology)变得非常重要。它们是培养第一代大学学者和学者批评家的工具。作为社会和文学批评家,卡莱尔(Carlyle)、阿诺德(Arnold)和罗斯金(Ruskin)转向了个人作家,转向了欧洲和国家文化这令人烦恼的问题。不过,无论他们的立场多么复杂和广泛,他们并没有走向我们今天所说的文学理论,也没有对18世纪的智性生活产生特别的共鸣。圣贝夫(Saint-Beuve)和泰纳(Taine)的理论如此依赖历史、民族文化、传记或个人性格,而不是语言或比较文学结构,以至于现在我们大多数人都认为这些理论不是理论,尽管这是不公正的。施莱尔马赫(Schleiermacher)、狄尔泰(Dilthey)等人的解释学研究未能改变英语批评的主流。19世纪的唯美主义以其用哲学或心理学术语阐明新立场的能力为标志。柯勒律治、雪莱(Shelley)、康德(Kant)、施莱格尔兄弟(the Schlegels)、席勒(Schiller)、谢林(Schelling)和黑格尔(Hegel)在哲学和批评之间建立了密切的联系,但在接下来的几十年里,这些都有所松动。在一个极端,美学理论的文学批评表现最终以稀释的欣赏主义而出现。虽然像艾略特(T. S. Eliot)和庞德(Pound)这样的现代主义批评家对早期文学理论所涉及的主题有清晰的看法,但他们的批评大多是实用的,或者针对特定的作者和广泛的文化问题。艾略特仅有少数几次明确提到过阿诺德,这与阿诺德依然存在的影响和他持久的发问成反比。思想运动的历史,如果把它看作是一场现在被忽视而不是被追随的运动,那么它就过于短暂了。新批评很大程度上是非理论性的。

20世纪50年代,然后越来越多地在60年代和70年代,当文学理论逐渐在英美世界受到重视时,它不仅是一种诞生或引进,而且也是在长期沉寂之后,一种凤凰似的涅槃重生。自然,这种新生物是不同的,但剩下的灰烬,如果搅拌起来,仍然可以散发出热量和光芒。然而,由于绝大多数的批评家和学者都是在新批评之后从事的这项新事业,所以他们本身主要接受过浪漫主义和后浪漫主义文学的训练,比这更早的批评倾向于用少量文本和较少的概括来呈现。

另一方面,这本书是关于一个半世纪以来系统的英语批评思想。这不是一段叙述的历史,尽管过去的一面总是存在。(在几乎完成了自己的巨著《现代批评史》时,勒纳·韦勒克[René Wellek]写到,"批评进化史必然会失败"。)重点是关键的想法和争论,其中许多已经重新浮出水面。我并不是想说,这些想法保持不变,或者总是显示出相同的名称和词汇,而是说,这些潜在的问题是相似的,足以值得我们更密切、更有共鸣地审视 18 世纪的批评。

在准备这本书的过程中,我要感谢我在哈佛大学讲授的批评和 18 世纪文学课上的学生们,我经常成为他们的学生。我的同事贝特(W. J. Bate)和大卫·珀金斯(David Perkins)给我提出了许多有益的建议,我非常感谢对他们的建议。此外,詹姆斯·巴斯克(James Basker)、杰罗姆·巴克利(Jerome Buckley)、路易斯·兰达(Louis Landa)、约翰·马奥尼(John Mahoney)、马克西米利安·诺瓦克(Maximillian Novak)、艾伦·雷德迪克(Allen Reddick)、乔治·沃森(George Watson)和霍华德·温布罗特(Howard Weinbrot)也慷慨地阅读或讨论了个别章节的早期版本,提供了帮助和见解。我的研究助理彼得·科恩(Peter Cohen)帮助我及时准备了手稿;基思·亚历山大(Keith Alexander)帮助我查看了参考资料。

第 8 章的一个版本发表在《18 世纪心理学和文学》(*Psychology and Literature in the Eighteenth Century*)中,由克里斯托弗·福克斯(Christopher Fox)编辑(AMS 出版社)出版;第 3 章的早期版本和第 4 章的部分内容分别首次出现在《哈佛英语研究》的第 9 卷和第 12 卷中。对诗歌《从崇高到精细的四个阶段》(From the Sublime to the Meticulous in the Four Stages,见《第一天早上》[*The First Morning*],New York:Scribner,1950,West Port,Conn.:Greenwood,1972)的引用,得到了作者彼得·菲尔埃克(Peter Viereck)的善意许可。

引言：18 世纪批评的源动力

　　文学评论可能会越界，变得和文学一样苛求：它是一种不可预测或不稳定的"体裁"，无法顺从地发挥其先验功能：提供参考或进行评论……必须有可能发生逆转，从而使这种"次要的"写作变成"主要的"写作。

杰弗里·哈特曼，《跨越：作为文学的文学评论》
(Geoffrey Hartman, "Crossing Over:
Literary Commentary as Literature,1976)

　　艺术家和批评家互为附庸，彼此帮助极大地改善了各自的特定领域。

乔治·坎贝尔，《修辞的哲学》
(George Campbell, *Philosophy of Rhetoric*,1776)

　　我们关注的是批评中本质上有争议的概念。这些包括体裁、神话、评价、文学史、美学和伦理学，艺术的改良和进步，修辞学研究，诗歌语言的本质，文学理论和实践之间的关联，甚至那些令人尴尬的大问题，比如，什么是诗歌？什么是"文学"？

　　就像休谟(Hume)描述的那样，这些话题是"有争议的问题"，是理性的个体可能并且也将会有分歧的问题。启蒙运动期间,数量巨大的现代批评问题逐渐成熟,直至今日,这些问题仍然与我们息息相关。①

批评研究蕴含着其自身在当下和将来的应用。爱默生(Emerson)声称,历史的真正作用是帮助我们看清事物的本质,使我们更公正地进行我们的行动,并且希望在我们将来的"故事"中获得更大的幸福。约翰逊热爱传记,因为传记"最接近我们的生活",并且包含了我们能够"利用的"东西。如果批评中没有永恒且不断重复出现的问题,这就意味着文学、艺术、哲学和美学中也没有这些问题。所有的文学实际上都是"关于过去的"文学,甚至科幻小说和未来主义写作也不例外。如果过去的文学对我们有意义,如果它们不仅仅用于娱乐或者无用的好古癖,而至少是艾略特所指的"高端乐趣"——并且这可能是我们与继承而来并将有幸传承下去的人类状况重要且最好的联系——那么,先于我们并且将这种文学作为主题的批评家们可以提供给我们指导。在面对充满问题的未来时,评论家们可以帮助我们坚持下去。如果不同意他们的观点,他们会迫使我们表达不同的观点。

混杂着骄傲和担忧,18世纪的作家们为其时代打上了清晰的批评标签。对他们而言,那是一个"批评的时代",对浪漫主义者来说也是如此。从一开始,这种强大的自我意识就说明了他们的事业。约翰逊(Johnson)将德莱顿称为"现代批评之父",并且,关于17世纪末18世纪初规模空前的文学批评,令人屏息的惊叹甚至抗议的数量太

---

① "本质上有争议的概念"(Essentially Contested Concepts)是 W. B. Gallie 在《哲学和历史理解》(*Philosophy and the Historical Understanding*, London: Chatto & Windus, 1964)书中第8章所写的一篇文章的标题。它适用于 Rene Wellek 的文学研究,以及 M. H. Abrams 在《批评研究》(*Critical Inquiry*)2(1976春),第451页的"文化史中的理性与想象:对韦恩·布斯的回应"一文中进行的文学研究。Abrams 的回应既是针对 J. Hills,也是针对 Booth 的。另请参阅 Wayne C. Booth 在《批评研究》3(1977春),第410—412页的"'保留范例',或者如何不自掘坟墓"。

多(太相似),以至于无法列出所有的事例。可以说,如此巨大规模的批评与小说并列成为最重要的"新"的写作模式,从而丰富了从查理二世的王政复辟时期到乔治三世去世期间的英国文学。

在《愠怒的情人》(The Sullen Lovers)的序言中,托马斯·沙德韦尔(Thomas Shadwell)不动声色幽默地评论到,他的时代是一个"非常挑剔的时代,所有人都自称是评判者"。或者,正如1677年德莱顿的话语,那似乎是永不过时的悲叹:我们生活在"一个充斥着无知、苛刻且善毁损的人们的时代,这些人却又因此有资格成为批评家"。在一个罕见的事例中,托马斯·莱默(Thomas Rymer)更加犀利和激烈地表达了和德莱顿类似的感情,他写道:"直到近些年来,正如摆脱了狼一样,英格兰也摆脱了批评家。"对于斯威夫特而言,"谈论这个'批评的时代'正如圣人们谈论'罪恶的时代'"一样乏味。不论是系统探究的启蒙精神,还是拙劣的评论者虚假的作秀,都吸引着一个稳步大量增长的读者群体。人们想要阅读文学,而且也想要读到他人阅读文学的想法。有时,两者之间的界限难以区分。批评成为了文学的一个重要分支,批评家带来了许多文学价值。影响着科学、哲学、政府和艺术的同时,启蒙运动整体的批判精神对现代化、专业性的世俗社会的发展产生着关键的影响。①

自主的精神生活,即康德称赞的"要有勇气运用你自己的理智!"现在获得了更大的自由。批评加入了那些私人休闲的和社会美化的活动,普拉姆(J. H. Plumb)将这些活动与"对幸福的追求"联系起来,这是18世纪首次面向社会的重要部分开放的追求。② 批评的灵感(帕加索斯[Pegasus])威胁着要逃走。许多批评家争论、解释、奋笔疾书,以至

---

① 更多引用和精彩讨论,参见《英国文学批评:1660—1800》(Literary Criticism in England),Gerald W. Chapman 编,New York:Alfred A. Knopf,1966,第3—10页,尤见第9页关于批评"思想"的评论。
② J. H. Plumb,《乔治王时代的赏心悦事》(Georgian Delights),Boston:Little, Brown, 1980,第8—48、68—69、76—77页。

于蒲柏(Pope)感受到他们的讥刺,机智地暗示,他们自发的想法来自于泥浆和粪便,而不是来自于思想的孕育。蒲柏称这些"永远读书,却永不会被读到的"学者为令人讨厌的昆虫。1731年,爱德华·凯夫(Edward Cave)创立《绅士杂志》(*The Gentleman's Magazine*)的时候,伦敦已经拥有了200种期刊,许多自称在批评界有影响力。咖啡馆或者"迷你大学"成为了批评思想的聚集地和交换总站。这个年代目睹了现代批评的诞生。1660至1820年间发展起来的大多数批评方法对于我们来说很重要。尽管我们已经扩大或者丰富了这些继承来的方法,并仍然在运用它们,但我们不能宣称已经大大增加了这些方法的数量。

1660至1820年间的批评时代明显地意识到批评有一定的程度和目标。方法和原则是常见的话题。评论者应该如何且通过什么标准来评判呢?这些问题萦绕在18世纪学者心头,今日也困惑着我们。正如我们在休谟貌似毫无争议的里程碑式的文章《品味的标准》(*Of the Standard of Taste*,1757)中读到的那样,批评往往成为"元批评(metacriticism)",即对于批评的批评。苏格兰和英格兰的继任者采用了这种自我批评的习惯。直到18世纪70年代仍然繁荣的多种批评中,几乎没有一种广泛地存活于乔治·森茨伯里(George Saintsbury)所谓的17世纪中期的批评"死水"中。森茨伯里的断言可能听起来有点刺耳,但是他的比较判断仍然成立:王政复辟之前和之后的英国批评是不同的水体,较早期的一湾水流向了一处更汹涌的深海。法国和德国的批评——还有他们的批评理论——在各自的国家里,往往伴随着民族文学的伟大突进更为同步地发展起来。在法国,大量的批评与17世纪新古典主义文学的黄金时代同时繁荣。德国浪漫主义理论与18世纪晚期和19世纪早期的"经典"作家密不可分地共同成长。

英国18世纪的"优雅"文学和学识远远不是衰弱或者温吞的文雅,而是有教养的、合格的、温文尔雅的、正确的、方法论上纯正的,以及知识渊博的事物。许多学者一直在追求这些品质。依据这些标准,现在出版的大多数批评书籍会是极其的"优雅"。这个术语与思想方法息息相关,与礼仪毫无关联。的确,这可能会引出社会阶层的观念——凯姆斯勋爵(Lord Kames)声称,用双手劳作的人们无法享有真正的品味——可是,真正的试金石是知识的精进(refinement)。然而,18世纪质疑着自己的典范,且寻求着极限:约翰逊说,"生活无法忍受精进"。文学的文雅专业化(specialization)像癌症一样吞噬掉自己,并且成为培根所说的"学识的虚荣"之一,这样的时代到来了。在《格雷传》(Life of Gray)中,约翰逊直率地提到了"学问的教条主义"。

翁贝托·艾柯(Umberto Eco)提出,结构主义起源于中世纪。通过对文艺复兴时期文学自我塑造的研究,斯蒂芬·格林布拉特(Stephen Greenblatt)为艺术创造力和心理自我意象提供了一个新的语境。如果说近来的批评理论是18世纪和19世纪早期首次浮现的问题的全面盛放,这会是对事情的过渡简化。然而,柯勒律治之前,批评起源的重要性不为近代英美文学理论家所知,甚至远远不及这对他们欧洲同行的影响。米歇尔·福柯(Michael Foucault),保罗·里克尔(Paul Ricoeur),罗兰·巴特(Roland Barthes),雅克·德里达(Jacques Derrida),让·斯塔罗宾斯基(Jean Starbinski):他们的批评基础大多来自于从拉辛(Racine)到孔迪雅克(Condillac)、从霍布斯(Hobbes)到卢梭(Rousseau)、康德和黑格尔的文本。茨维坦·托多洛夫(Tzvetan Todorov)的《象征理论》(Theories of Symbol)主张,象征和修辞的现代理念是在跨越1800年的数十年间发展出来的。对于包括诺思洛普·弗莱(Northrop Frye),贝特,艾布拉姆斯(M. H. Abrams),赫希(E. D. Hirsch),哈罗德·布鲁姆(Harold Bloom),威姆萨特(W. K. Wimsatt),保罗·福塞尔(Paul Fussel),汉斯·阿尔斯列夫(Hans Aarsleff)的成熟的一代英美学者批评家——还有其他"移民而来"的批评家,比如以赛亚·伯林(Isaiah Berlin),杰弗里·哈特曼,保罗·德曼(Paul de Man)和雷纳·韦勒克,从蒲柏到柯勒律治的数十年间提供给他们初始的且往往持久的探讨主题。这个时期形成了欧洲批评理论的基础。

这个时代最好的思想者是写评论的人。在他们看来,批评是一个重要的事业。埃德蒙·伯克(Edmund Burke)、亚当·斯密(Adam Smith)、托马斯·霍布斯(Thomas Hobbes)、约瑟夫·普利斯特里(Joseph Priestley)、本杰明·富兰克林(Benjamin Franklin)和托马斯·杰斐逊(Thomas Jefferson):这些个人现在正更多地与政治、科学、哲学、经济学和历史关联在一起。不过,他们最初的——且持久的一个——兴趣是文学实践和批评,对他们而言,这涵盖了语言和思想之间更大的关联。他们发表了大量的文学批评,相信这是一种核心的智力活动,如同经济学、历史或科学一样帮助我们了解自己和我们所感知且部分创造出的世界。

文学批评和其他文学类型、诗学和诗歌本身之间形成了强劲的关联。乔治·坎贝尔在《修辞的哲学》(1776)中表达了这个事实,理查兹(I. A. Richards)在20世纪30年代的一部主要作品中使用了这一标题和整体构思。坎贝尔指出:"艺术家和批评家互为附庸,彼此帮助极大地改善了各自的特定领域。"①17世纪末和18世纪的批评、批评理论以及同期的诗歌进程之间的关系得到了强化,并且增长了价值。正如艾瑞克·罗斯坦(Eric Rothstein)在其《王政复辟时期和18世纪诗歌》(*Restoration and Eighteenth-Century Poetry*)中所言,"因为在英国文学中,批评第一次随着诗歌的发展盛行起来,这就提供了一种改变品味的索引"。② 王政复辟之前,诗歌和批评之间这种紧张的相互作用并不那么活跃,尽管其从那时起这种作用就一直充满活

---

① 坎贝尔预见到一场现代辩论;参见 Geoffrey Hartman 发表于《比较文学》1976年,第28期,第265页的"跨越:作为文字的文学评论"(Crossing Over: Literary Commentary as Literature);以及 Murray Krieger 发表于《真实的艺术:精英对象的衰落》(*Arts on the Level: The Fall of the Elite Object*, Knoxville: University of Tennessee Press, 1981)第2章,第27—48页的"文学批评:基础或间接艺术?"(Literary Criticism: A Primary or a Secondary Art,最初是1979年的 The John C. Hodges 演讲稿)。
② Eric Rothstein,《王政复辟和18世纪的诗歌,1660—1780》(*Restoration and Eighteenth-centurg Poetry* 1660—1780, Boston and London: Routledge & Kegan Paul, 1981),第99、165页。

力。诗人批评家是凸显二者共生的一种方式。英国传统中有许多诗人批评家,在系统批评的第一代批评家中,群星闪烁:德莱顿、艾迪生(Addison)、约翰逊和柯勒律治如北斗一样耀眼。无需破坏诗人批评家的标签,我们就可以将蒲柏、约瑟夫·沃顿(Joseph Warton)、菲尔丁(Fielding)、扬格(Young)、贝蒂(Beattie)、歌尔德斯密(Goldsmith)、华兹华斯(Wordsworth)、雪莱(Shelley)——如果我们将思辨的私人信件算作批评话语——和济慈(Keats)归入诗人批评家。这个时期大量影响深远的批评来自于优秀的诗人。诗人批评家这种现象提醒我们,将来回顾时,现在优秀的文学批评,且视为最有价值和影响力的文学批评可能不是学术研究、期刊中的评论和精炼的理论质询,而是正在创作的诗人、小说家和其他作家的信件、零散文章、序言、面谈和即兴的宣言——所有这些需要一个时代或更久才能沙尽现金。

此外,批评文本——不断激起或引发回应的批评的试金石——是莎士比亚的戏剧和弥尔顿(Milton)的诗歌。这些文本的效果不容小觑。跨越世纪,乔叟、斯宾塞和后来的蒲柏在不同程度上增加了这些作家和作品的数量。《文学传记集》(Biographia Literaria)创作的主要动力是柯勒律治对华兹华斯作为诗人和批评家的鉴赏和评判,以及二人之间的"对话"。诞生了从乔叟(Chaucer)到弥尔顿这样丰富多样的文学之后的一个世纪或更长的时间里,英国文学批评在某种程度上缓慢地发展起来。批评在17世纪后期开始繁荣时,它最初的本质(从那时起,这是一种不论好坏都代表着英国批评特点的本质)更具经验性,而非理论性。正如休·布莱尔(Hugh Blair)在《修辞和纯文学讲稿》(Lectures on Rhetoric and Belles Lettres)中所说的,"所有的科学源自于实践中的观察。实践总是比方法和规则先行,但方法和规则随后会在各个艺术领域中改进和完善实践"。[①] 当《失乐园》

---

① Hugh Blair,《修辞和文学演讲稿》(Lectures on Rhetoric and Belles Lettres),3卷本,London and Edinburgh: W. Strahan,1783,第1卷,第276页。

(*Paradise Lost*)、《理查三世》(*Richard III*)、《哈姆雷特》(*Hamlet*)和《仙后》(*The Faerie Queene*)这些里程碑式的作品朴实无华却深受欢迎地出现时,人们无法美化这一"先验的捷径",这正是在《人论》(*Essay on Man*)的另一语境中,蒲柏嘲讽地提到的"先验的捷径"(high priori road)。

18世纪的批评家往往认为评价和判断极其重要,并且在实践时纳入体裁、结构和语言学标准。在《天真之心》(*The State of Innocence*)的序言中,德莱顿赞同地指出:"正如亚里士多德最初制定的那样,批评是一种判断好坏的标准。"在《论批评》(*Essay on Criticism*, 1711)开篇的数行中,蒲柏就指出了文学批评具有极强的判断本质,正如约翰逊对批评家的定义(莎士比亚在现代意义上最早使用了这个词)。约翰逊将"批评家"定义为"精通判断文学的技巧"的人,"能够区分作品的优劣"。作为衡量这个定义确立地多么迅速的一种方法,我们可以回想一下17世纪前半期,那时候批评通常指的并不是文学批评。可是,到了17世纪70和80年代,人们已经普遍接受了批评是文学批评的用法;到了下个世纪初,这种用法已经固定下来。当约翰逊考虑撰写一部"从亚里士多德到当代的……批评史"的时候,在当时这是一项了不起的事业,并且也是一种信号,即约翰逊觉得这可能是英国首次可以编写这样的历史,并且认为这项工作与评判作家相关。① 判断仍然是批评家的命脉,批评家的存在似乎是短暂的,却又在所有文学社区中永远保有一席之地。直到单一的文学理论被普遍接受的那个启示日,文学批评将继续是一个多样化的事件,它将包括判断。它现在的多样性是健康的标志。在一定程度上,我们都是多元论者,至少比我们经常愿意承认的要多,但是我

---

① James Boswell,《约翰逊传》(*Life of Samuel Johnson*), George Birkbeck Hill 编, L. F. Powell 修订, 6卷本, Oxford: Clarendon Press, 1934—1950,第4卷,第381页,注释i。

们不应忽视18世纪对批评的理解,即最终批评家总是在评估,即便是通过选出对什么进行讨论,什么成为图书和文章的主题,以及用什么来消磨时间和精力。

批评或者重复的批评的一个效果远远不是使文学体验碎片化,而是能够组织或者联合起某个体验,至少使之建立起关联,从而给予我们一种或多种传统。我们可以形成一系列的观点,这些观点就像标出折射角的下角标一样聚集起来,直到一束白光照亮我们对物体的"真实"体验,或者,根据我们在自我教育方面的最大努力,以及我们对自我固化方式的拒绝,那束光至少照射出物体看起来的样子。对此的附和不只是来自阿诺德和佩特(Pater)(批评应该尽量看到事物的真实面貌,二人对此的强调让人惊讶地相似),还来自于华兹华斯、柯勒律治和约翰逊。《漫步者》(The Rambler)第3篇中的批评拟人化了,批评别出心裁地举起一支火炬,火炬的"特质是立刻展现出所有事物的真实样子,无论它在常人眼中如何掩饰"。

无论人们将批评视为一个单一的体系,还是一项种类多样、重点突出的集体多元的工作,批评是解析性的,也是综合性的,是实用的,也是理论的。作为一个过程,批评与柯勒律治在《文学传记集》第14章中所说的哲学话语相似;批评是有次序的,以便创造出一种图式(schema)或连贯性:

> 哲学研究的职责在于公正地区分。虽然哲学家享有始终保持自己意识的时候,这种区分并不是分裂。为了充分认识任何真理,我们必须理智地分开其可区分的部分,这是哲学的技术过程。不过,这样做之后,我们必须在观念中将它们恢复成统一的整体,实际上各个部分在其中共存,这就是哲学的成果。

"批评"及其同源词代替了"哲学"及其同源词,"任何文学"代替了

"任何真理"。那么,这个段落描写了我们多数人的批评努力,这正是弗莱说出,批评和文学的关系应该与哲学和智慧的关系一样时,他心中的想法。没有既定的方法就是至少有一种方法——一种"隐匿的日程",这已经成为普遍真理。然而,一种方法的理论陈述从来不能确保其实施,而其实施则不能保证是明智的实施。一种"任性的"实施甚至可以将我们从僵化的方法中拯救出来,并收获深刻的理解。这些完全是程序化的问题,是新古典主义理论数十年来全力应付的问题,也是浪漫主义批评没有解决,却重新定义的问题。1984年,弗莱这样对现代语言协会说:"考虑到这个领域知名学者的才华,令人惊讶的是,目前,有多少批评理论已经深深地陷入到一场混乱、且产生空间幽闭恐惧的方法论战斗中,这个战场上,如同《哈姆雷特》中福丁布拉斯的战役,争夺的地方小得几乎没法容纳所有对抗的军队。"①我们将在下面的章节尽力扩大对一些"本质上有争议的概念",以及界定、改写并讨论这些概念的个别批评家的描述。我们可以同情地看到,这些批评家作为个体被卷入到一场戏剧中,这场戏剧以世界、文化和自我,经验、想象和行动——在语言中——的表达作为主题。

批评研究的直接研究对象是其他图书和出版物,其中的许多图书和出版物创作于数百年前,当时文学和人类存在的一些问题和情形现在并不存在。其次,这些图书、散文和评论讨论其他的诗歌、书籍和散文,它们的来源可能和"生活"、"自然"、"奇幻"或者再有的其他书籍一样多样。从这个迷宫中走出来有一个简单办法,那就是认为,所有的书籍最终都是书写其他图书的书籍,并且文本是自我封闭的世界。这个命题有一些高雅和真实性。就我们所理解的宇宙和自己的本性而言,就我们用文字进行的创造和理解而言,我们可以在文本中找到我们的理解和语言的创造力。普洛斯彼罗的卡利班

---

① 《现代语言协会会刊》(*PMLA*),第99期,1984年10月,第991页。

（Caliban of Prospero）说到,"烧他的书",他就变成了一位衰弱无力的受害者;而在《海的寂静》一书中,西莱尔·贝洛克(Hilaire Belloc)则发出了令人沮丧的声音:"我认为,在所有累人的、无用的和无意义的行业中,关于写作的写作是最糟糕的。"如果我们将批评视为一种威胁,作为"次等"活动的威胁不会自行离开。人们可以用丰富多彩的、令人不安的形容词来描绘,并且用感情色彩来形容这种情形:比如,批评是"寄生的"或者"边缘化的"。的确,如果要摆脱"唯我论",批评一定要有目标,但更准确地说,批评——即使"附庸于"文学或者其关注的思想——也是文学和思想的一个重要且共生的部分。根据艾略特的说法,批评对于我们就像呼吸一样自然。我们可能会注意到,不断地担忧且自己关注每次呼吸的任何人,即使肉体上没有问题,他们的精神状况也已经堪忧了,那么,我们没有理由相信,我们的状况和之前的批评家及读者所面临的状况有所不同。

批评使人明白,任何个体对批评的贡献是有限的和短暂的。最终,批评的过程揭露出伪命题。于是,当下的权威迅猛地消失或者被完全重新解读。内容丰富和复杂多样的批评可能会不稳定或者缺乏支撑,从而会匆忙确立什么是这个"领域"重要的、新的或者独一无二的事物以及其"前沿",以此来寻求庇护。不过,在科学的一般程序中,时间和重复带来积累起来的新知识,提出假设,或者确立作为自然法则的理论,但与科学不同的是,人类经验及其书面记录不断变化,不断地在文本中重新命名和重新书写自己,而人们阅读这些文本仅仅是因为阅读它们令人愉悦,却没有令人感觉到人类状况中有任何明显有序的进步。批评将我们和所有专业话语及深奥的区分抛入到那个漩涡中。不过,批评也带给我们一种共通感,和一个有着不同声音、难以分析的神秘艺术力量,以及人类扩展和连通的社区。

在《漫游者》第208篇中,约翰逊主张:"批评……只能被归入从属的和有用的艺术。"可是,坎贝尔认为批评和其他艺术是"互为附庸的"。故事的歌者朗诵一首诗,随后有听众说"好"的时候,批评开始了;或者,另一位听众要求听"《战斗》"或者"《狩猎》"故事的时候,或者宣称"夜晚孤身一人,我的心充满了日间的忧伤"比"美好的日子,在最美好的水边"表达得更好的时候,批评就开始了。在英文版的《诗学导论》中,茨维坦·托多洛夫这样写道:"文学话语是随着文学诞生而诞生的,在吠陀(Vedas)的某些片段中和荷马史诗中,我们可以找到最初的样本。"①批评开始于自然的反应,最初是喜欢或者不喜欢——亨利·詹姆斯(Henry James)认为这也是最终的考验——或者,用康德18世纪的话来说,最初的批评是"快乐和痛苦"的感受。一位多尔多涅河地区的居民改进了同伴的洞穴壁画,增加了色彩,用另一种视角重新描绘了场景,或者为一位儿童解释了图案——这些都是批评行为。批评可以被视为艺术的双生子,二者并不相同却是兄弟,而且通常人们很艰难判断哪一个更年长一点。

---

① Tzvetan Todorov,《诗学导论》(*Introduction to Poetics*),Richard Howard 译,Minneapolis:University of Minnesota Press,1981,第 xxi 页。

第一部分　变形记

第一章　实用理论家：德莱顿的
"模式的多样性"

  多样性……的法则如此难以捉摸,界定或描述它就像画一幅画,它应该与世界上所有的面貌都相似,就像海神普罗特斯一样,它可以变成所有模样。

    亨利·皮查姆,《论诗》(Henry Peacham,"Of Poetrie")

  德莱顿总是不同,却又始终如一。

    约翰逊,《德莱顿传》(*Life of Dryden*)

  几乎没有任何文学批评家能有德莱顿的眼界、灵活、容易理解和中肯。他综合了不同的方法:模仿的、类属的、结构的、语言学的和文化的方法。然而,他合并这些方法的时候,没有让任何一种方法——或者这种方法的具体词汇——妨碍其他方法。德莱顿很少搅乱或隐匿文学的基本诉求,而是体现出即时、合理回应的整体性。他的精力转向了评论技巧方面的技术问题,同时也反应了一个现存文明,而不是学术文明有问题的理想目标。在这个意义上,他与但丁(Dante)、乔叟(Chaucer)、斯宾塞(Spenser)站在一起,与他之后百年里的伏尔泰(Voltaire)、莱辛(Lessing)和歌德(Goethe),以及近些年来的詹姆斯(James)、艾略特、巴赫金(Bakhtin)和弗莱(Frye)在同一阵营。

1700年前所有欧洲的批评家中,德莱顿是最有前瞻性的,并且仍然吸引着我们。德莱顿的一种声音给了尼安德——一位新人——比布瓦洛(Boileau)、卡佐邦(Casaubon)、斯卡利杰尔兄弟(the Scaligers)、维达(Vida),或者甚至高乃依(Corneille)更加刷新了我们的观点。① 与同时代的人相比,比如不是诗人的莱默(Rymer),德莱顿的理论主张就像水一样寻找着自己的实际水平。他将非教条的理论和实践结合起来,从中汲取能量和张力。德莱顿会逆风转向且迎风而驶。尽管德莱顿作为批评家的实践是本章的主题,但这和他作为诗人的实践密不可分。黑格尔在《美学》中指出,"在真正的艺术家身上",理论爱好和实际实践"结合在一起"。

一些最近的研究表明,德莱顿的批评源自于欧洲大陆的理论,其他人则认为他的序言加强了英语或者作品的个体特质。这仅仅说明了他的批评的确十分辩证和多样。② 德莱顿是一位古典主义者和比较文学学者,他帮助将法国批评引入英国文坛,鼓励有选择地引入欧洲大陆的理论,同时面对塑造了英国诗歌的大诗人们:乔叟、莎士比亚、琼生(Jonson)和弥尔顿。德莱顿也知道,在他的一生中,英国批评中许多好的东西来自于法国,而他则充当了中转代理人。

---

① George Watson 编,《德莱顿批评散文集》(*Dryden's Critical Essarys*, 2卷本, London: J. M. Dent, 1962), 第1卷,第 ix 页: "高乃依的辩护是针对过去的,而德莱顿的则是面向未来的:这位英国人是首先养成这种习惯的欧洲诗人,他这样提前准备着自己的批评阵地。"

② 在德莱顿的诗歌中,一种类似的、辩证的、不遵循教条的品质在起着作用。最近的评论参见 Ruth Salvaggio,《德莱顿的双重性》(*Dryden's Dualities*), Victoria, B. C.: ELS Monograph Series No. 20, 1983。Salvaggio 在德莱顿的戏剧性结构、散文和诗歌的辩论形式,以及对智慧悖论的喜爱中看到了德莱顿的"另类"。她说:"不考虑德莱顿双重视角的相互作用,却去评判德莱顿,这是不可能的。"(第7页)此外,她认为,这种视角部分上来源于德莱顿满足并且预见和回应读者的一种需要,例如,这是一位创作《押沙龙和阿齐托菲尔》(*Absalon and Achitophel*)的政治作家的需求(第63页)。

然而,将德莱顿视为已经确立的民族传统的捍卫者,这是一种误导。更好的说法是,他构想出一个传统——并不是作为宣言——而是在他的批评生涯中不断构想。正如艾瑞克·罗斯坦(Eric Rothstein)力陈的那样,德莱顿和他同时代的人们是"'英国文学'的创造者",实现了英国文艺复兴的愿望,即创造一个由文学准则支撑的本土的独立的文学正典。德莱顿设想了一个更广阔、更有见地的传统,从古典作家、法国和意大利批评家和英国的过去当中自由地汲取养分。① 他的成就是40多年来拼凑在一起的作品。如果德莱顿成为一位咖啡馆仲裁,那是因为他曾在朗埃克家里长时间伏案工作,后来,曾在杰拉德大街的一楼工作,就像蒲柏(Pope)告诉斯彭斯(Spence)的那样。几乎没有德莱顿没有接触过的文学种类,并且,正如约翰逊在纪念诗文中对歌尔德斯密(Goldsmith)的评价一样,德莱顿为所有接触过的文类增光添彩。此外,约翰逊这样赞誉德莱顿:"可能从来没有一个国家曾经造就过这样的作家,能够用如此多样的模式来丰富自己的语言。"戏剧、戏剧批评、翻译、抒情诗、叙事诗、冥想诗、对体裁的评论,以及一些其他类型的不着边际的散文。"多样的模式"也描述了德莱顿的批评立场。

穿着比斯威夫特(Swift)在《书之战》(The Battle of Books)中描述的还要舒服的盔甲,通过有益的参考和翻译,德莱顿表达了对古典文学的热爱。② 德莱顿对过去的认识从未将他拖进陈腐的怀旧之情,

---

① Eric Rothstein,《王政复辟时期和18世纪的诗歌》(Restoration and Eighteenth-century Poetry),Boston and London: Routledge & Kegan Paul,1981,第102页;Edward Pechter,《德莱顿的古典文学理论》(Dryden' Classical Theory of Literature),London and New York: Cambridge University Press,1975,第91—112页;Robert D. Hume,《德莱顿的批评》(Dryden's Criticism),Ithaca, N. Y. and London: Cornell University Press,1970,第29页:"在批判理论和文学实践中,德莱顿是一位融合者,他试图调和并使用他在英语、法语和古典传统中找到的最好的东西。"
② "一种有意识的自我投射,一位现代主义者不仅出现在《散文集》中,而且以这种或那种形式,出现在他所写的每一篇批评中",参见Pechter,《德莱顿的古典文学理论》,第113页,正如艾略特前面提到的,"有意识的"是关键的形容词。

他对于批评的教育和影响作用持开放的态度,意识到读者和作者不像年轻时的皮特那样;关于皮特,麦考莱附和了柯勒律治的观点,表达了赞赏却根本上否定的看法,即皮特不是成长起来的,而是"铸造出来的"。泰纳(Taine)宣称,文学只有通过其鼓励和改变的个人,才得以存于世间。与此相似,埃里希·奥尔巴赫(Erich Auerbach)认为:"我们理解和喜爱的是作品中存在的人,以及我们自身可以'改良'的可能性。"此外,尽管不可能界定这些改变和改良,但它们并不是随机发生的。德莱顿从未忽略过亚里士多德(Aristotle)《诗学》(*Poetics*)中最初的观点:人类是会模仿的动物。生命和艺术双向关联,通过内在的动力模仿,并且在模仿过程中塑造自我——正如王尔德(Wilde)在200年后指出的那样。德莱顿说的是"一个人性的公正生动的意象",他更喜欢看到作品中鲜活的"人物"和"生命的痕迹"。目前的危险是,人们会刻板地看待德莱顿:活在久远的过去的人物,他在"批评史"中提供了一些原始想法,其他人会加以改良。这种观点部分有道理,但是在解决问题时提供许多方法的能力使他尤其受欢迎。德莱顿谈及一部作品的"人物"时,他的个性在他的批评中闪耀。① 约翰逊提到,德莱顿的散文让我们感受到多么自然的轻松和永恒。康格里夫(Congreve)则说过,他的朋友德莱顿的作品似乎像金子一样不会腐烂,而艾略特谈到德莱顿"不会腐朽的诚挚的词语"时,附和了这种说法。

单独拿出来一个德莱顿的观点不足以使人理解他整体的批评反应。如果德莱顿有过观点不一致,或者自相矛盾,赫兹利特(Hazlitt)和约翰逊也有同样的问题:随着数十年时光的流逝,他们也会改变自己的观点。系统一致性似乎既不是一种有效的批评标准,也不是有

---

① 对于人物的概念以及它与约翰逊批评的关系,参见 Jean Hagstrum,《塞缪尔·约翰逊的文学批评》(*Samuel Johnson's Literary Criticism*),Minneapolis: University of Minnesota Press,1952,第38—41页。

效的艺术标准。通过实践和理论之间友好且激烈的竞争,通过积累、吸收、比较和二次比较,德莱顿将批评向前推进。他掌握了熟练匠人的方法。面对着难以驾驭的材料,德莱顿认识到,一度掌握的"方法",必须经常修改或者弃之不用。对他而言,古人的批评规则首先来自于实践。在《伊尼特》(Aeneis,1697)的序言中,德莱顿提到"许多模仿自然的法则,是亚里士多德从荷马的《伊利亚特》(Iliads)和《奥德赛》(Odysseys)中汲取的,并且把它们用在了戏剧中"。

我关注的是德莱顿在理论和实践、批评和创造行为之间运用的相关策略:他如何在不失去多元化的同时保持统一。① 德莱顿的部分魅力就是,他将批评从学术空谈中引领出来。尽管蒲柏和其他人指出,德莱顿本人并不"健谈",他熟知的内容和对话多数局限于文学主题和人物,但他生活在繁忙的俗务中,并且使自己批评适用于普通受教育的——而不是专业化的——读者。而且,他这么做也没有牺牲思想的深度或表达的乐趣。奥登(Auden)说过,诗人希望他的读者是多样的、美丽的和强大的,但实际上,读者更普遍的是独自坐在学校咖啡馆一角的长着粉刺的男孩。德莱顿成功地赢得了一个有着广泛文化影响的读者群。他的批评似乎仍然在和我们对话,引领我们进入到一个不需要专家技巧就能通行的世界。

在很大程度上,德莱顿将英语批评从一汪"死水"引领到"一片宽广的海洋"。接近他事业终点的时候,德莱顿描述了他最初感觉到的迷失:"可以说,在运用磁石或指南针的知识之前,我正航行在一片广袤的大海上,除了古典主义的北极星,以及由于品味相反,与

---

① Pechter,《德莱顿的古典文学理论》,第151—188页,第197页;John C. Scherwood,"德莱顿批评规则和实践"(Precept and Practice in Dryden's Criticism),*JEGP*,第68期,1969:第432—440页;Hoyt C. Trowbridge,"德莱顿批评中规则的位置"(1946),见《约翰·德莱顿研究的基本文章》中的报告,H. T. Swedenberg, Jr. 编,Hamden, Conn.: Archon Books, 1966.艾略特评论了德莱顿批评中坚实和"理智"的本性。George Saintsbury, Mark Van Doren 的评论(尤其关于诗歌的评论),以及艾略特有洞见的文章仍然是新颖与和谐的。

我们极其不同的现代派之中的法国戏剧的规则,没有其他帮助。"德莱顿和同时代的人们面对着一个混合的、相对传承稀薄的英国批评,很少有体系,却又有250多年来强大的英国诗人群体;因此他们能感受到欧洲大陆上践行的有序的批评的吸引力,却又对其产生了距离感。讽刺的是,空位期最终加强了法国思想对英国批评的影响。尽管查理直接从荷兰回国,但他的宫廷带来了法国思想。的确,"法国的规则""与我们(英国)的批评完全不同",但其魅力在于这些规则能够存在,并且能够改良诗歌(正如他们在17世纪80年代对于德莱顿诗歌的影响一样)。然后,英国文学可以找到自己的原则,不管怎样,这是使日益增长的混乱平静且有序起来的原则,而这种混乱则是蒲柏预见的"埋葬一切"的一种力量。王政复辟时期似乎是一段完美的时光,当时,依据从古典作品和法国理性批评的博学精神那里得来的系统标准,人们建立起强大的诗歌实践——并且,因此首次公开地将批评理论和诗歌(和批评)实践绑在一起。德莱顿在他的《伊尼特》献词里面写道:"公正地说,法国人是更好的批评家,正如英国人是更好的诗人。"①难道一个人不能理所当然地努力成为两个领域里最好的代表吗?

条理化的批评:适应性话语

德莱顿的话语"方法",即他将理论观点和实用视角结合起来的方式,是我们由于缺乏实践而差点要失去的一种才能。尽管不很准确,人们喜欢用这样一句话来评价德莱顿,"理论上统一,实践上宝贵",这是伯克在《关于美国税务的演讲》(*Speech on American Taxation*)的另一语境中所说的。然而,以德莱顿的情形,说他"理论上不

---

① Mark Van Doren,《约翰·德莱顿的诗歌》(*The Poetry of John Dryden*),New York:Harcourt,Brace and Howe,1920,第119—120页。

一致"然后置之不理将会是错误的。真相存在于理论的指南针和实践的舵之间发生的某些作用。可能在这里将笛卡尔(Descartes)视为当时的存在并不算牵强。《方法论》(*Discourse on Method*)和通常的理性主义哲学有助于将文学批评推向一种情形,在那里,文学会感到前所未有的急切,想要去创造和捍卫"方法"。因此,就有了拉宾(Rapin)著名的回答,而蒲柏也附和了这一观点,即批评规则"仍然是自然,却是条理化的自然"。一些批评家追求一种"科学"方法的永恒倾向再现了这种趋势。德莱顿真正地欣赏新科学,但是他意识到,科学不能为批评提供样板。他打趣说,霍布斯的荷马模式是"大胆的"(的确),并且在"寓言的前言"中说,霍布斯"用研究数学的方法研究诗歌,这已经过时了"。不过,德莱顿仍然仔细地阅读了霍布斯和笛卡尔的作品。① 与接触科学较多的英国批评家一样——这是和他们的同辈——约翰逊、柯勒律治、雪莱、艾默生、理查兹(Richards)——相比的,德莱顿知道,科学不能为文学提供一个严格的模式。他感觉到科学的吸引力及其讽刺之处。因为文学和批评的确需要从技术领域借用材料和理性视角,文学必须承认科学。然而,太多的时候,这种高中生对科学的理解引领了批评对科学的"模仿"。那些做过科学调查的人们仔细观察到,科学"方法"是一套多变的、令人恼火的、且往往多元的程序和假设,甚至难以界定其有限的子领域。那些读过科学史和科学哲学的人们,对于将与"科学方法"一样宏大而多样的事物变成批评模式是没有热情的。

德莱顿大多数的批评成果是用序言写成的。这些序言解释、捍卫、或评论他的诗歌和翻译。德莱顿则以一种亲近的半正式的、个人谈话的方式书写,或者以一些熟悉的致词表达,这些组成了他的《论戏剧诗》(*Essay on Dramatic Poesy*)。博纳米·多布里(Bonamy Do-

---

① Louis I. Bredvold,《约翰·德莱顿的知识背景》(*The Intellectual Milieu of John Dryden*), Ann Arbor: University of Michigan Press, 1934, 第67—72页。

bree)指出:"这些都是优美的对话式的……他在和文章的读者交谈,而不是在对他们说教。"① 我们可能对这种散文精妙的人物塑造小有争议,但正如马克·范多伦(Mark Van Doren)很久之前指出的那样,这种文体得到了广泛的赞誉。此外,约翰逊提到,对于序言的运用"是那时的英语语言界几乎全新的一门学问"。② 德莱顿是一位乐于与人分享的批评家。他在从一点前行到另一点的过程中与人分享观点,让读者感受到一种礼遇,即这些观点就像为朋友讲解时那样清晰。并且,在分享的过程中,他轮换着作为读者问话和作为作家回应——我们也是如此。在德莱顿的序言中,观众和艺术家,读者和评论者,评论者和学者之间的区分在对话中变得模糊了。这是遵守规则的对话,在这个意义上,这是对话式批评(dialogic criticism)。③

想一想德莱顿序言和个人致辞(和恩主、朋友或同行艺术家)中"随意的"方式,我们能够看出,这种方式多么重要地将理论和实践结合起来。这种方式还有其他著名的事例:贺拉斯的《诗艺》(*Ars Poetica*)中写给皮索的内容,朗基努斯(Longinus)的《论崇高》(*On the Sublime*)是对一个朋友或一群艺术家的谈话,高乃依(Corneille)的3篇《论诗剧》(*Discours*),戴夫南特(Davenant)的序言和霍布斯的答复,自然还有1800年《抒情歌谣集》(*Lyrical Ballads*)的序言。我们常常运用现代简短的书名指代约翰逊的《传记集》(*Lives*),却往往忘

---

① Bonamy Dobree,"德莱顿的散文"(Dryden's Prose),《德莱顿的思想和艺术》(*Dryden's Mind and Art*),Bruce King 编,Edinburgh: Oliver and Boyd,1969,第181页;Hume,《德莱顿的批评》,第43—44页;Pechter,《德莱顿的古典文学理论》,第29—35页。

② George Birkbeck Hill 编辑,《诗人传》(*Live of the Poets*),3卷本,Oxford: Clarendon Press, 1905,第1卷,第366页。我们可能会想到约翰逊的许多通常匿名发表的序言和献词。对于德莱顿而言,戴夫南特(Davenant)为《冈底波特》(*Gondibert*)写的序言已经提供了一个模式。

③ Don H. Bialostosky,"对话是文学批评话语的一门艺术"(Dialogics as an Art of Discourse in Literary Criticism),*PMLA*,第101期,1986年10月;第788—797页,尤其第794—795页;Hume,《德莱顿的批评》第13、20页。

记了它最初的书名是《英国诗人传记和作品评论序言》(*Prefaces, Biographical and Critical, to the Works of the English Poets*),最初出版时是各位作家分册作品的序言。

从《约瑟夫·安德鲁斯》(*Joseph Andrews*)和约翰逊的《〈莎士比亚戏剧集〉序言》到阿诺德 1853 年的序言、亨利·詹姆斯(Henry James)和康拉德(Conrad)精妙的作品,以及王尔德被低估的《道连·格雷》(*Dorian Gray*)序言,序言式批评方法仍然是批评话语的主要方式,它往往和诗体书信相似。有瑕的杰作《文学传记集》开始是特地为《通灵诗叶》(*Sibylline Leaves*)写的序言,柯勒律治打算为华兹华斯的《抒情歌谣集》序言进行辩护和修正(柯勒律治甚至坚持使用和华兹华斯序言一样的字体)。然后,柯勒律治扩展"序言"时,打算将其当作诗歌的姐妹篇,但最终序言成为了一个独立的作品。书信组成了大量的批评:伏尔泰、里尔克(Rilke)、济慈、拜伦、威尔逊(Wilson)——这些信件常常是私人的、单独的、一位读者对另一位读者的信件,也因此诉说着普遍的问题。歌德的《与艾克曼对话录》展现了批评方法的另一种情况,即紧随在识字且文明的社区中心发现的话语之后:彼此交谈着我们读了什么。

在更宽泛的评论中谈论修辞误用时,德莱顿让尤金尼厄斯这么说:"最简单的语言能最好地传达给我们智慧。最值得钦佩的是,伟大的思想以广泛接受的言语表达出来,即使理解力最差的人也能理解,正如最好的肉是最容易消化的一样。"这是德莱顿开展批评的原则,也是我们常常缺失的经验。德莱顿对克利夫兰(Cleveland)所说的话,符合他对使用更自然、更热情语言的偏爱,可以用于许多学术风格(academic style):"不嘲讽一下,我们没法阅读下去……,似乎每个单词都是一片要吞咽的药。"我们吃过"很多次坚果,磕掉了我们的牙齿,却没有一点弥补牙痛的果仁"。① 德莱顿谈起过学术话语的

---

① "论戏剧诗"(Of Dramatic Poesy),《论文集》(*Essays*),Watson 编辑,第 1 卷,第 40 页。

伪装,预见到约翰逊对于单纯掉书袋的厌恶:他将本·琼生(Ben Jonson)笔下的特鲁威特称为"一位学者式的人,稍有点迂腐的绅士,一位似乎因过度阅读而在世人面前受辱的人。他最精彩的话语不是来自于对城市的了解,而是来自于书本知识。简而言之,他会是某个大学里面优雅的绅士"。如果我们不承认德莱顿表达了隐含的责备,我们就不够诚实了。① 当然,批评风格的重要性不可估量。歌尔德斯密在《蜜蜂》里面写到,德莱顿的笔"造就了康格里夫们、普赖尔们、艾迪生们……如果不是德莱顿,我们就不会知道蒲柏"。歌尔德斯密接着补充道:"德莱顿作为作家的成就并不仅仅局限于诗歌。他的散文作品中有一种从容和优雅,在其他鉴赏作品或批评中从未有过如此好的结合。"②

德莱顿的批评成就包括他自己戏剧的序言和尾声,它们是以诗体写成的,但是在"很多方面和散文相似"。③ 在这些短诗中,我们可以听到对听众的直接发言,那是强烈意识到——想要影响或者调侃——读者回应的话语。可能诗歌批评没有理论和实践结合起来的简洁的解决方法。不过,德莱顿也展示出将社会行为和舞台,文化价值和整体文学、语言相关联的动力和纽带。这诗诗歌和各自的语调有着坦诚直率的语言,没有矫饰和文学姿态(德莱顿在其他地方深爱的东西),对读者——时而机敏的抨击——时而拉拢,还有对粗鲁"流行"品味的斥责,这些可能会让我们想起《唐璜》(*Don Juan*),正

---

① "为后记辩护"(Defence of the Epilogue),《论文集》,第1卷,第180页。
② "英国奥古斯都时期记事"(An Account of the Augustan Age of England),见《奥利弗·歌尔德斯密作品集》(*Collected Works of Oliver Goldsmith*,5卷本)第8篇中的《蜜蜂》(*The Bee*),Arthur Friedman 编辑,Oxford:Clarendor Press 1966,第1卷,第500页。
③ Pechter,《德莱顿的古典文学理论》,第192—195页,在其中,他注意到了这些诗歌的"即时性,直接称呼的语气,对话的语气"(第192页);Van Doren 在《约翰·德莱顿的诗歌》(*The Poetry of John Dryden*)的第162—177页给出了一个很好的总结。

如他们对拜伦(Byron)的提醒。作为作品主体可以分割的部分,序言和尾声组成了英语中最优雅的一个实例,呈现了诗人和各层级观众之间自觉且紧密相连的关系。序言和尾声揭示了德莱顿感到多么地需要取悦最无知的品味,以及他多么地想要提升和改进这种品味。

关于持久问题术语

英美批评的大致改变是,20世纪30年代,艾略特能够明确地称德莱顿为理论家,并且提到德莱顿"理论化"的倾向。而35年后,在给雷金斯批评系列写的导论中,亚瑟·基尔希(Arthur Kirsch)则强调了德莱顿序言和散文中的实用主义思想。考虑到英国批评日益增长的理论倾向开始于韦勒克(Wellek)和沃伦(Warren)1949年出版的《文学理论》(Theory of Literature),德莱顿现在似乎不像以前那样理论性了。除非我们通过明确古怪的话语和观点来寻求关注,或者除非我们就像奥兹国的巫师一样,让我们的观众比主题要求的更困惑,否则似乎不可能有争议地重新评价德莱顿的批评。尽管许多评判受到质疑或者拒绝,100多年前,森茨伯里(Saintsbury)的《英国文人》(English Men of Letters,1881)是对德莱顿进行的最后一次完整的再评价。人们已经发现了一些有趣的观点和新鲜的关联,但是还没有革命性的观点可能撼动我们对批评家德莱顿的态度。

然而,德莱顿掌握了使他成为合格的理论捐客的原则和兴趣。我们可以谈论德莱顿的一些观点,他对文本的快乐或愉悦的观点,他展现出对巴赫金(Bakhtin)对话性的预示,尤其在关于梅尼普式讽刺的主题中,还有他对文学体裁和结构原则本质的兴趣。当我们观察到,德莱顿位列那些最早的英国作家之中,他们至少可能理解那些最初印刷且供阅读的——即写下来或听到的——文学出现所需的条件,以及图书和文字在文学中是重要的传播工具时,理论关注产生了。在《奇迹之年》(Annus Mirabilis)的序言中,德莱顿回到了"经院区分"(这是康德使用的经院学者创造术语的方式)。德莱顿重新复兴了"书面巧智(wit written)"和"智慧写作(wit writing)"之间的区分。然而,我相信,他的这种应用和现在提起的"原始写作(archewriting)"有关联。此外,德莱顿注意到至少两个其他的语言和结构的问题,自文艺复兴以来,这两个问题一直出现在英国批评中:诗歌语言(相对散文语言而言的诗歌语言),以及对更"自然的"语言的特别渴望。

对话、多样性和日常生活

在德莱顿所有的诗歌和散文作品中,最为熟知的是最常被编入文集的《押沙龙和阿齐托菲尔》(*Absalom and Architophel*)和《麦克·弗莱克诺》(*Mac Flacknoe*)。一旦给出历史提示和一些词语的注释,甚至对于有些读者,他们对王政复辟时期英国的政治和文学纠葛仅仅有模糊的了解,这些诗歌也变得容易理解。现在,就是这两首诗,德莱顿将它们归类为瓦罗式或梅尼普斯式讽刺,并且根据体裁,将它们和阿普列尤斯(Apuleius)的《金驴记》(*Golden Ass*)、伊拉斯谟斯(Erasmus)的《愚人颂》(*Praise of Folly*)以及斯宾塞的《哈伯德嬷嬷的故事》(*Mother Hubbard's Tale*)放在一起。在探索文学"类别"的过程中,也许德莱顿对于讽刺——这种体裁或者形式的评论仍然是最贴切的,正如他迅速指出,讽刺的风格是多层次且多样化的。在这里,我们应该包括德莱顿的序言和尾声,最好可以将这些视为本质上是讽刺性的,在某种意义上和德莱顿称《坎特伯雷故事集》(*The Canterbury Tales*)的作者乔叟是讽刺作家的意味一样。德莱顿对梅尼普斯式和各种讽刺作者的描述和20世纪的评论非常相似,尤其与米哈伊尔·巴赫金(Mikhail Bakhtin)在《对话式想象》(*The Dialogic Imagination*)中的评论相似。

尽管德莱顿主张,"英雄诗必然是人性中最伟大的作品",并且随之将英雄诗与史诗和悲剧诗相比,并且总结到,英雄诗超过了其他两种诗,因为它"缔造了英雄"①。德莱顿对于某一体裁的最长的文章就是《论讽刺文学的原创和进步》(Discourse concerning the Original and Progress of Satire)。这篇序言出版于1668年,包含了对多塞特伯爵的粉饰和恭维,大约有100页,比著名的《论戏剧诗》早25年,且篇幅更长。就在《论讽刺》(Discourse concerning Satire)中,德莱顿探讨了梅尼普斯或者瓦罗式的讽刺。审视德莱顿在这篇文章中的立足点和含意之前,我们先思考一下他和巴赫金的相似之处,尽管巴赫金运用了略有不同的词汇,但他在《史诗和小说》(Epic and Novel)一文中涵盖了相同的领域。

巴赫金探究小说的根源时,着眼于庄严诙谐作品的整体本性,或者古人所谓的"亦庄亦谐(spoudogeloion)"。他指出,"罗马讽刺(卢齐利乌斯[Lucilius]、贺拉斯、佩尔西乌斯[Persius]和朱文纳尔[Juvenal])……最终梅尼普斯式讽刺(作为一种体裁),以及卢奇安风格(Lucianic type)的对话归属于"此。这些正是德莱顿文章中涉及到的主题和作家。在巴赫金看来,梅尼普斯式讽刺的想法是"测试和曝光一些想法和理论家",这也是出现在《押沙龙和阿齐托菲尔》诗歌中的内容。对于巴赫金来说,这种体裁抓住了"当下的'当日性'"且强调了"所有的随机性"。德莱顿与之相似,他认为这种体裁起源于"机遇和欢乐"包括了"烘焙坊和理发店……讲的……故事"中的人物。德莱顿称其为"一类即兴诗歌",或者"他们滑稽即兴的嘲弄方式",且将其与个人在典礼或酒席中所做的发言、逗趣、言语争论联系起来。对于德莱顿,讽刺的起源是狂欢化。巴赫金也是这样认为,其直接关联在于农神节的狂欢,而苏格拉底则是最早的代表,"这种体裁的核心英雄是一位能言善辩的人"。因此,两位批评家将讽刺这种体裁与狂欢节的历史和社会背景联系起来,德莱顿通过翻译达西耶(Dacier)的一个

---

① 《论文集》,W. P. Ker 编辑,第2卷,第43页。

段落,也将苏格拉底和这类讽刺的核心人物或原型联系起来。①

可能,德莱顿和巴赫金最相似之处是二人的主张,即巴赫金明确视为现代小说出现先兆的这类文学,包含了多种风格、一系列的声音、一个"对话式的故事",其中"充满了多重风格的戏仿和滑稽模仿"。此外,德莱顿也认为多样性是关键因素。正如巴赫金认为"多声性(Heteroglossia)"视为这些文本的特征,德莱顿指向了这种讽刺诗中出现的诗节"混合":"如果多样性是绝对必需的……它可以自然地出现……在(讽刺)的一些次要分支中,一切都和主干相关联。多样性可以由讽刺分支中的各种事例来说明,也可以由与讽刺分类一样多的规则来说明,总之,这可以做成了什锦菜,或者大杂烩,这恰恰就是讽刺。"

我们不应将德莱顿和巴赫金的相似之处扯得太远,以至于忘记了:首先,评判相同作家相同的讽刺对话时,两人得出相似的结论很自然。其次,德莱顿参照的是之前的那些文艺复兴时期的学者们,就像巴赫金沉湎于文学史中一样。再次,德莱顿并没有推测出小说或者小说形式。在许多地方,我们可以找到与诗歌和批评中的对话观点相应的相似之处。可以想到的例证有柏拉图和最近的马丁·布伯(Martin Buber)。费尔巴哈(Feuerbach)的说法映射出逻辑论证更广阔的哲学过程和对话过程之间的关联:"真正的逻辑论证不是孤独思想家的自我独白,那是我与你之间的对话。"②

---

① 《论文集》,W. P. Ker 编辑,第 2 卷,第 46—67、97 页,尤其第 46—47、55—57、61、65、67 页;Mikhail Bakhtin,"史诗与小说:关于小说研究的一种方法"(Epic and Novel: On a Methodology for the Study of the Novel, 1941),《对话性想象》(*The Dialogic Imagination*),Michael Holquist 编,Carly Emerson 和 Michael Holquist 译,Austin University of Texas Press,第 24—26 页;关于巴赫金和蒲柏,参见 Leo Damrosch,"蒲柏的史诗:叙事发生了什么?"(Pope's Epics: What Happened to Narrative?),《18 世纪研究》(*The Eighteenth Century*),第 29 期,1988,第 189—207 页。

② Ludwig Feuerbach,《未来哲学原理》(*Grundsatze de Philosophic der Zukunft*),Frankfurt am Main: Klostermann, 1967,第 69 页:"真正的辩证法不是孤独的思想者与他自己的独白,而是我与你之间的对话。"

然而,尽管德莱顿没有使用"对话性"和"多声性"(而是用了手头上的"对话"、"混合"和"多样性"),在侧重点和眼界上,两位批评家的一些想法并行不悖。甚至在为巴赫金术语和概念最终易变的不可约减性辩护时,两位最优秀的巴赫金英语注释者将"多声部"、"复调"与"巴赫金寻找多样性唯一名字的多次努力"联系起来,这是文学声音、语言和视角中纯粹的多样性。① 在《论讽刺》中,混合精神和巴赫金所谓的"小说性(novelness)"出现了。一度,德莱顿曾经评论过布瓦洛的《经台吟》(Lutrin)。他说,《经台吟》结合了"大部分英雄诗,且精妙地与其他毒液混合起来"。德莱顿用最高的美学和道德术语来描述这种写作形式,毕竟,它不是悲剧、英雄剧,也不是史诗:"阁下,我认为,这是最优美、最高贵的一种讽刺。"我们可能会想起,尽管德莱顿给了"讽刺"两种词形变化,且用艾萨克·卡索邦的论点为之区分,他发现了词形"satura"的某些价值,这是一个装满多种水果的罗马果盘。可以肯定,在德莱顿的时代,"多样性"根本没有多种多样特性的意思,更多指的是一种改变或者延续。但是,约翰逊的释义包含了"混合物";我相信,德莱顿和其他人,尤其那些序言中经常用"多样性"为体裁辩护的小说家们,他们想到的正是这种混合的特性。②

人们禁不住会想,在人生最后的10年间,德莱顿的作品更多转向了对话、混合和多样性的想法,他对梅尼普斯式讽刺的理论观点和自己的诗歌代表了这种思想。他后来的序言和尾声更加机敏和多样,表明了这种转变。《押沙龙和阿齐托菲尔》也证明了这一点,这首诗影响了德莱顿最后20年的诗歌实践,马克·范多伦指出,在这

---

① Katerina Clark 和 Michael Holquist,《米哈伊尔·巴赫金》(*Mikhail Bakhtin*),Cambridge,Mass.:Harvard University Press,1984,第5页,新增强调。
② Douglas Lane Patey,《可能性与文学形式:奥古斯都时期的哲学理论和文学实践》(*Probability and Literary Form: Philosophic Theory and Literary Practice in the Augustan Age*),Cambridge:Cambridge University Press,1984,第314页,注释18、141。

首诗里,德莱顿"马上意识到,他编织了铁一样的诗歌片段,并接着熟悉了新织法所接纳的多种多样的混合物"。① 和蒲柏一样,德莱顿从未写出他想要的史诗。尽管翻译了《埃涅阿德》(Aeneid),德莱顿晚期的批评和"翻译"更接近乔叟和古典寓言。在此,德莱顿认同了如下观念,即诗歌和批评正在改变方向,迎接新的场景,且伴随着对过去的新鲜调查。此外,德莱顿可能正在追随内心对一种叙事艺术的冲动,这种叙事艺术以戏剧的形式展现出各种激情、行为的"栩栩如生",以及迅速直接模仿的感情。不管怎样,在他生命的最后20年里,德莱顿的批评导向更多指向了这个新方向。②

巴赫金指出,"当代现实"直接关注着"日常生活"和我们面前"活生生的人",他们有着"多样性的语言和声音",生活在"可以用双手抓住一切,有着原始接触的地域中",这种"当代现实"充当了小说叙事的基础。同样,在德莱顿的《寓言序言》中,我们可以和德莱顿一起领略乔叟的作品:"我看到……《坎特伯雷故事集》中所有的朝圣者、他们的幽默、容貌和穿着,如同我和他们一起在索思沃克的战袍酒馆吃过晚饭一样清晰。"更重要的是,尽管"他(乔叟)必定有着最精彩浩瀚的本性"(正如莎士比亚有着"最浩瀚的灵魂"),德莱顿认为乔叟是"一位讽刺诗人"。德莱顿辨别着乔叟身上这些相同的特性,它们是巴赫金评论中所强调的内容。德莱顿关于朝圣者的这段话太著名了,以至于人们无需继续引用其他评论:比如,德莱顿如何赞美了"他们故事的内容和形式",他们"与自己的教育程度、幽默感、职业多么地相符,以及各自的言语只能出自本人之口"。这即是

---

① Van Doren,《约翰·德莱顿的诗歌》,第206页。
② 关于德莱顿的批评和哲学对话的古典和文艺复兴的背景,参见《德莱顿作品集》(The Works of John Dryden), Berkeley: University of California Press, 1971, 第17卷《散文,1668—1691》(Prose, 1668—1691), Samuel Holt Monk, A. E. Wallace Maurer, Vinton A. Dearing 编,第348—359页;在这个主题上,编辑们对 Philip Levine 的帮助表达了感谢。

"多声部"过去的名称,闻起来却芳香依旧。对这个话题,德莱顿重视地补充道:"根据谚语,我们可以充分地认为,这就是上帝的多样性。"①对日常生活中丰富的情感和声音,德莱顿表达着同样无法压抑的崇敬,这隐藏在他对莎士比亚的评论之中——正如约翰逊对莎士比亚的评论,以及赫兹利特对莎士比亚和乔叟的评论中透露出的无法压抑的钦佩。

显然,在他大部分的写作生涯中,德莱顿认为"多样性"是一种可以意识到的价值。相对于法国戏剧,尼安德更喜欢英国戏剧。具体而言,英国戏剧情节"更加丰富多样"。在时间顺序上,德莱顿生活在英国小说兴起的18世纪的边缘,这并非巧合。德莱顿的一位年轻读者,为了某个政党,花费大量时间创作讽刺对话,并且在晚年写出闻名于世的小说(或者原型小说),他就是丹尼尔·笛福(Daniel Defoe)。重要的是,英语中有两篇更有说服力的、更早的对小说的辩护,即《约瑟夫·安德鲁斯》序言和《诺桑觉寺》(*Northanger Abbey*)中的辩解书,它们强调了小说的多样性特征。菲尔丁对小说的定义建立在这种特性之上,而且,无论多么熟悉,值得再次强调的是:"目前,喜剧传奇就是一种散文体的喜剧史诗。它与喜剧不同,更像是来自悲剧的严肃史诗,作品的情节更开阔和全面,包括更大量的事件,更多样的角色。"《诺桑觉寺》第5章的旁白结束时,奥斯丁(Austen)再次强调了这个特征。小说这样的作品"展现给了整个世界……对人性最充分的了解和对人性多样性最恰当的描述"。自起源开始,小说和多样性关系紧密。在笛福的序言式评论中,他向读者保证,阅读《鲁滨逊漂流记》(*Robinson Crusoe*)时,读者会遇到无比"多样的奇遇"。②

---

① Pechter,《德莱顿的古典文学理论》,第160—188页;关于《麦克·弗莱克诺》(*Mac Flecknoe*)的理论和实践的分析,参见第187—188、189、196—197页;Van Doren,《约翰·德莱顿的诗歌》,第206、276—277页。
② Maximillian E Novak,"笛福的小说理论"(Defoe's Theory of Fiction),见 Sp 61, 1964,第668页。

尽管后面会讨论艾略特和德莱顿的亲密关系,请允许我在此插言,即《荒原》(The Waste Land)可以被看作是伟大的梅尼普斯式讽刺,一首有着不同层面意义的诗歌,是"已稳固了的……碎片",这是诗歌最初的名字(甚至是艾略特从狄更斯的《我们共同的朋友》[Our Mutual Friend]中借来的),"他以各种声音扮演着警察的角色"。在多数现代派作品中,风格和水平的多样性演绎了梅尼普斯式讽刺模式的完整过程,因为,除非我们坚持使用缩小的定义,像《尤利西斯》(Ulysses)、《喧哗与骚动》(The Sound and Fury)、庞德的《诗章》(Cantos)这样的作品,以及冯内古特(Vonnegut)的《5号屠宰场》(Slaughterhouse Five)这样的小说都有赖于并列即时、多种声音的表现技巧。福克纳独出心裁,想要运用多种字体和墨水颜色来吸引读者,使读者注意到小说中的多种声音。庞德校订之后,在《荒原》的开篇,艾略特最终使用了佩特罗尼乌斯的声音,而佩特罗尼乌斯则代表了典型的梅尼普斯讽刺模式。此外,德莱顿拥有约翰逊所说的"多种模式",在整个20世纪20年代,充当了艾略特有力的支撑。

德莱顿是一位积极与所读文本对话的批评家,无论他读的是维吉尔、鲍赫斯(Bouhours)、乔叟、莎士比亚还是奥尔德姆(Oldham)。他表达出对作者特点、作品"特性",以及对反复提及的作者思想"变化"的兴趣——那些思想"变化"使作者的声音独具特色。《奥维德书信序言》(Preface to Ovid's Epistles)综述了这种态度,"我们一定不能仅仅理解诗人(需要翻译)的语言,还要理解其思想和表达的特别改变,那是区分并且实际上使其与众不同的特性"。① 这些话似乎表明,德莱顿正在戏剧对话中区分不同的人物。显然,这并不意味着,我们可以把作者简化为一些轶事或传记性讽刺文章,那是格雷厄姆·格林(Graham Greene)理当谴责的媒体将伊夫林·沃(Evelyn

---

① 《论文集》,Watson 编,I,第271—272页。

Waugh)视为的一种"人物"。德莱顿的术语"特性"不会使人成为名人,却可以形成风格和思想特征,从整体来说,独特地确立了作家的写作质量。

《麦克·弗莱克诺》的场景是舞台,《押沙龙和阿齐托菲尔》的语言和角色中有显著的戏剧元素,这些不是偶然。尽管很少有人提及,德莱顿主要的批评原则(模仿、愉悦、独特且多变的声音)正是我们对一种实践中的剧作家的期待。德莱顿的剧院经历、他对观众的感知、他序言和收场白中的评论,以及他的第一篇批评实际上是关于戏剧诗的一部小剧本的事实——所有这些促成了他批评中的对话和遇到的友好的对抗。在此,我们也找到了戏剧和小说的关联,因为,戏剧中的对话后来改进了菲尔丁的小说,甚至理查逊(Richardson)曾向《克拉丽莎》(Clarissa)的读者解释,他的书信体小说实际上是"以对话或者戏剧的方式写成的"。①

在写作生涯的早期,德莱顿非常熟悉戏剧,其熟悉程度远超其他成就相当的英国批评家。艾略特为此而奋斗,取得了一定的成功,但也只是在创作生涯晚期末尾更接近德莱顿。在一些事例上,王尔德的确成功地展现出对戏剧的熟悉,包括《谎言的衰朽》(The Decay of Lying,本身是对话剧)和部分《道连·格雷的画像》中的语调和表现方法。赫兹利特对诗体悲剧的热爱远超对其他体裁的热爱,他的许多批评代名词以此为基础——模仿、激情和本性。在简短精彩的思想火花中,菲尔丁和歌尔德斯密展示出批评的戏剧性和解说意义。在不同程度上,这些作家的批评反映了他们对戏剧的感受和在剧院中学徒的经历——德莱顿是他们中的第一位。他们是对话中的批评家,或者往往能够开展对话。然而,约翰逊、阿诺德、庞德,甚至柯勒律治对此方式完全陌生。比如,在所有欣赏埃德蒙·伯克的浪漫主义批评家中,赫兹利特尤其敏锐地评论了伯克在下议院的演讲和表

---

① Samuel Richardson,《克拉丽莎》(Clarissa),1747,I,标记 A3^r。

现中的戏剧特性和结构。

作为结构的文本的愉悦

在自己制定的标准和规则范围内,德莱顿如何保持灵活,如何拒绝枯燥的规则(即约翰逊在《德莱顿传》[Life of Dryden]中所说的"定理"),却又如何接受文学评判的标准,这些对德莱顿的评论已经成为老生常谈——正确的常谈。德莱顿的信念是使其在古典范畴内保持灵活的一个原因,即诗歌必须充满感情,情感的真实——不是复制行为——而是"栩栩如生(Life-touches)"的艺术中的真实,这不仅重要,而且是基础,必须放在首位。德莱顿用戴夫南特的话来阐释英雄诗的主题:"它应该穿着更熟悉舒适的外衣,这样更符合人类生活中的普通行为和感情……从而为呈现出美德,那会比古人或者现代人展现的更实用。"①

奥登指出,除了戏剧中的一些段落,德莱顿不愿暴露强烈的个人情感。与艾略特相似,这种普遍宗旨针对的是形式价值和客观性(外在的,却未必是永恒的真实),对过去的应用和重塑,以及影响或形成情感回应,使其成为更强烈和普遍的表达。这与浪漫主义意义上的自我表达没有关系,然而,德莱顿主要强调的是感受和情感的价值。这与德莱顿的"形式主义"并不矛盾,而是其中的一部分。实际上,这个结构的一部分——最必要的部分——建立在感受的基础之上。它表现着情感。

在《对莱默回复的要点》(Heads of an Answer to Rymer)一书的结尾,德莱顿指出,拉宾在他的《对亚里士多德诗歌的反思》(Reflexions sur la poetique d'Aritote,1674)中"比亚里士多德做的还要多,他更加认定修辞(dictio)的作用,即悲剧的文字和话语的作用"。如果按照

---

① "论英雄戏剧"(Of Heroic Plays),《论文集》,I,第159页。

多数编辑对《对莱默回复的要点》书中段落的安排,书的结尾就是德莱顿引用的拉宾"著名"话语:"悲剧的优美并不是来自于令人赞誉的情节、让人惊讶的事件和非凡的变故,而是来自于剧中人物真情自然流露时所说的话语。"然而,实际上,随后还有一节短小的三句话的结尾段,提到了一位诗人的悲剧里面有着"真情自然流露的"话语:而"莎士比亚的悲剧也是这样"。① 在《对莱默回复的要点》一书中,我们多次听到了这个鲜明的主题。正是"新的情感"和"所有情感交替出现"造就了现代——尤其是英国——悲剧的精彩和个性化特征。德莱顿没有发表过这些观点,但这些观点表明了对诗性语言特性的重视,即情感的直接和不可或缺,正如他们关于曾对此赞誉有加的约翰逊所指出的那样。我们可以举出的典型事例就是莎士比亚,他比任何一位批评家对英国批评的影响都要大。使莎士比亚产生巨大影响的不是情节,也不是"场合的合理性",而是"从精彩词语和思想中……迸发出的……情感"。②《悲剧的批评基础》(The Grounds of Criticism in Tragedy)一文中有广泛发表的辩护,它们维护了情感,也维护了区分人物的"愤怒、仇恨、爱、雄心、嫉妒和报复"的心理深度。尽管德莱顿的讨论以情节和风俗开始,却是以感受来结束——并且在结尾再次讨论了莎士比亚,即使只是因为这篇文章是改编的《特洛伊罗斯与克瑞西达》(Trolius and Cressida)序言(1679)。

莎士比亚去世后不到60年,德莱顿就提出了一条评论思路:个人措辞和部分话语表达和感受的力量,这个思路贯穿了18世纪,在浪漫主义时期得到加强,并且依然重要。这一点深深植根于英国批评中,以至于阿诺德最终警告大家,对此不要过分重视。然而,尽管有这样的警告,阿诺德的检验标准恰好提供了高度严肃性的情感记录。(即使在深表同情的叙事中,阿诺德的检验标准回应的是反响

---

① 《论文集》,I,第219—220页。
② 《论文集》,I,第212—213、216页。

强烈的事关生死的情感,而不是任何——上层意义上——浮夸或"崇高的"道德准则、哲学或者伦理。事实上,这一点往往无人注意。)

在一定程度上,新批评、俄罗斯形式主义、布拉格语言学圈、法国结构主义和解构主义都没有像德莱顿这样直接激烈地谈论人类的情感。面对18世纪所说的感情,现代形式主义和文本主义似乎内心怯懦——或者没有熟悉感。根本上,德莱顿的体裁意识指的是悲剧和喜剧之间的对比,进而对比的基础是实际阅读中产生或引发的愉悦或痛苦之情——即意识的状态。德莱顿的形式主义趋向于约束、磨练和加强感情(这是艾略特强调激情,而非主观个体情感的一个根源,但这样推断是不是太离谱了?)。但是,更加现代的形式主义似乎已经甩脱情感,或置之不顾,有时,这是一种更缺乏感情却并不冷静的批评。如果本质上,某一文学理论成为图解或分类的形式,不考虑人类感情和价值,那么关注文学中的感情和价值、痛苦和愉悦的人会更少。

对于德莱顿来说,一部戏剧是"人性精确和生动的影像,代表了其激情和气质,以及人性所服从的命运的变迁"。这里首先强调的是感情,其次是行动。"戏剧《木马》(Troades)的场景里面,尤利西斯正在寻找阿斯蒂阿纳克斯,想要杀死他",德莱顿因这个场景赞美了塞内加。在罗马悲剧中,《木马》"与莎士比亚戏剧中精彩的情感场景""最为相似"。此外,模仿自然意象时,莎士比亚并不是让我们看到它们,"空洞的模仿"是不够的。"他(莎士比亚)描写任何事物时,你不仅会看到它,还会感受到它。"①这听起来就像赫兹利特关于热情(gusto)的话:乔叟不是让我们看到,而是让我们感受到他笔下的朝圣者周围的情形。

德莱顿尤其重视诗歌带来的愉悦和快乐,其后约翰逊也是如此。弗罗斯特(Frost)以田园的声音附和着贺拉斯,主张诗歌应该以快乐

---

① "论戏剧诗"(Of Dramatic Poesy),《论文集》,I,第25、41、67页,新增强调。

开始,以智慧结束。这是德莱顿的快乐和说教混合起来的简短说法,和我们可能得到的再好没有的说法。亚瑟·基尔希敏锐地指出,在所有可以称为新古典主义的批评家中,首先是德莱顿,其次是约翰逊,他们理解,先有了愉悦和快乐,阅读和持续阅读的渴望,然后才能使读者接受任何伦理或知识。"古典规则和先例获得权威,根本上是因为其取悦数百年读者的能力,这个主张是从菲利普·西德尼爵士到塞缪尔·约翰逊以来所有新古典主义批评的基本假设。不过,除了约翰逊,只有德莱顿真正使这个假设发挥作用,在其他人那里,它往往只是毫不妥协地追求权威。"[1]莱默确定地将英国戏剧文学的形式固定下来的方法行不通,但人们却不能执行这种确定的方法,因为,正如德莱顿指出的那样,这种方法与观众体验和反应互相矛盾。

早在《论戏剧诗》里面,人们就能看到德莱顿对文学带来愉悦的高度评价。随着德莱顿逐渐变老,随着他频繁地表达批评原则,这种评价变得更公开、更直接。德莱顿没有忘记文学形式,而是越来越重视个体诗人的特有力量和声音,以此增加了对文学带来愉悦的关注。这种想法很快影响了他对形式的想法。[2]《悲剧批评的基础》和《对莱默回复的要点》发表在17世纪70年代末关键的转折点。后来,在关于讽刺的《话语》(1693)中,德莱顿用翻译的问题来思考,文本中令人愉悦的部分究竟是什么——令人愉悦的必要条件是什么?(这是译者可能会忽略或破坏的)德莱顿指出:"一位杰出的作者不会被译者跟得太近。"不能像固定标本一样来确定文本愉悦究竟是什么。德莱顿的委婉表达与巴特的愉悦(Juissance)有种相似:就像性快感,

---

[1] 《约翰·德莱顿文学批评》(*The Literary Criticism of John Dryden*)的序言, Arthur C. Kirsch 编, Lincoln: University of Nebraska Press, Regents Series, 1966, 第 xiv—xv 页。
[2] Robert Hume 指出了德莱顿的批评从17世纪60年代和70年代到17世纪80年代和90年代的最后20年间的变化, 第 15、209、216、226—227 页; Pechter,《德莱顿的古典文学理论》, 第 151—160 页, 尤见第 157 页。

33 愉悦存在于个体感受到的某种自由游戏,无论显微镜下,还是字面上,我们都无法追寻或解读。于是,我们又回到多样性,因为"他享受愉悦的时刻",巴特的读者"混合了各种语言"。①

讨论了霍勒迪(Holyday)和斯塔皮尔顿(Stapylton)对朱文纳尔的翻译之后,德莱顿停下来做了一个全面反思:"他们不会同意,愉悦是诗歌的一个目的,而是认为,愉悦只是实现教育这唯一目的的手段。不过,他们必须承认,没有快乐的手段,教育只是空洞枯燥的哲理:这是对伦理道德的粗糙加工,可以从亚里士多德和埃皮克提图(Epictetus)那里找到,而且比任何诗人提供的内容更有益。"德莱顿赞成悲喜剧的观点比约翰逊的观点早了一个世纪,并且在很大程度上有赖于基本的心理趋向,以及悲喜剧对观众形成的感情(以及由此伴生的结构)影响。所以,我们将模仿、愉悦、结构和"读者反应"捆在一起。尼安德指出(术语多样性再次出现):"如果排列好,多样性会给观众带来更大的愉悦。"那会更有效果。表达一种没有自然融入的简单激情,将不会吸引"观众的注意"。"空洞的模仿"不能"激发情感"。②

在措辞层面,再怎么强调愉悦和启发性的自然语言也不为过。德莱顿反对"违反习惯摆放的"单词和从句,它们"与通常的表达方式相反",尤其是"并非为了押韵的考虑而违反习惯"。使显而易见的事物"诗意化",德莱顿对这种类似的尝试持同样的观点。德莱顿说,即使"Sir, I ask your pardon(先生,请您原谅)"这样一句话,一些人"会认为写成 Sir, I your pardon ask 听起来更有英雄诗的味道"。进而,德莱顿指责了"违反习惯"的遣词造句,甚至是词语顺序随韵律改变的情况。后来,德莱顿承认,他自己的一些戏剧没有达到这种

---

① Roland Barthes,《文本的愉悦》(*The Pleasure of the Text*), Richard Millet 译, New York: Hill and Wang, 1975, 第 3 页。《文本的愉悦》(*Le Plaisir du Texte*), Paris: Le Seuil 版本, 1973。

② 《论文集》, I, 第 58—59 页,以及"对一篇戏剧诗歌文章的辩护"(*A Defence of an Essay of Dramatic Poesy*), I, 第 114 页。

完善的标准。这些话预言了约翰逊的笑谈,约翰逊调侃的是托马斯·沃顿运用的弥尔顿式倒装:"灰色夜晚非常普通,于是,他认为夜晚灰色很妙。"德莱顿建议,无韵体中,"节奏的多样化是最好的规则",因为这对演员有利,给观众提神。如果抛开德莱顿有时对押韵的偏爱(尤其在悲剧中),我们可以看到,英语无韵体的优点吸引了德莱顿,或者,如同他用法语和拉丁名字称呼的那样,有节奏的散文(Prose mesurée)和按音步的文字(sermo pedestris)吸引了德莱顿。①

智慧的写作、书写的智慧/"语言的色彩"和阅读的人们

显然,德莱顿难以与人一起朗诵自己的诗行,他似乎会害羞。然而,在一个常常大声朗诵诗歌的时代,德莱顿似乎是最早认识到,诗歌供阅读,也同样供聆听的英国诗人之一,并且,每一次聆听诗歌都是一次全新的阅读。德莱顿确信,他在同样地为听众和读者写作,或者为听众创作的更多。不仅通过序言,而且通过特定的旁白,德莱顿强调了这种意识。例如,在乔叟的"巴斯妇"里面,我们可以找到这样的致歉:

> 现在也许有人会说
> 由于我的疏忽,我没有留意
> 讲述我的喜悦和所有丰富的展示
> 就在婚礼宴会上的那一天

德莱顿直截了当地说,"可能读者认为我委屈了他们/吟唱婚宴和婚礼的歌谣",这指的是书面的而不是口述的叙事。②

---

① 《论文集》,I,第 82、6、84 页。
② 我要感谢 Stuart Cornfield 启发了这个评论。

此外,年长的德莱顿愈加努力地对待序言和收场诗。他坚持,戏剧和任何吟诵开始之前,要在观众之中发放序言和收场诗的对开本——甚至这些诗歌是先读到的,而不是先听到的。尽管不寻常,德莱顿精力充沛地进行着这种实践。① 他有意地将诗歌转化成文本,以便得到回应和审视,强化序言和收场诗对戏剧的接受、批评和记忆的影响。

人们通常认为,《门外汉的信仰》(*Religio Laici*)这首诗是德莱顿对自己宗教信念的一篇声明,但它也体现了德莱顿解读书面文本的一些想法。尽管这里不适合全面审视这首诗,那涉及到圣经阐释学,但可以看出,在这首诗里,德莱顿认识到读者阐释社区(不同宗教派别),以及书写超出言语的力量:

因此,书写的传统更加推崇

权威,而不是**话语**的内容。

德莱顿总结,圣经在信仰"必需的"问题上是明确的,但在许多其他情况中,是不可能给出准确阐释的:不是"所有地方/都没有腐朽,或完整、或清晰"。因此,德莱顿看到,明确的阐释或者辨别出作者所有目的是困难的,甚至不可能的。于他而言,"在我们必要的信念所需的所有事物"中,有充分的一致就足够了。德莱顿痛苦地承认了阐释时假设或偏见的影响,以及经典和权威的显赫地位和带来的困难的影响。

我们不应过多地强调这一点,但有些迹象表明,德莱顿有意识且系统地思考过题记或阐释文本的特殊情景,测试的是对读者或观众的影响。②《奇迹之年》的序言来自于德莱顿写给罗伯特·霍华德爵

---

① Van Doren,《约翰·德莱顿的诗歌》,第169页。
② 参见 Kirsch 的序言,第 xii、xiv 页。

士(Sir Robert Howard)的信的一节,它指出了这个问题:

> 所有诗歌的成分是,或者应该是,智慧(wit),并且,诗人的智慧,或者智慧写作(wit writing)(如果允许我使用这种学院式的区分)代表的正是作者想象的能力,这种能力就像灵巧的西班牙猎犬,在记忆的领域里寻找和巡游,直到它跳出来捕捉到追逐的猎物;或者,不使用隐喻,这种能力在整个记忆中寻找它构思的、要展现的那些事物的种类或想法。书写的智慧(wit written)是定义明确的,巧妙的思想成果或想象力的产物。

但是,目标并不是某一特定类别的文本,而是对读者的一种特殊影响:

> 不过,纵观智慧,从一般概念的智慧开始,直到一首英雄诗或者历史诗的恰当智慧,我认为,智慧主要是由对人、行为、感情或者事物令人愉悦的想象构成的。它不是警句里的蠢汉或讽刺,不是拙劣对照(押韵游戏中,判断失误的观众的愉悦)中的表面矛盾,也不是更加可怜的文字游戏中的嘈杂声音。智慧也不是严肃句子中透露出的道德,那些句子受到了卢肯的影响,但维吉尔用的较少。不过,智慧是某种生动恰当的描述,披着多彩的语言外衣,以便将缺席的物体放在你的眼前,呈现出比其本质更完美、更令人愉悦。

这里,智慧通常意味着思维的能力(古英语,与众不同的)。"诗人的智慧,或者智慧写作"是一种与记忆、概念和创意关联起来的写作前的构思或心理过程——其最终目的是题写自己、"书写智慧"的行为,是文本中特别题写的词语,以及是一些词语,它们本身就是一种"清晰可辨的"产品,且完全属于特定种类作品或者特别种类的文本(比如英雄诗节或戏剧中的对白)。然而,此外——在这里,德莱顿的智慧超越了其他常见的评论——书面词语、修辞和比喻,以及"演说艺术"一定是"响亮且重要的"。(5年后,在《为尾声辩护》[*Defence of Epilogue*]中,德莱顿重复了这个短语,"更加响亮,且更加重要",而近30年后,在《伊尼特》序言中,德莱顿再次重复这个短语。)写下来的内容必定多样、贴切,并且规定,无论创作的是哪一类文本,书面词语要使用"多彩的语言",以便将缺席的事物展现在读者"眼"前。换言之,问题回到了原点:读者发现,通过一点"生动的"语言行为,他们的思想和感觉回归到"自然"的直观形象,现在,这种自然甚至呈现得更加令人愉悦,因为伴随而来的是,只有"书写的智慧"能够提供更多的"准确性"。读者的想象已经得到引导和磨练。不过,在这个磨砺的过程中,我们应该避免任何"远离"或者"过分详述"的印象——如果只存在于文本题写内容的领域里,并且,结果是忽视了利用且书写生动语言的需要,那么文本也许会展现出这些特性。我们只剩下文本带来的愉悦,巴特最终所说的大音写作,即作品"响亮的"部分,它将"演员平淡无奇的部分丢进了我们的耳朵"。①

面对过去的诗人:"那个和蔼可亲的幽灵"

德莱顿成为了伟大的英国批评家,这并不是因为他是最早的批评家。西德尼、琼生、亨利·雷诺兹(Henry Reynolds)和无数其他批评家出现在他之前。然而,德莱顿无疑是一位影响深远的人物。约翰逊了解英国的批评谱系——以及包括年轻的斯卡利杰尔(Scalig-

---

① Barthes,《文本的愉悦》,第66、67页。德莱顿"影响深远且重要的"想法与——术语反过来使用——巴特的"意义,凡是感官产生的意义"联系在一起,第61页。

er)、维达(Vida)和卡斯特尔维屈罗(Castelvetro)在内的早期欧洲大陆批评家——直接将德莱顿称为"英国批评之父"。20世纪30年代,艾略特附和了这种论断:"德莱顿肯定是英国批评界第一位大师",并且写出了"英国诗人以英语写作的最早的严肃的文学批评"。艾略特的公司费伯出版社请求奥登选择并推介一卷德莱顿的诗集时,奥登断言,德莱顿的批评散文仍然具有"最高的历史和美学价值"。

与艾略特出版公司的关联不仅仅是巧合。德莱顿对20世纪诗歌的重大影响主要是通过艾略特实现的。在一些方面,德莱顿是艾略特的榜样,德莱顿对艾略特的全部影响仍需慢慢发现。① 艾略特完成10年的诗歌转化之后,开始撰写3篇《约翰·德莱顿:诗人、戏剧家和批评家》的文章(1932,这些最初是1930年为BBC所作的5次演讲),其中不言而喻的论点是:了解德莱顿最好的方式是将其置于英国文学语境中,并且准确地追踪"他的影响"。

然后,艾略特预见到贝特的《过去的重担和英国诗人》(*The Burden of the Past and the English Poet*,1970)和哈罗德·布鲁姆(Harold Bloom)的《影响的焦虑》(*The Anxiety of Influence*,1970)。他指出:"关于'影响',正如德莱顿的影响,一位诗人不应该太伟大,以至于使所有追随者黯然失色……那么,这样说似乎并不矛盾,德莱顿对英语诗歌的影响是巨大的,但因为他并不是太伟大,所以根本没有任何影响。德莱顿既不是早期完美的诗人,也不是之后怪异的诗人。德莱顿的前任[前辈]和继任者都觉得,他是令人高兴的存在。"百年之前,弗朗西斯·杰弗里(Francis Jeffrey)简洁地描述了这种情形。谈及这位给人希望的诗人,杰弗里说道:"那些伟大的大师和他们苛刻

---

① 休谟看到了两者之间的差异,但艾略特仍然与德莱顿"最接近",比其他任何英国批评家都更接近,第20页。Ronald Bush评论说:"艾略特以关于德莱顿的主要散文开启并结束了自己诗歌转型的10年",参见《T. S. 艾略特:对人物和风格的研究》(*T. S. Eliot: A Study in Character and Style*),New York:Oxford University Press,1984,第114页。

的批评家的完美存在困扰着他、令他沮丧……因此,他的伟大前任的功绩令他心寒,而没有激发起他的热情。"①艾略特的许多目标是对德莱顿目标的自觉地继承。(描述德莱顿时,艾略特用了"自觉"这个关键词。正如派彻特[Pechter]所说,德莱顿"自觉地"将自己塑造为现代主义者。)前人的伟大足以引导后人,却不会太伟大,以至于扼杀或者阻碍后来者的想象空间。歌德指出,他不喜欢成为英国人,因为事实证明,莎士比亚的成功是压倒人性的。

艾略特去世一周之后,《泰晤士报文学增刊》(*Times Literary Supplement*)指出,伟大的现代人(Modern)和逝去已久的其他现代人之间有着密切的关系:"在显然随意且非正式的思想运动中,艾略特先生与德莱顿相像,与辩论思路清晰和敏捷好斗的约翰逊并不相像。在做人方面,艾略特也许更像德莱顿。"这种对比扩展到了宗教、文化、工艺技巧,以及诗剧兴趣。在大部分的职业生涯中,艾略特有意识地以最诚挚的恭维表达着对德莱顿的敬意。艾略特写的关于德莱顿的作品,超过了任何其他作家一大截。除了3篇《约翰·德莱顿:诗人、剧作家和批评家》(*John Dryden: the Poet, the Dramatist, the Critic*)的文章,艾略特还发表了《约翰·德莱顿》(*John Dryden*,1922)和《向约翰·德莱顿致敬》(*Homage to John Dryden*,1927),最初由弗吉尼亚(Virginia Woolf)和雷奥纳德·伍尔夫(Leonard Woolf)的霍加斯出版社出版(献给了乔治·森茨伯里),以及不寻常的《戏剧诗对话》(*Dialogue on Dramatic Poetry*,1928)。"致敬"这个题目可能来自于《蒲柏传记》(*Life of Pope*),在传记中,约翰逊讲述了年轻诗人蒲柏如何拜访了德莱顿,向他表达了"敬意"。艾略特粗略地模仿了德莱顿的《论戏剧诗》,创作出《戏剧诗对话》。艾略特在其中添加了少许奥斯卡·王尔德的《谎言的衰落》的韵味,并且用这样的祝词结束了

---

① Francis Jeffrey,《给爱丁堡评论的投稿》(*Contributions to the Edinburgh Review*),1846,II,第144页。

《戏剧诗对话》:"那么此时,让我们再饮一杯波尔图葡萄酒,来纪念约翰·德莱顿。"然后,在1931年《听众》(The Listener)第5卷,第118—120页的文章中,艾略特重复了相似的观点,展现出他对德莱顿持久的兴趣和崇敬。德莱顿成了艾略特心中的"完人"。艾略特对德莱顿的评论有100多页,形成了现代主义运动中重要诗人发表的,关于某一作家内容最多的单一批评文集。当艾略特总结道,"德莱顿给出了他的时代和身份可以接受的、最合理、最常识性的观点",这时,在某种程度上,我们正在阅读艾略特为自己制定的计划。德莱顿诗人和文人的形象与艾略特熟悉的复合影象相一致。

艾略特承认,他自己的观点并没有新发现。但是,尽管他没有"认为,作为批评家,德莱顿往往是深奥的……我越思考当代人对诗歌的评论,越感激我们可以称之为德莱顿的批评正统",一种现在已经成为异常的正统。德莱顿式的批评是不过度、非常多样和清晰易懂,并且是他用写诗的那支笔写出来的——有些平淡无奇,但是多数是极好且永恒的,时至今日,这种批评是非正统和罕见的。可能因为这种批评看似很简单,就像完美的双人芭蕾,只要有人愿意"展示给我们步伐",我们就会想象着去做。艾略特赞美德莱顿"实践了他的主张,为批评家树立了一个好榜样"。模仿德莱顿时,艾略特有意地利用了过去的负担和影响力带来的焦虑。从某种角度看,"传统和个人天赋"的基本概念完全是应对焦虑的一种策略,一种化解和转移焦虑的方式,然后,人们会重新确定方向,并成功地应对过去和前辈的重担。

没有选择压倒一切、极其伟大的前辈或先驱,而是选择了德莱顿,一位艾略特能有意模仿并崇拜,却无需面对"根本不能影响他人的太伟大的"(艾略特的话)人物,德莱顿是艾略特早在1922年就模仿过至少一篇批评文章的诗人,《荒原》于1922年出版,我认为这不是巧合。这在部分上是艾略特的防御策略,通过有意借用杠杆作用,艾略特与伟大的心理传承做着斗争,并最终将心理传承转化成优势。

这种策略似乎足够有效,以至于在整个职业生涯中,艾略特继续使用了这种策略。

德莱顿是第一位这样做的英国诗人,自觉且广泛地面对英国文学过去的幽灵;首先,作为批评家与这些过去的幽灵斗争,然后将他们用起来,尤其是莎士比亚和乔叟,还有琼生和弥尔顿;与这些名人一起,德莱顿确立了自己的批评关联体系。德莱顿是第一位自觉地应对过去的影响带来的焦虑和过去的重担的英国诗人。艾略特认识到了这一点。

森茨伯里提到,在《为戏剧诗辩护》中,德莱顿贬低了年长的剧作家。他的口吻非同寻常地无礼和轻蔑,而他很有钱且在宫廷里与人关系亲密。德莱顿甚至曾借给查理一世500英镑。"就在那时,也只在那时",森茨伯里说,"他对那些伟大的前辈口出不逊"。① 这个论断过于简化了德莱顿的态度变化,后来他关于莎士比亚的一些言论也带有政治动机。然而,如果将《为戏剧诗辩护》、也许还有《为尾声辩护》放在一边,显然,德莱顿不仅努力谦让却又想要仿效超越莎士比亚、琼生和弗莱彻,而且更加钦佩弥尔顿和乔叟。实际上,德莱顿选出之前强大的诗人,随后又强调一两件削弱他们影响的事情:乔叟晦涩难懂,需要翻译;他的韵律粗糙(当然仍是误解)。莎士比亚有失误,在判断和语言方面缺少点优雅。弥尔顿在性情和信念方面与德莱顿不同。因此,没有诗人对德莱顿想要成就的自己产生毁灭性的威胁。德莱顿想要实现的目标与前人不同。此外,他还可以学

---

① James Osborne,《约翰·德莱顿:一些传记事实和问题》(*John Dryden. Some Biographical Fact and Problems*)修订版,Gainesville: University of Florida Press,1965,第103 页;George Saintsbury,《德莱顿》(*Dryden*),New York Harper Brothers,1881,第127 页。关于德莱顿和前人的关系,参见 Maximillian Novak,"批评、改编、政治和德莱顿《都是为了爱》中的莎士比亚模式"(Criticism, Adaptation, Politics, and the Shakespearean Model of Dryden's *All for Love*),《18 世纪文化研究》(*Studies in Eighteenth-Century Culture*),第 7 卷,Roseann Runte 编,Madison: University of Wisconsin Press,1978,第 375—387 页。

习其他一些榜样(包括维吉尔、拉丁语的讽刺作家和法国的剧作家们)。因此,过去并不是总结在一位特定的诗人身上,那会使他成为单一的偶像,因此是一个更加令人压抑的存在,就像莎士比亚似乎在柯勒律治身上产生的影响一样。

"那些对人性较温和的研究"

一般来说,德莱顿与摩尔(More)和伊拉斯谟斯不同,他不能被归为人文主义者。对人文主义的考古研究就像特洛伊城一样层次繁多。德莱顿并不算非常博学,他对文明的看法不会使哲学问题陷入持久的争议中。他不是一位影响深远的思想家,但他是一位知识分子,是擅长语言以及用诗歌表达目的的大师。他批评中的论断显得朴实,甚至漫不经心。然而,和蔼的态度不会遮盖一项重要的品质:德莱顿在人类情感和道德价值的语境中,考察了语言和文学结构的价值。列维·斯特劳斯说:"不同人所说的语言折射着不同的社会。"就德莱顿而言,这个准则尤其贴切。他的批评探索了自我形象,那是文化和文明通过文学创造出来的。在德莱顿身上——正如在他如此深爱的维吉尔身上——总是有一个更宽泛的参照。从前,批评是一项人文的社会事业,此后,它是一项专业性的社会事业。

德莱顿相信,"道德真相是诗人、也同样是哲学家的情人"。这并不意味着反复灌输一个准则,也不是一个说教的姿态。所有的设想是,诗人应该将写作目的和效果,以及写作所用的方法和形式看作是重要的。这种区分既有价值又微妙,德莱顿指出:"诗歌一定要与自然真理相像,而且必须符合伦理道德。"①这就是说,诗歌或艺术不能复制,或者不能给我们的生活、想法、事物或经验提供准确的参照。

---

① "为论戏剧诗辩护"(A Defence of An Essay of Dramatic Poesy),《论文集》,I,第120页。

诗歌只是在我们的思想和感情中再次组装了生活、想法等等。不过，本质上，诗歌从而呈现给我们一种类似经验的模式。此外，诗人必须选择描绘什么，以及如何描绘。这是不可避免的，除非诗人成为纯粹的机械化工具。于是，德莱顿主张，诗歌呈现的过程不能"脱离"伦理，除非模仿与"自然真理"或经验相同。

德莱顿常常成功地运用人类兴趣、经验、动机，以及最重要的愉悦和乐趣作为批评标准。他曾这样概况王政空位期："我们在一起做了很久的英国坏人，以至于没有空闲去做好诗人。"这里乐观且公正的插入语"在一起"让人全面地思考了很多。德莱顿希望转向"那些对人性和艺术的生动再现较温和的研究"。① 我们崇拜的人既反映也塑造了我们。在所有英语作家中——不考虑韵律和优雅，德莱顿深爱两位作家，乔叟和莎士比亚，并且崇拜弥尔顿。② 在批评和翻译中，德莱顿总是追求独特之处，即作家的"个性"，他具有独特的思想和表达的变化，结合起来形成了作家独有的声音和个性化的创作灵魂。

德莱顿的成就至少潜在地构成了一个令人困扰的问题。他的影响范围、眼界、轻松的引证和渊博学识只能存在于民族批评发展的相对早期吗？或者只能存在于与我们的文化相比，幼小的文化中吗？难道专业化、精进改良(refinement)、大学院系的区分、更松散更多元的政治结构、剧院、学术和"文化"(无论我们现在如何理解这个词)一定会越来越降低个体批评家获得的地位吗？

无论我们何时读18世纪的批评家，我们都会读德莱顿。他对语言文雅化的观点，以及，遇到粗劣的伟大和壮美的另一选择时，他对文雅极其矛盾的态度，他对诗歌措辞和"自然"语言、莎士比亚和乔

---

① 《论文集》，I，第44页。
② 关于与德莱顿的关系，参见 Anne Davidson Ferry,《弥尔顿和弥尔顿式的德莱顿》(*Milton and the Miltonic Dryden*), Cambridge, Mass.: Harvard University Press, 1968.

叟、模仿的丰富意义和愉悦的目的的思考,他对悲喜剧、艺术和文学在时间长河里的发展、读者心理"认同"的本质、诗性语言中情感的重要性的思索:自 1700 至 1820 年以及之后,所有这些都萦绕在人们心头,这些是德莱顿最先遇到的问题,并且是德莱顿发出了多种且往往现代的声音。这是一位我们依然可以进行对话的批评家,一位我们不想重复或审视他的所有关注和判断的作家,但他的方法和态度带给了我们恰恰正在失去的机会。他的批评不是一个产品,而是一个过程,在这个过程中,他使读者感受自己是一位不可或缺的伙伴。他希望签订一份心照不宣的协议,允许有不同观点。谈起任何话题时,他都是在进行对话,与一些读者、其他批评家和作家,以及最终与阅读行为相关的更大的人类社区进行对话。

第二章 文雅的悖论：文学的进步和衰落

> 他不敢与伟大的死者竞争
> 他不想和生者比诗歌
> 让他休息吧，徘徊在两个年代之间
> 徘徊在新年代伊始，和旧年代终场
>
> 德莱顿，《奥伦·泽比》(Aureng-Zebe, 1676) 序言

将近两个世纪以来，一个多元化想法一直困扰着文学批评，毫无疑问，在将来也无可避免。事实证明，这个想法或问题难以捉摸、复杂艰深，因此，单一、简易的形式无法清楚地概括，只有相关问题的矩阵能表达。在17和18世纪末，这些问题几乎是所有关于文学和欧洲文化的思想争论的基础。它们不断浮现于文学批评中：艺术在进步吗？艺术的整体质量有所提高吗？如果提高了，是什么条件鼓舞了独特天才的新成就？或者改良起初是幸事，最后却不可避免地过度发展了吗？不断的改良是否将创造力埋没在完美技巧的虚饰之下了，直到潜在的人为创造和人性化的艺术在其狭隘的专业化、有限的观众、越来越多的自我指涉，甚至自我嘲讽的追求中，逐渐开始"衰落"？

声名煊赫的诗人和思想家也深受这些尚未解决、甚至可能无法

解决的疑问的困扰。① 这些问题不能保证有新的洞见,并给自己简化的答案,但也不是由失败的拙劣诗人转成的品味守护者捏造出来的。任何文化,只要足够悠久,使人将其过去的部分视为遥不可及,又足够成熟,使人认识到它的一些辉煌的成就是基于过去的环境而实现,或回归古希腊和罗马的文化,都会提出一些自觉的问题,并进行比较。本·琼生赞美培根"填充了所有的节奏,用我们的语言表达出来,这种语言可以与厚颜的希腊和高傲的罗马相媲美,或者甚至比它们更让人喜爱"。② 20年后,年轻的德莱顿向西斯廷斯勋爵(他死于天花)献上狂热的赞美词,宣称:

> 如果他能活得长久,他的伟大声名
> 定会超过任何希腊和罗马名人

在他晚期写给约翰·奥尔德姆可爱的诗中,德莱顿通过维吉尔式的重复,唤醒了这位"我们语言中年轻的马塞勒斯"的鬼魂。与古代权威的联系得到了认可。如今,斯陀园里有一个庭院纪念碑,布置着18世纪英国知名人士的半身雕像,游客置身其中,可以看到蒲柏的头像,但是要费点劲:他的肖像摆在角落里,在人们的视野之外,因为人们认为,相对这种荣誉,蒲柏太现代了。然而,铭文使我们确信了最终的定论:蒲柏"堪比有创意的人,古代最好的诗人"。蒲柏以复杂的风格与古典诗人作比较。在《致奥古斯都的书信》(*Epistle to Augustus*)中,他用5句高傲的诗行仿写表达出精致优越的情感,然

---

① 感谢 Judith Abrams Plotz 为本章提供的一些评论和引用。"诗歌衰落的观点:1700至1830年英国批评研究"(Ideas of the Decline of Poetry: A Study in English Criticism from 1700 to 1830),未出版的讨论,Harvard University,1965。
② 《灌木集或发现》(Timber or Discoveries),《17世纪批评文集》(*Critical Essays of the Seventeenth Century*),3卷本,J. E. Spingarn 编,Oxford:Clarendon Press,1909,第1卷,第27页。

后,在第6行,用流行的夸张动作的写法,将前5行全部鞭挞成反语:

> 尽管公正的希腊人崇拜她最年长的儿子
> 我们为什么不应比前辈更睿智呢?
> 我们所有的美德都超过他们
> 我们建造、我们绘画、我们歌唱、我们也跳舞
> 博学的雅典人必须向我们的艺术弯腰臣服
> 她能看到我们穿过铁环仓皇行走

45

对于启蒙运动时期的欧洲来说,新的成就或必然的衰落的问题变得至关重要,且难以应付。"文艺复兴带来了巨大的情感后果,即觉得自己出生在'太迟的年代'。"①除了古人,后文艺复兴时代的欧洲可以回顾并反思直接和详尽的过去。时间已经装上了双管枪。我们现在面对着比之前作者了解的多得多的声明,艾略特回答说,"是的,它们就是我们所知道的"。早在1672年,德莱顿表达了如下认识:"一个时代向另一个时代学习,与以前的时代相比,最近的时代(如果我们假设这些作家有同等的才智)享有了解更多更好的信息的优势。"我认为,这是处于争议中的问题的状态。② 不过,正如德莱顿所意识到的,关于艺术进步的问题,人们尚未找到可靠的答案。然而,这个问题不容摒弃或忽略。因为它太普遍了,人们无法否认。

---

① George Williamson,"可变性、衰落和詹姆士一世时代的忧郁"(Mutability, Decay and Jacobean Melanholy),《17世纪背景》(*Seventeenth Century Context*),London: Faber,1960,第24页。
② 德莱顿,《论戏剧诗和其他批评文集》(*Of Dramatic Poesy and Other Critical Essays*),2卷本,George Watson 编,London: J. M. Dent & Sons, Everyman's Library, 1962,第1卷,第170页,"为《格拉纳达》第二部分结尾辩护:或者,论上个时代的戏剧诗"(Defence of the Epilogue to the Second Part of Granada: or an Essay on the Dramatic Poetry of the Last Age)。

18世纪,文学的进步和衰落问题已然成为困扰。19世纪中期,这种担忧却减弱了,个中缘由也让人困惑不解。这一变化的影响因素有技术、城市化的快速成功,以及物质积累和社会进步而引发的成就感。此外,资产阶级破天荒地成为欧洲的主要文化力量也发挥了作用。莫里哀(Moliere)的《贵人迷》(*Le Bourgeois gentilhomme*)很早以前就已揭露,有一个更关心"获得"文化,而不在乎这种文化存在的状态或条件。殖民主义和帝国主义提供了与欧洲以外的文化渐增的、复杂的联系。这在一定程度上取代了与其过去的对比。不幸的是,与亚洲、非洲,以及美洲的比较,强化了欧洲的优越感。随后,我们进入了20世纪,而最具新古典主义时期特征的希腊罗马遗产,似乎也随之不再那么生动和重要了。在我们的世界主义中,我们可能发现自己处于蒲柏笔下游历欧洲的年轻男子的状态,"所有的古典学问都毁于文艺胜地"。

1650至1825年间,批评家对文化方向和品质有着一种敏锐的感知,并且成为了批评家习惯观念和反应的一部分。文学中,《愚人传》(*The Dunciad*)成为这种思虑的典范。拉辛(Racine)、德莱顿、考利(Cowley)、艾迪生(Addison)、伏尔泰(Voltaire)、狄德罗(Diderot)、约翰逊、歌德、卢梭、休谟、赫兹利特、席勒(Schiller)和雪莱,每一个人都加入了关于衰落和进步的辩论。许多人就此话题写出了长篇文章。《旁观者》(*The Spectator*)第160篇探索了先天自然和后天培养的天才之间的不同。艾迪生的文章影响了席勒的《论朴素的诗与感伤的诗》(*Über naïve und sentimentalische Dichtung*,1795)。莱默的《上一个时代的悲剧》(*Tragedies of the Last Age*,1677,扉页上为1678)和丹尼斯(Dennis)的《现代诗歌的进步和改革》(*Advancement and Reformation of Modern Poetry*,1701),对比了之前的成就与现在的发展前途。德莱顿在自己那本莱默的书中写了《对莱默回复的要点》,但明显的胆怯使他没有发表出来。约翰逊和其他人意识到,《要点》排在了德莱顿最具洞察力的作品的前列。德莱顿的确发表了《论上一个时代的戏剧诗》(*Essay on the Dramatic Poetry of the Last Age*),把他的时代视作英国戏剧早期的黄金时代。在《论欢笑与感伤喜剧》(*On Laughing and Sentimental Comedy*)一文中,歌尔德斯密以另一种方式做了同样的事情。他在《对欧洲古典教育现状的探究》(*Enquiry into the Present State of Polite Learning in Europe*,1759)一书中,专门讨论了艺术的衰落。休谟的论文《论艺术和科学的兴起和进步》(*Of the Rise and Progress of the Arts and Sciences*)以及《论简单和文雅》(*Of Simplicity and Refinement*),针对的是文化健康问题,以及增进"文雅"和"创意"这两个理想目标之间的悖论。赫兹利特的讽刺文章《为什么艺术不进步》(*Why the Arts Are Not Progressive*)误导了一些读者,使其认为他是势利小人,而赫兹利特的一个主旨只是,大众市场的艺术渴求无法保证质量:"品味(taste)的普及与提升截然不同,但只有前者……获得了公共机构和其他人为手段的推进。"基于这些只是普及的手段,赫兹利特描述了"对古希腊、古罗马艺术风格的研究,学院的形成,以及奖项的分配",这些内容涉及了当前的高等教育领域。当然,皮科克(Peacock)在《诗歌的四个时代》(*The Four Ages of Poetry*,1820)中声称,对于任何一个社会,文学的黄金时代都来得早,而悖论则是,任何后期提炼的产出,都与之相形见绌。这个主张激发雪莱写出了《为诗辩护》(*Defence*)。

卢梭的天赋过度地利用了文化进步和衰落的后果,以及假想或理想国与先进、却又奢靡、腐败的社会之间的紧张关系。卢梭比较了政府、教育、哲学和人类行为。《论科学与艺术》(*Discours sur les arts et sciences*,1749)第一次带给卢梭显赫的声名和高度的关注,文中回答了第戎学院提出的有奖问答:文明进步对道德有什么影响?也许是狄德罗最先否定地回答了这个问题,但如果卢梭的话语没有明确具体地表达出普遍的感受,那么这些话也不会取得如此进展。

最强大的智者也为围绕英国文学文化的进步和衰落所引发的争

议而着迷,即使犹豫不决,他们也将对一系列庞大且多变的、我们称之为"艺术"或"文明"的概念的命运发表看法。戴夫南特(Davenant)在其《冈底波特》(*Gondibert*,1650)的序言中,表达了自己的担忧:"当我们模仿他人时,我们不可能超越他们,就像航海时拿着别人的地图,就很难有新发现。"在《论英雄剧》(*Of Heroic Plays*,1672)中,德莱顿附和了这一看法,并且也引用了制图师的形象。18世纪,人们对于文化和文学进步的本质,并没有达成一致共识。理论和推断的交错趋势相互矛盾,无法促成新的思潮。不过,要加入这场辩论,就要抓住当时文学价值的核心。诸如德莱顿和约翰逊等人,他们思想开通,可以左右摇摆,犹豫不决。为了表明当前的优势,他们也哀叹着不可避免的失去和衰落。① 这个问题也是休谟预见到的那些棘手而又"有争议的"问题之一,处于批评过程的核心,是难以捉摸、无法定位的存在。

至少两种思维方式或思维层面正在结合。一种是新近强化的批评意识,始于英国王政复辟时期,尽管在法国和意大利开始得更早。另一种是文学史的诞生和崛起。我们现在认为,建立这种新拓展的批评是理所当然的。只要我们意识到,英国的批评早在1660年之前就存在了,就可以看到王政复辟促使批评兴趣和批评家呈指数级增长,这是一种真正的激增。第二种思维方式,即发展于17世纪晚期的文学史和文化自觉的意识,它试图将文学置于随时间演变的文化价值的语境中,并在其中进行评判。批评家阅读着没有技术术语、且面向受过广泛教育的读者的散文,记录着文学形式和语言的变化,将其视为社会和人文价值观改变的标志。这种早期批评的普遍批判趋势——展现"美好"和发现"缺点"——结合了文学的历史意识,是这

---

① 德莱顿,《论文集》,I,第178、192、181页各处;W. J. Bate,《过去的重担和英国诗人》(The Burden of the Past and the English Poet),Cambridge, Mass.:Harvard University Press,1970,第26—27页。

个时代"制造"的优雅或野蛮状况的晴雨表。德莱顿可以宣称,相比"上个时代书写的"巧智,"这个时代的巧智更具威严"。他承担了"将部分《坎特伯雷故事集》翻译成我们的语言"的工作,"因为我们的语言现在变得文雅了"。①

评判同时代的人,批评家需要判断过去,并进行比较,要么仅凭印象,要么以自我为中心。系统的英国批评和文化生产力的历史意识密切相关。或许他们一直如此。早期的原型批评家,如琼生、普登汉姆(Puttenham)、威尔逊、丹尼尔(Daniel),以及西德尼,不仅在古典文学方面,而且在培育现代本土文学的关注方面,以一定程度的历史意识和学识凸显出来。随着英国形势进一步复杂和丰富,没有受过批评教育的莎士比亚脱颖而出。他的崛起凭借的是天赋,而非技巧,这是包括艾迪生、沃顿、歌德和阿诺德在内等众多作家强调的特性。相反,其他代表着文化灵魂的欧洲诗人,如但丁、伏尔泰、拉辛和歌德,其写作似乎源自更宏大的批判知识和文学的自我意识。从一开始,英语批评就面临着独特的处境:这个语言中,最受人爱戴的诗人"凌驾于"批评的棘手局面和文雅化的优势之上。人们无需假设或编造英语中最伟大的自然诗歌是什么样的,因为它已经存于世间。

随着根植于文学精神中的莎士比亚及其所处时代被誉为黄金时代,当批评家使用从巴黎引进的批评工具(通常是不需要的)审视王政复辟时期的作家时,抗议的呼声出现了。这种态度多么陈旧啊!在《莎士比亚评论观点》(*Critical Observations on Shakespeare*,1746)中,约翰·厄普顿(John Upton)抱怨说,"我们原本希望,复辟的国王开始执政,一些文学品味也应该随之恢复了,那是

---

① 德莱顿,《散文集》,I,第180页,"论上个时代的戏剧诗"(An Essay on the Dramatic Poetry of the Last Age);"古代和现代寓言的序言"(Preface to Fables Ancient and Modern);II,第246页,新增强调。

我们在伊丽莎白女王时代所享有的。然而,当我们把法国化的国王带回来时,我们也引进了法国的批评模式,并且直到今天,我们甚至还在继续从法国引进。"①伊丽莎白黄金时代的感觉已经司空见惯。《伊丽莎白女王的黄金时代》(*On the Golden Age of Queen Elizabeth*, 1759)集中体现了一种信念,即早在18世纪和系统批评形成之前,英格兰真正的自我表达已然出现了,书中阿巴斯诺特(Arbuthnot)扮演着理查德·赫德(Richard Hurd)的角色。

对于这个庞大的话题,没有一个单一视角可以准确地加以阐述,但我将描述四种态度:进步,衰落,周期,以及(由于没有更好的术语)非决定论。正如我们通过德莱顿所看到的,鲜有思想家完全赞同一种排他的评判。然而,如果有的话,更少有人会对这个问题及其各种改变不屑一顾。研究艺术的历史演化和各种形态的不同方法不断相互影响。

"一个依然优越的文化",还是"一个冷漠的文学世界"?

那些相信艺术至少在某些方面正在改进的人,会使用诸如"文雅"和"正确","校准"或"建立","优美的"和"优雅的"这样的词。以前的时代被贴上了"野蛮"的标签。德莱顿的诗《致我亲爱的朋友康格里夫先生》(*To My Dear Friend Mr. Congreve*)肯定了艺术的真正进步,超越了"大洪水之前的伟大民族"。简而言之,"现在的巧智时代使过去黯淡失色"。康格里夫成功结合了几位剧作家的优点,其中包括琼生、弗莱彻、莎士比亚、埃斯里奇(Etherege)、萨瑟恩(Southerne)和威彻利(Wycherley)。德莱顿虽然的确对他的朋友很宽容,但他并没有像奉承自己的恩主一样奉承康格里夫。他不仅充分利用

---

① John Upton,《莎士比亚评论》(*Critical Observations on Shakespeare*), London: Printed for G. Hawkins, in Fleet-street, 1746, 第14页。

了被贬低的事物,而且还力求推进真正的批评主张,这一主张很大程度上是基于技巧和努力完善的意识。① 不久,威廉·沃尔什(William Walsh)将技巧的理念拓展为"正确性"。他建议蒲柏,"有一个方法是我们不擅长的……我们尚未有任何一个伟大的诗人是正确的";蒲柏后来告诉约瑟夫·斯彭斯(Joseph Spence),"他希望我能研究'正确性',并将其作为目标"。当艾略特把70行押韵的对句加入《荒原》时,庞德将其大幅删减,并在页边空白处写到"太松散"。实际上,这些诗句写得很好,后来庞德向艾略特解释了应该删除这部分的真正原因:"蒲柏的对句写得太好了,你不可能超越他。如果你打算将这部分写成滑稽的模仿,那你最好克制这种想法,因为除非你能写出比蒲柏更好的诗句,否则没法戏仿蒲柏——而事实是你不可能超越蒲柏。"②

一些批评家同情地屈尊承认,粗鲁的风俗曾经对文学产生过影响。这种自我膨胀持续了几十年,而这不过是一位作家宣称时间偶然分配的事物是自己的优点。莎伦·特纳(Sharon Turner)在其《英国史》(History of England,1814—1815)一书中提到:"当乔叟对高尔有所不满时,我们早就已对乔叟不满……因此,虽然我们的诗坛(帕纳塞斯山)已变得丰富多样,其诸多作品优美而超群,但这些作品不过是依然高贵的植被以及依然优越的文化的保证。"③然而,当特纳吹起文化的号角时,托马斯·洛夫·皮科克的《黑德朗大厅》(Head-

---

① Maximillian B Novak,"塑造奥古斯都神话:约翰·德莱顿和王政复辟时期奥古斯都主义的政治"(Shaping the Augustan Myth: John Dryden and the Politics of Restoration Augustanism),《格林百周年研究》(Greene Centennial Studies), Paul J. Korshin 和 Robert R. Allen 编, Charlottesville: University Press of Virginia, 1984,第1—21页,尤见第10—16页。
② 艾略特在埃兹拉·庞德《诗选》的导论中所引用的内容, London: Faber and Faber, 1928。
③ Sharon Turner,《英国史》(History of England),2卷本, London, 1814—1815,第2卷,第555页; Plotz,"诗歌衰落的观点",第111—112页,关于那时绝大部分文学史将进步视为主要主题的评论。

long Hall,1815)里的埃斯科先生就像《险峻堂》(Melincourt,1817)里相似的角色福瑞斯特先生一样,宣布所有事物都在经历一种"绝对的、普遍的、不可避免的退化"——对于《诗歌的四个时代》的作者来说,这也不足为奇。

然而,从18世纪中期开始,流行的"普遍"历史表明了一种积极的"思想发展"。济慈写给雷诺兹(J. H. Reynolds)的著名信件中,有这样一句话:"智者普遍合群地前行……这是一种真正伟大的才智发展",而此观点可能正是从这些书或他们的谈话中逐渐呈现出来的。① 这一主题很常见,书写18世纪60年代到90年代的历史中充分显示了这种自信。并且,这些书的作者很有影响力,如亚当·弗格森(Adam Ferguson)、凯姆斯勋爵(Lord Kames)、詹姆斯·邓巴(James Dunbar)、约翰·洛根(John Logan)和乔治·汤姆逊(George Thomson)。书的标题也是意料之中的:《论市民社会史》(Essay on the History of Civil Society,1768),《人类史概况》(Sketches of the History of Man,1774),《人类史论文集》(Essays on the History of Mankind,1780),《历史哲学的要素》(Elements of the Philosophy of History,1781),以及《通史的精神》(The Spirit of General History,1791)。

1802年,弗朗西斯·杰弗里对斯塔尔夫人(Madam de Stael)《论文学与社会制度的关系》(Dela Litterature consideree dans ses rapports avec les institutions sociales,1800)的评论中,清楚地表明了这种自信态度的精髓:"有一种进步……文学和智慧处于一种持续、普遍和无法阻挡的进步中。"杰弗里以几种不同形式反复阐述了这一观点,他说:"面对我们这个时代的作家,那些为上世纪初增色的作家已黯然失色,后续时代的整体品味都高于前辈。"②虽然现在这种信心已失

---

① 济慈,《书信集》(Letters),2卷本,Hyder E. Rollins 编,Cambridge, Mass.: Harvard University Press,1958,第1卷,第281—282页。
② Francis Jeffrey,"爱丁堡评论"(Edinburgh Review,1802),《给爱丁堡评论的投稿》,London,1846,I,第81、160、159页。

去吸引力,但在当时,却在批评界占据了重要地位,以至于托尔斯泰(Tolstoy)在《战争与和平》(*War and Peace*)的后记中对此作了抨击。托尔斯泰的评论揭示出,整个19世纪,人们对普遍的文学和文化进步的信仰无处不在。他轻蔑地提到"某种被称为'进步'的欧洲启蒙运动",且严厉斥责了追随"普世史作家"的"所谓的文化历史学家"。他认为我们通常所说的"精神活动、启蒙、文明、文化……都是模糊的、不确定的概念,在这些旗帜下",有些历史学家"随意使用含义更模糊的词语,并且由此便利地将这些词语用于任意理论"。① 托尔斯泰刺破了"那些未能回答人类基本问题的普世史学家和文化历史学家"的泡沫。这些词语"只是作为他们各种目的的通行货币,在大学里以及在众多爱好'严肃'阅读的大军中流通,他们很乐意称之为'严肃'的阅读"。尽管彻底进步的想法普遍且流行,但从未成功赢得深邃的心灵和头脑的青睐。在托尔斯泰猛烈抨击之前,休谟、约翰逊、赫兹利特等,都一直与文化的完美性和简单的普遍化保持距离。

然而,一些进步的概念确实是有意义的:实现了"流畅"的诗律,避免了粗俗的笑话或过时的陈词滥调,在德莱顿、克拉伦登(Clarendon)、哈利法克斯(Halifax)和艾迪生的影响下,散文获得了新的灵活性。这些成就可以得到巩固和继续。1825年,与来自德国耶拿或魏玛的任何人交谈时,不赞美,甚至不认可上世纪德国文学和文化的进步和成就都意味着一种羞辱。英国批评家可能希望创造出与古人相媲美、且超越欧洲的文学文化。从18世纪中期来看,这个目标似乎合情合理。提到这里,一些重要的名字便跃入脑海,如乔叟、弥尔顿、莎士比亚、琼生、培根、德莱顿和斯威夫特。这取决于视角。正如约翰逊在《有闲者》(*The Idler*)第91篇中所言,"我们认为,从斯宾塞到蒲柏的整个阶段的作家,比欧洲大陆可以夸耀的任何名人都出

---

① 《战争与和平》,Rosemary Edmonds 译,Harmondsworth, Middlesex: Penguin Books, 1957,1982 单卷本,尾声,第二部分,第2、3章,第1406—1407、1408、1410页。

众"。一些批评家,如艾迪生,他在其《最伟大的英国诗人记事》(Account of the Greatest English Poets,1694)中提到,诗歌只会改善,或至少对迷信和无知的失败作出回应,取悦"野蛮时代"的事情"对一个有理解力的时代将不再有吸引力"。塞缪尔·科布(Samuel Cobb)的《论诗歌和诗歌的进步》(Of Poetry: Its Progress,1700)以及朱迪斯·马登(Judith Madan)的《诗歌的进步》(The Progress of Poetry,1721)都表明了这一趋势。1737年,伊丽莎白·库伯(Elizabeth Cooper)在《缪斯图书馆》(Muses Library)的前言中提到,英国文学现已达到"迄今为止的最高水平"。《评论》(The Critical Review)后来刊登了类似主题的评论。格雷在他的成对颂诗《诗歌进步》(The Progress of Poesy)和《游吟诗人》(The Bard)中,探讨了一种新的英国诗歌的可能性。① 即使约翰逊同样将伊丽莎白时期视为"纯洁的英语语言"的源泉,他也看到了文学在社会接受方面的进步:"莎士比亚时期,英国还在挣扎着摆脱野蛮……文学还局限于广受认可的学者,或地位较高的男士和女士。公众是粗鲁而蒙昧的。"②

丹尼斯说,如果古人"在诗歌的伟大上超越了现代人",这只是因为他们把悲剧和更崇高的颂歌根植于现代已不存在的主题里,而不是因为他们享有"任何外在或内在的优势"。③ 赫德声称,"与古典虚构者相比,我们现代诗人的想象不仅更加华丽,而且在场景变化

---

① 关于双颂诗这个方面最好的讨论,参见 Howard Weinbrot,"格雷的'诗歌的进步'和'诗人':文学传播论"(Gray's "Progress of Poesy" and "The Bard": An Essay in Literary Transmission),《约翰逊和他的时代》(Johnson and His Age),James Engell 编,Harvard English Studies 12,Cambridge, Mass.: Harvard University Press,1984,第311—332页。
② "莎士比亚序言"(Preface to Shakespeare),《约翰逊论莎士比亚》(Johnson on Shakespeare),见《耶鲁塞缪尔·约翰逊作品集》(The Yale Edition of the Works of Samuel Johnson),Arthur C Sherbo 编,New Haven: Yale University Press,1958—,第7卷,第81—82页。
③ John Dennis,《现代诗歌的进步和变革》(The Advancement and Reformation of Modern Poetry),London: Printed for Rich. Parker,1701,第4章,第20—21页。

上,更加崇高,更加可怕,更加惊人"。①《旁观者》公开承认其目的是推动人们将品味和修养带进普通的客厅,简而言之,是为了教化人类。巧合的是,正是艾迪生"童话式的写作方式"激起了赫德呼吁哥特式品味。考虑到人们善于接受的思想状态,诗歌保留其伟大、进步和文雅化的想法似乎不仅合乎情理,而且不可避免。

衰落的想法,就像它进步的表亲一样,并不鼓励率直的构想,也不依赖一个明显的比较(已足够频繁出现),即莎士比亚和弥尔顿已逝,现在还有什么能与他们相媲美呢?当然,几十年,甚至几个世纪过去,这个问题产生了更多的影响。然而,即使在英国,衰落感也已经有悠久的渊源。本·琼生在《灌木集》(*Timber*)中抱怨培根逝世后,"如今事物每天都在堕落,才智衰减,口才退化"。②当这一想法根深蒂固,困扰人心时,它不再仅仅激起对两三位不朽作家的大略提及,还增加了悲伤的人生无常的叹息。

一些18世纪的作家,如约瑟夫·斯梅德利(Joseph Smedley),他在其《抱怨》(*Complaint*)中,只是在面对遥远的过去时感到不满足。

> 古希腊人生活在多么幸运的时代啊!
> 荣誉激发了神圣的愤怒,
> 在阿尔比恩的疆域,缪斯女神黯淡无光!
> 而现在却在了无生气的纸张上闪烁着光芒。

但一种更深层、更熟悉的不安也逐渐呈现。詹姆斯·汤姆逊看到了文雅化(refinement)带来了进步,但同时也指出,"被迫的和自然的想象,渺小的闪光的美丽,才智和表达的混杂转换,这些都与本土诗歌

---

① 第6封信,"英雄式和哥特式风俗"(Heroic and Gothic Manners),《赫德论骑士精神和传奇故事的书信》(*Hurd's Letters on Chivalry and Romance*), Edith J. Morley 编, London: Henry Frowde,1911,第114页。

② 《批评文集》(*Critical Essays*),Spingarn 编,I,第27页。

截然不同,就像丑角的表现与人类思维的完美一样大相径庭"。他预测了一个不合时宜的"冷漠的文学世界"。①

衰落的幽灵拜访过歌尔德斯密,他愤怒地断言"[英国]诗人的种族已经灭绝了",珀加索斯(有双翼的飞马,灵感之神)"已经挣脱了嘴里的缰绳,而我们的现代诗人却试图通过抓住马的尾巴来引导他飞行"。事实上,尽管歌尔德斯密曾评说"展现文学正在衰落的习惯由来已久,但是每次这类抱怨重新出现,都伴随着日益削弱的影响",但在《对欧洲古典教育现状的探究》中,他依然努力地重申了这一观点。② 鲍斯威尔(Boswell)向约翰逊讲述歌尔德斯密的抱怨,"他生不逢时,因为蒲柏和其他诗人已经占据了名人堂;任何时期都只有少数人才能拥有诗歌带来的声誉,因此有天赋的人如今都难以获得了"。约翰逊一反他的辩论习惯,回答说:"这是我听歌尔德斯密说过的最明智的事情之一"。③ 事实上,我们拥有莫瑞·克里格(Murray Krieger)所说的"两种神话的传播,一种是起源神话,促成了对古人的偶像崇拜,把'原创天赋'只归功于他们……第二种是'学术进步'神话,这将能解释在那些……必须拥有渊博学识的……领域里现代人的优越性"。④ 在罗伯特·尼斯比特(Robert NIsbet)的《思想

---

① 《詹姆斯·汤姆逊诗歌全集》(*Complete Poetical Work of James Thomson*), J. Logie Robertson 编, London, 1908, 第 240 页。

② 第 11 封信,《世界公民给他的东方朋友的信札》(Letters from a Citizen of the World to his Friend in the East),《奥利弗·歌尔德斯密作品集》(*Collected Work of Oliver Goldsmith*), 5 卷本, Arthur Friedman 编, Oxford: Clarendon Press, 1966, 第 2 卷, 第 170 页;《探究》(*Enquiry*) I, 第 257 页。

③ 1775 年 4 月 14 日, 见《鲍斯威尔的约翰逊传》(*Boswell's Life of Samuel Johnson*), 6 卷本, George Birkbeck Hill 编, L. F. Powell 修订并增补, Oxford: Clarendon Press, 1934—1950, 第 2 卷, 第 358 页及注释。

④ "进步的艺术和思想"(The Arts and the Idea of Progress),《进步和它的不满足》(*Progress and Its Discontents*), Gabriel A. Almond、Marvin Chodorow 和 Roy Harvey Pearce 合编, Berkeley: University of California Press, 1982, 第 450 页;第 449—469 页的 Krieger 的文章是近来的一些关注进步和艺术的批评文章之一。他将宽泛和精彩讨论锚定在 18 世纪。这是最近出版的最好的图书,讨论的是现代(转下页注)

西方欧洲的改进、进步史》(History of the Idea of Progress)一书中,他评论到,古人与现代人之间的争论,对于我们理解现代进步概念的启蒙运动基础仍然至关重要。①

文雅的悖论

当然,约翰逊也关注进步和衰落的话题,但他与德莱顿和休谟一样,认为这个问题永远不会沦落成一个简单的选择。更大的辩证和明显对立的原则正在起作用。在伊姆拉克关于诗歌和诗人的"论文"中,他向拉塞勒斯承认:

> 它还使我感到惊奇,几乎所有的国家都认为最古老的诗人都是最优秀的,是否可以这样理解:所有其他学科的知识都需要循序渐进地获取,而诗歌是一种即时授予的天赋;或者每个国家的第一首诗,都因其是新奇事物而使人大为惊讶,并由此一直广受赞誉,而这种赞誉不过是最初偶然得到的;又或者,当诗歌以描述大自然和感情为主题时,内容总是相同的,最初的作家拥有最引人注目的描写对象,有最可能发生的小说情节,留给后世的却少之又少,因此他们只能改写相同的事件,重新组合相同的形象。因此,不论什么原因,一般认为,早期作家拥有自然的赐予,而后来者则拥有艺术的智巧:前者笔力强劲,创意无双,而后者则格调高雅,文辞优美。

(接上页注)衰落和艺术的概念:Patrick Brantlinger 的《面包和马戏:作为社会衰落标志的大众文化理论》(Bread & Circuses: Theories of Mass Cultur as Social Decay), Ithaca, Cornell University Press, 1983。

① Robert Nisbet,《进步思想史》(History of the Idea of Progress), New York: Basic Books, 1980,第151—156页。

在这里,格调高雅(elegance)和文辞优美(refinement)是一把双刃剑。它会带来两方面的伤害,用帕特里克·布兰特林格(Patrick Brantlinger)在《面包和马戏》(*Bread and Circus*)中的词来形容,这是"进步走向衰落的悖论"。约翰逊没有大胆地为这毋庸置疑的悖论提供确切的理由,但他清晰地阐释说,这种被称为高雅或文雅的进步自动记录了文学领域的衰落或减少。品味只能反映这种"矛盾"或"对立"。1755年的《约翰逊字典》(*Dictionary*)中,约翰逊将"elegant(高雅的)"定义为"因更细微美好的事物而令人感到愉悦"。为了阐释这个含义,约翰逊引用了蒲柏和他自己的《伦敦》(*The London*)。"elegant"的第二个定义界定了礼仪:"令人愉快的,不粗俗、不令人生厌的"(很明显,这里再次引用了蒲柏的观点)。相关词汇的定义表明,对于约翰逊来说,优雅的本质是"无需讨好地令人愉悦",令人"感到抚慰,而非震惊",以及"不是宏伟壮观的"。借用法国的谚语,我们可以体会到先进的文明"其品质中含有缺陷"。它越精致和优雅,就越重视那些"进步",它失去的优势、力量和眼界也就越多。斯威夫特用其一贯的反讽,在《木桶的故事》(*A Tale of a Tub*)中选择使用了他最喜欢的形容词:这是"refined(文雅的)"。这种和谐表明,实际上,斯威夫特使用这个词,表达的都是负面或具有讽刺意味的含义。①

约翰逊精简地表达了这个悖论,虽然没有斯威夫特的愤恨,但也有"奇妙之处",文雅必须同时包含进步和衰退。我们向着消逝的事物前进。当写到艾迪生和斯蒂尔时,他使用了"refined"这个词来表达"优美的"和"削弱的"双重含义。为了解释"elegancy(高雅)",《约翰逊字典》引用了《旁观者》第477篇的内容:"我在园艺方面的

---

① 感谢 Max Byrd 提供的想法,参见其"斯特恩和斯威夫特:奥古斯都的延续"(Sterne and Swift: Augustan Continuities),《约翰逊和他的时代》(*Johnson and His Age*),James Engell 编,第509—530、521页。

作品完全是品达式的,没有更美好的艺术的优雅,却偶然展现了自然的野性之美。"约翰逊对"refine(精炼)"、"refinement(文雅)"和"refiner(精炼者)"这几个词的定义,都透露出净化与矫饰、"改进"和"不必要的精细"之间存在着不同。① 人们可以把"文雅"的双刃剑看作品味(taste)和诗歌力量之间此消彼长的对立。托马斯·巴恩斯(Thomas Barnes)在其《论自然和诗歌不同于散文的根本特征》(On the Nature and Essential Character of Poetry as Distinguished from Prose)一文中总结道:"可以预料的是,随着品味(taste)的提高,强烈的诗歌特征将衰落。"当我们可以"在文雅方面……超越别人"时,就排除了"诚实本性的喷涌"、意象和热情,而这些可以使作品达到"卓越诗歌的水平"。②

在伊姆拉克的演讲中,约翰逊还生动地对比了诗歌(一种普遍的、综合的、直观的知识形式)与其他的学习方式,如更具体、更具分析性和体验式的科学。1800年,华兹华斯在其《抒情歌谣集》的序言中,也作了同样的对比。问题在于,即使诗歌可以同时保留精致和"进步",这种保留也将伴随着衰落,而随着岁月流逝,科学和事实性知识则会以指数级的速度发展。首先,不可否认,诗歌的任何改进都是一种进步(这本身是一个巨大的让步),但人类所努力的其他领域的加速发展都将超越诗歌的进步。

德莱顿是第一位在职业生涯中有意识地面对文雅的悖论的诗人,而约翰逊也称赞德莱顿"精炼过语言"。在《格拉纳达的征服》(The Conquest of Granada)第二部分的结尾处,德莱顿写道:

> 如果爱情和荣誉现已得到显著提升,

---

① Krieger,"艺术和……进步"(The Arts and … Progress),第454—455页。
② 《曼彻斯特文学和哲学协会回忆录》(Memoirs of the Literary and Philosophical Society of Manchester),I,第65—66页。

那应赞美的不是诗人,而是岁月。
智慧现已达到更高的层次,
我们的母语更文雅自由。
我们的女士和男士交谈的话语,
比诗人书写的更有智慧。
那么有一点必然是真实的,
这个诗人所写的令你失望,
只是对你作了拙劣的模仿(这也是他最害怕的),
或者他的作品并不比其他人的更糟。
尽管你判断(正如批评家也必然指出),
他的前辈的写作更有技巧,
但在这一赞美上他已超越了前人的名望,
取悦了一个比过去更华丽的时代。

这个结尾是奉承、自觉的深思和悬而未决的自我意识的混合,表明德莱顿正处于困境。他在《寓言的前言》(*Preface to Fables*)中作出的评论令人不安,"我们同胞的天分……"更多在于"改进一个作品,而不是自己创作"。① 德莱顿还写了一篇后记,给那些认为他低估了琼生和莎士比亚的人,他成为了自己时代的俘虏,尽管我们尚不清楚他是否真正认为,除了这种巧智,这个时代的任何事情都优于其他时代(想想他在《安妮·基丽格鲁》[*Anne Killigrew*]里曾提到这个"贪婪的"时代和堕落的戏剧)。我们推断,前一时代的"顶峰"虽然没有得以延续,但其高度确实不容小觑。审读批评家的出现似乎既有利处,也有弊处。它们是已经出现的"文雅"的一部分,但一些批评人士可能认为,早期的诗人用"更高的技巧"写作(没有批评家"帮助"他

---

① "古代和现代寓言序言"(Preface to Fables Ancient and Modern),《论文集》,Watson 编,II,第277页。

们),蒲柏将"更高的技巧"改为"更需要的技巧",以此开始了《论批评》的写作。

最后,在德莱顿后记的结尾部分,潜在的演绎推理透露出他难以轻易确定的情况:要么他没有再现其所在时代新精炼的智慧和出众的语言,要么他"不逊于"以前的诗人。如果对换命题有效,则这个悖论自然会变为:随着社会的"进步",诗歌衰落了——或者,德莱顿就是这样在批评家眼中重新定位了自己。他无法绕开这一悖论:作家既超越了从前的诗人,同时也取悦了读者,而这两种情况不可能同时出现。同样,既不能取悦读者,还比前人更糟,这也是不可能的! 这其中涌动着一种令人困惑的反讽暗流,或许这个时代在培养强大的艺术品质方面并没有更好。如果德莱顿最担心的是没有描摹出这个时代的风流,那么他最不用担心的就是被评判为"不逊于"以前的诗人。他巧妙地利用观众作为支点,从不适的状态中挣脱出来。可以推断,他的品味有别于他的观众(读者)——尽管那品味已经如此"文雅"了。

到了18世纪中叶,休谟在《论简单和文雅》一文中作出警告:"现在比以往任何时候都应更加警惕过度的文雅。"①文明越进步,文雅距离约翰逊所说的"自然和感情"就越远。然而,荒谬的是,作为文雅不再拥有的理想品质,"自然"再次吸着文雅,否则,文雅必须进行重新定义才能再次获得这种品质。例如,在《文学史札记》(*Sketches of a History of Literature*)中,罗伯特·阿尔维斯声称,自从莎士比亚和弥尔顿以来,"对于优秀批评的研究……以及对优秀写作规则的充分了解"已经得到了加强,但尽管如此,莎士比亚和弥尔顿仍然还是无与伦比的。此外,虽然在批评中无法详细地了解早期的人类本性,所以也"未加修饰",但正因如此,早期的人类本性才非常"简

---

① "论写作中的简洁和文雅"(Of Simplicity and Refinement in Writing),《道德、政治和文学论文集》(Essays Moral, Political and Literary),汇编于《哲学作品集》(*The Philosophical Works*),4卷本,T. H. Green 和 T. H. Grose 合编,London:1882;Aalen:Scientia Verlag,1964 的报告,第3卷,第243页,新增强调。

单"且"没有堕落"。① 在过去复杂且越来越复杂的文化中,这种对原始的渴望促成了莱斯利·斯蒂芬(Leslie Stephen)的评价:这种渴望是一种"徒劳的尝试,在对其真正活力有致命影响的环境中,复活旧思想和感情模式的徒劳尝试"。②

值得注意的是,我们发现启蒙运动几乎完全是对原始诗歌和文学的狂热崇拜,而不涉及原始音乐、绘画、或舞蹈。文学似乎更年久,更精炼,发展更快。在所有艺术媒介中,词语最不容易受到技术创新的影响。人们认为,欧洲的宠儿芬格尔(Fingal)、詹姆斯·麦克弗森大受欢迎的《奥西恩》(Ossian)中所谓的诗人,以及如打谷诗人斯蒂芬·达克(Stephen Duck),"诗意的洗衣妇"玛丽·科利尔(Mary Collier),或"诗意的砌砖工"亨利·琼斯(Henry Jones)等诗人,都没有受到神秘的文化问题的影响,而这些问题却折磨着教养程度较高的批评家和诗人。对于我们来说,人类对真实的渴望,为我们将民间艺术从习以为常的记忆和其他艺术的影响中真正解放出来,就像这种渴望为18世纪的诗歌所做的一样,从而激起了人们对民间艺术的狂热崇拜。如果本·琼生活在当下,他可能会抨击化妆品公司是文明的纵容和文雅化的缩影,但即使是化妆品公司,也发现了带有"沙漠"或"丛林"色彩的"原始颜色"的高端市场。

作为诗人,查特顿(Chatterton)的身份根植于"原始"(primitive)或未经修饰的过去,他的作品展现了最奇特和悲伤的例子。查特顿与科利尔或达克不同,通过打造一种非凡的天真质朴,他在诗歌领域取得了成功。然而,作为孩童,他真正的慰藉和消遣来自位于布里斯托的老教区教堂圣玛丽·拉德克里夫,他的祖先在那里做了将近两个世纪的教堂司事。在坟墓、羊皮纸、手稿、纪念碑、铭文和黑体字的

---

① Robert Alves,《文学史概略》(Sketches of a History of Literature),Edinburgh: Alex. Chapman,1794,第151、194页。
② Leslie Stephen 编,《18世纪英国思想》(English Thought in the Eighteenth Century),2卷本,第三版,London: John Murray,1902,第2卷,第446—447页。

圣经中,查特顿构想出最初的虚构作品,并有意识地进入了古人的世界。济慈明白,仅把查特顿视为精明的伪造者或骗子是不公正的。查特顿陷入了相互矛盾的文学价值观的钳制,是文雅悖论的受害者。一方面,他的作品吸引了一些人,他们渴望真实的、诚挚的、接近自发情感和"诗歌"行为源泉的事物。西德尼很久以前曾赞美过珀西的民谣和道格拉斯的《柴维猎场》(*Chevy Chase*),艾迪生在《旁观者》中写了两篇文章,解释这种本土诗歌的优点和力量。有些读者厌倦了大量拙劣的模仿和精美的杂志诗歌,对他们来说,上述诗歌无疑是"有新意的"。然而,另一方面,这个时代终结于这种过于友好的评判。当查特顿被"发现"时,也就是他最终被"找出来"时,他所提升的新颖性和原创性保证就倒戈相向了,尽管他的诗歌并没有改变一个词。这些诗歌不再能令人振奋地取代过分精炼的诗歌,人们也认为他辜负了知书达理的读者的期望,然而,这些读者"强词夺理",是因为他们对过去的渴望投入甚少,理解肤浅。在《漫步者》第154篇中,约翰逊警告说,知道评判这个事实的公正性也没有用处,"还没有人可以通过模仿变得伟大"。然而,效仿的想法其实是另一种情况,因为德莱顿意识到他说的是效仿,而不是模仿莎士比亚。一种别出心裁的效仿,绕过模仿所提出的形式和体裁重现,成为对抗日益狭隘地关注反复文雅化的方法。因此,在整个18世纪,尽管人们不再高度重视对前人特定作品的模仿,但朗基努斯式效仿其精神的趋势却不断增长。①

彭斯(Burns)比年轻的查特顿更了解如何利用一群文明的读者的渴望,他既不模仿维吉尔,也不模仿忒奥克里托斯(Theocritus),而是以谦逊的口吻,精明干练地介绍了他于1786年在基尔马诺克出版

---

① Howard D. Weinbror,"超越的愿望:17和18世纪效仿的美学"('An Ambition to Excell': The Aesthetics of Emulation in the Seventeenth and Eighteench Centuries),《亨廷顿图书馆季刊》(*Huntington Library Quarterly*)48,1985,第121—139页,尤见第125—134、139页及注释35。

的诗歌：

> 有些诗人拥有习得艺术的所有优势，也许过着优雅闲散的上层生活，在下层社会寻找一个乡村主题，并且着眼于忒奥克里托斯和维吉尔，而下面的琐事不会进入这些诗人的作品……这些诗歌的作者不熟悉按规则写诗的必要要求，他凭借自己及其身边的乡村伙伴的乡土语言，唱出了从自己和伙伴们身上感觉到的情感和了解到的风俗。

华兹华斯在14年后为他的《抒情歌谣集》进行辩护，虽然目的不同，但使用了非常相似的词汇和寓意（"乡村的"以及"选择人们真正使用的语言"）。直到1820年，约翰·克莱尔（John Clare）的出版商约翰·泰勒（John Taylor）向读者保证，"以下诗歌可能会因其内在价值引起注意，但它们也可能因其创作境况而获得关注。这些诗歌是一个年轻农民的真实作品，他白天是耕种的劳动者，没有任何超越自己阶层的教育优势"。

克莱尔、华兹华斯、彭斯和查特顿的情况各不相同，但这一切揭示了一种矛盾，即被公认为派生出的（即模仿的）、修饰过的、编撰的和精致的文学，与那些新的、直接的、不受错误模式或"多余的精细"束缚的作品之间的矛盾。一种文化能兼顾文雅（refinement）和创意吗？在《诗歌艺术的新方案》（The Art of Poetry on a New Plan）里，约翰·纽伯瑞（John Newbery）将莎士比亚比作"其他诗人"，声称那些其他人"过于关注古代作家，并且由于经常模仿，失去了创新精神"。① 批评家和公众能否要求作家将一种力量，神秘地留给"原始的"和相对未受过教育的诗人（如贝蒂的吟游诗人和

---

① John Newbery,《诗歌艺术的新方案》(The Art of Poetry on a New Plan),1762,"论史诗或英雄诗歌"(Of the Epic or Heroic Poem),第382页。

教他歌唱的老妪诗人),并且同时为自己集体知识的进步和批判能力的完善沾沾自喜?①

除了尚古主义(Primitivism),无论真实的或矫饰的,我们在诗歌中可以看到贺拉斯式的理想。18世纪的萨宾农场;从考利所说的"那个怪物伦敦"出发的一次飞行;以及柯勒律治在《午夜霜降》(*Frost at Night*)中,承诺他的孩子永远无需忍受在一个肮脏的城市里成长——所有这些,都可视为对真正过度文明化的城市价值的反应。庞弗雷特(Pomfret)的《选择》(*Choice*)、《任务》(*The Task*)、格雷的《墓园挽歌》(*Elegy*)、《四季》(*The Seasons*)、考利的《论晦涩》(*Of Obscurity*)、约翰逊的《伦敦》、蒲柏的《罗斯的男人》等,这其中没有一篇可以称为代表尚古主义的请求。相反,在某种程度上,这些诗篇都依赖于自给自足的隐居,以及自然甚至乡野美德的古典的理想观念。我们也可将其视为对社会文雅化的一部分的直接反抗,这种文雅化也带来了竞争、官僚主义,以及对名利和"声誉"的争夺。这种反抗并不是对古典传统主题的随意模仿,而是真诚的抗议。约翰逊附和了格雷的《墓园挽歌》,他在其后期诗歌《罗伯特·莱维特医生之死》(*On the Death of Dr. Robert Levet*,1782)中,推崇了莱维特遵循的价值观。莱维特是"无辜的、真诚的……粗俗友善的"。与"受过教育的傲慢自大"的人不同,这位谦逊的伦敦穷人的医生拥有"粗俗的优点"。

然而,与约翰逊所说的"前期的"作家相比,后世作家可以接受一种观念是,他们面对的最大的可能性倾向于使他们更加远离自然,以及托尔斯泰所说的"人性的基本问题"的可能性。艾迪生在讨论史诗时,提到了"后续时代错误的文雅"。② 约翰逊重点关注文学形

---

① Robert Folkenflik,"麦克弗森、查特顿、布莱克和文学造假的伟大时代"(Macpherson, Chatterton, Blake and the Great Age of Literary Forgery),《百年评论》(*The Centennial Review*)18,1976秋,第378—391页。

② "旁观者"(Spectator)279,《旁观者》(*The Spectator*),5卷本,Donald F. Bond, Oxford: Clarendon Press,1965,第2卷,第588页,新增强调。

式(literary form),将其作为这一悖论的反映,在《德鲁里巷剧院建成开幕式的讲话》(*Drury Lane Prologue*)中,他呼吁再现伊丽莎白时期充满活力的剧院,因为现在的剧院"被规则碾碎,因精致而衰弱"。约翰逊在其他地方提到,改进蒲柏的诗律将是"危险的"。人们也可以认为,蒲柏的习语和技巧进一步完善和压缩之后,可能会崩溃瓦解,变得模糊,而失去的将不只是收益,还包括读者。我们多次发现,诗歌形式的改进最终不尽人意,吉尔克里斯特(Gilchrist)的《英语诗歌之美》(*Beauties of English Poetry*,1786)提醒世人,"在努力润色诗歌的过程中,思想的力量和活力都消失了,人们往往因为喜爱浮华的修饰而忽视了精神的魄力和生动"。①

1790年,亨利·詹姆斯·派伊(Henry James Pye)成为桂冠诗人。而在那两年以前,他已经发表了《文雅的进步:三段式诗歌》(*The Progress of Refinement: a Poetry in three parts*)。相比诗人,派伊更是一位优秀的议会成员,而"诗人派伊"却表达了与不安相调和的普遍希望。这个进步的狂热信徒,对伴随他所珍视的进步而来的过度文雅心怀疑虑。

> 如果他们击退了生活中更严重的邪恶,
> 安抚了坚毅的心灵,他们自己也会衰弱,
> 如果他们缓解了野蛮人的憎恨和疯狂的欲望,
> 他们也将熄灭诗人的热情和爱国者的怒火。
>
> 第三部分,第293—296行

文雅(refinement)和高雅(elegance),"有教养的"和"修饰过的"事物,似乎是实现成就的保留路径,但这个路径能像棍子一样经得起永远的雕琢吗?其做法是去征服和限制,随后转向纯粹的新奇或震

---

① Gilchrist,《英语诗歌之美》(*Beauties of English Poetry*),London,1786,第238页。

惊作为出路。约翰逊认为约瑟夫·沃顿有一句话值得特别关注："当对批评作了大量研究、写作规则建立起来之后，没有一个优雅的国家曾出现过任何非常不凡的书？"①一个人可以继续改进多长时间？也许蒲柏并不是一个好榜样，这也可能是后来人们抨击他根本不是诗人的原因之一。在为《不列颠百科全书》(Encyclopaedia Britannica)撰写的关于蒲柏的文章中，德昆西(De Quincey)认为，伊丽莎白时代之后，"激情开始在更低空盘旋飞行……观察、精炼、反思"，启蒙文化在这三方面投入了大量的批评努力。阿奇博尔德·艾利森(Archibald Alison)、《论写作的艺术》(Traite de l'art d'ecrire)中的孔狄亚克(Condillac)，以及《拾遗》(Gleanings)中的约翰·莫伊尔(John Moir)，只是少数认为批评实际上正在危害艺术的人。1826年，歌德告诉艾克曼(Eckermann)，"在批评和碎片化期刊的悲惨日子里"，莎士比亚再也无法出现在当今的英国——这是对德莱顿《格拉纳达》第二部分"后记"的实质含义。

"文雅"和"高雅"可以——并且的确常常——同时意味着两个相互关联的东西：艺术技巧和社会礼仪的精进。两种价值观相互联系。这是现代社会最引人注目的社会文学现象之一。约翰逊大胆阐明了消极的可能性，"精致的高雅使人失去耐心"，完美主义和精细使得关注点再也没有任何值得付出的价值，整个事情变得简直令人难以忍受(否定词in+拉丁词根patiens"耐心")。任何看过《傲慢与偏见》这部电影的人，都会享受到这一时刻，演员葛丽亚·嘉逊(伊丽莎白)注视着劳伦斯·奥利弗(达西)的眼睛，反驳他所说的中产阶级身上粗俗的本性："哦，是的"，她说，"如果你真的想做到高雅，必须死了才行。"阿道斯·赫胥黎(Aldous Huxley)的这个剧本使人想起了奥斯丁最爱的作家约翰逊。鲍斯威尔说，约翰逊建议他"孩

---

① Joseph Warton,《论蒲柏的天才和作品》(An Essay on the Genius and Writings of Pope),2卷本,London,1806,第1卷,第198页。

子的教育不要太精进。(他说)'生活接受不了文雅:你必须和其他人一样做'"。文雅的本质是不断重复、不断前进,但无法得知在什么地方停下,这是一种自我服务的价值观,是一个普遍的牺牲品:错误地把特别的、次要的目的当作所有目的。因此,奥斯丁写到,我们发现伊丽莎白的妹妹玛丽"如往常一样埋头研究通奏低音和人类本性"。在艺术或教育领域,专业化和狭隘的视角可能会大大减少受众。然而,在某种程度上,这种文雅是必要的,关键是要知道它何时适用。鲍斯威尔强调了整个问题的内在对立和悖论本质,约翰逊曾建议他像别人那样做,许多年后,鲍斯威尔提出了明确的主张,"品味的精进是一种缺点,因为,与那些没有良好的辨别力、从而对所有事情都感到满意的人相比,有品味的人必然会失去更多的快乐"。不过,当时约翰逊支持个人努力,于是他回答说:"不,先生,这个观念毫无价值。在任何方面你都需要竭尽所能地做到完美。"①

在艺术中,文雅和高雅以更细腻的技巧、词汇、诗律、结构和自觉试验的形式出现,它们也存在于对亨利·詹姆斯概括的"工具(devices)"的完善过程中——简而言之,这些工具是作家发明、选择、组织、修改和雕琢时的用心。② 这种态度带来了极佳的效果,也宣扬了彼得·维尔瑞克(Peter Viereck)在其诗作《从壮美到过度细致的四个阶段》(*From the Sublime to the Meticulous in Four Stages*)中描绘的情形:

> 但丁:我们是上帝的诗人
>
> 彭斯:我们是人民的诗人。
>
> 马拉美(Mallarme):我们是诗人的诗人。

---

① 《传记》(*Life*),III,第169页,1777年9月19日;IV,第338页,1784年6月30日。
② Bate,《重担》(*Burden*),第80—84页;Krieger,"艺术和……进步"(The Arts and Progress),第461页。

今天的诗人(沾沾自喜):啊,我们是批评家的诗人。

约翰逊明褒实贬地说:"艾迪生说的是诗人语言,而莎士比亚说的是人类的语言。"阿奇博尔德·艾利森在其《品味的原则》(*Principles of Taste*,1790)中明确描绘了这种情形:作家"在试图展示其艺术优越性时",会禁不住"逐渐忘记他的艺术目的"。读者将体会到"为了展示艺术本身,而逐渐抛弃艺术目的"。① 艺术家弗兰克·斯特拉(Frank Stella)曾评论说,在文艺复兴艺术的某一时期,模仿的主题的首要性逐渐让于模仿的技巧,随后出现了矫饰主义(mannerism),并形成了现代艺术的主要趋势。一些现代社会学家如皮埃尔·布尔迪厄(Pierre Bourdieu),在复述这个结论时提及了读者,"形式文雅(formal refinement)在文学或戏剧中会导致晦涩难懂,而在工人阶级眼中,形式文雅是一种迹象,表明人们有时会觉得想要与外行人保持距离"。②

在《荷马生平与写作考察》(*Enquiry into the Life and Writings of Homer*,1735)一书中,托马斯·布莱克威尔提到"人民的幸福折断了他们诗歌的翅膀"。换句话说,摆脱了安定的、充满关爱的社会,伟大的诗歌行为才得以精致。③ 这一解释深受赫兹利特的偏爱。在1818年的《英国诗人讲稿》中,赫兹利特说:"知识和文雅的进步往往会限制想象,折断诗歌的翅膀,这是不可避免的。"济慈出席了那次讲座。在(下一年创作的)《拉弥亚》(*Lamia*)中,我们又读到了关于系统知识侵蚀诗歌精神的观点:"哲学将会折断天使的翅膀。"随后,1853年,阿诺德在一篇前言中,花费了大量时间探讨了诗歌潜在收

---

① Bate 的引用,见《重担》,第 84 页。
② Pierre Bourdieu,《区分:对文学品味判断的社会批判》(*Distinction: A Social Critique of the Judgement of Taste*), Richard Nice 译, Cambridge Mass.: Harvard University Press,1984,第 33 页;初始版本《区别:判断的社会批评》(*La Distinction: Critique sociale du jugement*),Paris Editions de Minuit,1979。
③ Thomas Blackwell,《荷马生平和写作考察》(*Enquiry into the Life and Writings of Homer*),1735,第 28 页。

缩的范围。另一方面,这也让尼采感到不安:在《悲剧的诞生》(*Birth of Tragedy*)中,尼采认为神话的消逝意味着一切都将转化为"历史"或"批评"。

赫兹利特提出"为什么莎士比亚很受欢迎"时,他的回答立刻提高了他的声誉:"与其说是因为他的文雅……不如说是因为他的权力"。也许对于文雅的后果,人们过去、且一直暗地里担心的是诗歌流行度降低、其情感力量减弱,以及那些热爱诗歌并相信诗歌保留了人类社会真实希望的人强烈感受到的损失。弗朗西斯·杰弗里在1810年评论司各特的《湖上夫人》(*Lady of Lake*)时,看到了一个长期趋势的后果:

> 我们认为,与那些不太在意精致的古代艺术家所熟知的事物相比,更多精美的图画以及更深入、更持久的悲伤旋律丰富了现代诗歌。但与此同时,更多的矫饰也丑化了现代诗歌,使其内容更显复杂冗余……在这方面,现代诗歌可与……现代雕刻相比。在自由、优雅和简洁方面,现代的作品远远逊色于古代。但作为回报,现代诗歌或雕塑常常表达更明确,对不太适当的修饰处理得更精致。
>
> 然而,由于方式的改变,无论得失如何,显而易见的是,诗歌的受欢迎程度必然会因此降低。①

托马斯·沃顿写了第一部英国诗史,他在书中直截了当地描述了当时的情形:"无知和迷信,与人类社会的真正兴趣相悖,但却是想象力的源泉。"②在一些作品中,如威廉·柯林斯的《给托马斯·哈姆纳

---

① "爱丁堡评论",1810,《给爱丁堡评论的投稿》,1846,II,第244页。
② Thomas Warton,《英国诗史》(*The History of English Poetry*),4卷本,London,1774—1790,第2卷,第462页。

先生的信》(*Epistle addressed to Sir Thomas Hamner*, 1747),爱德华·杰宁汉姆(Edward Jerningham)的《斯堪的纳维亚诗歌的兴起和进步》(*Rise and Progress of Scandinavian Poetry*, 1784),以及乔治·理查兹(George Richards)的《英国原住吟游诗人的歌谣》(*Songs of the Aboriginal Bards of Britain*, 1792),其作者都赞美了诗歌曾经无比重要,深受喜爱,但这种日子一去不复返了。

威廉·达夫(William Duff)和约翰·"评价"·布朗(William Estimate Brown,这个绰号源于其《对时代礼仪和原则的评价》[*Estimate of the Manners and Principle of the Times*]一书,该书于1757年出版,一年内修订了7个版本)假设了一种类似动脉硬化的文化衰落。布朗说,英语语言已经变得"虚荣"、"华丽"和"自私"。"品味和学识的普遍衰退"如疾病感染了这片土地。他认为"进步"是混杂的,甚至是糟糕的或残暴的。汤姆逊描绘了人类从猎物成为捕食者的悖论,人们把原始的脆弱抛在脑后,取而代之的是"野蛮的生活艺术,死亡、掠夺、屠杀、贪婪和疾病"。布莱克在《四个佐亚》(*The Four Zoas*)的第七夜对进步作了描述,从而想起了:

> ……复杂的轮子发明出没有轮子的轮子
> 年轻人在工作中难以驾驭,劳动者也困于其中
> 在无尽的永恒中日夜劳作。他们可能
> 连续地锉磨抛光铜和铁,做着辛苦的手艺
> 却不知道用这智慧的日子、可怜的苦工
> 赚来的微薄收入有何用处①

华兹华斯在试着让诗歌使用"人们真正使用的语言"时,抨击了他那

---

① 《威廉·布莱克诗歌和散文》(*The Poetry and Prose of William Blake*),David V. Erdman 编,Harold Bloom 评论,Garden City, N. Y.;Doubleday,1965,1970,第396页。

个时代的感觉论和退化的艺术品味。

此外,困难和衰落,或至少是障碍的另一迹象,即创新的压力随着古典主义主导地位的衰落而增长,使得像考利和柯勒律治这样两种截然不同的诗人同时哀叹,现代诗人的工作压力非同寻常。① 考利写道:在"爱情和寓言浮夸的盛宴中供应任何新的菜肴,几乎是不可能的"。因为现代诗人的尝试都"不过是古人的残羹冷炙,重新加热后再次送上来"。艾迪生在《旁观者》第253篇(1711年12月28日)中说了类似的话,"生活在较晚的年代(引用了布瓦洛类似的句子),想要发表一些……其他人还未谈及的看法,这几乎是不可能的"。在《卫报》(Guardian)第12期的文章中,斯蒂尔也对此表示赞同,第三次说出"这是不可能的"。他声称:"既然自然依然如昔,那么任何现代作家都不可能使用区别于古人的方法进行描绘。"之后讨论《冈底波特》时,理查德·赫德谈到了"创新中的矫饰,出现在有学识、有教养的诗人中",但这似乎必然造成术语之间的矛盾。②

柯勒律治认为诗歌风格已经变得向内生长了。他说:"无数诗歌都是所有可能的思想以及思想关联的诗意变形",诗歌变得过于简单了,因此"在今天……(写诗)非常困难。在过去许多年里,我已经绝望地放弃写诗了"。③ 在《漫步者》第36篇中,约翰逊认为,自然只向耳朵和眼睛提供有限数量的形象。现代诗人要想创新性地模仿,必须"富有哲理地"看待自然。在这种背景下,我们可能会想起

---

① W. J. Bate,"英国诗人和过去的重担,1660—1820"(The English Poet and the Burden of the Past,1660—1820),《18世纪的方方面面》(Aspects of the Eighteenth Century),Earl Wasserman 编,Baltimore:Johns Hopkins University Press,1965,第245—264页。

② Richard Hurd,"诗歌模仿论"(A Discourse on Poetical Imitation),《理查·赫德作品集》(The Works of Richard Hurd),8卷本,London:T. Cadell & W. Davies,1811,第2卷,第235页。

③ 致 Thomas Curnik 的信,1814年4月9日,《塞缪尔·泰勒·柯勒律治书信集》(Collected Letters of Samuel Taylor Coleridge),Earl Leslie Griggs 编,Oxford:Clarendon Press,1959,I,第469—470页。

柯勒律治对华兹华斯的反复称赞,柯勒律治并非称赞华兹华斯是看得见的自然的诗人,而是在称赞他是能够写出"第一首真正的哲理诗"的诗人。批评家需要担心,诗人如何避免在双重压力下放弃写诗,其一方面的压力是他们渊博的学识,另一方面则是创新的努力。这不仅是合理的,也是必要的。

文雅的价值在王政复辟和18世纪早期受到了高度重视,承受着不断增加的压力,直到最终被质疑、剖析和削弱。文雅与创意不同,创意在时间上看似可以无限,取之不尽,而根据定义,文雅是发展迟缓的,并且变得越来越脆弱。尚古主义和一种更"自然"的诗歌措辞的兴起,与文雅的自我扼杀有直接关联,而文雅则是风格和题材的附加价值。事实上,那些原始的、自然的和新颖的价值合乎逻辑地替代了一种观念,这种观念是自然的,也可以说是注定的。从18世纪60年代到90年代,诗歌相对贫瘠,而正是在这一时期,文雅最终枯竭。最有趣的诗人,诸如在珀西主教的《古韵集》(*Reliques*)里再次发现的诗人,"芬格尔"、歌尔德斯密、罗伯特·弗格森、查特顿、彭斯、库珀,以及克雷布,似乎都以各种各样的方式减少或抛弃对文雅的关注。

周期和文学体裁

一个周期或确定的系列事件的概念,就像季节观察和每年的星星之舞一样古老。连续的文明和诗歌的"时代"是很常见的:如铁、黄金、银、铜时代。有些说法把白银时代放在黄金时代之前,或者用黄铜代替铜。托马斯·黑克威尔(Thomas Hackwell)提出了一种周期式的自然理论,而德莱顿等作家看待艺术问题时,似乎知道这一理论,或者类似的体系。周期理论与蔬菜或自然生长类似,不仅适用于艺术,也适用于语言本身。一些17世纪的作家,如爱德华·菲利普斯(Edward Phillips),可以想象一个看似无穷无尽的成熟过程。菲利普斯在《剧院诗人》(*Theatrum Poetarum*,1675)的前言中,品味着"最近如此文雅的现代语言的流畅风格",并且推断,"再过二三十年,那时的语言会比现在更文雅"。然而,菲利普斯也警告说,语言的文雅可能会削弱诗歌的力量。"如果除了追求完全的语言文雅之外,诗歌不应再有其他诉求",那么作品很快就会"过时,并且被弃之不顾"。① 到了18世纪后期,正如我们所见,暂停的预警就成了令人担忧的问题。人们失去了对文雅语言的轻松自信。相反,频繁的断言涌现,即更早更原始的语言实际上更富有诗意,因为它们没有过于文雅,因此更多依赖于隐喻和形象。或者用雅各布森(Jakobson)的定义来说,他提到了一个简单的事实,起初,语言选择范围狭窄,因此,诗歌语言的组合必须更频繁地出现,所以会有更多的选择轴投射到组合轴上。雷奥纳德·韦尔斯特德(Leonard Welsted)在《论英语语言的完善和诗歌的状态》(*A Dissertation concerning the Perfection of the English Language and the State of Poetry*,1724)中提到,"语言是这样,动物、蔬菜和其他所有事物都是如此;它们有自己的兴起、发展、成熟和衰落过程"。韦尔斯特德得出的结论是,英语"无法达到比现在已实现的更突出的完美了"。接下来会出现什么尚未可知,除非人们再回到不那么文雅的、更自然的时代。②

关于英国文学黄金时代的具体时间很难达成共识。很明显,杰弗里否认了他对作家的进步和品味的信心,我们早前已经注意到这一点,杰弗里认为"英国文学史上最闪亮的时代"是"从伊丽莎白统治中期到王政复辟时期的六七十年"。歌尔德斯密则认为英国文学是在"安妮女王统治时期,或者之前一些年"达到了顶峰。③(本·琼生

---

① 《17世纪批评文集》,Spingarn编,第2卷,第263、264页。
② 《伦纳德·韦尔斯特德先生诗歌和散文作品集》(*The Works in Verse and Prose, of Leonard Welsted Esq.*),John Nichols编,London, printed by and for the editor,1787,第123—124、122页。
③ 《给爱丁堡评论的投稿》,1846,II,第38—39页;"英国奥古斯都时期记事"(An Account of the Augustan Age in England),《蜜蜂》,第8期,《作品集》,Friedman,I,第498页。

在晚年的时候,认为就是这段时间,或者之前不久,英国文学"日趋没落"。)不过,即使没有多数赞同的特定的几十年获得这一非官方奖项,这个被铭记的黄金时代也可大致确定为1550至1700年间。

德莱顿在其批评中,引用了罗马思想家维莱里乌斯·帕特尔库路斯(Velleius Paterculus)的观点,休谟后来也进行了引用(约翰逊也推荐去读维莱里乌斯·帕特尔库路斯的作品)。维莱里乌斯设想,随着作品和美德四处传播,人们相互效仿的时候,人类成就的周期就达到了顶峰——简而言之,这是在有意识地比较、评价判断和个人努力同时发生时实现的。亚当·斯密认为,在他的时代,苏格兰有幸出现了一个"成熟"的周期。他的说法是正确的。突然之间,苏格兰在文学、哲学和经济学方面脱颖而出。几个世纪以前的相对贫瘠可能是一个原因。苏格兰并不关心文雅使之衰弱的后果对刚刚过去的时代的影响。这有助于解释为什么约翰逊喜欢在苏格兰旅行,却拒绝参加一些文化庆典,比如1764年加里克在斯特拉福举行的莎士比亚周年纪念活动,约翰逊认为这些活动在本质上是堕落的。

诗歌的周期理论虽然陈旧,但影响深远。斯蒂芬·格森(Stephen Gosson)的《弊病学校》(*School of Abuse*)帮助推动西德尼创作出《为诗辩护》(*Defense*),与之不同的是,皮科克的《诗的四个时代》本身并没有抨击诗歌。然而,这似乎更具有毁灭性,因为它暗示了敌人是内在的:诗歌必然遵循一系列事件发生的顺序,一个兴起和衰落的周期,诗人只是其中过客。这个问题等同于人们对当代场景的判断。现在的时代处于周期的什么位置?诗歌,或一般艺术,正处于回升时期,还是低迷时期?它会持续多久呢?文艺复兴再次体验并利用了古人的精神和学识。不过,作家们是否会继续转向更早的时期,受其鼓舞,而不落入贺拉斯在《诗艺》中嘲讽的奴性的模仿:疯狂或贫穷的诗人希望通过单纯的变化来实现辉煌,在森林里画海豚吗?人们怎样才能以弥尔顿和莎士比亚为榜样呢?布莱克和济慈表明,这种尝试可以解放诗人,而不只是限制他们。

第二章　文雅的悖论：文学的进步和衰落　83

在某个时候，许多批评家都站在实用的非决定论的立场上，并且随着对文雅的重视逐渐消退，这一立场变得越来越普遍。他们拒绝放弃衰退、进步或循环的可能性，但他们也不会让诗歌由行为主义和文化来决定。毕竟，谁能确定哪种对艺术和文化的伟大判断是准确的呢？努力推动诗歌发展，并且探寻诗歌如何发展，难道不是重要的事情吗？约翰逊抗议说："当我听到有人牺牲现代来赞美古代时，我总是很生气。"①直到 1818 年，威廉·罗斯科（William Roscoe）才在《论文学、科学、艺术的起源和变迁及其对社会现状的影响》(*On the Origins and Vicissitudes of Literature, Science, and Art, and Their Influence on the Present State of Society*)一书中，发表了冷静的分析，他在书中没有看到"任何进步和恶化的内在趋势"。和休谟一样，罗斯科也引用了一些与政府制度和社会经济制度密切相关的因素，因此，他避免了专注于狭隘的文学历史。② 于是，各种各样的先决条件涌现出来。如果诗歌正在经历衰落的痛苦，那么音乐呢？如果诗歌正在以新形式向前发展，比如较短的抒情诗，那么视觉艺术呢？"美术"或"同类艺术"可能是相关的，但它们都是在一条曲线上起伏吗？难道这些命题不是因为太过混乱而难以得出公理吗？如此繁多的文化、国家、艺术，以及艺术中纷繁的体裁或种类。在这种复杂的情况下，一位批评家可能会同时主张四个概念——衰退、进步、周期，以及一个悬而未决的非决定论，并将每一种概念应用在当下看似适用的情形中。德莱顿是这样做的，他会强调了一个或另一个符合他目的的主张。这些想法同时起作用，因为文雅的悖论揭示了它们必须经常如此。

进步和衰退的想法带来了体裁的转变。在艺术的任一分支中，每一种体裁都可同样看待。如果在 18 世纪后期，抒情诗复兴了，是不是也可以说悲剧或史诗，或者谢里丹（Sheridan）之后的喜剧也复兴了

---

① 《传记》,IV,第 217 页。
② 《政论作家》(*The Pamphleteer*),XI,第 507—535、514—515 页。

呢？当然，如果说小说没有得到名望，但它得到了读者的喜爱。约翰·布朗的《论诗歌与音乐的兴起、融合和力量、进步、分离和堕落》(*Dissertation on the Rise, Union and Power, the Progressions, Separations and Corruptions of Poetry and Music*, 1763) 考察了随着时间的流逝，艺术如何变得更加专业化和自我封闭。考察结果是对文学体裁发展的研究，以及以文学历史形态学作为脉络，对文化价值以及文化如何呈现自我形象的追溯性研究。进步和衰落、文雅与升华的观点密切影响着体裁批评(genre criticism)。此处社会礼仪的地位也同样重要。约翰逊放弃了田园诗，因为它不再反映"真实的生活"，对他来说，田园诗变成了堕落的形式。一个新的、更现实的田园诗歌，正如《迈克尔》(*Michael*) 对华兹华斯的意义，需要将这种文学体裁还原到社会现实中。与不太文雅的乡间纯真相比，《迈克尔》本身戏剧性地适用于城市生活毁灭性的文雅。歌尔德斯密预言了英国现实情景喜剧在谢里丹之后的衰落，其后赫兹利特附和了这一点，1773年，歌尔德斯密警告说，"由于我们太挑剔细节"——社会礼仪方面太文雅——"我们已经把幽默赶下了舞台"。在考虑进步、衰落以及文学体裁的问题时，约瑟夫·沃顿看到了一线希望："如果现代人在某一种类型的写作中超越了古人，那么它应该是讽刺文学"。① 如果我们认同诺思洛普·弗莱(Northrop Frye) 的观点，即讽刺文学最晚出现在模仿模式中，这个评论则符合了文学体裁按时间顺序发展的观点。18世纪是古典模仿(classical mimesis) 统治英语文学的最后一个时期，我们可以认为，在这一时期，单一文学模式中最完美的形式是讽刺文学。

塑造现在的神话/独创性科学

评价艺术变得非常有启示性，尤其是当批评家将评价用于其所

---

① Joseph Warton,《论蒲柏的天才和作品》(*Essay on the Genius and Writings of Pope*), 1782, II, 第211页。

处的时代,而不是过去的时代时。比如,当一种风格或时代成为历史时,称之为"颓废的"是一回事,但正如世纪末的运动一样,认为现在的时代是颓废的则是另一种更具有影响力的行为。这种评价不仅对个人,而且对整个文化来说,都扩展成为了自我塑造的神话。从这个意义上来说,批评家变成了神话创造者。因此,乔治·桑塔亚纳(George Santayana)在文化小说《最后的清教徒》(*The Last Puritan*)中,描写了在其所在时代体验过的一种文化,小说的结尾并不是客观的价值观声明,而是关于文化内涵和个人价值的主张,这个主张不仅存在于我们讲述故事所使用的叙事形式之中,而且是由这种叙事形式创造出来的:"生活结束,且世界灰飞烟灭之后,除了组成我们故事的那些幻想的形式,撇开幻想,我们的精神还可以把什么样的现实称之为自己的呢?"

我们正在讨论的基本问题还附带了一些其他话题,其中包括模仿和翻译,这是超越其古典祖先的民族文学传统的巩固精神,"自然"和人工价值观的两极分化,以及原始主义问题。从进步和衰落、文雅和高雅的角度,都可以对上流生活和底层生活,或城市和乡村的文学主题和社会现实进行卓有成效的研究。如果我们询问为什么休谟把美德区分为"自然的"和"后天的",我们并没有离题太远。

和其他人一样,威廉·达夫也担心,通俗语言的文雅化,可能预示着对于感情强烈的诗歌来说必不可少的引起共鸣的隐喻力量的终结。伯克在他的《论崇高与美的起源的哲学探究》(*Enquiry*,第四部分,第七节,"语言如何影响激情")中总结了这种担忧,他说:"可以观察到",(他说有人正忧虑地观察着,这在伯克的时代发生过无数次)"非常文雅的语言,以及因其非凡的清晰明了而得到赞扬的语言,通常都缺乏力量"。这个问题刚出现时,德莱顿就留意到了,当时,他谈到了现在的语言"更加文雅和自由",然而,与伊丽莎白时期粗野的语言培育出的诗人相比,现在的语言却造就了更加衰颓的诗人。简而言之,对艺术整体健康的判断开始带来一系列的担忧:诗歌用语和语言学、城市化、古典学术,以及体裁等等。

更多因素开始发挥作用,尤其是人文主义者鲜少忘记但也不常提及的一个因素。在1660年之后的几十年里,人们在科学领域稳步取得了一个又一个成就。在17世纪晚期,许多知识分子,如《古今学术的反思》(*Reflections upon Ancient and Modern Learning*,1694)的作者威廉·沃顿,设想自然哲学、科学和数学将会不受约束地发展。对一些人来说,科学一直在实实在在地发展进步,而艺术和道德却变化不定。由于这些原因,拉布吕耶尔认为很难创作出新的重要的文学,但未来新科学的出现是显而易见的。在《格列佛游记》(*Gulliver's Travels*)中,斯威夫特无意中取笑了开普勒的行星运动定律。汤姆逊也在他的诗歌中融入了科学。现在,相对于人类致力于发展的另一广阔领域,艺术发现自己正处于一个新的境地。科学可以积累,技术可以用力量支配物质。自然哲学可以证明其进步性(也许它就等同于进步),但是艺术永远不能实现这种自信或类似的指数级扩张。歌尔德斯密在他的《古典教育现状探究》(*Enquiry into the Present State of Polite Learning*)中总结了这种情形。他曾经说:"艺术和科学共同发展,相互例证。不过,一旦学究成为立法者,科学就开始想要优雅,而高雅艺术则想要稳固;科学变得艰涩难懂,艺术则华而不实;哲学家变得恼人地一丝不苟,而诗人一直努力追求高雅,却只描摹出华丽的外表。"①

歌尔德斯密说的有些言过其实。科学和科学方法本身就是迷宫,会受历史甚至传记条件的限制。此外,我们可以将许多启蒙运动人物同时视为科学家和批评家,这本身无可厚非:如约翰逊称之为"欧洲最博学的人之一"的普里斯特里(Priestley)、本杰明·汤普森(Benjamin Thompson,拉姆福德伯爵[Count Rumford])、富兰克林(Franklin)、亚当·斯密、杰佛逊(Jefferson)和格雷(Gray)。然而,令

---

① Goldsmith,《作品集》(*Works*),Friedman 编,I,第268页。

人震惊的事实依然存在:散文体传奇文学很快会发现,普罗米修斯在现在与其说是诗人,不如说是科学家。

赫兹利特特别敦促在科学和艺术的融合上保持克制。科学的命脉依赖于精进,其本质是在早期的基础上不断努力。艺术依赖于接近自然、人类行为和艺术媒介本身的新方法。"这常常是一个令人抱怨和惊讶的话题",赫兹利特评价说,"艺术……在现代,没有跟上社会和文明的全面进步……首先,抱怨本身……在一个错误的理念上前进,因为这个类比……完全失败了;它适用于科学,而不是艺术"。任何对艺术进步的重要期望将会因此变得固执,且具有破坏性。我们必须牢记"科学和艺术各自独有的特性和优点,其中一个,永远不可能达到完美的顶峰,而另一个,几乎是立刻到达它的顶峰"。约翰逊似乎承认了推动科学发展的无尽的改进,以及威胁文学追求乐趣的过度的文雅,他建议道:"如果你在旅途中只能带一本书,那就带科学书吧。当你通读了一本娱乐书籍的时候,你了解了内容,但它不能带给你更多的东西,而一本科学书的内容是永不枯竭的。"①

艺术和社会的进步或衰退的问题既不是保守集团开创的,也不是他们延续下来的,虽然他们希望保留文学或阶级结构中更古老的经典价值观。这些问题吸引了狂热的自由主义和具有改革思想的人,如赫兹利特、年轻的柯勒律治、普利斯特里、布莱克和雪莱。在通俗刊物上,诗人批评家清楚地阐述了这些问题。沃顿的《英语诗史》(*History of English Poetry*)以一个概论开篇,揭示了在一个自认为复杂的社会中,诗歌(以及其他追求)的作用已经被提升为一个重大议题,而这一现象出现的原因是:在一个发展到最高程度的文雅的时代,人类的好奇心蠢蠢欲动,忙于思考社会生活的进步,忙于炫耀阶级,以及追溯从野蛮到文明的转变过程。在这一时期,这些猜测理应

---

① 《游记》(*Tour*),8月31日,见Boswell的《约翰逊传》,V,第138页注释。

成为最受欢迎的追求以及最流行的话题也就非常自然了。

  关于艺术状态的讨论和评论在广泛传播的期刊和书籍中占据了一席之地。我们可能会觉得，艺术的进步和衰落实际上过于抽象和毫无根据，并且由于个人品味不同，难以形成稳定的结论，从而，在多元多样的文化中显得格格不入。这个问题可以看作是没有文本的批评，展现出空洞的、理论化的知识姿态，但这个问题及其相关辩论改进了18世纪的批评，使其更具有自我怀疑的精神。此外，每当批评否定进步和衰落的问题，或者不理会文雅的悖论时，批评一举阻碍了对历史过程及其自身历史意识的合理评估。

第三章 "远离敬神的虔诚":
现代神话的兴起

是谁稳立奥林珀斯,给了众神生命?
这是人类的力量,在诗人心中得到启示!

《浮士德》,第1卷,第156—157行

18世纪为浪漫主义和现代的神话概念确立了思维模式。神话作家最早宣称,人们被动地接受古典神话,将其主要用在陈旧的修饰和引用中。用柯勒律治的话来说,这种古典神话是"被用烂的神话"(exploded mythology)。约翰逊鄙弃格兰维尔(Granville)的诗歌,他轻蔑地总结了这种新的批评的成熟:"他总是用幼稚的古代神话来自娱自乐。"① 文艺复兴复苏、探索和美化了古典神话,它与埃默里·内夫(Emery Neff)所说的创造了"现代世界经典"的浪漫主义运动,如同两个巨大的重物威胁着如薄木般不堪一击的18世纪。不过,捡起这块薄木,我们便扩展了文艺复兴的传统,并用这些传统的所有创新和文化的潜力,实现了神话现

---

① Samuel Johnson,《英国诗人传》(*Lives of the English Poets*),3卷本,George Birkbeck Hill编,Oxford: Clarendon Press,1905,II,第294页。

代模式的兴起。① 并且，只有当我们仅仅考察诗歌时，这个连接两个伟大的神话时期的世纪才是羸弱的。② 因为18世纪和这个时代的传统观点形成了鲜明对比，如同两座奥林珀斯高峰之间的峡谷，18世纪重新思考了神话的文学和批评假设，并将它们转化成现代的观念。

18世纪既没有盲目崇拜，也没有完全抛弃众神。正如弗兰克·曼努埃尔(Frank Manuel)所说，18世纪勇敢地面对众神。③ 正是18世纪许多关于神话的理性猜想，使浪漫主义诗人从中获得了方向和信心。历史研究、比较神话学、神话的社会学和人类学、神话的语言学和心理学的根源，以及作为神话制造者的诗人，都吸引着批评家和诗人。18世纪首次面临的困境，强化了上文提及的一种全面和多元化的研究，即使我们现在无法逃脱这种困境。我们发现创作那种人们赞赏的、以前流行的作家创作的神话日益困难，且重述那些较老的神话也同样困难，因为对于正在创作的诗人来说，那些神话"被颠覆了"，且不具原创性，在这种时候，我们能做什么呢？④ 难道对文学创

---

① 最好的文选是《现代神话的兴起，1680—1860》，有对个体作家详细的介绍性文章和极好的参考书目，Burton Feldman 和 Robert D. Richardson 合编，Bloomington：Indiana University Press，1972；关于18世纪，参见第1—295页。
② 尽管主要讨论的是诗歌，而不是散文批评或评论，但 Douglas Bush 的《英语诗歌中的神话和浪漫传统》(Mythology and the Romantic Tradition in English Poetry)仍然是必不可少的，Cambridge，Mass.：Harvard University Press，1937；New York：Pageant，1957年的报告。Bush 指出，新古典主义时期见证了在尝试神话诗歌方面"几乎毫无成果的一代"，这个时代"几乎完全贫瘠，至少没有出现好的诗歌"。
③ Frank Manuel，《18世纪面对的众神》(The Eighteenth Century Confronts the Gods)，Cambridge，Mass. Harvard University Press，1959。这本书包含了对18世纪神话的文化和宗教特征进行的细致论述。Mauel 也考察了法国和英国神话艺术的相反趋势。参见 Stefano Cochetti，《神话和"启蒙辩证法"》(Mythos und "Dialektik der Aufklarung")，Konigstein：Anton Hain，1985，哲学研究专著，Band 229，Cochetti 补充了霍克海默和阿多诺对启蒙运动的分析，并呼吁人们认识到古老神话而不是现代"神话"的重要性。尽管承认这种评价是应得的，我们可以主张一个更全面的角度，并确立英国思想者在这个问题上的倾向和强调。
④ 这个问题扩展到了18世纪和19世纪早期英国诗歌和文学的范畴，形成了 W. J. Bale 的《过去的重担和英国诗人》(The Burden of the Past and the English Poet，Cambridge，Mass.：Harvard University Press，1970)一书的主题。在第2章，第29—57页，尤其第34—36页，Bate 讨论了没有了原创地模仿的希望，这种赞美的"新古典主义困境"。

意的重视为不朽的现代神话招来灭顶之灾了吗?

不管我们如何分类18世纪对待神话的不同方式,我们和当时的作家都会发现,每种方式只是侧重点不同,而并非互相排斥的。不考虑史实,沃伯顿(Warburton)主教就不能证明摩西神圣的公使派遣,这是一个宗教甚至教条式的结论。当洛斯(Lowth)谈论希伯来人"神秘寓言"的"崇高"特性时,他采用了适用于同时代诗歌的一种风格的审美意义。怀着对古代宗教神话原文信仰的好奇,牛顿构建了他的年表。批评家和诗人与神话的关系变得如同济慈对古瓮的呼语:它是一位"林中的历史学家",记录着过去,而一首"枝叶绕边的传奇"萦绕在它的周围,引起旁观者的遐想,使其看到许多眼睛无法领略的景象。休谟也许早已对希腊罗马神话、基督教神话、希伯来神话,以及中国神话持怀疑态度,但为了理解神话,他分析了对这些神话的信仰。

一些人,如布莱克威尔和后来的赫兹利特,认为神话最初未必是关于众神的故事,其目的是怂恿或迫使目不识丁的大多数人信仰宗教。神话可被视作哲学猜想和一切关于人性及其根源的理想话语的原始诗意载体。塞姬(Psyche)的故事是关于人类心灵和内在精神本质的神话,她是公元2世纪阿普列尤斯(Apuleius)的《金驴记》中自觉地最后介绍的女神。古典神话最终象征着自己的内省。培根指出,哲学智慧是关键,而非宗教。他的观点与布莱克威尔在《神话书信集》中提到的相似,神话传说是"古人的智慧",并且"对于善于思考的人来说,是不断的快乐之源,因为神话传说代表了自然和艺术中最宏伟的思想"。① 布莱克威尔在早期出版了《荷马生平和写作考察》(1735)之后,又写出了《证明》(Proofs,1748),其中提到神话实际上是自然宏伟而普遍的寓言,是宇宙的富于想象的叙事,以及以叙事

---

① Thomas Blackwell,《神话书信集》(*Letters Concerning Mythology*),London,1748,第5页。

体进行的世界创造。神话是诗人创造力的"雄伟的展现方式"。① 如今卡洛斯·富恩特斯(Carols Fuentes)在评价两位现代小说家时,再次附和了相同的阐释:"对于加西亚·马尔克斯(Garcia Marquez)来说,就如对他的老师威廉·福克纳(William Faulkner)而言一样,小说就是我们称之为神话的根本行为,是创始行为的再次呈现"。《百年孤独》(One Hundred Years of Solitude)中展现的历史,是"男人和女人们梦到过、想象过、渴望过并且命名过的所有事物"。②

时代的结束

自相矛盾的是,18 世纪不断提高的读写能力,弱化了而非巩固了古典神话的存在。广大读者更加现代化(来自拉丁语的 modo,刚刚,不久):对神话原始语言的了解,往往来自于学校语法和对较容易文本的一知半解。年轻的华兹华斯和其他人仍然潜心钻研奥维德(Ovid)的《变形记》(Metamorphoses,和维吉尔[Virgil]相比,华兹华斯一生都偏爱奥维德),济慈在学生时代就翻译了一部分《埃涅阿斯纪》(所有主要的浪漫主义诗人都研究过原文、或至少是拉丁语的古典神话)。③ 不过,在《石蒜颂》(Ode to Lycoris,1817)的注释中,华兹

---

① Thomas Blackwell,《荷马生平和作品探询的证明》(Proofs of An Enquiry into the Life and Writings of Homer),1748,第 36—38 页;Blackwell,《荷马生平和作品探询》(An Enquiry into the Life and Writing of Homer),1735,第 148 页。
② "艺术和政治"(Art and Politics),《哈佛国际评论》(Harvard International Review),1983 年 11 月,第 7 页。
③ 在他的约翰·济慈《回忆录》第 123—124 页中(Recollections, London: Silow, Mar stop, Searle & Rivington,1878),Charles Cowden Clarke 指出,济慈了解一些基本的手册:Andrew Tooke 的《万神殿》(The Pantheon, 1698)、John Lempriere 的《古典词典》(Bibliothece classica; or, a Classical Dictionary, 1788),以及 Joseph Spence 的《波里墨提斯》(Polymetis, 1747):"这是济慈得以熟悉希腊神话的贮藏室。"还可以补充一些次要和间接的来源,比如 Burton 的《忧郁的解剖》(Anatomy of Melancholy),济慈将其用到了《拉弥亚》(Lamia)中。

华斯承认,17世纪时,"重要性和神圣性都是古典文学的属性……那种情形永远不会再现。毫无疑问,接近17世纪末,现代诗歌中所有典故都涉及神话,对神话的运用落入陈腐、毫无生气的情形,这种状况一直持续到18世纪,普通读者对此十分反感"。

然而,对当代写作中的古典神话深感沮丧的批评家和诗人,经常且更敏锐地注意到华兹华斯的观点。对于阿肯赛德(Akenside)及其他多数人(以及后来的华兹华斯)来说,这种反感和怀旧的钦敬混杂在一起。可是,怀旧的实质是事物的不可逆性。熟知之前借鉴行为的诗人和读者都知道,再次借鉴将毫无意义,此外,稍作改动的借鉴也不会带来新意,只会冒犯人们的期待,打破惯例。约翰逊再三强调了这一点。他说,瓦勒(Waller)

> 从古老的神话中借鉴了太多的情感和故事,而依赖古代诗人的事例来创作无疑是徒劳无效的:他们频繁引介的神祇已经被视为现实,甚至已被想象接受,那时所有严肃的理性都可以作出决断。然而,时光已经玷污了这些形象的光辉。一部被考察又被轻视的虚构文学作品,永远不能为任何立场提供坚实的基础,尽管它有时可以提供暂时的典故或者微不足道的故事。听到那些内容,现代的君主也不能获得更多的赞誉,正如赫拉克勒斯有他自己的**护身符**,君主有自己的**船队**。

约翰逊坚决主张,包括"古典诗人"在内,"所有读者都觉得神话乏味且沉重"。他俏皮地说,神话是"学生的"科目(尽管济慈会富于想象地运用他从手册中习得的相对简单的学识)。我们或因厌烦,或因生气,总之对"神话故事的无效和不可信"感到担忧。①

---

① Samuel Johnson,《英国诗人传》,第1卷,第295页,参见Addison的《旁观者》(*Spectator*),第523篇;《英国诗人传》,第1卷,第213页;第2卷,第17页。

约翰逊写这些的时候,华兹华斯正就读于霍克斯黑德文法学校,而柯勒律治即将进入基督公学。甚至早在 1746 年,阿肯赛德已在《水神颂》(Hymn to the Naiads)的注解中承认,"只讲述宗谱,或异教神祇的个人冒险",在现代诗歌中已失去地位,并且"对于现代读者几乎没有吸引力"。约翰逊甚至没有和阿肯赛德同样进行怀旧的尝试,即赋予水中仙女英国身份,让她们成为泰晤士河的女守护神,但正如约翰逊所言,古典的、甚至哥特式神祇和精灵的复兴,带着文化和文学传承的无力感是无法面对"现实生活"的。这不是一首经验的诗歌。用艾略特改写的关键话语来说,"精灵们已经消逝了"。盖伊(Gay)的威尔士《游吟诗人》(Bard)证明了个体诗人的天分和能力,在这本书中,约翰逊批评了"过气神话的不成熟"。①

柯勒律治在评论华兹华斯和《文学传记集》里的诗性语言时指出,我们不应像华兹华斯在《抒情歌谣集》序言里所作的批评一样,去批判格雷的十四行诗《理查德·韦斯特先生之死》用语过时,而应该批判他使用了"一个用烂了的神话"。② 涉及这一问题的诗句是格雷的"红脸的太阳神福玻斯高举金色的火焰"。柯勒律治再次引用了约翰逊的说法,即托马斯·蒂克尔(Thomas Tickell)的《肯幸顿花园》(Kensington Garden)里充满了"古希腊的神祇和哥特式的精灵",而"这两类被反复引介的神祇毫无用处"。③ 柯勒律治的老师詹姆斯·伯耶(James Boyer,他也是查尔斯·兰姆[Charles Lamb]的老师)严厉批评了他少年时的诗歌里运用的神话典故:"竖琴? 竖琴? 七弦琴? 孩子,你的意思是写作。缪斯、孩子,是缪斯吗? 你指的是

---

① Samuel Johnson,《英国诗人传》,第 3 卷,第 436 页;第 2 卷,第 204 页。
② Samuel Taylor Coleridge,《文学传记集》(Biographia Literaria),2 卷本,James Engell 和 W. J. Bate 合编,Princeton and London: Princeton University Press and Routledge & Kegan Paul,1983,第 2 卷,第 75 页;《塞缪尔·泰勒·柯勒律治作品集》(The Collected Works of Samuel Taylor Coleridge),第 7 卷,Kathleen Coburn 和 Bart Winer 合编。
③ Samuel Johnson,《英国诗人传》,第 2 卷,第 311 页。

你保姆的女儿!缪斯的灵泉吗?哦,是的!我想是回廊水泵吧!"①神话典故通常与古老陈腐的语言联系在一起。在《论诗歌与音乐》(Essays on Poetry and Music)中,詹姆斯·贝蒂嘲笑说,在一些作家的作品中,"一位乡下姑娘成为了……林间仙子;如果要唱颂歌,那一定是塞壬的歌声;牧羊人的长笛缩小成麦秆,而他的曲柄杖则抬高为权杖"。② 华兹华斯在1800版的序言中颠覆了贝蒂(他读到的)的步骤,用斜体标出格雷不让人反感的语言。古典神话成了千斤重担,不仅拖累了叙事,还拖累了充满感情和经验的自然语言。

整个18世纪,古典神话最成功地运用在喜剧中,尤其在戏仿英雄式的作品中更是效果显著。《劫发记》(The Rape of the Lock)、《愚人传》、《约瑟夫·安德鲁斯》是菲尔丁的"散文体喜剧史诗",是对荷马偶像崇拜的滑稽戏仿,而《汤姆·琼斯》一书中,滑稽夸张的章节开头戏仿的不是《伊利亚特》各卷,而是后来的荷马的机械模仿者——这些都很有趣,也很有效。仅仅通过改变措辞,艾略特在《荒原》中就达到了类似的目的。约翰·迪(John Day,1574—1640)《蜂之议会》(Parliament of Bees)中的诗行:"号角和打猎的喧嚣,会带领/亚克托安找到泉水中的戴安娜",变成了"喇叭和发动机的声音,会带领/斯威尼找到泉水中泡脚的波特夫人"。

在18世纪,对神话典故的严肃运用逐渐有规律地缩减。1660年,德莱顿写出了《阿斯特来亚归来》(Astraea Redux),模仿了维吉尔的第四首《牧歌》(Ecologue),令读者大为满意,但正如华兹华斯所述,下个世纪变得越来越不能忍受人工雕琢和比拟。格兰维尔的

---

① Coleridge,《文学传记集》(Biographia),第1卷,第10页。
② James Beattie,《诗歌和音乐对思想的影响文集》(Essays on Poetry and Music as They Affect the Mind),第二版,Edinburgh,1778,第259页。Beattie 显然从他13年前(1765年)没有活力的诗歌《法国判断》中吸取了教训,参见 Emerson Marks,"寻找神的语言"(In Search of the Godly Language),《哲学季刊》(Philological Ouarterly)54,1975年冬,第289—309页。

《崇高的爱》(Heroic Love)、斯彭斯(Spence)的《波里墨提斯》(Polymetis)、普赖尔(Prior)的《所罗门之歌》(Solomon)和罗威(Rowe)的《尤利西斯》(Ulysses)、盖伊(Gay)的《扇子》(The Fan)、汤姆逊(Thomson)的《阿伽门农》(Agamennon)等,都一直不温不火。约翰逊以相似理由指责了对后面3位作家及其作品:呈现像尤利西斯这样的英雄,"就像他们在作品中多次出现过的一样,只会因重复让人厌恶,而给他们一些新的特性……则会由于违反了公认的观念而惹人不快"。《扇子》"是那些神话小说中的一本……没多少价值,自然无法通过维纳斯、狄安娜和密涅瓦的新故事引起关注"。《阿伽门农》"的命运与神话故事最常遇到的情形相同,仅仅得到读者的容忍,而不是喜爱"。① 现代诗歌中普通神话令人厌恶的本性,是约翰逊《英国诗人传》中常常提及的主题。神话和现代生活需建立某种新的关系,如同丁尼生(Tennyson)后来进行的尝试,或者全面改造神话故事,使其成为全新的叙事,如同乔伊斯(Joyce)改写了《尤利西斯》,或托马斯·曼(Thomas Mann)为《浮士德博士》(Doktor Faustus)的旧传奇赋予新的活力。

在18世纪,成功的严肃基调的"神话作品"几乎消失。斯威夫特在《木桶的故事》的序言中,嘲讽了一些人,即那些在"常设委员会"里,把木桶的意义"当作神话",并将其解释为是针对霍布斯的《利维坦》(Leviathan)而抛出的转移视线的东西! 只有戏仿英雄式的和讽刺性的逆转,或者如约翰逊所述的蒲柏《劫发记》中嬉闹的创意,才能支持对超自然存在的文学应用。② 抽象的拟人事物(声誉、贪婪、希望等等)常常替代神祇,而讽刺地是,彼得·盖伊(Peter Gay)所说的"异教"启蒙非常现代,足以使人抛弃异教的神祇,却又

---

① Samuel Johnson,《英国诗人传》,第2卷,第68、283页;第1卷,第291页;参见《漫步者》(Rambler),第37篇:"神话典故,尤其是田园诗中的,是'荒诞的'。"

② Samuel Johnson,《英国诗人传》,第3卷,第233页。

非常虔诚,足以使人对基督教神话小说感到不适,因为这些虚构故事偏离且因此有可能亵渎了圣经。我们将回到信念这个关键的问题,因为在弥尔顿的《基督诞生的早晨》(Hymn)中,追随神圣人类耶稣的"被诅咒的一群"神祇的溃逃,预示着约翰逊所述的"神话典故"的结束……此外,自从一神论宗教为世界体系带来改变以来,激情和理性都不能影响到情感。① 这种改变与独创性的新文化和新要求,以及"真实生活"的再现紧密结合,共同推动了一个时代的结束,其中的重要性再怎么强调都不为过。文学世界陷入了一种长期的痛苦之中,诗人和批评家挣扎着想要恢复他们的和谐关系。

随着18世纪的发展进步,一条迂回出路形成了。它不是平常的措辞、刻板或陈腐的意象、或者甚至用烂的叙事思路,也不是引人赞赏的古典神话的"寓言"。更重要的是诗人个体的能力、精神或者创造出有影响力的作品的天赋。叶芝(Yeats)比喻说,重要的不是"玩杂技的动物",而是"打破常规的杂货店般的心灵"。诗人利用手边的材料和经历创造出神话的能力,就是超越旧神祇声名的事物,无论那声名过去多么美妙和响亮。《英国杂志》(British Magazine, 1762)的一系列文章强调了诗人创造新神话的能力,这应该归功于歌尔德斯密(Goldsmith)和斯摩莱特(Smollett)。② "神话"开始被视为对自然个人主义(natural individualism)的呼唤,而不是对常规价值和形象的文化继承。埃兹拉·庞德在诗章81里歌颂了这种世界性和现代感:"你所热爱的是你真正的遗产/你所热爱的绝不会被人夺走。"有时,通过讽刺地借助较早的或公认毫无生气的神话,这种自然个人主义可以对抗社会和文化,正如华兹华斯高呼:"我宁愿是一个异教徒,吮吸着陈腐的信念。"

---

① Johnson,《漫步者》,第37篇。
② Rene Wellek,《英国文学史的兴起》(The Rise of English Literary History), Chapel Hill: University of North Carolina Press, 1941, 第70页。

历史主义和希腊文化复兴

要重现遵循自然而不是人为冲动地创作神话的诗人的荣光,必须摆脱罗马的束缚。尽管罗马模式不能在现代社会中唤醒神话创造的力量,但在总体上,18世纪初期文学的主旨是偏向罗马而非希腊的。德莱顿尝试过维吉尔的头盔,特威克南大致相当于塞宾农场,约翰逊则借鉴了朱文纳尔较长的两首诗的格式。罗马世界已经传播了所有的古代神话:阿古利巴的万神殿仍然是整个王国主要的公共建筑中保存最完美的。它最完美地例证了一句格言:奥古斯都发现了一座砖砌的都邦,离开时留下了大理石的城池。① 但是,万神殿里的众神起源于希腊,埃涅阿斯是普利安的儿子。创新涉及到善于创造的能力,对于18世纪来说,古罗马的遗产走入了讽刺和冥想诗中。全盛的讽刺模式在18世纪40年代逐渐衰落,此时诗人批评家便转向了希腊。在《人类愿望之虚妄》(*The Vanity of Human Wishes*,1749)发表之后,这个世纪便没有其他重要的诗歌明显地源于罗马模式。

自17世纪晚期以来,朗基努斯(Longinus)和品达就引起了高度关注。费奈隆(Fenelon)的《泰勒马克历险记》(*Avantures de Telemaque*)深受公众喜爱②,除了促使安德鲁·拉姆齐(Andrew Ramsay)创作出了《塞勒斯游记》(*Travels of Cyrus*),它还启发托马斯·罗素(Thomas Russell)创作出了关于菲罗克忒忒斯的优秀的十四行诗,据猜测,这一作品完成于利姆诺斯岛。③ 拉姆齐(也称作拉姆齐骑

---

① 一则现代的对照表述来自于 William Alfred 的诗歌《纪念我的朋友罗伯特·罗威尔》(*In Memory of My Friend Robert Lowell*)。Alfred 首先发言,然后是 Lowell:"耶稣只知道你在哪里。我在哈佛广场。/我们找到了它的砖块;我们留给它预设的建筑。"
② 例如,Blackwell,《荷马的生活和作品》(*Life and Writings of Homer*),第60—61页,讨论了 Fenelon 的作品。
③ Bush,《神话和浪漫主义传统》,第40页注释。

士,不要把他和他的同胞阿兰·拉姆齐[Allan Ramsay]混淆了)和尼古拉斯·弗莱雷(Nicolas Freret)交流过,弗莱雷是法国知名的神话讲述者,拉姆齐认识费奈隆(Fenelon),而且他在《与费奈隆的对话》(Conversations with Fenelon)中,自称有过皈依经历。他在《塞勒斯游记》中充分展现了全新的宗教感受力,并且这种感受力也影响着他附在《游记》后的两篇重要的文章:《关于古代人的神话》(Of the Mythology of the Ancients,1728)和《关于异教徒神学和神话的论述》(A Discourse upon the Theology and Mythology of the Pagans,1730)。在希腊文化的影响下,威廉·怀特海(William Whitehead)跟随阿肯赛德《水神颂》的脚步,写出了《布里斯托春天仙子礼赞》(Hymn to the Nymph of Bristol Spring)。布莱克威尔的《奥古斯都宫廷回忆录》(Memoirs of the Court of Augustus)与他对荷马的研究相比,其销量远远不够成功。艾迪生的《卡托》(Cato)逊色于汤姆逊的《阿伽门农》;而埃斯库罗斯(Aeschylus)风靡一时,亚当斯牧师是他最有趣的崇拜者。斯威夫特对希腊神话的重述,是对他的贺拉斯体讽刺诗的配合。Psyche成为格洛斯特·里德利(Gloster Ridley)的诗歌《塞姬》(Psyche,1747),以及亚伯拉罕·塔克(Abraham Tucker)的《追寻自然之光》(Light of Nature,1768—1777)中著名神话章节"幻象"的主题。柯林斯(Collins)想在他的颂诗中将激情整体地或单独地写成神话,并要求英国诗人转而关注希腊,"认可希腊的传承者们讲述的故事"!① 格雷的历程诗和其他诗都是以希腊为开端,以英国为结尾(美国诗人菲利普·弗莱诺[Philip Freneau]则恰当地以加利福尼亚结尾)。约翰·"评价"·布朗将希腊作为原始社会诗歌兴起的模式,且痛恨奥古斯都罗马时期的诗歌标准。② 此外,希腊文化复兴还

---

① "激情:音乐颂"(The Passions: An Ode for Music),I,第188页。
② Wellek,《英国文学史的兴起》,第77页;参见Howard D. Weinbrot,《奥古斯都·凯撒在"奥古斯都时期的"英国》(Augustus Caesar in "Augustan" England),Princeton: Princeton University Press,1978,第127页。

体现在人们对希伯来诗歌和神话的兴趣日益增长,这早在弥尔顿时就初见端倪,并贯穿了拉姆齐的《游记》(Travels)、沃伯顿的《摩西神圣立法的展示》(Divine Legation of Moses Demonstrated, 1737—1742),以及洛斯的《希伯来宗教诗歌讲稿》(Lectures on the Sacred Poetry of the Hebrews, 1753)。我们可以发现,希伯来思想和希腊精神正在排挤奥古斯都文学。这对形成关于神话的新观点大有裨益。

不过,希腊文化复兴在其巅峰时期,也拒绝对希腊或其他古代神话的任何近似模仿。爱德华·扬格有一条至理名言,"模仿《伊利亚特》不等于模仿荷马",这是他所处的时代和现在的学术界中都经常引用的名句。1735年,布莱克威尔在其《荷马的生平和创作》中也指出了这一点,他批评特里西诺(Trissino)的无韵诗《意大利的解放》(L'Italia liberata,1524)是一个高贵的失败,因为它模仿的正是《伊利亚特》,而不是荷马的天才。① 模仿的目的应该是比原作更完美,而不是拘泥于形式。它需要创意的力量,而非众神或英雄。在《诗艺》中,贺拉斯建议"最好是将《伊利亚特》改编成一幕幕的戏剧,而不是提出一个未知且未吟唱过的主题",而这种建议已不再适用。希腊的个性及其创作神话的力量——而非神话本身——成为了人们模仿的更高目标。尽管扬格的《猜想》(Conjectures, 1759)再三提及了古典神话,但他真正的观点是,即使有蒲柏,自然与荷马依然不一样。扬格说,应关注自然,因为"真正的赫利孔山(诗思的源泉)"不是较早期的文学,而是"自然的胸怀"。诗人追求的目标不是创作另一本《伊利亚特》,而是"完成一本同样伟大的作品的能力"。对希腊寓言的直接模仿的确可以容忍,但正如约翰逊所言,人们对此更多的只是容忍,而非喜爱。

转向希腊使得人们对神话产生越来越多的历史意识。现代神话和系统文学史的兴起携手共进。此外,伊利苏斯河畔的寓言不仅比意大利台伯河畔的寓言更古老,而且,无论希腊神话有多少是源于数世

---

① Blackwell,《荷马生平和作品》,第32页。

纪之前繁荣的文化，它们似乎都更真实、更少借鉴。再向前推进，甚至希腊也可以视为年轻的。布莱克威尔说到，"寓言化是埃及的发明"①，人们只需打开《蒂迈欧篇》(*Timaeus*)，跟着埃及祭司朗读梭伦(Solon，古雅典立法者)的对话(或者赫西俄德[Hesiod]的《神谱》[*Theogony*])。古尼罗河畔的神话似乎是所有神话中最古老的。这类历史优势现在产生了影响。布莱克威尔在《关于神话的信札》(*Letters concerning Mythology*)中表达了这个观点："希腊人和罗马人借鉴了强大且睿智的民族，间接地有了自己的宗教，但是早在和欧洲人民有所交流之前，那些民族已经从最初的创立地离开了。所以，无法期待这些人比他们的师父更睿智，或展现出他们从未得到过的纯正"。②

令人欣慰的是，在神话领域，希腊被视为晚了数百年、甚至数千年的后来者。这让人满怀希望地认为，最早神话的出现，更多是因为偶然，而不是因为优秀。(约翰逊说，《失乐园》"不是最伟大的英雄式诗歌，只是因为它不是第一部"。)拉姆齐和沃伯顿根据象征和神话，尽力解释了仍然未被解读的埃及象形文字。1730年，拉姆齐提到了帮助揭秘波斯神话的学者托马斯·海德(Thomas Hyde, 1636—1704)。拉姆齐的探讨也延伸至《吠陀》(*Vedas*)、《易经》和北美神话。伯纳德·丰特内尔(Bernard Fontenelle)已经研究过秘鲁神话。历史研究方式带来了比较神话学(comparative mythology)。安托万·巴尼尔(Antoine Banier, 1675—1741)宣称，与寓言不同，所有神话都有历史基础。③ 在《关于异教徒神学和神话的论述》中，拉姆齐的历史学好奇心提出了一个更加倾向调和论的方法(syncretist approach)："那时我们发现，在希腊人、埃及人、波斯人、印度人和中国

---

① Blackwell，《荷马生平和作品》，第86页；亦可参见第136—137页。
② Blackwell，《神话书信集》(*Letters Concerning Mythology*)，第372页。
③ Blackwell，《神话书信集》，第405—411、372页；Andrew Ramsay 的《论异教徒神学和神话》(*Discourse upon the Theology and Mythology of the Pagans*)，1730，第79—88页。该《论述》附在《塞浦路斯游记》(*Travels of Cyrus*, 1728)后面。

人的神话中,自然的原始完美的教义以及神圣英雄的陨落和恢复都同样地显而易见。"[1]后来,约翰逊拟定写一本《非基督徒的神话历史,参照各位诗人的作品并对讽喻和历史寓言进行解释》。他认为有"充分的理由"阅读神话传奇,并主要关注诗人"丰富的创意"和"表达的美感和风格"。[2]

"过去"这个概念,对神话来说,即使并非必不可少的,却也似乎加强了神话。克利欧是历史和史诗的缪斯。神话想象的世俗敌人是纯粹基于事实的历史意义,而在另一个极端,则只是宣告现代相关性的反历史主义的立场。因此,布莱克威尔对"比较神话学的纯粹的历史性应用(撇开更重要的考虑)"感到遗憾。人们需要的是推测性的混合,可以接受文学风格、哲学和宗教。斯宾塞(Spenser)和查特顿(Chatterton)掌握了过去和古老诗歌语言的广义的价值。西德尼(Sidney)在其《诗辩》中承认,他喜欢听一些老人唱"珀西(Percy)和道格拉斯(Douglas)的民谣",并且提到在匈牙利时(如同20世纪前去研究口头文学传统的学者),他钦佩那些背诵数代之前故事的口头诗人。在马洛(Marlowe)和歌德(Goethe)的《浮士德》(Faust)中,主角专心钻研尘封的大部头书,寻找深锁在过去的神秘知识。托马斯·曼的阿德里安·莱韦屈恩则求助于中世纪神奇的平方数,以及一个晦涩隐秘的关于符号和数学关系的炼金术。在对历史的事实认识和对历史的漠视之间,存在着一种利于神话的暗示性和片面的认识。阿尔弗雷德·诺斯·怀特海(Alfred North Whitehead)评论说,文艺复兴对古典神话的了解程度正好够用。18世纪了解更深入,但它首先强调的是诗人创造神话的能力。

---

[1] Ramsay,《论异教徒神学和神话》,第88页。
[2] 《塞缪尔·约翰逊的批评观点》(Critical Opinions of Samuel Johnson),J. E. Brown编,Princeton:Princeton University Press,1926,第159—160页。

尚古主义(Primitivism)

希腊文化复兴和针对神话的大部分历史性方法,都有较大的、较难界定的特征:尚古主义。布莱克威尔用一副荷马半身像的版画作为《神话书信集》的序言,并声称所有伟大的诗人都有"一副朴素乡土的外貌",就像这个半身像的"平实质朴的样子"。(让柯勒律治大为失望的是,粗野是华兹华斯后来在《抒情歌谣集》的1800版序言中强调的词语,平实则成为柯勒律治对自己诗歌语言的肯定描述。)布莱克威尔甚至因为他们的原始神话,赞美了阿帕拉契山的印度人:"他们日常的崇拜是简单纯粹的。"[1]难道文明的复杂性扼杀了神话吗?难道布莱克的"黑暗邪恶的磨坊"不是常与神话联系在一起的"绿色舒适的"田园世界的反面形象吗?当歌德的《浮士德》拉开帷幕时,伟大的浮士德从书本上挪开视线,希望自己远离艰涩的知识。他希望逃进干净、直接、诱人的田园世界。[2] 在1817年卷的诗集中,济慈献给雷·亨特(Leigh Hunt)的十四行诗(雷·亨特在布莱克威尔的《荷马生平和写作》中进行了详细的记录)表达了原始主义田园背景和神话创作能力之间的关联。尽管"荣光和可爱已经"从"没有众仙子"的世界中离开,那里"再也找不到牧神潘",但济慈希望,通过神话解读复兴自然的魔力,正如诗集中其余诗歌所述。赫兹利特也猜测田园世界来源于神话,但他惋惜地说:"我们语言中缺少优良的田园诗。"[3]

---

[1] Blackwell,《神话书信集》(Letters Concerning Mythology),第12、406页。
[2] 《浮士德》,I,第392—397页。
[3] William Hazlitt,《作品全集》(Complete Works),21卷本,P. P. Howe编,Toronto and New York: J. M. Dent & Sons,1930—1934,第20卷,第296、61页;第4卷,第18—19、34页;James Engell,《创造性想象:从启蒙运动到浪漫主义》(The Creative Imagination: Enlightenment to Romanticism),Cambridge Mass.: Harvard University Press,1981,第211—212页。

这一切背后隐藏着一个重大的悖论:如亚瑟·洛夫乔伊(Arthur Lovejoy)所述,尚古主义反映了"文明人对文明的不满"。然而,济慈和其他人之前也已认识到,自重的诗人都不想唤醒干瘪寓言的木乃伊。通过唤醒永恒的黄金时代的神话(这个黄金时代已经悠久到可以永远存在了),人们可以试着否定正在使古典神话衰落的历史进程。不过,到了18世纪,神话本身正在变得陈腐。于是滋生了另一选择,即赞美孩子,这是唯一没有被文明宠坏的"文明"。华兹华斯称孩子为"你们最好的哲学家",诺瓦利斯(Novalis)赞美说:"哪里有孩子,哪里就有黄金时代。"后来,对狄更斯、麦尔维尔(Melville)和马克·吐温来说,缺乏(或者反对)商业化社会压力的背景,以及对童年时代(通常是孤儿,甚至包括伊斯梅尔)的关注增加了他们作品的原型和神话维度。柯勒律治可能有一些怀旧之情,呼唤"旧信仰的美好人性",渴望他们的回归,尽管他后来批评了"用烂的神话"。道格拉斯·布什(Douglas Bush)指出,华兹华斯的十四行诗"世事纷繁没停歇"是"19世纪和20世纪大量神话诗歌的主调。牧神潘和基督之间旧时的对立,已经成为我们……工业化文明的丑陋的物质主义与希腊生活中的自然宗教、理想中的美景与和谐之间的对照"。① 早在阿肯赛德的《水神颂》(布什称之为"这个世纪最非凡的神话诗歌")发表时,诗人就希望逃离现代文明中"乌合之众"和"更世俗的读者"。不过,在尚古主义崇拜泛滥成灾之前,这种思想已经存在了。阿肯赛德的仙子们推动了英国商业发展,创造了赚钱和消费机会,并补给了"海上的军事力量",而格雷、歌尔德斯密、考珀(Cowper)和布莱克对神话、金钱和能力之间的联系,缺少些自信。

---

① Coleridge,《华伦斯坦》(*Wallenstein*),第二部分,《皮科洛米尼》(*The Piccolomini*),II, iv,第 123—131 页;Bush 将华兹华斯的十四行诗与托马斯·泰勒对他的《柏拉图》中的普罗克洛斯(Proclus)的翻译关联起来;比较《远足》(*The Excursion*)第 4 卷中以 717 行和 847 行开始的段落。

尽管吹嘘简朴的美德，大部分尚古主义是在艰难的历史研究的基础上出现的。对《民族》(Volk)的赞赏可能只是一种简单的情感，但格雷和珀西的作品创作却颇为辛苦(作为诗人，华兹华斯的突出优势之一是其周围环绕着乡土气息，而这种优势并非从书本中习得)。基于早前"更纯粹的"时代，学术和古物研究(antiquarian research)激发了对新神话的渴求。在道格戴尔(Dugdale)的《修道院》(Monasticon)里面的一首十四行诗中，托马斯·沃顿(Thomas Warton)将自己设定为"痛苦地、迂腐地钻研的孩子"，却想象着学究会转化成忧郁的诗人。的确，许多古物研究，比如威廉·斯蒂克利(William Stukeley)的研究带来了更多的创意，而不是准确性。与格雷和柯林斯(见《高地流行迷信颂》[Ode on the Popular Superstitions of the Highlands])一样，沃顿不仅将目光转向了希腊，还转向英国以寻求新的神话。沃顿在《忧郁的愉悦》(Pleasures of Melancholy)的结尾抛弃了希腊人，赞美了德鲁伊人。他的十四行诗《写在巨石阵》(Writing at the Stonehenge)和《温彻斯特的亚瑟王的圆桌骑士》(On King Arthur's Round Table at Winchester)，展现了对尚古主义和神话的渴望。沃顿读过斯蒂克利的《巨石阵：为英国德鲁伊人复建的一座神殿》(Stonehenge, a Temple Restor'd to the British Druids, 1740)，而德鲁伊家族贯穿了布莱克的作品。尽管"早期英国诗歌仍然太接近近代，不能完全归到'尚古主义'的范畴"，①但像柯林斯的《汤姆逊先生死亡颂》(Ode on the Death of Mr. Thomson)这样的诗，还是使人联想起(巨石阵)这个古老的英国神话。诗歌最后一个诗节将怀旧之情、早已失去的田园世界、还有一位创作神话的诗人(汤姆逊自己)结合在一起，作为英国神话追求的目标。

　　长久以来，你的石头和隆起的泥土

---

① Wellek,《英国文学史的兴起》，第123页。

> 会融化沉思的英国人的眼睛
> "哦！山谷和荒凉的森林",他将会说
> "你们德鲁伊人躺在那边的坟墓里！"

是的,英国的过去可以看作是神话般的。理查德·赫德(Richard Hurd)在《关于骑士精神和传奇的信札》(Letters on Chivalry and Romance)中谈到,弥尔顿是在放弃了"长期计划的亚瑟王子的构思"之后,才写下了《失乐园》(书信12)。

理性探究

一种同时进行但并不总是一致的分析探讨着尚古主义的有效性。早在1690年,威廉·坦普尔(William Temple)的《论诗歌》(Of Poetry)和《论古典和现代学识》(Essay upon the Ancient and Modern Learning)中运用了古老的周期性文化变化,来解释当时的文学发展。① 发展到复杂稳定状态的文化会回望地球上的巨人。讽刺的是,现代尚古主义渴望的古老时期本身也在向后看。实际上,多数"古老的"神话与较早期的寓言和英雄们有关。甚至众神也经历了文化革命,如奥林匹斯众神取代了泰坦神。坦普尔询问到,可怜的人类难道永远无法学会吗:想象必须要简化历史,使其遵从强烈的原型情感模式吗？他总结说,就像老去的孩子,即使有文化的人也需要用简单的故事娱乐自己。

在《荷马的生平与作品》中,布莱克威尔将神话分成"自然的"和"人工的"神话,后者是"伟大的搜寻和专门技巧"的产物。不过,"自然"神话"是发明和创作神话的"能力。布莱克威尔认为其所在的世纪主要是"人工的"神话,有着优美的规范和明显衰退的文学

---

① Wellek,《英国文学史的兴起》,第35—44、70—71页。

力量。布莱克威尔在他的献词中评论说,英雄诗歌属于比较狂暴的年代,他相信,"我们很可能永远不会成为一首英雄诗的适当主题"。① 吉本(Gibbon)将布莱克威尔的《考察》称为"天才努力的成果",布莱克威尔则通过赫尔德在德国变得举足轻重。

1763 年,詹姆斯·麦克弗森(James Macpherson)写出了《特莫拉》(*Temora*),这是他第二次翻译《奥西恩》(《芬格尔》在 1761 年问世)。约翰·布朗(John Brown)的《关于诗歌和音乐的兴起、融合和力量,发展、分离和堕落的论文》(*Dissertation on the Rise, Union and Power, the Progressions, Separations and Corruptions of Poetry and Music*)补充、强化了"周期理论(cyclical theory)",其论点来源于希腊和赫西俄德的《神谱》,布莱克威尔也曾讨论过。②《奥西恩》证明了这个理论。用布朗的话来说,《奥西恩》是来自较早的神话超级时代的"卓越证明"。不过,反对者对此嗤之以鼻。除非亲眼看到最初的手稿,否则约翰逊可能会怀疑其真实性,因为他知道珀西真正研究的是什么。高贵的野蛮人的神话也让约翰逊耿耿于怀。他嘲笑卢梭(实际上,卢梭从未使用过这个词),并且认为这的确是旧材料,其本身是文化欺瞒的材料,一方面开发出新风格日历,另一方面则倒转虚假的时钟。卢梭的观点并不新鲜,已被广泛理解。大概 90 年前,德莱顿在《征服格林纳达》的诗行中,揭示了一种已经流行的先见:

> 我如同自然最早造就的人一样自由
> 早在卑劣的奴役法令施行之前
> 那时高贵的野蛮人在森林里自由奔跑

---

① Blackwell,《荷马生平和作品》,第 148、28—32 页;亦可参见第 167—168、213 页。
② Wellek,《英国文学史的兴起》,第 74—81 页;Bate,《过去的重担》(*Burden of the Past*),第 55—58 页;Blackwell,《荷马生平和作品》,第 99 页。

威廉·达夫(William Duff)明确地将其与隐藏在尚古主义讨论背后的神话联系起来。他在《新奇天才论》(*Essay on Original Genius*,1767)的最后部分,为长长的标题进行了辩护:那种新奇的诗歌天赋通常会在社会初期和未开化时期彰显出最大的活力,这样的时期对天赋的展现尤其有利,并且这种天赋很少出现在文明高度发展的时期。达夫认为,社会初期在创作神话和设计象征方面有优势。生活更简单,感情表达更有力。词汇匮乏使比喻性语言普遍和自然。希腊神话,东方和埃及神话中"别出心裁故事的体系","感情和表达的异常大胆……最具有诗意的修辞方法"都要归因于他们的"原始"状态。①

休谟赞同布莱克威尔的看法,即神话最初是用来激起普通人民的恐惧,进而控制他们的工具(预言了马克思"大众鸦片"的说法),这也重现了1世纪雄辩家维莱里乌斯·帕特尔库路斯(Velleius Paterculus)的观点。② 休谟在《论艺术和科学的兴起和进步》(*Essay on the Rise and Progress of the Arts and Sciences*)中提到,文化会周期性循环。艺术的完美"必然会衰落"。休谟复兴了已有1700年历史的旧观点,这一事实恰恰佐证了这个论点的前提。问题依然是,面对业已确定的控制着文学和社会的周期,新的神话是否能够创造出来。

因此,对尚古主义和神话的理性探究分成了两个方向。可以抑制,也可以鼓励。比如,凯姆斯在《人类史札记》(*Sketches of the History of Man*)中批判了帕特尔库路斯(Paterculus)。苏格兰高地协会对《奥西恩》的争议感到烦恼和尴尬,因而设立了一个委员会来裁判作品——而不是宣布裁决"证据不足"。1815年,亨利·麦肯齐(Henry

---

① William Duff,《论哲学和艺术尤其诗歌中的原创天才》(*An Essay on Original Genius in Philosophy and the Fine Arts, Particularly in Poetry*),1767,第124、192—193页注释、181、186—187页。

② Blackwell,《荷马生平和作品》,第78页;Bate,《过去的重担》,第82—84页;Wellek,《英国文学史的兴起》,第72—73、39页。

Mackenzie)编辑的委员会报告得到了普遍的赞同。不过,同年,曾在5年前批判过麦克弗森的马尔科姆·莱恩(Malcolm Laing)出版了一本包含大量注释的《奥西恩》,清楚地附和了荷马和维吉尔,以及瓦勒、普赖尔和蒲柏的观点。

也许一个确定的周期的确创造了一个神话时代,并且也许正在碾碎或"打磨"虚伪的外表。至少有一场"革命"已经发生了。这个世纪发现自己进入了一个新的周期。在《对仙后的评论》(Observations on the Fairy Queen, 1754)中,托马斯·沃顿称斯宾塞为"浪漫主义诗人"和寓言的最后一位拥护者。随之,在弥尔顿的"壮美"之后,"想象让位于正确性"(第10节,《论斯宾塞的寓言特征》(Of Spenser's Allegorical Character)。1762年,赫德附和了这种悲叹:"你会说,通过这次革命,我们得到了很好的判断力,但我们失去的却是充满美好寓言的世界。对这个世界的幻想如此感激被施了魔法的精神,以至于尽管考虑了哲学和流行体裁,书写仙子的斯宾塞仍然在众诗人中名列前茅。"赫德认为文化决定论者(cultural determinist)忽略了人的因素。"施了魔法的精神"指的不仅仅是良好的判断力。人们可以借用梭罗(Thoreau)后来的话来表达:"这种悲叹并不是要激起诗人的英雄主义,而是提醒人们,不要摆弄最束缚心理自由的理论。"

文化的关键术语

当赫德说起诗歌"革命"将"美好的寓言"搁置一旁时,他指的是神话创作。18世纪作家和浪漫主义者从未提及神话或众多神话传说,最接近的也只是使用寓言。直到19世纪20和30年代,神话和神话的素材才进入语言中。① 对于18世纪,神话意味着常常被忽略

---

① Harry Levin,"神话的一些意义"(Some Meanings of Myth),《代达罗斯》(Daedalus) 88,1950春,第223—231页,《神话和创造神话》(Myth and Mythmaking,(转下页注)

的猜想。它暗示着大量互相关联的创造,以及约翰逊的《词典》所指的"解释"或演变。相互关联的创造彼此共鸣,并赋予意义(达夫创意小说的体系)。我们的确正在接近结构主义者对神话的看法。尽管有别于其他神话的新神话在18世纪尚未显现,不同于我们这个时代存在的新神话,但新的历史和比较意识影响了集合起来的同一寓言不同版本的更复杂的结构意识。现代文化的多元论正逐渐摧毁神话意识,催生出不同的神话。一种更易理解的"神话"。它是一个故事——或者甚至是一种意识形态。所以,忒修斯这位相当现代的领导者和理性的人说:"我永不相信/这种古老的传说,和胡扯的神话。"不过,确切地说,"神话"是为浪漫主义和18世纪准备的:一整套叙述或一系列故事层层叠叠,使它们的关联有了普遍的意义。希波吕忒温柔地纠正她的伴侣:

> 但是讲完这一夜的所有故事
> 所有思想一起得到美化
> 更多见证人而不是幻想的意象
> 成长为伟大的坚定不移的事物
> 不管如何陌生且令人赞赏。①

与众多莎士比亚研究者的观点相同,现代知识分子也赞成这一

(接上页注) H. A. Murray 编, New York, 1960)中的报告。关于神话和神话学,参见 Robert D. Richardson, "神话的启蒙主义观点和约耳·巴罗的《哥伦布的幻象》"(The Enlightenment View of Myth and Joel Barlow's *Vision of Columbus*),《美国早期文学》(*Early American Literature*), 13, 1978;亦可参见 Ben Halpern, "现代用途的'神话'和'意识形态'"('Myth' and 'Ideology' in Modern Usage),《历史和理论》(*History and Theory*), I, 1961, 第 29—149 页。

① *MND*, V, i, 第 23—27 页。可能因为这个原因, 道格拉斯·布什说, 就英国文学而言, 对神话感兴趣的每个人迟早会在莎士比亚的怀抱中崩溃, 或者, 可以补充一点, 会在亚瑟的怀抱中崩溃, 在这点上, 福斯塔夫是这样——并且弥尔顿几乎紧随其后。

点,如克洛德·列维·斯特劳斯(Claude Levi-Strauss)肯定地说:"神话的'意义'不能存在于组成神话的孤立成分之中,而必须以组合成分的方式存在,并且必须考虑到这样的组合引起的转化的潜在可能。"列维·斯特劳斯与诺思洛普·弗莱(Northrop Frye)的意见一致,创造出的希波吕忒的"伟大的坚定不移的事物"(正如伊丽莎白时期"确定"的意思),其组合完全是人类文化自身的一种叙事。或者,除此之外,文化和自然成分融入了叙事故事中,这不仅是社会和个人的创造,而且反过来成为了社会的组成成分,是社会最深层次的教育资源。正如弗莱在《世俗的经典》(*The Secular Scripture*)中所述:"神话故事聚集在一起成为了神话故事集。一份庞大的互相关联的叙事集,包含了所有信仰和与其社会有关的……历史启示,神话故事植根于特定的文化,其功能之一是以其神话术语讲述这种文化是什么,以及如何形成的。"①

尽管神话这个词在18世纪还未出现,但作家们使用了许多其他术语,为各自不确定的意思进行争论。这些讨论的价值似乎不是为了形成明确的定义,而是提供批评工具和解读。尽管没有形成规范和标准,但基于这些日益博学的讨论,神话的本质获得了轮廓和变化曲线。伊弗雷姆·钱伯斯(Ephraim Chambers)的《百科全书》(*Cyclopedia*,卢梭表明,这本书是狄德罗和达朗贝尔[d'Alembert]的《百科全书》[*Dictionnaire encyclopedique*]的起源,"最初目的只是单一的钱伯斯的译本")②在1728年及随后的版本中,提出了寓言的一个结构性定义,即寓言是情节或叙事故事,其本质

---

① Claude Levi-Strauss,《结构人类学》(*Structural Anthropology*),Claire Jacobson 与 Brooke Grundfest Schoepf 合译,Penguin,1972(*Anthropologi Structurale*,Paris:Plon.,1958),第210页;Northrop Frye,《世俗圣典:传奇故事结构研究》(*The Secular Scripture: A Study of the Structure of Romance*),Cambridge. Mass.:Harvard University Press,1976,第9页。

② 《自白》(*Confession*),bk. 7,1747—1749。书商原本设想来翻译钱伯斯(Chambers)的。当然,狄德罗大大拓展了这个计划。

是以自身"作为象征","用来稍稍象征文字之外的意思",是一个隐喻性情节。受巴尼尔的影响,钱伯斯将寓言分成了民族寓言、道德寓言和混合类寓言。

十几年后,沃伯顿将神话视为体系庞大的寓言,每个寓言使用不同的"符号",其本身只是"改良的象形文字"。反之,象形文字或是"借喻的"或是"自身专有的",后者是一种最简单的朴实的图画。古人的教学往往会"为象形文字"编造"一个神圣起源"。这就意味着要回溯,以提供更多的寓言来解释每一个单独的符号或字符,而不是将所有的符号都解释为源于同一个寓言。这种阐释方法指出了一种创作手法(未必就是书写创作),即诗人编造一个寓言或故事,用来解释一个大众已经接受但仍晦涩的符号,或将其放在语境中。如约翰逊所言,这样的叙事成为了以虚构形式进行的注释或说明。① 罗兰·巴特(Roland Barthes)说,"神话是一个特殊的系统,因为它是由之前存在的神话的符号学链条构成的:神话是一个二级的符号学系统",我认为这就是巴特的意思。神话是由语言组成的元语言。② 一则神话故事变成了一个超级符号,其自身包含了一个带有自己符号的语言系统。因此,在神话中,语言呈现出更深层或二级的共鸣。神话情节和语言在其结构和阐释中都是类似的,或者甚至是神秘的。列维-斯特劳斯指出,"原始的"神话创作思想是"构建与世界大体相似的心理结构,以帮助人们认识世界。从这个意义上来说,原始思想可以被定义为类比的思想"。③ 与此类似,安德鲁·拉姆齐(Andrew Ramsay)同意巴尼尔所说的寓言和神话不同,同时,他也质疑了巴尼

---

① William Warburton,《被证实的摩西的神的使命》(*The Divine Legation of Moses Demonstrated*),II,bk. 4,第四部分。
② Roland Barthes,《神话》(*Mythologies*),Annette Lavers 译,New York:Hill and Wang,1975 (Paris:Editions du Seuil,1957),第 114 页。
③ Claude Levi-Strauss,《野性的思维》(*The Savage Mind*),London:Weidenfeld and Nicolson, 1966(Paris:Plon,1962),第 263 页。

尔认为神话必须要有历史基础的信念。难道神话不能是无需植根于实际事件的大型叙述尝试的一部分吗？在他为费奈隆的《泰勒马克历险记》写的前言《对话》中，拉姆齐谴责说，符号、寓言和象形文字都在衰落，并且在批评世俗化的过程中，正逐渐失去宗教意义。① 而随后的争论中，比如克罗伊策(Creuzer)的宗教-寓言学派(religio-allegorical school)和洛贝克(Lobeck)的历史阐释，争论之间的战线已正在划定。

柯勒律治的象征是洛斯的神话寓言

1753年，罗伯特·洛斯对"神话寓言"的定义，大致与约65年后柯勒律治在《政治家的手册》(*The Statesman's Manual*)中对象征的著名定义大致相同。两个讨论都根植于神圣历史的语境，并借助了旧约先知书中的事例。洛斯说，在神话寓言中，"外在或表面的形象不是内部意义的隐藏假象，而本身就是一种现实。尽管它展现的是另一种特性，但也并不完全将自己的本质属性弃之不顾"。每种观点、事物或形象实际的存在，以及它们的比喻意义，"无论结合，还是分离，都会发现它们同样与事实相一致"。对于柯勒律治来说，"一个象征的体系自身即是和谐的"，但也"和事实同质，而且是事实的载体"。因此，象征与寓言不同，它是"重复的/非范畴的(tautelogical)"：它既是字面上的含义，也包含"双重的意义……它总是参与到它所呈现的可以理解的现实中"。柯勒律治认为这种双重本性区分了寓言和象征，正如对洛斯来说，这种同样的双重意义将"神话寓言"与较低形式的寓言区分开。保罗·德曼极力主张黑格尔式的象

---

① 拉姆齐1797版的《论史诗》(*Discours sur la poesie epique*)的第11页(附在Fenelon的《历险记》[*Avantures*]的前面)。关于"神秘象征"，以及寓言与比喻相比，参见Blackwell，《荷马生平和作品》，第84—86页，以及《神话书信集》，第56—57、76页。

征和寓言的区分(这从根本上颠覆了柯勒律治的术语,而回到了洛斯的用法),他坚信柯勒律治忽视了象征的暂时性。然而,洛斯和柯勒律治各自对神话寓言和象征进行定义的语境表明,对于两个人来说,这些比喻的说法参与了它们能够展示的历史的进程。它们允许永恒与暂时的交叉。洛斯的"神秘寓言"和柯勒律治的"象征"是先知书的核心,正如布莱克所强调的那样,它们强烈要求对永恒中的时间性有一种更宏大、更复杂的把握。①

　　谢林作出了与柯勒律治相似的区分(后来赞美了柯勒律治的区分有比较深刻的洞见),留下了大多数英国读者仍不熟悉的暗示性话语。② 在浪漫主义成就的背后,他们展现了近似的理论关注。谢林将图式(Schema,康德的术语)定义为用概括特性来描述一类个体特征,相反,寓言则是用具体化的字符或形象给出一个概括的观点、价值、或者概念;而象征则完美地协调了这两种方式。象征平衡了永恒的、具备普遍观点的知识世界和短暂的、特别个性化的物质世界。神话是活在人们头脑里的自然的整体,自然的存在表现为心灵独立

---

① Robert Lowth,《希伯来宗教诗歌讲稿》(*Lectures on the Sacred Poetry of the Hebrews*),G. Gregory 译,Calvin E. Stowe 编,Andover,Mass. Crocker & Brewster, 1829,第 88—90 页,演讲稿 11,"论神秘寓言"(Of the Mystical Allegory)。《演讲稿》最初是拉丁文书写的,出现在《希佰来圣经讲演录》(*De Sacra Poesi Hebraeorum Praelectiones Academicae*,1753)书中,当时 Lowth 是牛津的诗歌教授。Coleridge,"政治家手册"(Statesman's Manual),《世俗的布道》(*Lay Sermons*),R. J. White 编,《柯勒律治作品集》(*The Collected Coleridge*),16 卷本,Kathleen Coburn 与 Bart Winer 合编,Princeton and London:Princeton University Press and Routledge & Kegan Paul,1969—,第 6 卷,第 29、30、30 页注释。Paul de Man,"时间性的修辞学"(The Rhetoric of Temporality),《盲点与洞见》(*Blindness and Insight*),Minneapolis:University of Minnesota,1983。1971 牛津版书中不包括这篇文章。

② Coleridge,"政治家手册",第 29—30 页以及注释,第 73、79 页;Coleridge,《批评杂集》(*Miscellaneous Criticism*),T. M. Raysor 编,Cambridge:Harvard University Press, 1936,第 28—29 页;以及柯勒律治的《笔记》(*Notebooks*),4 卷本,Kathleen Coburn 编,New York,Princeton. and London:Princeton University Press,1957—,第 3 卷,第 3325、4183、4498、nn 页。

的诗意或想象体验。"神话"是一种思想状态——随后基于此生成的产品即文学作品。作为心灵(psyche)的外观,神话是"一切艺术的首要条件和必要的材料"。①

18 世纪和浪漫主义的争论与定义创造了一种环境,在此环境中,这些观念对文学至关重要,并且相互关联,诗人则渴望不仅在纸上还要在世界的心理视域中,创造新的神话和象征。然而,在此过程中,诗人必然需要解决宗教和现代哲学的问题。弥尔顿感受到了牧神潘和基督之间不稳定的休战。后来,如我们所见,古典神话开始衰落。"被诅咒的一群"旧神祇逃离了,但是正如弥尔顿所期盼的,"时光"并没有"倒流,没有带回黄金时代"。在最伟大的英国史诗中,弥尔顿阐述了基本的基督教神话,但后来的诗人(布莱克除外)最终也没能够恢复其力量。自然神教信仰者和泛神论者创作出大量的史诗和颂诗,在 18 世纪纷纷涌现。它们无比抽象,充满了道德说教。②《四季》(*The Seasons*)是英语语言中优秀的长诗之一,但并不是通常理解的"神话"。在哲理诗中,自然宗教的倾向世俗化了,并且为神话成分赋予了理智。由于托马斯·沃顿在诗中提到"复杂非凡的情景",《奥西恩》同样使赞美者和批评者感到困惑:北方的诗人根本没有宗教信仰。③

约翰逊坚持,没有作家能够打破将深奥的宗教真理和文学故事混合的禁忌。在某种意义上,基督信仰杀死了神话的宗教内容。人们可以试着与古代作者(更不用提文艺复兴的诗人)一起微笑,对于让其按字面意思理解故事的建议,古代作者们宽容地报以微笑。然而,所有考虑中有一点是他们没有圣经,而圣经总是用单一的神圣的

---

① F. W. J. Schelling,《作品全集》(*Sammtliche Werke*),14 卷本,K. F. A. Schelling, Stuttgart and Augsburg: Beck, 1856—1861 第 5 卷,第 399—423 页;第 1 卷,第 406 页。
② Blackwell,《神话书信集》,第 395 页。
③ Wellek,《英国文学史的兴起》,第 187 页。

文本来严峻地考验文学阐述。或者人们可以讨论古代神话的宗教起源,但是那能为现在正在努力写作的诗人提供什么呢?用约翰逊的话来说,"基督教信仰在整个世界体系中带来的变化",彻底改变了我们对神话的看法。谢林和其他德国人也认同这一点,并相应地构建了对历史和文化演变的全新阐释。

然而,尽管对一些虔诚的信徒或仅仅熟悉圣经的人来说,关于耶稣、摩西或者圣约翰的编造的故事可能会使其生气或厌烦(基本上布莱克在创造神话时避免使用圣经人物),但有一个"基督教"人物总是可以用神话故事的方式来对待——那就是魔鬼。布莱克评价弥尔顿站在了魔鬼的一边时,透露出这一事实,因为魔鬼留下了想象的空间。理查德·斯蒂尔(Richard Steele)的《基督教英雄》(*Christian Hero*, 1701)被重印了很多次,但是作为冷溪近卫团的旗手,他曾经问道:"为什么异教徒趾高气昂地出现,而基督徒偷偷溜进我们的想象?"为了示范想象如何在诗歌描述中起作用,华兹华斯在 1815 年《抒情歌谣集》的序言中,以及柯勒律治在莎士比亚讲稿中,都从《失乐园》选取了一些描绘魔鬼和死亡的段落。伯克在他的《探究》(*Enquiry*)中也是如此。

不为人信或令人半信半疑的神话有种令人愉悦的特性,一种距离感和一种"过去性",或用伯克的话来说,有一种"晦涩不明"。虔诚地视为真实的神话,却最终要允许对比,因为它们没有引起令人激动的"自愿终止怀疑的"、或让人愉悦的幻觉。神话对字面意思的刻意遵循使其变得僵化了,成为想象的专制者,而不是解放者。

当赫德坚持的"时尚和哲学"取代了神话和寓言里"神佑的精神"时,布莱克威尔等人则将现代哲学看作神话的可能的对应物。毕竟,培根将神话视为"古人的智慧",而费奈隆将早期的哲学思索和神话联系起来。如果哲学只能远离理性主义和经验主义的极端,更多地关注布莱克威尔称之为"创造能力"的想象①,那么诗人被施

---

① Blackwell,《神话书信集》,第 301 页。

了魔法的精神和哲学家的冲突就会减少。这种情况发生在19世纪早期,并贯穿了整个19世纪。① 到浪漫主义时期,布莱克、济慈、歌德和诺瓦利斯,还有某种心境中的雪莱和华兹华斯,生动地表明了在诗歌中进行哲学探讨就是要创作神话。济慈的《拉弥亚》将这种努力戏剧化,看到了它潜在的问题本性。乐观的布莱克威尔甚至暗示,一些系统,如笛卡尔(Descartes)和吉尔伯特(Gilbert)所提出的,可以充当古代神话的"现代"翻版(如果他们比较弱小,只是因为他们依赖的只有"自己创造的原则",而不是成为一系列相互交织的主要原则。他们就像单一的、有中心的神话,而不是没有特定中心的一个神话整体或体系)。② 通过将神话艺术与同时代哲学和心理学潮流相融合,布莱克威尔帮助恢复了诗人的神话创作能力的声誉和重要性。

Sapere aude,即敢于独立思考,这是康德著名的箴言,用来作为《什么是启蒙》(Was ist aufklarung)的先导名言,但在1748年,这个来自贺拉斯《书信集》的短语,以思想运动口号的形式出现了。在《关于神话的信札》中,布莱克威尔用这句话发起了一个引起共鸣且多层面的调查。对于将古老神话视为"只是历史性的",以及单纯怀疑或宗教教条式地运用神话,布莱克威尔都深表遗憾,他着眼于"较深层的考虑"。有一种解释神话创作的根本动力吗?布莱克威尔认为,读者能够通过与神话进行"共鸣式交流"来了解它们。他指出,神话仍然"在起作用",即它们仍然吸引着我们,呼唤着深层的心理特征。布莱克威尔这样解释神话:神话结合了想象、模仿、判断和想要同时进行哲学思考的冲动。③

布莱克威尔温和地嘲讽过狂热的调和论者,《泛神论……就是

---

① Engell,《创造性想象》(The Creative Imagination),第2、3、6—12、16、19章。
② Blackwell,《神话书信集》,第231—233、283页。
③ Blackwell,《神话书信集》,第155、349—350、23—24、119、283页,亦可参见第130—131页。

普遍统一,或最后一个小号的声音》(*Pantheosia…That is Universal Unity, or the Sound of the last Trumpet save one*)的作者波斯特里(Postelli):"这种行为的关键之处就是告诉你,这个伟大的人有时有点疯狂,尽管偶尔也会头脑清醒",这展现了他宽容的乐观主义。然而,在这些"疯狂"的理论中,布莱克威尔也看出了一种肯定,即神话是一种引人入胜的必然的人类追求。神话总是浮现出来,它的存在是人性的一部分,尽管表现的方式不尽相同。正如维柯(Vico)和赫德尔(Herder)所述,值得注意的是神话不同的表现形式和文化认同。因此,布莱克威尔说:"人类生活是世界上最真实的变形。"①这听起来不像启蒙运动的结论,因为这似乎否定了普遍人性的不变性和一致性。不过,从元级(metalevel)层面上来看,布莱克威尔的观点指的是,尽管神话和文化不一致,但神话的事实或者存在本身就是一个一直存在的结构。神话无处不在,并且时常昂起变化多端的头颅。布莱克威尔说,古时候的生活也是多种多样的,而正是古时候的神话才允许我们充满想象地理解多样性,而不会因细节而窒息。布莱克威尔用众所周知的忒修斯的"疯子、爱人和诗人"演讲,结束了他的《关于神话的信札》。正是因为人们的想象始终存在,当它敢于思考或者独立创作时,其结果可能就是布莱克的《耶路撒冷》(*Jerusalem*)或者康德的《批判》这类优秀的作品。

新 诗 人

在18世纪神话的每一个主要考虑的因素中——宗教、哲学、诗歌语言和措辞,以及更新的原创理想——在自觉的批评需求日益增强的氛围中,诗人越来越需要承担各种各样的角色。难怪诗人作为天才、预言者、先知、智者和英雄的神话再次发展起来,比古典时代发

---

① Blackwell,《神话书信集》,第387—388、408页。

展得更充分。① 这样的神话尚在发展中,但它也可以影响深远。创造现代英雄似乎和成为英雄一样艰难。柯勒律治博学多才,精通哲学,但即便是他,在努力完成《克里斯特贝尔》时也退缩了。对于一位富于想象的作者,创造现代文化中广为人知且影响深远的新神话,无疑是一个终极考验。然而,据查理·考顿·克拉克(Charles Cowden Clarke)所言,济慈对于神话的了解仅仅和小学生一样,但他在创造一系列神话时取得了卓越的进展,济慈的神话是陷入"情景困境"的个人精神生活的奥德赛式的长途旅行。

谢林认为神话是艺术和宗教的基础。不过,与瓦尔特·耶施克(Walter Jaeschke)的观点相同,谢林总结说,较老的"神话在现代世界中失去了凝聚力",因此,"在现代意义上,任务是在宗教的基础上发展出新的神话,从而发展出新的艺术。这种新的神话和希腊神话不同,因为希腊神话已失去了凝聚力。新神话不再是某类人的作品,但却是个体的作品,个体必须创造自己的世界,因为不再有为他准备好的世界了"。② 这个方案并不归谢林独有,弗里德里希·施莱格尔(Friedrich Schlegel)在《关于神话的谈话》(*Rede uber die Mythologie*)中也提及了这种方案。

谢林认为这种神话的转变(可以说是济慈努力示范的)区分了

---

① 展开的讨论,参见 Robert Folkenflik,"18 世纪作为英雄的艺术家"(The Artist as Hero in the Eighteenth Century),《英国研究年报》(*The Yearbook of English Studies*),12,1982,第91—108 页;Haskell M. Block,"艺术家神话"(The Myth of the Artist),《文学批评和神话》(*Literary Criticism and Myth*),Joseph P. Strelka 编,Universiry Park: Pennsylvania University Press,1980,第3—24 页。在艺术家或诗人作为英雄的现象中,Folkenflik 看到,在从德莱顿到柯勒律治进化的过程中,"英国……寻求先锋派中一种改变"(第92 页)。关注 19 和 20 世纪的 Block 评论道:"我们可以看到,探索原始社会和宗教的启蒙运动时期的学者们,在追寻现代文化的源头过程中,将道路指向了对神话作为文学基础的特殊地位的认知。"(第3 页)
② Walter Jaeschke,"早期德国理想主义者对古代和现代之争的重新阐释"(Early German Idealist Reinterpretation of the Quarrel of the Ancients and Moderns),*Clio*,12,1983 年夏,第 313—331、321 页。

"现代"和"古代"神话。这标志着西方文化体验的欧洲大陆分水岭——古老的公共神话的失去,艺术家努力创作一个或多个新神话的尝试。现代神话创编者面临的问题是一种感觉,即社会或文化是虚假的、或对于神话本身麻木不仁,由此,神话就需要展现或抛弃文化:美好的神话创造将变成一种政治或者意识形态行为,作者则从根本上被异化或成为革命者。无论是《弗兰肯斯坦》(Frankenstein)、《浮士德》,还是《该隐》(Cain),我们在浪漫主义神话中都看到了这一点。我们在马克思的著作中也能看到这一点。①

由于诗歌创意追求神话的英雄主义,诗人作为英雄,作为诗歌的主题,以及创造神话的能力,与任何特定的神话一样,都受到重视。浪漫主义时期的神话常常带着自传的色彩。《唐璜》、《序曲》(The Prelude)、《浮士德》、《解放的普罗米修斯》(Prometheus Unbound)、《弥尔顿》(Milton)、第二版《海伯利安》(Hyperion)、《拉弥亚》、甚至是《古舟子咏》(The Rime of the Ancient Mariner),这些作品都与诗人的经历有关。他们常常面对约翰逊所说的"真实生活",避免空洞地使用古典神话。他们没有成为基督教教义的工具,常常探索宗教经历和罪恶的问题。在许多方面实现的愿望是 18 世纪的愿望。早在 1735 年,布莱克威尔就极力主张,有潜力的诗人"对自己的想象……要宽容,那是神话创编者最好的能力。正是这一点使真正的诗人与众不同"。②

---

① 关于神话的现代政治含义的一种观点,参见 Barthes,《神话》(Mythologies),第 156—158 页。Paul Cantor 的《生命和创造者:神话创造和英国浪漫主义》(Creature and Creator: Myth-making and English Romanticism, Cambridge: Cambridge University Press, 1984)提供了关于这个和其他基本问题的一般性讨论。
② Blackwell,《荷马生平和作品》,第 154 页。

第二部分 判断和价值,文学性和社会性

第四章　无可争辩：休谟对批评的批判

> 我有最简单的审美(taste)……我总是对最好的感到满意……我非常喜欢自己的品味。我总是满足于最好的。
>
> 奥斯卡·王尔德在很多场合说过的话

即使只是随意一瞥从霍布斯到柯勒律治的一些批评家,我们也可以看到他们追求的客观原则,以及相应的——尽管是公认的难以捉摸的——审美标准。他们希望用系统批评来引导审美,用经验观察来再次影响批评准则。从而,随着批评和审美之间形成了有点类似裁剪和缝纫的关系,批评家和普通读者完美地结合起来。约翰逊认同大众对格雷的《墓园挽歌》(*Elegy*)的评价时,"欣喜"的确真实地表达出了他的感受:他这样的专业批评家可以在足够长的时间里忘记"知识的教条主义",与"没有受到文学偏见影响的……普通读者"形成共识。①

尽管德莱顿排斥公式和武断的权威,他坚持,批评家应该掌握专门的知识。正如他在《都是为了爱》(*All for Love*)的序言中解释的那样,仅仅喜欢是不够的,"不是所有喜欢悲剧的人,都是足够好

---

① Samuel Johnson,《英国诗人传》,第3卷,第441页。

的评判者;他也必须熟知悲剧的优点,否则他肯定是一位盲目的崇拜者,而不是批评家"。① 对原则的关注呼应了对于较大的"艺术规则"问题和文学社会功能的关注。最终,我们不能分开提及这些问题——任何关于批评准则或者评价的讨论都变得可疑,除非这种讨论的基础是对文学在社会中的作用和接受的假想。在 18 世纪,传统说教式的规则左右着艺术创造力和文学的形式或类别特征,而对这种规则日益增长的怀疑,与对更准确"系统"和条理的批评准则越来越多的要求,矛盾地结合在一起。我们现在仍然生活在这种矛盾之中。

18 世纪使用的"审美"或者"评判"(judgement)——正如自那时起,通常理解的那样(代表奇特或主观突发的念头的时候除外)——意味着,它们与抽象的拉丁术语"评价"一样,带有学术甚至可论证的精确和公正方法的意味。更深奥的"价值论"是对价值和不同类型价值的——宗教的、道德的、美学的——哲学研究。我们需要转动语义学的万花筒,才能激发出批评中的许多讨论及其新奇之处。审美或评价超越了一部作品表现出的学识或者智力上的脱俗,这意味着要依据的价值来评判那部作品,并且所依据的价值可以包括的不仅仅是形式或者风格价值。进行评价,将审美作为一种活动,这促使批评家或者读者来思考,构成评判标准的价值或标准是什么。

18 世纪对厘清原则并形成"客观"评价进行了大量尝试,无论这些尝试对我们有什么价值,这并不在于我们已经继承或推崇的许多特定原则,而是在于这个世纪总体上对系统和原则的所有可能和局限性的非凡批评。正如雷纳·韦勒克的解释,在阐释"一个与休谟的理论非常相似的品味理论"的时候,康德走进了"一条死胡同",而休谟在《论品味的标准》里面,第一次"对康德的《判断力

---

① 《都是为了爱》(All for Love)序言,德莱顿声称,这部剧是唯一一部不是为了取悦观众而是为了取悦自己而创作的作品。

批判》(*Critique of Judgment*)提出反对,并且坚定地提出了批评的问题。实际上,这是对批评的批评。"①在努力构建或提炼批评"原则"时,休谟和其他批评家(包括约翰逊)强烈地意识到这种工作的局限性。比如,在柯勒律治1810年发表的《论品味》(*Essay on Taste*)中,开篇是他犹豫不决的乐观观点:"无论品味是否有任何确定的原则,决定问题的相同论点可能会促成对这些原则的确定。"②不过,三段之后,柯勒律治就放弃了这篇文章,仅仅将其用作发言讲稿。

18世纪的传统提供了至少两则经验教训。第一,以体裁、类型和作品类别的纯粹形式特点为基础的任何体系或理论(如同许多的新古典主义理论那样),可能在描述一定的文学作品方面胜出,并且甚至会影响文学产出,但随着自然多样性和易变性不断塑造着文学形式和读者品味,尤其在读者群体多元增长的社会中,任何体系和理论的原则都无法经受考验。在《现代思想》(*The Modern Mind*)一文中,艾略特写道:"因此,我们的批评会世世代代地反映时代所需的事物,任何人、任何时代的批评都无法不负众望地涵盖诗歌的全部本性,或者穷尽它的所有用法。我们当代的批评家和他们的前辈一样,正在对特殊的情形作出独特的反应。"这个经验似乎是,有幸成功沿用了超过一两代的原则是建立在形式特征的基础上,这些形式特征和其他准则、心理学意识、历史,以及语言研究——修辞学、语言学、符号学和符号语言学——积极地融合在一起。

事实上,新古典主义理论已经提供了内在一致的原则。然而,霍布斯、巴特勒(Samuel Butler)、德莱顿、艾迪生、蒲柏——甚至莱

---

① Rene Wellek,《现代批评史》(*History of Modern Criticism*),New Haven: Yale University Press,1955—,第1卷,第109页;Ernst Cassirer,《启蒙运动哲学》(*The Philosophy of the Enlightenment*),F. C. A. Koelln 与 J. P. Pettegrove 合译,Princeton: Princeton University Press,1951,第275—278页。

② Coleridge,《文学传记集》(*Biographia Literaria*),2卷本,John Shawcross,Oxford: Oxford University Press,1907,第2卷,第247页。

默——以及后来的约翰逊和雷诺兹抛弃了许多原则,认为它们是外来附加的规定。约翰逊赞美德莱顿是"第一位这样的作家,他教会我们以原则为基础评判作品优点",并不是根据"整套乏味的定理"。约翰逊的批评"是诗人式的批评"。① 塞缪尔·巴特勒痛恨批评家"以古典规则精确地"考察新戏剧,正如他憎恶"只按照自己的规则行事的"唯我论的"现代批评家"一样。②

尽管有这些强大的声音,人们仍然渴盼着批评体系。约翰逊指出,18 世纪后半期,艾迪生失去了身为批评家应得的尊重,因为人们日益认为,他的批评结构混乱或者是"试验性的",忽略了被视为"科学"的"规则"。③ 在解释莎士比亚尽管有些技巧上的"失误",却一直深受欢迎的原因时,约翰逊回归到两种原则的区别上面,二者是"论证性和科学性原则"与那些对经验和感觉更加开放的原则——因此,后者通常更适用于作为一种模仿艺术的文学。约翰逊担心的是,在他的时代,批评花费了太多的精力来探讨方法论的方向,迪克·米尼姆的咖啡馆理论最狭义地展现了这种事态。随着最小值变成最大值,批评家们变得越发不满意,最后,18 世纪晚期和浪漫主义时期的批评家们将批评原则转换为想象本身的原则。批评家开始把品味与想象等同起来——或者,依据自己的观点混淆二者,以至于二者变得几乎不可分割。④ 理查德·佩恩·奈特(Richard Pyne Knight)、

---

① Samuel Johnson,《英国诗人传》,第 1 卷,第 410、412 页。
② Samuel Butler,《讽刺、杂诗和散文》(*Satires and Miscellaneous Poetry and Prose*),Rene Lamar 编,Cambridge: Cambridge University Press,1928,"论以古典规则准确评判现代戏剧的评论家们"(Upon Critics Who Judge of Modern Plays Precisely by the Rules of the Antients),第 60—62 页;亦可参见 Butler,《人物角色》(*Characters*),A. R. Waller 编,Cambridge: Cambridge University Press,1908,"现代批评家"(A Modern Critic),第 32 页,新增强调。
③ Samuel Johnson,《英国诗人传》,第 2 卷,第 145 页。
④ W. Jackson Bate,《从古典主义到浪漫主义:18 世纪英格兰品味的假想》(*From Classic to Romantic: Premises of Taste in Eighteenth-Century England*),Cambridge Mass.: Harvard University Press,1946,第 113—114 页。

亚历山大·杰拉德(Alexander Gerald)、阿奇博尔德·艾莉森(Archibald Alison),甚至雷诺兹都认为,审美是大脑有组织的活动的产物,这种头脑活动将被动感知和主动建构结合起来,被动感知的对象是休谟所谓的"真正存在于自然中的物体",而主动建构的对象则处在其他物体、个体经验、同情和暗示的力量组成的较大的联想和语境的框架中。伯克极力主张将两种他曾视为不同的概念融合起来:在《探究》的《引言:论审美》(Introduction: On Taste)一章中,伯克指出,"要消除无端指责的所有借口","用审美这个词,我指的不过是那种能力,或者那些大脑功能,它们受到想象作品和优雅艺术的影响,或者对想象作品和优雅艺术作出判断"。[1] 审美和想象越来越被视为同义词或者不可分割的一对,正如康德所说的那样。这增加了审美判断中的心理成分,并且有助于解释,为什么康德认为这种判断"只能是主观的"原因。在发展过程中,我们通常会发现这样的陈述,诸如哥尔德斯密对斯宾塞的看法:"然而,尽管斯宾塞有缺点,他对想象的拓展超越了任何其他诗人。"[2] 在追寻艺术的来源、目的和检验的过程中,批评的原则从自然和古人转向了现代艺术家的想象。

从欧洲大陆批评的角度来看,卡西尔(Cassirer)指出,首先"在休谟这里","美学争议的整个前沿阵地发生了改变……在理性的裁决面前,美学争议认为没有必要为自己辩护……理性不仅失去了统治地位,甚至在自己的领域,在知识的领地,理性也已经将领导权交给了想象",想象"现在被视为灵魂的根本动力"。[3] 正如柯勒律治所

---

[1] Edmund Burke,《探究》(Enquiry),J. T. Boulton 编,New York:Columbia University Press,1958,第13页。

[2] Oliver Goldsmith,《作品集》(Works),4卷本,Peter Cunningham 编,London:John Murray,1854,第4卷,第203页。这个句子出现在给《批评评论》的一篇投稿中,被认为是哥尔德斯密所说的,虽然并不确定。《作品集》(The Collected Works,5卷本,Arthur Friedman 编,Oxford:Clarendon Press,1966)删去了对拉尔夫·丘奇版的《仙后》(The Faerie Queene)的这个评论。

[3] Cassirer,《启蒙运动哲学》(Philosophy of the Enlightenment),第305页;亦可参见第311—312页。

言,"想象的规则本身就是生长和产出一切的特有能力"。因此,《文学传记集》的核心目标是呈现"想象的演绎,进而呈现艺术作品的产生,以及对艺术作品进行温和批评的原则"。①

柯勒律治创作《文学传记集》的一个原因(他在书中这样宣称),不仅是要区分他的诗歌观点和华兹华斯的观点,而且要用真正的"原则"来代替华兹华斯的观点,驳斥或至少纠正华兹华斯批评中的"情感"观点。② 60 年之前,在关于审美标准的文章中——也可以称之为关于这种难以捉摸的标准的文章,休谟已经区分了"原则"和"感觉"。休谟的文章是 18 世纪比较尖锐的检验之一,考察了艺术和文学中客观标准存在的可能性和局限性。在刚刚概述的背景下,我们可以从较大的"对批评的批评"的背景中看到审美标准的细节。

双向联想(bisociative)行为

休谟 1757 年发表的《论品味的标准》遇到了困难,即如何构建评判作品的标准,这些作品既激发了我们的情感和想象,又满足了我们对事实的认识。因此,休谟探讨的这个问题让人想起柏拉图对诗人歪曲现实的指控。不过,休谟对待这个问题的眼界更宽广、心思更敏锐:当这个标准必须适用于想象和感性的作品时(因此往往是"独创的"),批评家如何能找到逻辑上认同和理解的一个"标准"呢?

批评原则的一个障碍可能来自于想象艺术的本质,因为想象艺术面对的是整个大脑。因为,我们往往把判断和理解归在心灵(psyche)一边,并且,判断和理解的功能塑造了休谟所指的"观点"或"科学",并且以事实知识引导着我们,此外,休谟将事实知识与理性和

---

① Coleridge,《文学传记集》(*Biographia Literaria*),2 卷本,James Engell 与 W. Jackson Bate 合编,Princeton: Princeton University Press,1983,第 2 卷,第 84 页;第 1 卷,第 264 页。

② Coleridge,《文学传记集》,第 2 卷,第 9—11、119 页。

理解结合起来;而在心灵的另一边,我们往往会安排与"品味"和"情感"相关的、或者与我们喜欢、不喜欢以及与感情(即常用流行语中所说的"愉悦"和"痛苦")相关的事物。这些是自我参照的,或者正如休谟所说,它们——另据一些人所言——"总是真实的",或者总是"正确的":因为没有情感能够代表或者假装代表"客体事物中真正有什么"。没有"情感"看到的是真实的客体。在这里,主导性的功能是充满激情的想象。随着休谟解决了二元分歧,理性"发现了客体,因为它们真正存在于自然中",而"内部情感"则发现了那些为我们而存在的客体。然而,只有审美"有创造功能,并且,用从内部情感中借来的色彩对所有的自然客体进行镀金或染色,这是以某种方式创造出新的产物"。如果我们将批评完全归入判断力和理解力,或者完全归入情感和想象(这让人想起德莱顿对仅仅理解作品的人和盲目崇拜者的区分),困境随之产生了。在休谟的构想中,"可以说,判断和情感的差异非常大"。因此,休谟相信,强调一个比另一个更重要是不均衡的。甚至在最近的社会学导向的观点中,审美调和理智和情感的信念仍然存在。在《区分:对文学品味判断的社会批判》(Distinction: A Social Critique of the Judgement of Taste)中,皮埃尔·布尔迪厄表明,"审美判断是判断力的最高表现,通过调和理智和情感,(即通过调和)毫无情感地理解的学究和没有理解只是喜欢的俗人,判断力确定了擅长判断的个人"。①

浪漫主义批评开始建立在同情和想象之上时,在某种意义上,它正尝试着不去排除判断和理解,而是将它们和同情与想象结合起来。

---

① David Hume,"论道德情感"(Concerning Moral Sentiments),《道德、政治和文学论文集》(*Essays Moral, Political and Literary*),2卷本,T. H. Green 和 T. H. Grose 合编,London,1882;Aalen: Scientia Verlag,1964,第2卷,第265、268页(《哲学作品集》[*The Philosophical Works*],第4卷);Pierre Bourdieu,《区分:对文学品味判断的社会批判》(*Distinction: A Social Critique of the Judgement of Taste*),Richard Nice 译,Cambridge,Mass.:Harvard University Press,1984,第11页。

不过,这么做的同时,浪漫主义批评也会放大主观因素,使个人和感情因素——无论在诗歌,还是批评中——都可能达到自我放纵的程度。这是赫兹利特对其时代的作品提出的主要控诉,诗歌方面针对的是拜伦和华兹华斯(尽管他认为二者都是伟大的诗人),批评方面针对的是柯勒律治——同时意识到他的目标是英国文学中活着的天才。①

现代诗学的一个关键问题发展成了如下问题:人性(以及经验、甚至真理本身)本质上是在下面二者之间区分的吗?即内在的我,有着负责创作"小说"的个性的、想象的感情和洞察力,和同样内在的它,适合理解外在的原因、效果与事实的需求(我们可能会想起布莱克对华兹华斯的"合适的[fitted]和恰当的[fitting]"的严厉指责)。这是解读济慈问题的一种方式:"我是醒着,还是睡着?"这两种状态是相斥的吗?如果诗人放纵想象,会不会像济慈想的那样,有成为狂热的自己,无用的东西的危险?难道没有第三种可能吗?没有醒着的梦吗?没有人自愿中止怀疑吗?难道灵魂或者梦境可以与理性自我区分开吗?或者甚至可能与理性自我相对立吗?——或者人性更像是一种统一的整体吗?是灵魂与自我、想象与理性、内在视界与外在经验不和谐的和谐中的统一吗?② 此外,因为所有这些问题并不

---

① 以反射性的、自觉的理解培育出的天才和更自发的、"自然的"天赋培育出的天才之间潜在的分歧,贯穿了整个18世纪——例如,艾迪生的《旁观者》第160篇、亚历山大·杰拉德的《论天才》(*Essay on Genius*)和席勒的《论天真的诗和感伤的诗》(*Naive and Sentimental Poetry*)。

② 关于以最近的批评理论进行的讨论,参见 Frank Lentricchia,《新批评之后》(*After the New Criticism*),Chicago: University of Chicago Press, 1980,第2章,"存在主义的不同版本"(Versions of Existentialism),第35—60页。就叶芝的《盲点和洞见》(*Blindness and Insight*, New York: Oxford University Press, 1971),保罗·德曼讨论了可能的精神分歧,第170—172页,此外,Jean Hagstrum 也进行了讨论,并参照了"约翰逊和和谐的不谐和"(Johnson and the Concordia Discors)中的"巧智",见《未知的塞缪尔·约翰逊》(*The Unknown Samuel Johnson*),John J. Burke Jr. 与 Donald Kay 合编,Madison: University of Wisconsin Press, 1983,第39—53页,尤其第51—52页。

是关于自我和自然的,而是关于独立自我的状况,难道我们不能期待得到与自我一样多的不同的答案吗?在审美问题上,怎么可能会有共识呢?这些是休谟提出的基本且永久的问题。①

休谟的分析预示了许多立场,在其中两种关键的能力互相对立,一种本质上是理性的,而另一种则是非理性的。这种对抗以不同形式出现在不同作家那里,雪莱的《辩护》的理性和想象的分歧,布莱克的类似区分,叶芝镜与灯的区别,华莱士·史蒂文斯(Wallace Stevens)的"两种小说",艾略特的"感情的分离",以及理查兹的"理智信念"和"情感信念"的对立。或者这两种对立可以由第三种综合性的成分组合起来吗?比如席勒的游戏冲动、柯勒律治的诗歌想象、阿诺德的"富于想象的理性"、或者纽曼的"推断力"。潜在的二元论本质上存在于想象和判断之间,它也成为了诗人自身的一个主题——比如,济慈在《拉弥亚》和丁尼生在《艺术殿堂》(The Palace of Art)中谈到的内容。

休谟的肯定补充了这种潜在二元论,他说,"当批评家谈到细节时……可以发现,他们在自己的表达中加入了不同寻常的意义";并且,我们看到了语言的不准确性,而伯克莱所说的"词语的欺骗"进一步使问题模糊不清。甚至作家之间的"道德的表面和谐"可能是"语言本质"造就的一种错觉。然而,尽管有这些观察,且面对着自己的警示,即"品味的多样性"可能"在现实中比在外表上还要多",②休谟坚

---

① 关于休谟的持久关联,参见 Murray Cohen,"18 世纪英国文学和现代批评方法论"(Eighteenth-Century English Literature and Modern Critical Methodologies),《18 世纪:理论和阐释》(The Eighteenth Century: Theory and Interpretation),20,1979,第 5—23 页,尤其第 11—15 页;此外,Mary Carman Rose,"休谟在西方美学中的重要性"(The Importance of Hume in Western Aesthetics),《英国美学杂志》(The British Journal of Aesthetics),16,1976,第 218—229 页。罗斯坚持,休谟为"现代美学作出了重大的贡献"(第 220 页),并且,"20 世纪美国和英国语言哲学家们的审美研究显然是对休谟的美学的经验主义方法的一种挪用,并且是一种发展"(第 224 页)。
② "论品味的标准"(Of the Standard of Taste),《道德、政治和文学论文集》(Essays Moral Political, and Literary),I,第 266、267、266 页。

持认为审美标准存在。休谟预见到艾略特在《现代思想》接近结尾的主张,即"在诗歌的所有要求以及对它的回应之中,总有一些永恒的共同的原则,正如作品好坏的标准独立于我们的喜好和厌憎之外"。①

在他的分析中,休谟和一些英国诗人批评家有亲缘关系,他们包括西德尼、德莱顿、约翰逊、柯勒律治、阿诺德和艾略特。他向经验求助,包括艺术和"现实"、想象的产物和事实的所有经验。休谟总结说,大脑本身并不是书面上的左右半球的对等分割。他说:"似乎,有某些普遍赞同或批判的原则出现在所有审美的多样性和反复无常中,在大脑的所有运行中,细心人可以留意到这些原则的影响。"②它们之间有种自然张力存在,更像是拉着柏拉图灵魂战车的战马之间的张力,但并不是不受约束的拔河式竞争。

文学生理学家可能会说,休谟肯定了一个胼胝体,即判断和情感之间的一个关联整体。休谟清楚地表明这是他的整体目的:"在这篇文章中,他的目的是将理解中的某些亮点和情绪感受混合起来。"③后来,休·布莱尔(Hugh Blair)会附和并扩展休谟的观点:

> 一些作者将审美的标准建立在普遍认同所确定的人性共同感受之上,另一些作者将审美标准建立在理性确定的既定原则之上,两类作者的不同更多在表面上,而不是实质上。正如许多其他文学争议,这种不同主要体现在表达方式上……这两种体系……彼此之间在现实中差异很小。情感和理性互相交融;通过给予每种力量应有的位置,两种体

---

① T. S. Eliot,《诗歌的用途和批评的用途》(*The Use of Poetry and the Use of Criticism*),London: Faber and Faber,1933,第141—142页。
② "论品味的标准",第271页,新增强调。
③ "论品味的标准",第272页。

系可以形成一致。①

这样一种融合是休谟批评的基础,而不是仅仅强调情感或理解。② 当布莱尔提及"普遍认同"时,它与"理性确定的原则"不同,显然,休谟自己的构想("认同的普通原则")不仅在精神上,而且在词汇上,将这两种"表达方式"结合了起来。批评行为成为了双向联想行为。

的确,诗歌的目的是"用情感和想象使人愉悦",而不是用理解。不过,休谟反驳说:"即使是最诗意的作品,每一种作品不过是一系列命题和推理;尽管想象的色彩对其进行了掩盖,它确实并不总是最公允和确切的,却仍然是貌似可信和貌似有理的(可以被看到或感觉到)。"休谟用悲剧和史诗中的事件和角色来举例,尽管抒情诗的兴起和最终的主导地位削弱了举例的效果,他的观点可以涵盖所有体裁:"对任何艺术都有经验且理性的人不能判断作品的优美,这种情形很少,或者从未发生过;而只有品味又没有良好理解力的人也同样难以遇到。"③这些原则也暗示着,诗人批评家既会因为是批评家而成为更好的诗人,也会因为是诗人而成为更好的批评家。

接受了批评是双向联想的行为,我们看到,熟悉且较多滥用的

---

① Hugh Blair,《修辞和纯文学讲稿》(*Lectures on Rhetoric and Belles Lettres*),3卷本,London:W. Strahan,1783,第1卷,第32页注释。
② 关于意识和情绪、理性和感受的相互作用,参见 Ralph Cohen,"休谟文学研究的基本理论"(The Rationale of Hume's Literary Inquiries),《大卫·休谟:多面天才》(*David Hume: Many-sided Genius*),Kenneth R. Merril 与 Robert W. Shahan 合编,Norman:University of Oklahoma Press,1976,第99、105页;Teddy Brunius,《大卫·休谟论批评》(*David Hume on Criticism*),Stockholm:Almquist & Wiksell,1952,第37、39、53页;Nicholas Capaldi,"休谟的激情理论"(Hume's Theory of the Passions),《休谟:再次评价》(*Hume: A Re-evaluation*),Donald W. Livingston 与 James T. King 合编,New York:Fordham University Press,1976,第172—190页,尤其第175—176页。
③ "论品味的标准",第277—278页。

"常识"一词远远不只是意味着一个集体接受的想法和品味,这是共通感(sensus communis)的一种涵义。休谟想用常识融合镜与灯的启示"理解"和"想象的色彩"的启示。真正的常识成为了两种经验的调停地带,它们是从想象和情感中吸取的经验,以及从对事实的理解中吸取的经验。这是两种经验共同的常识,并且将二者结合起来。① 这种常识远不是人们所能得到的幼稚的常识,混淆二者导致了人们缺乏远见地抛弃了大量的18世纪批评和哲学。当休谟承认"通过成为谚语[品味没有任何可以被争辩的]",主观品味的范围"似乎已经获得了常识的认可"时,这就是休谟的想法,但是,"肯定有一种常识反对它,并且至少起到修改和限制它的作用"。② 这种更高的意识并不是同质社会的权威,而是理性和情感的共时诉求。

休谟的熟人亚当·斯密已经提出了这种态度,尽管不那么老练。在亚当·斯密1762至1763年间于格拉斯哥大学发表的《修辞学和文学讲稿》(Lectures on Rhetoric and Belles Lettres,这可能是他于1748至1751年间发表的爱丁堡演讲的扩展版本)中,斯密相当直率地声称:"如果你留意的话,所有批评和道德规则,当追溯根源时,都是每个人都认同的一些常识原则。"③ 更重要的是,约翰逊在他的《格雷

---

① 卡帕尔迪指出,对于休谟来说,"所有哲学猜想的考验都是来自于它与我们普通经验的相关性。常识不是需要解释的事物,而是寻求解释的事物"("休谟的理论"[Hume's Theory],第176页)。康德的《判断力批判》(Critique of Judgment)注意到容易误解的常识的含义以及对它的滥用,而休谟则正在与之斗争:"一般的人类理解……有一种可疑的荣誉,即有着赋予它的……常识的名字;并且也是在接受了词语意义寻常的情况下赋予的(不只是在我们的语言中,它[common]实际上有双重含义,而且在很多其他地方),这使它等同于 vulgar(粗俗的东西,das Vulgare 大俗)——在任何地方都能被满足——一种绝不会给其所有者带来荣誉或声望的品质。"康德的"大俗"指的是在很多情况下或很多地方被发现的粗俗的含义,不一定是低级或次等的。
② "论品味的标准",第269页,新增强调。
③ Adam Smith,《演讲稿》(Lectures),John M. Lothian 编,London:Thomas Nelson and Sons,1963,第51页;亦可参见第 xiii—xvi 页,以及 Cassirer,《启蒙运动哲学》(Philosophy of the Enlightenment),第308页。

传》(*Life of Gray*)中写道:"根据没有被文学偏见所腐蚀的读者常识……最终必定确定对诗歌荣誉的所有诉求。"①在格雷的《墓园挽歌》中,那是约翰逊作出评判的语境,正是充满意象的最初观念与深厚感情的结合使他觉得诗歌如此动人。有趣的是,英国传统中最激进的怀疑论者休谟反对(对所有事物的)审美持怀疑态度,他赞同一种更好的"常识种类",这种常识的世系与经验本身一样复杂。

"皮带上的钥匙"

休谟仍然感到困扰的是,感觉和判断似乎很少一致。休谟承认他偏好的常识存量不足——真的不同寻常。艺术和诗歌所依赖的"那些更美好的内心情感""是非常温柔细腻的,并且需要许多有利条件同时出现,才能使他们按照一般和既定的原则,方便准确地发挥作用"。② 休谟会如何想象这种"同时出现"呢? 这对盛行的社会习俗和文学权威没有吸引力。休谟的词汇暗示出答案,在其中我们会重复遇到:"温柔的"、"精致的"、"准确"、"鉴赏力"、"察觉"、"美好"、"较好"和"细微的特征"、"特定的风格"、"特定的感觉"和"高雅的品味"。

尽管休谟要感谢布渥尔(Bouhours)的精致美学,这里的重点并不是追溯影响,而是将休谟的文章视为"对批评的批评"的首个关键性的文件。休谟强调,反复的仔细研读会产生一连串的比较;微小的细节在许多空隙处联系起来——我们使之形成体系;评价和感觉像网状结构或矩阵一样汇聚起来。沉浸在阅读、阐释和艺术

---

① Samuel Johnson,《英国诗人传》,第3卷,第441页,新增强调。关于哲学导向的讨论,参见Chester Chapin, "塞缪尔·约翰逊和苏格兰常识学派"(Samuel Johnson and the Scottish Common Sense School),《18世纪:理论和阐释》(*The Eighteenth Century: Theory and Interpretation*),20,1979,第50—64页。
② "论品味的标准",第270页。

鉴赏中,将带动审美和观察的器官,直到它们对我们阅读和看到的所有可能的细微差别及细节变得敏锐。因此,"没有什么比在特定艺术中的实践,以及对特定种类优美的频繁观察或沉思更能增强或提高这种天赋"——这种精致品味。审美的关键是彻底完全的经验。休谟说,"只要让他获得经验",批评家就会像风向标一样,将评判指向正确的方向。"实践如此有利于对美的感知",以至于必须反复地"从不同角度审视"每个物体或艺术品。艺术品就是一个结构化的客体,一个制作好的客体事物或文本,我们必须试着从所有可能的角度审视它,而不是要求客体以一种或者透过一种角度出现。①

休谟精致品味的事例来自于《唐吉坷德》(*Don Quixote*)第13章,第1卷,第一部分,他讲述了桑丘·潘沙的两位男亲戚如何品尝了某种葡萄酒。他们肯定了葡萄酒的出类拔萃,但其中一人察觉到了一点皮革味道,另一人则察觉到了一点铁锈味。两个人都遭到了嘲笑,直到酒桶倒空,里面出现了一枚皮带上的钥匙。休谟指出:"精神和肉体品味的极大相似很容易教会我们运用这个故事。"任何标准都要求"审美的精致(delicacy of taste)"。"制定这些一般准则或公开的创作模式就像是寻找皮带上的钥匙,它证明了桑丘亲戚的见解,挫败了那些批评他们的徒有其表的鉴赏家。"②

有人可能会问,有没有过相反情况呢?休谟不是在新古典主义的前提下、在他所谓的"一般而确定的原则",或者在他认为读者共享的"公开模式"中进行评判的吗?那么,他不是在说,随着实践和

---

① "论品味的标准",第274、275页。Ralph Cohen,"大卫·休谟的试验方法和品味理论"(David Hume's Experimental Method and the Theory of Taste,*ELH* 25,1958,第270—289页)评论说:"休谟关于品味的文章的最重要的元素是,它对方法的坚持,对将事实和经验引入到品味问题中的方法的坚持。"(第270页)然而,这种方法是不可论证的和科学的。

② "论品味的标准",第273页。

重复,对于这些原则的应用会越来越清晰吗?

如果桑丘的两位后裔去读艾伦·金斯堡(Allan Ginsberg),那将会怎样呢? 二人可能会察觉出细微的差别,将金斯堡的作品和其他人的进行比较,从而获得细微的知识,但是如果桑丘的亲人品鉴的前提是区分彼此,则一人可能会赞美诗人金斯堡,而另一人会抛弃他。休谟说:"产生疑问的时候,人们对待它们的方式不过与对待其他理解遇到的有争议的问题一样:他们必定带来最好的论点,而且那是他们的创意启发的论点。"① 休谟的文章中没有任何地方试图描述审美标准实际上是什么,或者应该是什么。他只是说,审美标准存在,并且不是建立在规则、恩主、学院,或者规范教育之上。然而,休谟也想要表明,审美并不完全是相对的——如果没有标准,这可能会是相对的。② 这种假定的一个直接后果是,事实上,一些文学观点比其他观点更好一些,但是并不能证明哪些更好。(在某种意义上,休谟证明了,这样的论证不可能出现。)③ 这类似于希拉里·帕特南的论点,即我们不能证明某种陈述的真实性是先验的,但我们也不能证明先验的真理不存在。根据休谟的结论,桑丘的两位后裔"必须承认,某处存在一个真实明确的标准,即真实存在或事实;并且,他们必须宽容地对待它,因为这种标准不同于他们对这一标准的诉求。如果我们已经证明,所有个体的品味并不相同,这对我们现在的目的而言已经

---

① "论品味的标准",第 279 页。参见 Brunius,《休谟论批评》(*Hume on Criticism*),其中 Brunius 看到休谟"创造了一个关于没有明确答案的重大问题的对话"(第 15 页)。

② 关于休谟坚持完全包容一切的标准,并且因此受到限定的相对主义,参见 Cohen, "休谟的试验性方法"(Hume's Experimental Method),第 278 页,以及"基本原理"(The Rationale),第 114 页;亦可参见 Brunius,第 75、85 页。

③ Ernest Campbell Mossner,"休谟的'论批评'"(Hume's "Of Criticism"),《批评和审美研究:向 Samuel Holt Monk 致敬的文章》(*Studies in Criticism & Aesthetics: Essays in Honor of Samuel Holt Monk*),Howard Anderson 与 John S. Shea 合编,Minneapolis: University of Minnesota Press,1967,第 232—248 页,文中直截了当地说:"在事实的领域,不能实现实证"(第 234—235 页)。

足够"。①

审美标准变成了一种存在,在某种意义上,也是一种缺失,即赫兹里特所言的完美品味,这是一种既不能准确确定,也不可否认的事实。没有人能证明已经得到这种完美品味。不过,在建立这种标准的尝试中,读者必须对艺术品本身产生移情,正如休谟所说:"艺术品要对心灵产生应有的影响,人们必须从一定的角度审视它,并且一些处境下的人们不能充分品味它,因为无论这些人的处境是真实的或想象的,都会与艺术品展现所要求的不相符。"在这一点上,休谟听起来就像佩特或阿诺德——或者就像蒲柏的《论批评》或者约翰逊的《德莱顿传》:读者需要努力超越偏见,那是自己的时代、背景、社会地位和个人经验深植于心的偏见。休谟指出,"特定人的不同气质"、"我们时代和国家特定的习俗和观点"以及思辨信念,尤其是宗教信念,总是会歪曲品味。②休谟的完美读者或批评家不属于某个国家的某一阶层,而是会发现、评估并最大限度地减少这些偏好。③

休谟是一位怀疑西方形而上学哲学传统的无神论者,将他的立场与近代雅克·德里达等人的立场进行比较是有益的。休谟指出,在审美问题上,尽管历史上任何时候都有一个非常确定的中心或标准,但我们不能界定或者找到那个中心——至少我们不能准确地一致认同它是什么。对我们来说,它总是背离中心的。然而,休谟仍然坚持认为,这样一个中心或标准的确存在,并且是建立在我们所有经验的完整性和微妙性之上。德里达在可以作

---

① "论品味的标准",第279页,Cohen,"休谟的试验方法"(Hume's Experimental Method)指出:"休谟的明确目的……是证明某些品味比其他的更好,并且为这种区分提供一个基础,这一点有时被忽略了"(第272页)。
② "论品味的标准",第276、280页。
③ Cohen,"基本原理"(The Rationale)因此谈到了经历和一种"相反转换"的批评者(第109—110页)。

为一个类似的观点中说,"缺失的"中心将被解读为"不亚于中心的缺失"。① 如果有人激进地坚持中心和标准都不存在,那就完全不会有评判,只有文本带来的愉悦或不快,只有个人或社会偏见来证实其自身。

在本章开头的引文中,王尔德声称他自己的审美标准难以捉摸。没有逻辑能驳倒他,因为和休谟一样,王尔德知道这个问题不会符合逻辑或证据,用演绎式的口吻来表达他的立场会更好。他的主张实际上是同义重复。其含义是,王尔德知道什么是最好的——并且,我们可以说,以有趣的方式这么说正是王尔德的天才之处。事实上,王尔德的确知道,无论他,还是任何其他人,都永远不能让人信服地"认识"审美。审美不能简化为某种知识。用约翰逊的话来说,审美不是"科学的和可以论证的"。王尔德关于审美的文字游戏是机智的,正如约翰逊对巧智的看法一样,即巧智是刺激着不同领域的思想力量——不和谐的和谐——这种情况下,对逻辑证明的知识的把握和对知识的典型幻象紧密联结在一起。王尔德占据了缺失的审美中心("最好的"),没有人能反驳他。争论"最好的"会是粗俗的,这是"常"识中最寻常的一种认知。另一种形式,不那么机智,却服务于更实际的目的,也是对最好品味的追求,而且它是古董商、画廊主人、时事评论员每天都练习的课程。出售艺术时,让人尴尬的是不成功,而不是糟糕的艺术。唯一的欺骗是公认的伪造,或者是关于以什么价格出售的谎言。如果争论是有品味地进行的,出售者永远不会输掉涉及品味的争论——或者失去顾客。正如王尔德本人所言,只有在一个人眼中所有的艺

---

① Jacques Derrida,"人类科学话语中的结构、符号和游戏"(Structure. Sign, and Play in the Discourse of the Human Sciences),《结构主义之争:批评的语言和人的科学》(*The Structuralist Controversy*: *The Languages of Criticism and the Sciences of Man*),Richard Macksey 与 Eugenio Donato 合编,Baltimore: Johns Hopkins University Press,1972,第 264 页。

术品都同样珍贵,那就是拍卖师。①

休谟远不如他最初表现的那样僵化且倾向于新古典主义。杰拉德·查普曼(Gerald Chapman)指出:"像伯克、凯姆斯这样的世纪中期的批评家坚信,不可以从教条传统中获得规则,这在很大程度上归功于休谟的榜样。"②休谟不承认任何权威、没有明确的规则或专家意见。并且,正如《漫步者》第3篇里面的约翰逊,休谟对批评家的能力提出了适度要求,时间会作出更多最终的判断。然而,并非所有批评家和阐释都是平等的。审美领域可以是一个民主国度,选民可以是平等的,但所投选票并不能同样地见多识广,候选人的素质各不相同。在库尔特·哥德尔(Kurt Godel)的《不完全性定理》(*Incompleteness Theorem*)批注版中,所有涉及审美的论证性论点最终都是循环的,但是其中一些的影响范围更宽广一些,其中心被更加精确地标识出来。

在批评的准则方面,休谟和约翰逊差异不大。二人都认为文学应该使人愉悦,也应该考察行为和美德的价值,这种美德高于"地方"(即教区)的风俗习惯的变化。好的批评家,博览群书,但不仅仅有书卷气,他文笔雄浑、平易近人,以历史见长,以语言为乐,以仁爱和洞察力解读人性。

一条艺术准则

休谟对定义或证明审美的绝对性仍然持怀疑态度,因为这种判断无法得到证实。然而,谈及我们实际的审美经验时,休谟是一位现

---

① "克里斯蒂的主席退出了假促销案"(Christie's Chairman Quits in False Sale Case),《纽约时报》(*The New York Times*),1985年7月20日,第1、9页。

② Gerald Chapman 编,《英国文学批评,1660—1800》(*Literary Criticism in England:1660—1800*),New York:Alfred Knopf,1966,第273页(来自于"盎格鲁-苏格兰研究"[The Anglo-Scots Inquiry],第265—276页)。关于休谟打破新古典主义模式,参见Cohen,"休谟的试验方法",第280页,以及Mossner,"休谟的'论批评'",第237、239页。最近没有评论家将休谟和新古典主义批评归在一起。

实主义者,但他甚至又是一位唯心主义者,他坚持一种审美标准实际上的确存在——尽管这一标准永远是难以捉摸的,从来没有真正地出现在光天化日之下让我们一致认同。这个标准代表了一种由经验细节推断出来的、不断变化的理想。虽然它属于不"可知"或不可证明的事实,但它作为事实存在的。这一标准是"已知的",或者只能通过构成我们个人经验的痕迹或轨迹来猜测,而这些痕迹和轨迹必然是不完整的对现实的看法,并且是通过更多经验和反思磨练得出的想法。这一标准经由想象的过程构建出来。休谟的立场是一种"怀疑现实主义",最终建立在想象的基础之上。批评家,也是普通读者,与将色彩混合并逐步铺陈在调色板和画布上的艺术家相似,将个人与文本的接触扩展到完全形成的审美领域。①

然而,休谟假定了一个基本事实或原则——严格来说,那不是一个批评原则。与之相区分,休谟称之为"艺术原则",或者确切地说,是一种假定,即艺术的确有"公开的原则"或目的,艺术的确有一个目标,艺术有目的,并且,艺术不是与世隔绝或完全自主的。休谟指出:"即使其作品主要是用来取悦想象,也仍然可以看到,从荷马直到费奈隆的诗人和其他作家在作品中反复灌输相同的道德箴言,赞美同样的美德或批评同样的恶习。"②

---

① 关于休谟的怀疑主义和现实主义的结合,参见 John P. Wright,《大卫·休谟的怀疑现实主义》(*The Sceptical Realism of David Hume*), Minneapolis: University of Minnesota Press, 1983。

② 除了休谟将美学与道德联系起来的观点之外,没有任何其他的单一问题带来更多的分歧。William H. Halberstadt,"休谟美学的一个问题"(A Problem in Hume's Aesthetics),《美学和艺术批评杂志》(*The Journal of Aesthetic and Art Criticism*), 30, 1971,第209—214页,他评论道:"有很好的理由来坚持……休谟对美学和伦理学的看法是相似的"(第213页)——尽管是独立的(?)。Rose 在《休谟的重要性》中主张:"休谟将个体道德地位的发展和起作用解释为独立于他的审美意识的发展和起作用"(第233页)。Mossner 表明("休谟的'论批评'"),"对于休谟来说,道德可以合法地进入艺术的批评判断"(第238页)。Cohen 在"休谟的试验方法"中说,休谟的步骤"有助于将艺术和道德分开",但是文章也暗示(转下页注)

提出批评和创作的"普遍规则""就像寻找皮带上的钥匙"。通过向"不好的批评家"展示休谟所谓的"公开的艺术原则(而不是"批评"原则)",人们才能找到它。一旦我们接受了这样一个公开原则,可以说,我们就能够去倒空大桶了。在这一点上,不好的批评家"必须在整体上断定那是他的错,他缺乏'精致审美',这是使他对卓越之处"敏感的"必要条件"。最后,一系列"公开"或者既定的艺术原则决定了批评原则,并且保证了审美标准的存在。最初的假设或"艺术原则"涉及艺术在社会和文化中的目的或功能。①

如果艺术是"完全自主的",没有在任何其他经验评价体系中固定下来,如果艺术没有目的——咆哮的狮子上面悬挂着美高梅箴言:为艺术而艺术,或者奥尔特加·伊·加塞特(Ortega y Gasset)在《艺术的去人性化》(The Dehumanization of Art)一书结尾处简化了的"只是艺术而已"——如果艺术除了自身之外没有目的,则世上不会有审美标准。最令人兴奋的领域将会是一个前卫,永远竭力保持自己

(接上页注)了,"没有批评家为了欣赏艺术作品而放弃他的道德和礼仪观念"(第 276、277 页)。

比较 Philip Flynn,"苏格兰美学以及对品味标准的寻求"(Scottish Aesthetics and the Search for a Standard of Taste),《戴尔豪斯评论》(Dalbousie Review),60,1980,第 5—19 页,尤其第 9 页:"休谟、凯姆斯、布莱尔、杰拉德和贝蒂指出,对艺术的精准品味和对美德的敏锐感觉并不总是在同一个人身上出现,但是大多数苏格兰美学家认为,艺术是道德指导的重要力量,更多是通过我们的同情而不是通过理性对道德原则的掌握来起作用的。"参见 A. M. Kinghorn,"文学审美和同情——18 世纪苏格兰批评的主要趋势"(Literary Aesthetics and the Sympathetic Emotions——A Main Trend in Eighteenth-Century Scortish Criticism),《苏格兰文学研究》(Studies in Scottish Literature),I,1963,第 35—47 页。

① "论品味的标准",第 273—274 页。参见 Flynn,"苏格兰美学"(Scottish Aesthetics),第 7、11 页;Cohen,"基本原理",第 114 页,以及 Peter Jones,"休谟和维根斯坦的压力"(Strains in Hume and Witrgenstein),《休谟,再次评估》(Hume, A Re-evaluation),第 191—209 页,以及同一卷中,他的"休谟美学中的原因、理性和客观性"(Cause, Reason, and Objectivity in Hume's Aesthetics),第 323—342 页。琼斯讨论了休谟的"普遍的不可改变的标准"的社会和公共基础,我们可以以这种标准来赞同或反对人物和行为(第 330 页)。

的身份,而又永远以前所未有的速度被吸收且形成惯例。那么,艺术的唯一原则是艺术家的想象或者"虚构",在自己的法庭由自己的法律进行审判。批评只会强调我们如何阅读,而不是如何评价我们阅读的内容。

这一切有助于解释为什么亚里士多德和柯勒律治——还有无数其他的批评家和诗人——不仅以形式主义或语言学的术语(尽管总是涵盖这些)来定义诗歌、一首诗和诗人的本质,而是以它们的功能、即时的愉悦和最终的真理来定义。托尔斯泰简单地问出:什么是艺术?而休谟的分析——还有所有这些关于审美和批评原则的分析或辩论——都转移到这个关于艺术本质和目的的问题上。① 如果我们觉得托尔斯泰的问题没有答案,或者答案的数量和作者一样多,那么所有批评原则都消失了。正如休谟 1734 年写给乔治·切恩(George Cheyne)的信那样,在这种情况下,哲学和批评"只不过是无止境的争论,即使在最基本的文章中"。② 济慈的诗歌和书信之所以如此引人入胜,其中一个原因是济慈从未停止提出与托尔斯泰一样的问题——诗人应该做什么,诗歌是什么?济慈有答案,但是不确定,这种不确定增加了他的天赋,这也许是因为济慈没有把答案强加给我们,而是邀请我们和他一起思考这些答案。

尽管公式简单,但可能会被忽略。直到批评家回答——或者试图回答——什么是艺术?艺术在社会和文化中的作用是什么?审美标准才能起作用,唯一可以存在的"原则"则会回应形式主义或语言

---

① Jones,"原因、理性和客观性"(Cause, Reason, and Objectivity),第 331 页:"休谟还声称,某些基本的'艺术规则建立在人类本性的品质之上'。"Cohen 在《基本原理》中与这个问题进行了争斗:"也许进行这些研究的一种方法是探究,为什么休谟没有去定义艺术……对他而言,艺术只是在吸引人们注意力方面有价值"(第101 页),但是"对于休谟来说……艺术是……一种提升人类价值的东西"(第107页),并且,"最终,正是艺术的价值组成了休谟文学研究的理论基础"(第115页)。

② Chapman 的引文,《英国的文学批评》(Literary Criticism in England),第 273 页。

学的考虑。客观原则似乎是批评的物自体(Ding-an-sich)。不论其存在与否,没有人能确定地证实,但也没有人能够证实其不存在。它们能够调整,最终可以构成一种社会观念,也可以构成一种审美观念。在《英法无法类比的古典教育》(The Polite Learning of England and France Incapable of Comparison)一文中,歌尔德斯密指出:"真理是积极的,审美是相对的优秀。"① 批评中大多数的感觉和风尚不会持久,任何批评体系或成套原则的永恒性和客观性仍然难以捉摸,但如果与艺术如何影响教育和社会联系起来,这些原则和暗含的审美标准可以作为一种缺失存在,却又有着存在的力量,如同失去了压顶石的洞口可以通风,排空地方争议的烟雾:这是不可填充的顶端缺失,但是我们猜测——正如济慈所言——这个缺失如同天堂,是"从我们最崇高的睡眠中"猜测到的天堂。

无法逃脱的社会基础

休谟的文章和康德的第三部《判断力批判》简略触及一个我们目前仅仅觉察到的问题:审美的社会维度。艺术的社会地位,艺术的价值判断,使我们整个讨论变得复杂而丰富。看待工艺品或发明时,最初和关键的决定往往是,是否首先将一部作品视为"艺术"。绝大多数情况下,这种决定似乎已经由个人无法控制的制度或文化力量作出。这些决定产生重要的影响。休谟的批评和所有这些对审美品味的分析,只有当我们将其引向一类被判断为有价值的艺术,或者值得进行审美或文学思索的客体或文本时,它们才会发挥作用。以前,人们对艺术价值作出了更大的预判——不是好、平庸或低劣——而往往是更微妙和更根本的问题,即文本或客体事物首先是否与它们

---

① Goldsmith,《作品集》(Works), Friedman 编, I, 第 294 页和注释将歌尔德斯密的评论和休谟的文章"怀疑论者"(The Sceptic)联系起来。

的艺术地位相符。在某种程度上，这是文学经典形成的原因。

尽管这种艺术价值判断不是康德称之为纯粹审美判断的一部分，这是另一种同样重要的审美判断。经验（休谟的基本标准）证实，我们经常会遇到一些个人，他们很容易将艺术或严肃文学的称号给予自己不喜欢或甚至认为"不好"的作品。同时，这些个人喜欢并且表达了对"垃圾"小说或娱乐节目的喜爱，这些小说或娱乐节目有时并不符合他们自己的艺术价值标准。因此，我们愿意给出不讨喜的作品——甚至强烈不喜欢的作品——有艺术价值的判断。我们会遇到这样的朋友或同事，他们说"没法忍受"劳伦斯（D. H. Lawrence）或高尔（Gower）——抑或是约翰逊或纪德（Gide）——或者他们讨厌保罗·克莱（Paul Klee）、约翰·凯奇（John Cage）、舒伯特（Schubert）。不过，这些人也同意——或甚至坚持认为——引起他们强烈反感的作者和艺术家可能仍然属于艺术范畴，甚至属于天才。同时，我们将罗斯·麦克唐纳（Ross MacDonald）、伊恩·弗莱明（Ian Fleming）、巴巴拉·卡特兰（Barbara Cartland），和许多广受喜爱却往往不被认为是严肃艺术家的作品打包到会议袋或者度假行李箱里。

这和康德的分析并不矛盾，因为康德明确地区分了快乐和纯粹审美判断。不过，正如康德本人指出的那样——尽管他没有用独立的、全面的社会批评来补充自己的评论，"审美判断……本身不会产生任何趣味，只是在社会中，有审美品味才是有趣味的"。在这个语境中，在社会制度、意识形态和文化语境中，纯粹审美判断不可能存在，因为在社会语境中，所有艺术判断都是有趣味的。在社会中，艺术的地位最初可能显得混乱或多元，但我们觉得，艺术的地位并不像所有等值的个人审美品味一样完全令人困惑或千差万别。由此可见，艺术的价值——有时可以宽泛地视为"确立经典"的过程——很大程度上是一种社会和制度判断。作为个体，我们都与这种预判有关，虽然拥有了判断特定作品好或者坏的权利。质疑艺术价值的假设需要一种理论视角,那是社会普遍不鼓励的视角。

我们可以赞同或者默认那些对"艺术的价值"的文化和社会判断,只要我们能够通过记录个人反应,保留并满足个人的喜好和反对的权利。然而,什么是或不是艺术,如果这是随着时间的推移形成的集体和社会判断,相对而言,它不受个人挑战的影响,除非有人能够支持一个特定的重新评估或新的运动。即使那样,成功也可能是有限的。现代美术体系是一套有着悠久社会文化渊源的假设。正如艾布拉姆斯指出的那样,现代美学社会学形成于18世纪,当时逐渐确立了"按照艺术本身的标准定义,成为一件艺术品的条件和资格并不是固有事实,而是制度性[社会]的事实"。①

一群批评家和监管人、一位能够"推出"或"抛弃"特定作家或艺术家的精英都可能影响什么是艺术或不是艺术。比如,在他对纽约戏剧界著名的描述《成功的甜蜜滋味》(Sweet Smell of Success)中,亨塞克(J. J. Hunsecker)抨击了这些经纪人可怕的一面。大学阅读清单是影响社会阅读模式的另一种可能更自由和更无私的方式。这些清单有商业方面的因素,但更大的经济利益转移到了学院之外:主要图书连锁店的精装小说买家表示:"优点与某些书籍有很大关系",但在"大多数情况下,这并不是最重要的考虑"。这位特别的买家接着说:"人们经常写小说,因为他们想要讲故事,书卖得怎么样不是他们的首要考虑。"作者可能写得很好,卖得很好,但正如《纽约客》(The New Yorker)的一位撰稿人所言,在出版实践中,现代出版界引入了一种"可能新颖的"纯粹商业化的底线精神,那就是"将这种做法提升为一种原则"。②

---

① M. H. Abrams,"艺术本身:现代美学的社会学"(Art-As-Such: The Sociology of Modern Aesthetics),《美国艺术与科学学院公报》(Bulletin of The American Academy of Arts and Sciences),38,1985年3月,第8—33页,第26页。艾布拉姆斯接着"转向了社会状况,以便解释一般艺术理论的巨大变化"(第14页)。
② 《纽约客》(The New Yorker),1985年7月15期,第19页。

在《散文补记》(*Essay Supplementary*)中,华兹华斯将"公众"视为批评家、舆论制造者和探索者。相比而言,"人民"是持久的价值和持续受欢迎的根源,深受华兹华斯信任的是"人民"的判断和尊敬:"他的错误是可悲的,谁能相信,在这个小而嘈杂的社区喧闹中,存在着任何神圣正确的东西,曾经受到人为的影响所支配,以公众之名,在未经思考的情况下,传递给人民。"①什么是"群众性"或"大众化",与什么是先锋的、困难的、晦涩的、研究性的,或者,根据奥尔特加的特征描述,自觉地"反大众"之间的区分,与华兹华斯对更广泛的"人民"而不是"公众之名"的召唤直接相关。换言之,从定义上说,艺术可以成为逃避人民、尽量避开大众流行的事物。17 世纪末左右,决定个体凌驾于大众之上,从而赋予艺术判断力的因素主要是出身、财富和社会地位或权力。然而,在下一世纪,艺术社会学发生了重大改变,尤其是如果我们观察英国的读者的话。约翰·丹尼斯可以自信地将"审美"作为一个单独的整体来谈论,但到了 19 世纪初,赫兹利特看到一群四分五裂、不断变化的读者。艺术优选领域的仲裁者已经成为了鉴赏家、专家和批评家,他们的学识、教育、批评技巧,以及正如培根《学术的进展》(*The Advancement of Learning*)中观察到的那样,他们的借口和"学识的虚荣心"都开始为艺术价值建立起特定的标准。这些进展对弗朗西斯·杰弗里的影响显然比对赫兹利特的影响小,弗朗西斯·杰弗里认为,"即使是阅读界的广大民众,也必定是未受过教导且缺乏判断力的……看起来最完美、品味非常高雅的诗歌,往往不会成为非常受欢迎的诗歌"。② 在《区分》中,皮埃尔·布尔迪厄更为痛苦地总结到,当下培养的艺术和批评的乐趣基本上是排他的——将低俗的或门外汉排除在外,仅仅针对那些

---

① Wordsworth,《散文作品集》(*Prose Works*),3 卷本,W. J. B. Owen 与 J. Worthington Smyser 合编,Oxford:Clarendon Press,第 3 卷,第 81 页。

② Francis Jeffrey,《给爱丁堡评论的投稿》(*Contributions to the Edinburgh Review*,1844 版)II 中第 483—519 和第 484 页讨论了司各特的《湖上夫人》(*Lady of the Lake*)。

能追随游戏且理解典故的人。①

康德从未打算用纯粹理性批判的模式来描述社会中的审美活动和审美判断。他认识到,在社会语境中,还有许多其他因素在起作用,包括道德和文化价值。因此,我们发现,正如康德本人清楚指出的那样,他的无利害的纯粹审美判断模式不足以解释我们对艺术的复杂反应,艺术既是一种社会现象,也是一种个体现象,它需要多种回应和态度。正如席勒所说,在解决《审美书简》(Aesthetic Letters)中社会和意识形态问题的背景下,艺术最终呼唤的是"整体的"个人,而不仅仅是纯粹的审美判断。

艾迪生和凯姆斯等人认为,一定阶层的读者和鉴赏者决定了审美品味。在《旁观者》第409篇中,艾迪生建议,想要获得这种判断力,人们需要阅读最优秀的文雅作家和批评作家的作品。凯姆斯强调上层阶级的批评色彩:按日计酬的临时工不会敏感地关注文学。相比之下,休谟更喜欢勤奋地阅读、研究和比较各种阅读材料的人。阐述这些观点的同时,18世纪对艺术的新的休闲追求旨在将大众"提升"到艺术的层次,旨在"改良"个体——而不是让艺术"俯就"来满足新近会识字的人。然而,休谟和凯姆斯都没有——事实上,很少有18世纪批评家——仔细审视关于艺术本质的新的、根本的社会学猜想。然而,作为一种显然无私的审美观赏和享受(我们仍然活在它的庇护之下)的休闲活动,艺术的这种地位是在18世纪出现的。艾布拉姆斯表明:"总而言之,在不到100年的时间里,一次广泛的制度革命发生了,结果是,到了18世纪后半期,英国(在不同程度上,如同德国和其他国家)的文化境况显然就是现在这样,拥有大量主要是中产阶级的文学公众,有公共剧院、公共音乐会、公共画廊和绘画与雕塑博物馆。"②

---

① Bourdieu,《区分》(Distinction),第499页。
② Abrams,"艺术本身"(Art-As-Such),第22页。

今天,如同 18 世纪一样,指向一个理论上的中产阶级或"正典",并将问题搁置在那里是有问题的。社会角色与审美有什么关系呢?这个问题并不意味着建立一个等级制度,而是考察形成审美多样性的社会决定因素。艺术判断中关于社会经济、教育和职业区分的看法,已经被诸如布尔迪厄这样的审美社会学家以经验和详尽的方式证实过,这些看法否认任何纯粹的评价和审美判断的哲学基础。这种纯粹的哲学基础在康德的第三部《判断力批判》中提供了现代的检验标准,《批判》是 18 世纪审美理论的巅峰之作。然而,讽刺的是,这种批判之所以成为可能,只是因为 18 世纪本身的社会学变化,因为在当时的制度和社会学方面,艺术被视为无利害观赏(disinterested contemplation)的阵地。简单一瞥,康德就认识到,社会中的审美不能是无利害的(它是"与趣味相关的"),社会中艺术的审美判断也不是纯粹的,但康德并没有分析那些允许并促使他进行"哲学判断"的变化。由此,皮埃尔·布尔迪厄得出结论:"简而言之,审美判断哲学上的区分是另一种形式的对粗俗[某种粗俗]的本能厌恶,这种厌恶把纯粹审美定义为内化的社会关系,一种肉体化的社会关系;此外,我们不能期望,以哲学上推崇的方式解读《判断力批判》,就能发现一部作品核心区分的社会关系,这种区分理应被视为是哲学区分的象征。"①

正是 18 世纪社会关系和文化活动的转变,才使得康德式分析,即众所周知的"纯粹审美批判"模式首先得以发展。然而,康德自己首先认识到,充分地理解这种模式没有考虑到社会语境与审美判断之间关系的这些变化。现在,这些变化发生了激增,成为批评理论的主题。有鉴于此,我们可以回到休谟明智的建议,即社会、制度和思辨信仰(宗教和意识形态)都应该在批评行为中得到理解和考虑。休谟坚持这一点,即使艺术本身——以及对艺术价值的批判性判

---

① Bourdieu,《区分》,第 499—500 页。

断——具有讽刺意味地正在成为一种新的社会习俗。对休谟来说，审美品味问题表明，即使试着进行无利害观赏和纯粹审美判断，也不能将艺术与社会、文化或意识形态的利益分割开来，正是社会、文化或意识形态组成了艺术存在和生产的基础及条件。认识到这一点，然后在绕开纯粹相对主义的同时反对狭隘主义，这是休谟的元批评（metacritical）成就，是他对批评的批评（a criticism of criticism）不易察觉却杰出的贡献。

第五章　陌生化：伦理与美学问题

> 尽管文学是一回事,道德是截然不同的另一回事,在审美需求的核心,我们会发现道德需求。
>
> 　　　　　　　　　　　　　　　萨特《文学是什么?》(*What Is Literature?*)

创作《维吉尔之死》(*Death of Virgil*,1945)之时,赫尔曼·布洛赫(Hermann Broch)深信,在文化与世界衰败之际,创作诗歌简直是不道德的。人生最后几年,布洛赫致力于社会心理学和政治研究。由于整个19世纪对诗歌和艺术的解放与"提升"的愿景寄予了巨大的信任——或者至少是希望,文化批评家与教会传道者在浪漫主义理论中反复表达着这种希望,并且将其不断传播,难怪那些被第一次世界大战毁掉的一代人会觉得艺术与"人文主义"已经背离了他们的目标与理想。也许更令人感到欣慰的是得出这样一个结论:艺术原本就无法满足他们——文化解放与资产阶级崇尚的"高雅艺术"(high art)和"高度严肃性"(high seriousness)实际上就是休姆(T. E. Hulme)所说的"宗教割裂",涓涓细流无法注入坚硬冷漠的科技,或者渗入到新经济与新政治的意识形态中去。用爱默生简洁却内涵丰富的话来说,就是"经验"不久就穷极对艺术拯救力量的种种推测,也就是奥尔特加挖苦地说的"只是艺术而已"。

除了女性主义和马克思主义等明显意识形态批评的耐人寻味的例外,一些结构主义者——尤其在欧洲大陆——和一小撮人文主义者认为,文学对人的性格形成具有潜移默化的影响,自第一次世界大战以来,大部分批评家就难以确定,文学是否具有道德和伦理教化的作用。对于想象文学来说更是如此,在正规教育中,它们成为金科玉律,其中一些自然而然而非特意为之地成了"严肃"文学。正如雷蒙德·威廉斯(Raymond Williams)和其他众人所指出的那样,在18世纪,狭义文学的概念随着纯文学的文雅化(refinement)和专业分化诞生了。① 当然,文学的伦理主张也不再最受瞩目,新批评主义更加关注诗歌,他们要么将道德问题视作"非文学性的",要么谨慎地意避而不谈。阅读或学习文学作品能够在伦理上提供良好教义(或者反面教材),对此,人们信心已一落千丈。除文学批评之外,智性和意识形态的散文在大多系统的文学研究中亦是被排挤到底层,存在感不足。的确,批评,尤其是学术批评,近几十年来早已不是利维斯(F. R. Levis)、莱昂内尔·特里林(Lionel Trilling)、阿诺德,雪莱和西德尼曾描述的那种状态(常常言语犀利,但有时却强硬务实)。

两大故旧阵营

悠久卓越的英国传统开始后不久,索尔兹伯里的约翰(John of Salisbury)就强调,道德哲学与文学联袂,"阅读可以完善自我"。所读之书如果不能指导"生活方式",就是无用之书。这一说法预示了爱默生和阿诺德对诗歌的定义,他们将诗歌定义为实际上就是对生活的批判。后来,在《狐坡尼》(Volpone)的敬献书信中,琼生说道:"首先要做好人,然后才能做好诗人。"如今,人们大多认

---

① Raymond Williams,《马克思主义和文学》(*Marxism and Literature*),Oxford:Oxford University Press,1977,第45—54页。

为这一观点天真幼稚,但是许多文艺复兴时期的批评家如获真言,其中包括斯卡利杰(J. C. Scaliger)和明图尔诺(Minturno)。① 琼生认为,诗人在努力"告诉人们生活的真谛"。即便是喜剧诗人,也试图"反映世间正义,指导生活,或激起温柔的感情"。在《灌木集》中,琼生说到,"如果我们相信亚里士多德所言",诗歌研究"能够告诉人们生活顺畅、幸福的规则与模式,使人们听从社会机构的管理"。18世纪,维柯继承这一说法并将之发扬光大,认为诗歌智慧是所有文明社会的基础,此论调在雪莱的《为诗辩护》中也受到强烈推崇。

理查德·布莱克莫尔(Richard Blackmore)爵士在他的《亚瑟王子》(*Prince Arthur*)的序言中提供了教条式的论断,可以理解的是《亚瑟王子》是一首甚至专家们都会忽视的诗篇:"赋予人们正确公正的宗教和美德观念,协助理性约束过高的欲望和冲动的激情,使他们的生活回归规则与真正智慧的引导,进而造福人类,无疑这是所有诗歌的终极目的。"他坦言:"诗歌的一个目标在于给人们带来愉悦和快乐,但这仅仅是次要目标,其本身就是达到前面提到的宏伟终极目标的手段。"② 在《莎士比亚序言》中,约翰逊依然强调"公众利益",就在他总结的莎士比亚"罪过"的著名言论中:"他(莎士比亚)为了权宜牺牲了美德,精心逗乐而胜于教诲,他在写作中毫无教化目的。他的作品的确反映出一大堆的社会责任,对他来说,要想理性地思考必须考虑道德;但是,他的格言公理肆意传播,没有适当区分善与恶。"约翰逊继续对自己的常见看法抢先作出常见回答:"他那个

---

① 参见《17世纪批评文集》,3卷本,J. E. Spingarn 编,Oxford:Clarendon Press,1908—1909;Bloomington:Indiana University Press,1957,第1卷,第221页;关于喜悦和快乐之间的张力,参见第1卷,第 lxxiv—lxxv 页。
② Blackmore,《亚瑟王子:一首英雄诗歌》(*Prince Arthur, An Heroick Poem*)序言,London:Printed for A Wrisham and John Churchil at the black Swan in Paternoster-row,1695,《17世纪批评文集》,第3卷,第229页。

时代的粗鄙荒蛮都无法掩饰这一过错,因为使世界变得更好正是作家的责任。"①文学说教的必要性很少能找到言语更加犀利的辩护者了,约翰逊认为,不仅个人觉悟,甚至是"整个社会责任体系"都岌岌可危了。

就现状而言,这种文学功能的论点是具有代表性的,但仅仅是问题的一个方面。批评家们强调作者的道德教化责任,却没有达成批评的共识。(约翰逊会支持另一面,这是他的一贯做法。)在 18 世纪,人们往往引用资深望重者的话来否认,诗歌应该或者能够成为道德的载体。本世纪初,乔尔·斯宾加恩(Joel Spingarn)认为罗伯特·沃尔西(Robert Wolsey)写给罗切斯特的《瓦伦提尼安(1685)》(Valentinian)的序言是英国 17 世纪"诗歌与道德关系中最有趣的讨论"。文章充满智慧且文采飞扬,沃尔西进行了"自从瓜里尼(Guarini)的《维拉托Ⅱ》(Verato Secondo)以来,第一次对此问题进行充分讨论的尝试"。他主张道德与诗歌完全独立,但批评却要带有道德顾虑。将诗歌与道德教化分离的观点在卡斯特尔维屈罗、布鲁诺(Bruno)、塔索(Tasso)、马里诺(Marino),尤其是瓜里尼那里十分盛行。②

比沃尔西早 50 年,亨利·雷诺兹在《神话故事》(*Mythomystes*)中就曾坦言,古代诗人将诗歌与道德混合起来了。他也认为,诗歌回应了更高层级的呼唤,揭示了人性。道德教化的恰当媒介是——即雷诺兹认为斯宾塞原本应该在《仙后》中使用方式——散文。③(在 20 世纪,萨特同样地认为,散文承载着道德义务。)尽管在写《英国诗人列传》时,约翰逊还怀有增进人们虔诚的目的,自他 15 年前有选择

---

① 《耶鲁版塞缪尔·约翰逊作品集》(*The Yale Edition of the Works of Samuel Johnson*),New Haven: Yale University Press,1958—,Ⅶ,第 71 页(自《莎士比亚序言》开始)。
② 《17 世纪批评文集》,第 1 卷,第 lxxxiv—lxxxv 页。
③ Reynolds,"神话故事"(Mythomystes),《17 世纪批评文集》,第 1 卷,第 162—178 页。

地批判莎士比亚开始,约翰逊对诗歌和美德的观点日渐成熟。在谈论格雷的《诗歌的进步》时,约翰逊批评了书中第二部分的对照诗节,说道:"这些前提不能得出这样的结论,北方洞穴和智利平原并非'荣光'和'无尽羞耻'的家园。诗歌与道德相携而行,如此令人愉悦的观点,以至于我完全可以谅解那些信以为真的人。"①诗歌的结尾是"不可征服的心灵,自由的神圣火焰"(华兹华斯致杜桑·卢瓦杜尔的十四行诗照应了这一句。)也就是说,约翰逊建议,既然文学必须愉悦读者,如果它再能传播美德,可以愉悦更多的人——对于道德想象来说,愉悦要和道德考虑紧密联结在一起。约翰逊认为,愉悦是从读者的诸多需求中衍生出来的混合模式,但由于愉悦的重要性过于突出,他不认为诗歌与道德必须相伴而生。

在这种错综复杂的情形中,我们可以带着怀旧或高度优越感去回顾,在以往文学理论和批评中,找到审美原则与道德原则的统一,但是我们并未发现这种统一不容置疑,也从未如此。铭记贺拉斯愉悦与道德教化相关联学说迈出了简化论的第一步,尤其是人们忽视这个问题被简单地翻译为愉悦与教导。新古典主义批评家绝不会接受,在文学创作中,社会认可的道德生活与生活的审美观念之间存在着固有联系。对于以前的文学和批评,我们抱有一种优越感,认为它们就是按照"经典"训谕来进行道德教化的。也许是受蒲柏、斯威夫特、扬格、理查逊、约翰逊和菲尔丁等大家们的道德倾向的影响,我们对 18 世纪的情况很轻易就会作出这样的论断。尚值青春年华的伏尔泰曾言,在这样一个充满悲伤和不公正的世界里,要想清醒地活着,唯一的出路是,纵情投入到享乐的怀抱中。因此,他照此生活了 5 年,然后戛然而止,因为他认识到感官愉悦,如同说教,无法消除乏味感,而乏味感——正如约翰逊所言——不是罪大恶极,但对于所有的文学差错来说,是最要命的。

---

① Samuel Johnson,《英国诗人传》,第 3 卷,第 437 页,新增强调。

如前所述，拥有宏大道德观的批评家，如约翰逊、德莱顿、高乃依和西德尼，或者相对狭窄道德观的批评家，如莱默，都一再强调，艺术和文学关注的首要目标依然是智性愉悦（intellectual pleasure）——如今我们可以称之为娱乐（或者用巴特更专业的话说是享乐）。在认为诗歌具有潜在塑造功能之际，人们都一致认为愉悦是第一位的。正如西德尼所说，"感动他人比教导他人更高一筹"，由此看来，这更贴近教导的因果本质。也就是说，情感是饱含激情的，这是诗歌的本质与特性。西德尼的这个观点可能来自于意大利人文主义者明图尔诺，此人在贺拉斯愉悦与教导的观点上增加了"打动人心"（moving）。《论诗歌和音乐对大脑的影响，1776》（Essays on Poetry and Music, as They Affect the Mind）中有一篇贝蒂的早期散文《诗歌创作的目的》（Of the End of Poetical Composition），其中贝蒂重点论述了类似观点。给予教导是好的，正如雷奥纳德·韦尔斯特德在他的《关于英语语言的论文》（Dissertation on the English Language）中所说："诗歌难道不是通过它愉悦读者的超级魅力更有力地……实施教导吗？"①在《论普遍诗歌》（The Idea of Universal Poetry）文章中，赫德将埃拉托色尼（Eratothenes）和斯特拉波（Strabo）相对比来表明这一观点。埃拉托色尼指出，"诗歌的目的是愉悦读者，而不是教导"，尽管赫德认为教导可以是愉悦读者的一种方式，"愉悦仍然是诗人艺术的最终目的和范畴，并且在诗人手中，教导本身仅仅是一种手段，由此，他可以实现教导的效果"。②

许多18世纪批评家指出，教导是令人期许的，但与愉悦不同，教导不能独立存在；单独的教导既无法充分开展，也没有必要进行。休谟强

---

① 《伦纳德·韦尔斯特德先生诗歌和散文作品集》（The Works in Verse and Prose, of Leonard Welsted Esq.），John Nichols 编，London: printed by and for the editor, in Red-Lion-passage, Fleet-street: 1787, 第 145 页, 新增强调。
② "论普遍诗歌的观点"（On the Idea of Universal Poetry），《理查德·赫德作品集（8卷本）》（The Works of Richard Hurd, D. D.），London: Printed for T. Cadell and W. Davies, 1811, 第 2 卷, 第 16 页。

调了享受(enjoyment)在艺术欣赏和品味培养中的基本作用。他指出，一般认为批评家和作者们在道德本质上达成一致，但却暗示这是类似词汇造就的海市蜃楼，从而削弱了这种"道德中的看似和谐"。细看发现，"语言的本质"所述的不同情形与不够严谨使和谐一致大打折扣。《非道德意义上的真理和谎言》(*Truth and Lie in the Extra-Moral Sense*)一文中，尼采以词语"诚实"为例，揭示了在语言与社会习俗中，这种显然的一致性是如何强加给我们的。于是，我们变成了"诚实的人们"。

的确，如果从整体上看待艺术批评，不仅仅是从18世纪，而是从荷马和赫西俄德到但丁、西德尼、维柯、叶芝和弗莱过渡的各个时期，我们感觉到它们不断地指向文学被夸大的塑造的力量，以便塑造一个更加自由的——也就是更有见识、更慷慨的——灵魂。对这些作家而言，没有艺术的世界不仅少了几分优雅，也少了几分正义，但是如何获得这种道德的力量，从来没有，也永不可能被清楚地描述。休谟承认，想象文学作品考察了伦理动机并提出了道德教义，但拒绝将此作为它们诞生或者取得成功的条件。休谟隐晦地表示，这有赖于公共道德的传统——一代人之后，拜伦对此望而却步，讽刺的是，他取得了举世公认的成功。

那么，并不是在18世纪，我们会遇到伦理学与审美达成一致，或者两者相统一这一古典理想的覆灭。这种"覆灭"和这种想法一样古老。不过，在18世纪，我们确实开始遇到潜在的反转——一种对立——审美愉悦与在"社会责任体制"中接受的道德观念的对立，且对立程度会达到新的高度。总体而言，这是建立在对权威观念日益不满的基础之上。拜伦作品的主角——被家庭、社会与宗教遗弃的人——常常在出版作品中登场。

新 势 力

18世纪出现了一种相对新颖的观点。应对社会变革与道德权威问题时,这种观点切中了要害。它进一步削弱了被普遍接受的诗歌的道德教化功能,这一观点是:随着社会的成熟,诗歌的最初开化功用——公认的道德和塑造功能——终将完结;其他体制和传统将继承诗歌曾经承担的责任和教导功能,而诗歌会变得越来越边缘化,成为皮科克所说的"逗孩子玩的拨浪鼓"。诗歌和艺术不再需要"有道德价值"。文学作为一种体制无需再向道德之神弯腰,能够切实感觉到已被解放——甚至成为解放者。早在伊丽莎白统治时期,威廉·韦伯(William Webb)就粗略注意到了这一主张的前提。"不仅仅为了诗歌的丰硕成果和巨大利益,也为了教化人们的行为方式和提供美好生活的箴言(那是诗歌初期最推崇的内容)……国王和王子们……的确曾经鼓励、供养并大加奖赏诗人。"① 换言之,一旦社会从"野蛮"中走出变得优雅,(德莱顿和约翰逊认为莎士比亚的时代是"野蛮"的),诗歌将就此完成它的道德教化的历史使命。艾迪生和斯蒂尔在《旁观者》中赋予诗歌的使命不会无限期延续。(有趣的是,如今的哲学大家和道德大师们越发喜欢用散文写作,正如亨利·雷诺兹所建议的那样。蒲柏是最后一位主要例外。)随着诗歌第一个时代的结束,将有超越"教化人们的行为方式和提供美好生活的箴言"的东西将成为诗歌的主要目标。社会整体的改良和制度的完善也减少了对诗歌道德教化的需求。对已经精通(曾是一个贴切的短语)诗歌的读者,诗歌成为一种智性愉悦,而不是权威指引。

　　将诗歌从道德教化中进一步分离出来的,与可想而知的道德关注主题不同,这是对一门科学和美学体系全新且高度的关注。意大利和法国的批评家,鲍姆加登(Baumgarten)的《美学》(*Aesthetica*,1739),伯克的《论壮美与秀美概念起源的哲学探究》(1757)以及艺

---

① William Webber,"论英语诗歌"(Of English Poetry),《伊丽莎白时代批评论文集》(*Elizabethan Critical Essays*),2卷本,G. Gregory Smith 编,Oxford and London: Oxford University Press and Humphrey Milford,1904,第1卷,第232页,新增强调。

术鉴赏家和业内人士的观点态度,都标志着其现代阶段的开始。人们观念已有所改变,艾布拉姆斯指出:"决定艺术定义的是其地位,作为'被观赏的'对象,毫无偏颇的观赏的对象的地位——即按照其应有之义应该怎样,而不考虑个人利益以及受众的占有或愿望,亦不考虑其实质、功用以及其道德性。"①

然而,强调关注这种纯粹审美观赏,最终会回到似曾相识的话题中。即使有人在实用批评中接受了纯粹审美判断,在《判断力批判》(Critique of Judgment)的晦涩难懂部分,康德本人暗示到,美是道德的象征,尽管不知怎样(他没有明确怎么做);而"品味"与"想象"则在作为审美对象的美与作为道德判断基础的规则之间创造或进行了类比。它们当然有区别。道德判断是可感知的,并是概念化的。从定义上看,审美判断一定是主观的,因此没有概念和"逻辑"可言,它是"客观求实"和系统方法无法论证的。然而,两种判断最终都受制于它们的理想特性,即实际上,它们并不完全指向真实发生、切实感受到的体验。于是,席勒在《论崇高》一书中将这一类比引申到道德崇高(moral sublime)中。康德指出,最初设定这一类比时,正如我们谈到"纯净的"色彩、"崇高的"山脉和"宏伟的"树木的时候,我们赋予自然中美好事物某种道德品质(柯勒律治引用了莎士比亚的类似话语,称之为"人性化自然"的力量,这是浪漫主义文学的一个基本比喻)。我们的审美感受(aesthetic sensations),没有了个人兴致与认知理解,却包含了——按康德的话说——"类似于道德判断所带来的精神状态的意识"。在"人性化自然"的过程中,拟人修辞对象将最终包含所有人性化特征,包括道德及其所附有的一番争论。康德明确表明,"如果有关美的艺术不能或多或少地与道德观念相结合,

---

① M. H. Abrams,"艺术本身:现代美学的社会学"(Art-As-Such: The Sociology of Modern Aesthetics),《美国艺术与科学学院公报》(Bulletin of The American Academy of Arts and Sciences),38,1985年3月,第8页。

而仅仅是孤芳自赏、自娱自乐",那么艺术最终的命运将是导致人心"不满……甚至怨气与暴躁"。① 我们可以谈谈康德纯粹审美判断的模式,但这个模式只是康德对艺术所代表的总体经验观的一个分析性部分。在总体经验看法中,康德包括了道德观念,甚至道德观念的必要性。有一个提示,或者说不止是一个提示:当华兹华斯在1800年的《序言》中说,尽管他开始创作时并没有这个目的,而所有的诗歌都必须具有愉悦功能,当他观赏自然的形式时,与描述这些物体有关的激情被唤起之际,你就会"发现它们都带有一个目的"。华兹华斯强调了"目的"这两个字。

康德和休谟明确指出,"品味"作为想象的类似活动,调解了纯粹审美判断的试金石(愉悦与否)和道德判断的理想观念(正确与否)。这样一来,品味就重任在肩——要调和审美与伦理道德,不知怎样,(康德再次没有明确指出应该怎样做)。正如休谟所指出,品味是一种更高级别的常识,在这一常识中,理性与感性元素相互类比印证。它包括品味与想象,但似乎是两者的复杂交织与结合,其中感官原则与"客观原则"均适用。这一类比"既非自然的,亦非自由,但是却与后者的根基相连,也就是说,是高感知的——在这种情况下,理论能力才能与实践能力亲密暧昧地合为一体"。② 这种分析并未将伦理道德等同于审美,而是将两者进行了类比,康德以象征的方式实现了这一类比。这一类比的本质和象征能力在一定程度上取决于我们的伦理观念及其与感官经验的关联情况。在《论诗歌或艺术》(On Poesy or Art)一文中(这篇文章是柯勒律治逝后发表,并从长篇笔记条目和部分依据谢林的《论造型艺术与自然的关系》[Uber das Verhaltnis der bildenden kunste zu der Natur, 1807]的报告记录中摘出

---

① 康德,《判断力批判》(Critique of Judgment),J. H. Bernard 译,New York: Macmillan,1951,II,ii,§59,第200页。关于康德的类比的意义,参见第90章;II,ii,§52,第170页。

② 康德,《判断力批判》,II,ii,第59章,"作为道德象征的美";新增强调。

来的），柯勒律治指出，艺术就是"人性化自然的力量、人类的思想和激情注入到所有观赏的目标之中；颜色、形状、动作和声音是艺术结合的元素，通过道德观念这一模具成为一个统一体"。

对于康德来说，纯粹审美判断的理想目标和纯粹道德判断的理想目标并不完全相同——审美目标并不确定。不同于道德目标，审美目标是主观的，不能"借由普遍概念的方式"理解它。然而，由于"结局唯心论"（the idealism of finality）在审美和道德观念中有一个共同特征，它们的确有着不可避免的关系和关联。在这里，我们可能记得，"纯粹审美判断"如同"纯粹理性"，旨在为受限的思想与感情活动提供分离和分析的空间——在实际经验中，我们可以用意志活动将我们的经历，包括我们所读，安置在纷繁复杂的分类中。因此，柯勒律治和谢林，席勒和雪莱无不表明，艺术召唤着"完整的"人。谢林指出，艺术必须完善、统一并且表现哲学。所以，席勒（早些时候的郝尔德[Herder]）反对康德的分析模式。无论多么精妙绝伦，它撕裂了生活体验感，声名不显的评论者尤其这样说。厌倦了这些评论者，费希特（Fichte）指出想象不可被分析——它是内在思想和直观感受上的东西。这正与康德的早期观点心照不宣，那时康德认为想象"是深藏心灵深处的不明力量"。

康德对审美和谐与道德行为的平行类比并非独出心裁（尽管他的仔细构想是新颖的）。本世纪初，沙夫茨伯里（Shaftesbury）首先表达了这样的观点。济慈在解读艺术时曾谈论过这一观点，在谈论艺术对象与历史现实时，他引用了沙夫茨伯里的简洁表达，"美即是真，真即是美"。

艾迪生在《旁观者》第62篇中提到了这个类比："我认为在所有法国批评家中最有洞察力的一位是博努尔（Bouhours），他曾经努力证明，没有公正合理，没有将根基扎在事物的本质中，那么任何思想都不可能是美好的：所有才思巧智的基础是真实性，再好的思想如果其良好感受没有根基，那也是毫无价值的……这是写作的自然之道，是种美丽的简洁,在古人的写作中备受推崇。"①道德/审美类比是修辞和文学理论中的常见命题。按照威廉·梅尔莫斯(William Melmoth)《托马斯·菲茨奥斯本爵士的信札》(*Letters of Sir Thomas Fitzosborne*)中的说法,欣赏"优雅风格"(fine style)的品味在一定程度上,即可被视为"文章构造中道德公正的证据;因为这一证据表明它至少依然保持了和谐与秩序之特色"。② 然而,甚至这些限定预示着,济慈对这一问题进行开放的辩证性的象征性表达,他是借助希腊古瓮的存在和声音得以实现的(希腊古瓮附和了艾迪生和其他众人对希腊艺术美与真统一的崇敬)。"优雅风格"仅仅证明了"在某种程度上""至少可用于欣赏玩味"。

无论多么不精准,类比依然是那么有力且具有启发性。尽管当伯克创作《对法国大革命的反思》(*Reflections on the Revolution in France*)时,不可能怀揣康德创作《判断力批判》时的想法,但是伯克显然看到了两者之间的相似性。在评论滋养了法国革命者头脑的一种新的思想"阴谋"时,伯克指出:"恕我斗胆之言,这种狭隘的排外思想对文学与品味的偏见不比对道德和真正哲学的偏见少",这正是因为,对于伯克来说,两者之间存在着一种无法确定却又不可避免的关联。③

教导或探索

如果我们认为诗歌探索和发现了个人或内在的生活,并且可以

---

① 《旁观者》(*The Spectator*,5 卷本,1711 年 5 月 11 日,星期五),Donald F. Bond 编,Oxford:Clarendon Press,1966,第 1 卷,第 268 页。
② William Melmoth,《托马斯·菲茨奥斯本爵士书信集和雄辩术对话》(*The Letters of Sir Thomas Fitzosborne with a Dialogue on Oratory*),第六版,London:1763,第 317—318 页。
③ 《埃德蒙·伯克作品集》(*The Works of the Right Honourable Edmund Burke*),12 卷本,Boston:Little Brown,1865—1867,第 3 卷,第 379 页。

大大摆脱社会和社会规范的制约，那么我们就进入了一个新境界，因为在新境界中诗歌不再具有道德愿景。艺术中表达的社会道德凝聚性岌岌可危。正是此时出现了两者之间的疏远。在18世纪，社会制度、启示宗教和已接受的真理都受到了强烈批判。诗歌（不久出现了像《弗兰根斯坦》这样的传奇）开始发出道德愿景方面的个人声音，甚至叛逆和异化。诗歌，不再是社会道德教化和外部权威资助的说教主义的工具，而是变成了内部道德反思、怀疑与争论的媒介。济慈说没有人喜欢强加意图给我们的诗歌时，实际上，他说出了布莱克的信条，即我们要么创造自己的体系，要么被其他的体系所奴役。美学和伦理道德分道扬镳、愈走愈远，不仅仅因为"纯粹"审美判断的观点，或者因为诗歌在以往时代已经完成了文明化进程，而是因为对道德社会权威的信任正在整体崩塌。作者与贵族的联系愈来愈少，对审美理论权威规则的信任愈来愈少，对根本目的在于说教的体裁的信任亦愈来愈少。比如，说教动机在18世纪前半期比后半期对体裁理论（genre theory）的影响更大。拉尔夫·科恩（Ralph Cohen）发现，"就提升篇幅较长的说教形式：田园诗、书信和讽刺文学的地位而言"，从文艺复兴时期继承而来的体裁等级制度在"奥古斯都时期"改变了。这里科恩用"奥古斯都时期"大致确立了一个比整个18世纪稍微早一点的时间框架。① 阿拉斯泰尔·福勒（Alastair Fowler）从约瑟夫·沃顿对蒲柏和讽刺文学——不同于更"富于想象力的"诗歌（在第9章"什么是诗歌"里有所说明）——的整体姿态中发现一个转变：18世纪早期"说教诗歌极受尊崇，达到顶峰"，而到了"18世纪后期"，"说教体裁已风头不再"。②

---

① Ralph Cohen,"论18世纪文学形式的相互关联"（On the interrelation of Eighteenth-Century Literary Forms）,《18世纪文学新探》（New Approaches to Eighteenth-century Literature）,Phillip Harth 编,New York：Columbia University Press,1974,第75页。
② Alastair Fowler,《文学的类型：体裁和模式理论简介》（Kinds of Literature: An Introduction to the Theory of Genres and Modes）,Cambridge, Mass.：Harvard University Press,1982,第224页。

尽管康德所作类比大致可行，但道德和审美价值观的特定因果联系目前正饱受争议，以至于引发更多争论。相同社会审美品味的消解，表明了共识的瓦解，更具体地说就是共通感（sensus communis）的瓦解，即道德生活与审美生活，善与美之间相互协调的常识与"品味"的瓦解。这种情况发生在18世纪后期和19世纪，恰恰是托尔斯泰开始创作《艺术是什么？》（*What Is Art?*）的前提。

斯威夫特已经认识到这种转变，并且他的冲动虽然已经加以克制，仍然表现得很激烈。在《致青年诗人的建议信》（*Letter of Advice to a Young Poet*）中，我们可以窥豹一斑，尤其是他对宗教的态度（信件是一个社会、道德与文学交叉联系的有趣的亚体裁［subgenre］）。他的建议极尽讽刺：

> 可是，尽管我无法将宗教推荐给我们最杰出的英国诗人用于他们的创作，从他们的实例来看，我可以正当地建议您要精通《圣经》，并且，如果可能的话，要完全掌握：然而，从中我十分希望给您施加一种虔诚的使命。远不是要您去完全相信其中内容，或者尊崇其权威（您可以按照您认为合适的方式来读），而是将其作为智者与诗人的必读书目来读……。因为据我观察发现，最伟大的智者都是对《圣经》原文深有研究者，我们现代的诗人如同一些神学家和牧师一般，全部对《圣经》了如指掌……。除了从宗教角度，他们已经从历史的、批评的、音乐的、喜剧的、诗歌的角等各个角度进行研读……。因为《圣经》无疑是智慧的源泉和智者的科目。从现代实践来看，与圣经章节有关无关的，您均可展现机智风趣。说真的，假如没有《圣经》，我真不知道我们的剧作家对于人物形象、暗指、比喻、事例、甚至语言本身还有何技可施。合上这神圣之书，我确信，我们的智慧将如警钟般越来越弱，如股市般一落千丈，并且会毁掉

这些王国里的一半诗人。

斯威夫特得出结论："我至今还没有相信,现代诗人有必要相信上帝,或者有必要拥有严肃意义上的宗教信仰。"而这越来越成问题,最终成为现代文学明显的一种条件,甚至是它的一个特征。

这里有个措辞优美却极具讽刺的道德观点:"多年来,人们创作诗歌,如同在做这项生意(只有我会在这里这么说,因为用写诗来消遣的人,我不会称之为诗人;正如用小提琴来自娱自乐的人,我不会称之为小提琴家),我认为,我们近来的诗歌已经脱离了美德与虔敬的狭隘概念,因为大师们从经验中发现,极少量的宗教信仰,也如同红葡萄酒中的一滴麦芽酒,会使闪亮夺目的诗歌天赋变得污浊混乱"。①

可以说,对于共通性,无论我们是抨击,还是辩护,它的完结必将发生,正如斯威夫特所建议和反讽的那样。作者不能指望读者具有基本的道德共情,却往往设想观众具有的道德憎恶和暧昧态度。因此,讽刺文学并非建立在客观且共同接受的一套道德价值观之上。说其建立在那种共同性的缺失感与背离感之上更为恰当,讽刺作家和拜伦式的英雄一样,觉得自己是局外人。迄今,道德正义的概念已经形成惯例,并且,正如休谟指出的那样,其受到公共语言构成的社会契约的限制,这是不争的事实,但是如果有人对此持异议,假如没有共同体,或者人们无法使审美观念与社会形成的道德观念协调一致,讽刺就会产生。我们会遇到社会权威的道德观与个体的道德观有差异的情况(费希特[Fichete]在道德与惯例的对比中暗示了这一点)。

就此而言,所谓的浪漫反讽(现代反讽可能更好)是共通感衰落的修辞性表达,并伴有审美判断与道德判断的疏远。(浪漫主义对

---

① Jonathan Swift,《爱尔兰文集 1720—1723 和布道文》(*Irish Tracts* 1720—1723 *and Sermons*), Louis Landa 编, Oxford: Basil Blackwell, 1948, 第 329—330、328—329 页。我已经将原文调整为现代文,并且增加了强调;参见第 xxiv—xxv 页。

共情和热爱的同时强调可以视为将这些分裂联系起来的一种尝试。)甚至简·奥斯丁(Jane Austen)的反讽不是"浪漫主义的",但也不是建立在一系列整个社会共享的经典观念之上。奥斯丁作品的女主角因个人正直而反抗社会道德方面鼠目寸光的做法与观念时,她的作品展现了选择性认同(或服从)社会传统与同样的选择性反对之间的一种张力。或者,举个极端的例子,哈代的《德伯家的苔丝》(Tess)的副标题是"一位纯洁的女人",小说却被那些可能与安吉尔·克莱尔家人想法相似的人恶意地批判为不道德。在小说中和读者接受的过程中,反讽达到了悲剧的程度。宏观的社会与更深层次的陌生化出现在整个社会与作者和主角的个人的、甚至异化的道德观念之间,主角不再是英雄,而是成为现代文学中的反英雄(antihero)。

当伦理道德与审美的陌生化涉及到质疑或抛弃社会准则时,没有什么特殊的方式可以修复二者的联系。康德提醒我们,道德观念与审美观念并非实际上存在于自然之中,而是存在于对这个主题的最终理想中。我们创造了它们。比如,如果道德与审美观念不能统一在人物角色中,这一奇妙现象就会产生能量和力量。评论荷马的《道格拉斯的悲剧》(Tragedy of Douglas)时,歌尔德斯密谈到,"这部悲剧缺乏道德寓意,那应该是每篇寓言的基础",即每个情节或叙述的基础。不过,歌尔德斯密接着说,"如果诗意的火焰、高雅的风格、或者可悲的烦恼给予足够的补偿","我们能够轻易宽恕"这个和许多其他的错误。① 于是,兰姆在《莎士比亚的悲剧》(Tragedies of Shakespeare)一文中承认,"真相是,莎士比亚的人物更多是冥想的对象,而不是对其行为产生兴趣或好奇的对象,从而,当我们阅读剧中伟大的罪人时——麦克白、理查德,甚至伊阿古——我们考虑最多的

---

① 在《每月评论》(The Monthly Review,见《作品集》[Collected Works],5卷本,Arthur Friedman 编,Oxford: Clarendon Press,1966,第1卷,第II页)中,歌尔德斯密提及了这一点。

不是他们所犯的罪,而是他们的勃勃雄心、远大抱负和心智活动,正是这些促使他们跨过道德的藩篱"。①

王尔德对艺术中社会道德的强烈否认与此相差不远:"艺术批评家和神秘主义者一样,一直是道德律废弃论者。按照美德的通俗标准,要做到有德显然是相当容易的。它只需要一点……缺乏想象力的思想,以及对中产阶级体面生活的一点激情。美学比伦理道德更高级,他们属于一个更精神层面的领域……在个人的发展过程中,甚至色彩感都要比对错观念更重要。"②王政复辟时期巧智的伟大继承者本身就是从社会动荡与伦理共情和权威的突然转变中出现的,紧随维多利亚体面时代之后。(顺便插一句,王政复辟时期的巧智就是一个很好的例子,尤其在戏剧舞台上,它源自对权威的怀疑和背弃,它的背景大概是:权威的社会伦理观在每个关键点上都受到宗派人士和个人的破坏与违抗。没有什么体系或"热情"能够主宰一切。在两相对抗、相互竞争中,巧智成为各方观点轮番出现的试验场。巴特勒、罗彻斯特、威彻利、康格里夫、法夸尔[Farquhar]和后来的谢里丹——王尔德复兴的这类巧智,尽管有所不同,但都刻画了社会、宗教和政治习俗中对受尊重的权威的颠覆和它的虚伪之处。蒲柏的同情心在别处,他的才智本质上不是一类。)王尔德甚至设法将所有伦理道德和体面等同起来。他憎恶英国"清教主义"和"实用主义"(萧伯纳在《卖花女》[Pygmalion]里面称之为"贫民窟里的假正经"),并

---

① 《查尔斯·兰姆生平和作品集》(The Life and Works of Charles Lamb), Alfred Ainger 编, London: Macmillan, 1899, IV, 第 50—51 页。关于从灵活的心理分析角度对这个问题的最近研究,参见 Robert N. Watson,《莎士比亚和雄心的风险》(Shakespeare and the Hazards of Ambition), Cambridge, Mass.: Harvard University Press, 1984。陀思妥耶夫斯基在《卡拉马佐夫兄弟》(The Brothers Karamazov)中评论道,角色变得吸引人,是因为角色的表现力,而不是因为他们的道德品质。

② Oscar Wilde,"作为艺术家的批评家"(The Critic as Artist),《作为艺术家的批评家:奥斯卡·王尔德作品集》(The Artist as Critic: Critical Writings of Oscar Wilde), Richard Ellmann 编, New York: Random House, 1969 (University of Chicago Press, 1982),第 406 页。

且将任何对艺术中道德的诉求视为宣扬无脑遵从和道德专制的简单掩饰。然而,与王尔德不同,约翰逊通过反对旨在培养社会体面性的儿童道德指导书,表达了相似的观点。这些书不会丰富年轻人的想象(约翰逊宁愿选择王尔德的童话故事)。有人质疑和提醒约翰逊《伪君子》(Goody Two Shoes)卖的多么好,当时多么受欢迎,约翰逊对此付之一笑。的确畅销,但这是父母迫于社会压力购买的,并不是孩子们的选择。

王尔德并没有抨击艺术中道德问题的表现,这是常常被模糊的一点。《道连·格雷画像》的序言中有如下精辟格言:"世上没有所谓道德或不道德的书,只有写得好和写得不好的书,如此而已。"美学似乎已经占了上风,几乎没有可以申诉的余地,但是当王尔德称"艺术家心中的道德共情……风格中不可原谅的一种固守形式",并且说"不是罪过,却是愚蠢"时,他正在使用道德和宗教语言来服务另一位神祇。他正在给他的读者进行意料之外的说教,虽然并不是宣扬艺术和道德的完全分隔。与海涅(Heine)和尼采相似,王尔德极其想要抛却遵从社会准则这一负担,且这遵从本身就是一种道德同情,他却讽刺地说,这已经成为他的风格,并且使他的文风优雅。回想一下他那有趣却从未被引用过的限定条件,即当"艺术的道德寓意存在于不完美媒介的完美应用中时",我们仍然看到"道德生活……组成了艺术家的部分素材"。所有王尔德的作品都有道德寓意,用以挑战和愉悦读者。让读者感到不舒服或者晕头转向是我们一直讨论的反讽的一个标志。①

体裁的确定

看待较大主题的另一有效的方法是从体裁的角度来看。小说和

---

① Wilde,《道连·格雷的画像》(The Picture of Dorian Gray)序言,《批评文集》(Critical Writings),Ellmann 编,第 235—236 页。

戏剧被视为"真实生活"、"生活与习俗"或"道德与习俗"（这些短语在18世纪的批评中日益耳熟能详）最直接的模仿方式，它们承载着说教和呈现的最大期待。小说和戏剧也是流行的文学体裁，这是具有社会含义的一个重要观点，并且在公众眼中，是面向年轻读者，尤其是女性读者的。其他不太模仿真实生活的文学体裁——颂诗、抒情诗、散文体传奇（哥特式的）——更不受道德约束。实际上，人们可以将诗歌整体忽视，如同亨利·雷诺兹做的那样，将有关道德的重任放在散文上，智性散文和叙事散文均可。道德预期对"现实生活"中经历的模仿之间的联系日益紧密，"现实生活"在约翰逊关于现代小说的《漫游者》第4篇中反复使用，并已经十分突出。因此，按照他们的呈现材料来看，奥斯丁、克拉布（Crabbe）、菲尔丁、伯尼（Burney）和理查逊（Richardson）的作品常常被批评家们归为道德预期类，而抒情诗（查特顿和彭斯）和不现实的散文叙事（《奥西恩》，《奥特兰托城堡》[*Castle of Otranto*]，《修道士》[*The Monk*]，《瓦提克》[*Vathek*]）则在更远处漫游。

　　体裁是伦理预期的一个有力刺激。莱默说："有些人可能会批评我，只知道一贯坚持并仔细研究如何愉悦，而闭口不谈能够获得什么裨益。"随后，他依次列出了三项原则。第一，"所有诗歌的目的是使人愉悦"；第二，"某些诗歌使人愉悦却没有裨益"；然而，第三，"我相信，无论谁创作一部悲剧都不能使人愉悦，但是必须使人受益，悲剧作者创造的是使人愉悦的心灵良药"。① 在《诗歌艺术的新方案》中（1762），约翰·纽伯瑞承认，"诗歌的语言很独特，在很多方面与散文的语言大相径庭"。然而，尽管"诗人的目的主要是使人愉悦"，并由此被赐予"更宽广的语言范围"，在史诗或英雄诗歌中，诗人"现

---

① Rymer,《上一个时代的悲剧》(*Tragedies of the Last Age*),《托马斯·赖默作品集》(*The Works of Thomas Rymer*), Curt A. Zimansky 编, New Haven: Yale University Press, 1956, 第75页, 新增强调。

在已经走出了仙境的边界,被卷入到自然必须总是束缚着诗人想象的现实生活中",但是史诗或英雄诗歌的目标仍然是"以高贵和崇高的情感来启迪灵魂","以对美德的热爱来点燃心灵之火"。①

一些作品描写和面对的对象是宫廷和名流以外更广泛读者,在其中我们经常听到认真诚挚地谈到的道德压力。李洛(Lillo)的《伦敦商人》(London Merchant)的开场白完美无缺地表达出要谆谆教诲、使人们接受那些百世不变真理的意图。此处,社会道德充斥在整部作品中:

> 我们希望您的品味不要高得对此嗤之以鼻,
> 这部道德故事在您出生之前就已备受推崇。

以争论结尾的模式很快在流行小说的序言中变成对观众说出的刻板套话,即"尽管需要艺术,我们无力做到/请宽容这次尝试,公平对待故事"!这里既关系到性别,又关系到文学体裁。这些戏剧和小说的读者中,女性越来越多,并且众多女性,可能比男性要多,都在创作小说。如果男性批评家探讨此问题,他们通常满怀优越感地认为,女性需要更多的道德引导,并且男性评论家往往会原谅女性小说家的松散写作,如果她们的道德寓意并不松散的话。

更伟大的思想家们对这一传统取笑、逗弄,并大加讽刺。谢里丹在他的戏剧《情敌》(The Rivals)的收场白中戏仿道:

> 女士们,为了你们————我听我们的诗人说————
> 他会设法从他的戏剧中弄出点道德寓意。

---

① John Newbery,《诗歌艺术的新方案》(Art of Poetry on a New Plan),London:printed for J. Newbery,1762,I,第41页;II,第160、181页。

在《乞丐歌剧》(*The Beggar's Opera*)中,文学创作一贯宣扬的社会决定道德的整体观念新近不再受到景仰(并且在社会各个阶层风靡一时,这是一个具有启发性的现象)。① 传统社会预期遭受到全面颠覆:

> 演员:我诚实的朋友,我希望你不会打算真的处死麦克白吧。
>
> 乞丐:肯定的,先生。为了让这部剧更完美,我原想严格地惩善扬恶。麦克白要被绞死;至于剧中的其他人物,观众们肯定希望他们要么被绞死,要么被流放。
>
> 演员:我的朋友,为何这是个彻头彻尾的悲剧。这个灾难显然是错误的,因为戏剧一定要有一个圆满的结局。
>
> 乞丐:先生,您的反对意见非常公正,并且问题很好解决。如果您一定要在这样的戏剧中有那样的结尾,而不管结果多么荒诞——那么,你们这帮乌合之众——跑过来并哭喊着要求缓刑吧!——把罪犯带回到他的妻子身边吧,她们赢了。
>
> 演员:我们必须这么做,以符合小镇的品味。
>
> 乞丐:在整个剧中,您会发现,上层人士和下层人士态

---

① 约翰逊总结道:"人们认为《乞丐歌剧》的影响比其在现实中实际曾经产生的影响更大;因为我不相信,通过在演出时出现,任何一个人就会成为一个无赖。与此同时,我也不否认,通过让一个无赖的角色变得熟悉,并且在某种程度上令人愉悦,它可能会有一些影响",参见鲍斯威尔,《约翰逊传》(*Life of Johnson*),6 卷本,George Birkbeck Hill 编,L. F. Powell 修订,Oxford:Clarendon Press,1934—1950,第 2 卷,第 367 页;另见 Brian Corman 在《200 年后的约翰逊》(*Johnson After Two Hundred Years*,Paul J. Korshin 编,Philadelphia:University of Pennsylvania Press,1986,第 225—244 页)中对"约翰逊和世俗作者们:奥特威和康格里夫传"的讨论;尤其第 240 页和注释中关于《乞丐歌剧》(*The Beggar's Opera*)的讨论。科尔曼指出,包括约翰·霍金斯爵士的其他人认为戏剧的影响是毁灭性的。在约翰逊的限定条件中,"同时"是一个回应,典型代表了他批评中的矛盾,第 7 章对此进行了讨论。

度举止如此相似,以至于很难确定(在盛行的恶习中)是优雅的绅士模仿了路上的绅士,还是路上的绅士模仿了优雅的绅士。如果这部戏剧仍然如我设想的那样,它会宣扬优秀的道德品质。这原本会表明,底层人民和富人一样,在一定程度上也有自己的恶习;并且他们会为此受到惩罚。

(第3幕,第16场戏剧的倒数第二场景)

在这里,盖伊鞭辟入里地讽刺了政治的、社会的和阶级的道德观,以及在惩恶扬善方面"悲剧"应该展现怎样的社会预期("小镇的品味")——无论这样的戏剧情节在现实生活中是多么得荒诞和不可能。如同约翰逊后来指出的,正是由此,盖伊不得不创造出一个新的体裁。

不明确的自由

在所有关于伦理道德与审美的争论中,我们缺失的是这样的观点:如果文学确实在某种意义上进行教化的话,那么通过教化,文学究竟应该传递什么内容。文学的"美德"存在于什么呢?有趣的是,莱默、休谟、约翰逊、菲尔丁等人,总是有意地将文学中的美德放在一个普遍的或者情境的层面上。否则,美德就将是教条的或固化的。沙夫茨伯里、霍布斯、休谟、约翰逊、赫兹利特、拜伦、甚至柯勒律治都将诗歌和道德观念放在一起,但是却又将这种结合视为一种可能、一种有待各个天才进行探索的潜在可能。这些批评家中无人能够用精确具体的原则来支持这种审美-道德主张。也无人想要这样做。霍布斯竭尽全力也无法将道德体系梳理清楚;沙夫茨伯里的尝试似乎模棱两可又摇摆不定。休谟言语深刻,却承认他无法论证出什么东西。这个话题不会承认这一切。约翰逊希望诗歌展现一些需要被模仿或被拒绝的信念,生硬刻板的训诚是毫无意义的。① 不能给美德和道德教划定下界限,因为那将会限定文学创作的一举一动。18 世纪强调"普遍性"在这里指的是非教条主义的、非狭隘性的——不是简单地由限于当地的或瞬息万变的社会习俗所决定的。它是一种获得解放与自由发挥的方式,而不是像许多人认为的那样,出于等级制度和权威的要求。文学是具体的、特有的,但不提供任何针对美德的理论禁令,除非我们面前有一部特定作品,文学必须是普遍的才能有效果。

尽管莱默例外地强调了愉悦性,并坚称悲剧就是要使人在道德上受益,他所言的并不准确,而且只是说:"有些东西一定要坚守,可以通过遵守那恒定的秩序、上天的和谐与优美,必要的关系与束缚来实现,借此,原因与结果、美德与回报、罪恶与惩罚均衡存在、相互联结,无论源头藏匿得多深多暗,无论它们的运作多么错综复杂、相互纠缠"。莱默的确求助于道德秩序的巨链,这让人想起了尤利西斯的话语(增加了宗教方面的强调),但当读者要求准确的表述时,莱默以放弃声明总结了悲剧中要有道德收益的原则,即"我将这些探究留给更沉着、更深思远虑的人来做"。② 这种放弃声明似乎是睿智的。柯勒律治本人承认,《古舟子咏》附加的道德观念太多了。刻画美德善举需要有语境和叙事经验,这不是推断或理论能做到的。

讽刺的是,甚至讨论道德问题的批评也不是道德价值特别好的承载者,除非批评中有戏剧性语境和叙事(比如,菲尔丁在《约瑟夫·安德鲁斯》开始段落中和该小说第三卷开始部分表达的观点)。否则,道德价值就过于抽象,正如世俗的声音一样,缺乏宗教教义的分量——或者不能激发对宗教教义的反对。像约翰逊这样的道德批评家——如果他不是针对特定的作品,如同他在《英国诗人传》里经

---

① 在《吟游诗人》(*The Bard*)中,约翰逊几乎找不到诗歌的任何用途:"只有我们相信时,我们才会受到影响;只有当我们发现一些事物被模仿或被拒绝时,我们才会有进步。"我不认为《吟游诗人》宣扬了任何真理、道德或政治。
② Rymer,《上一个时代的悲剧》,《批评作品集》,Zimansky 编,第 75 页。

常做的那样,或者他不是驳斥特定的假说,如同在索姆·杰宁斯(Soame Jenyns)的评论中那样——他会反复不断地引用事实、历史和个人经历进行评论,正如在《人类愿望之虚妄》诗中所做那样。"只有我们相信"或者我们自愿停止怀疑,"我们才会受影响"。约翰逊通过对事件的详尽叙述使自己的小说内容具体化,《拉塞勒斯》(*Rasselas*)就是一篇道德思忖与事件叙述相互掺杂的夹叙夹议的故事。《漫游者》则常常从关于家庭事件的信件或讨论获得道德特效,这些信件或讨论本身又是短篇叙事。威廉·劳(William Law)的《严肃的呼唤》(*Serious Call*)和理查德·塞维其(Richard Savage)的一生及其诗歌,在这方面对约翰逊有着重大的影响。文学检验的一部分并不是重复美德或者给水果上加些糖(尽管西德尼这么说),而是要探索美德,试着用人物和生活经历来彰显美德——在"生活与习俗"中——以便我们能够自由地发现,正如康拉德说他自己想做的那样,而不是去重复那些禁令警言,或者将格言警句直译得如同对话般索然无味。目标成为了对具体个人和他们故事的积极主动的搜寻。

从意大利人文主义者到 19 世纪,对艺术中道德的社会预期主要存在于模拟现实的和流行的文学体裁、戏剧和小说中(或者长篇现实主义的叙事诗中),但是文学理论重新强调了愉悦和所谓的诗歌私有化。并且,每当谈到美德,有些更灵活多变的批评家和作家,不关心模仿社会的一致性,有意地并深思熟虑地拒绝具体描述美德,这也是因为他们怀疑语言准确再现道德品质的能力(这就是亨利·詹姆斯几乎永无止境地对他的行文进行细微调整的原因)。很少有具体的、抽象的美德或具体的体系可以浓墨重彩。相反,经验的增长和个性的释放成了众心所向。这可能带来一个痛苦的结局——马洛在他的可怕探索中认识了库尔茨——但这仍然是一次探索,一种对文明和可以称为有道德和伦理意识的个体的述评。在 18 世纪和 19 世纪早期,宗教、道德、政治和个人行为的权威时不时会受到尖锐的初步抨击。从这个角度来看,自那时起,这个问题就与制度化权威和个体自由铰合在一起,于是,现代世界的艺术愈加成为自由和反抗的象征。甚至像马克思主义者这样的意识形态批评家,他们支持一种特定的政治体制,并且这样做是为了反对之前建立起来的资产阶级专制。毕竟这是一场长期的革命。

态度背弃权威,浪漫主义反讽就是其结果。这种情况下,权威就会完全丧失。浪漫主义反讽的功用颇多,其中一个就是应对审美与伦理道德之间隔阂的一种策略。面对一个开放的、混乱的、漠视道德或其至专横的宇宙(或者一个不道德的让人窒息的社会)时,使用浪漫反讽,人们能够仍然维持一个人类创造的道德体系。然而,人们可以持续质疑任何道德体系,尤其是公认的社会体制,因为像所有凡间的事物一样,会腐朽、会有缺陷。《浮士德》和《唐璜》极具反讽意味。这些现代的、后古典主义世界的伟大神话证明了,在那个世界里,艺术中的道德负担如何不能得到全面真正的解决,除了怀着颠覆和反抗的精神进行反讽。布莱克认识到这一点;他的宇宙道德观在某种意义上是反讽的,正如诺斯洛普·福莱等人指出的那样,他的世界是颠倒的。抛弃了公共道德与官方权威,所有真实的道德都源于个人想象的自由。

看待此问题的一种方式就是,认为文学根本上是对想象的训练:借助文本的激发与帮助,我们为自己重新创造各式各样的叙事、情形、形象与人物,不然我们的经历中不会遇到的这样的人和事。因此,如同个人想象一样,文学对道德的运用也具有多样性——模糊性、难以界定性——但同样有感染力和十分丰富,它具有让我们释放自我、公正无私或者极度偏袒的能力。

在18世纪,伦理与美学问题成为了新近未解决的、微妙的和有争议的问题。别忘了那简单的概括,即这个时候的批评假定文学是说教性的,并提出了一个需要灌输永恒真理的道德日程。我们总能发现人们这样说,但是大多数将文学与道德联系起来的批评家这么做是有目的的,期望确立普遍却又不是永久揭示出的真理。不过,两者之间相去甚远,因为普遍真理具有灵活性,并且实际上需要读者进行积极参与性的运用。诗歌成为探索和发现内在道德生活的一种方式,而不是阐明或美化关于社会责任的教义问答手册的一种方式。这种探索是阿诺德对华兹华斯的赞美。柯勒律治声称华兹华斯能够用英语写出第一首真正的哲理诗时,他部分表达的正是此意——一个人能够"做哲学",而不是重复已有的价值观念。在对华兹华斯日益增长的崇拜中,济慈开始理解这方面的哲学使命,并且很想知道诗歌能否为哲学提供一个家园。

我禁不住想大致转述一位历史学家的话,即批评里唯一新鲜事就是我们不知道的史实。但是,那将是肤浅且令人窒息的。每个时代的人都会全新地面对这个问题。比如,自从18世纪以来,人们的读写水平日益提高,而到了20世纪,文化变得错综复杂:"严肃"文学相对边缘化、读者群体相应的减少、通俗艺术与高雅艺术的割裂,以及在专业和政治领域中对与情境问题相关的伦理道德的深入研究。危险在于看不到问题,在于觉得问题已经得到解决,或不再存在了,觉得我们已经"成熟到摆脱了"这个问题,或者觉得它的术语太晦涩难懂没必要去费心思研究。这个问题随着时间的流逝起起落落,回应着社会预期。批评或者丰富社会规范,或者抛弃它们,成为变革的工具。这解释了为什么阿诺德呼吁新思潮,而不是维护现有的社会价值观。我们已经目睹了新的立场是如何清晰发声并推进的,然而,除非借由个人良知和品味,整个问题从来没有——也永远不能——得到解决或消失。或者,在政治范畴的另一端,通过一种"社会标准"(共通感的现代化表达方式),在审查制度开始之际启动法律行动。

经常用来描述"道德与艺术"这一议题的术语和问题毫无用处。关于这一主题的争论一开始就带有令人生厌的目的:"聚集起惯常的怀疑。"艺术是道德的吗?艺术应该是道德的吗?——等等问题。由于缺乏细微差别和区分,这些术语和表达造成了伤害。它们将复合和联合而成的事物进行简化和分隔。询问文学是否是"道德的",或者是否应该是"道德的",这完全无法构成充分恰当的问题。这种询问是误导性的,并且确立的是不堪一击的假设;它暗示着应该依据这个问题来对待所有文学;它最优先考虑写作的目的与动机;它将社会权威传递的道德说教、箴言训诫,与通过个人经验包括文学体验获得的道德反思、怀疑和信念一概而论;它在根本上是幼稚的。这类问题假设所有写作都有一个整体目的,和对特定道德价值观的共同理解。它无视体裁区别,往往只关注想象文学。然而,尤其在文学教学中,人们一再地用这种笨拙的方式来应对这一问题,要么是无所顾忌,要么作为不屑一顾的捷径。更审慎的办法是,询问文学有什么潜质以便提高我们的观察能力,以丰富我们的伦理观念,使我们细致区分各种选择,以及询问文学如何允许我们践行或试验一种道德生活,而不是给我们明确的格言警句(有趣的是,布莱克的格言或谚语很少是明确清晰的,而往往是混乱的、难以解读的)。在这里,理论上的争议必须求助于具体的作品才能阐明。①

同样地,否认文学有任何道德影响同样幼稚。这就仿佛在说,经验本身、与他人的对话、我们经历过的、满心焦虑期待的、辗转反侧的夜晚懊悔不已铭记的事件,仅仅是用来娱乐,或者只是用来确立变化的能指(signifier)的模式,这些能指的"差异性"和延迟(deferrals)构成了它们自身存在的理由。我们的经验和语言是王尔德公开表明的"不完美媒介",不"工作"的媒介,因此常常推迟实现自己的目的。然而,经验和语言仍然给我们所表达的事物、想法与行为贴切的说法一个名字,以便我们沟通交流、暗示和揭示情况。文学的力量之一就是公开有问题的道德观点,开放答案不明确或有争议的领域,在那

---

① 关于最近几次有关文学作用的拓展考察之一,即文学在描绘赋予人类生命形态和压力的基本动机方面的作用,以及关于本身作为特定作品的研究,参见 Warner Berthoff,《文学和美德的延续》(*Literature and the Continuance of Virtue*), Princeton: Princeton University Press, 1986。

里，合理的解释不仅很难找到，也不确定；正是在没有普遍接受的权威的地方，在有争议的情况下，伦理道德与真理得以锻造出来，而不是反思出来。与文学的每一种力量一样，文学的道德维度存在于它的潜能之中，而道德作用的实现则是文本所不能及的，因为它取决于不同的阅读效果，而阅读一半取决于作者创造，一半取决于读者接受。

第六章 类型、正典和读者

由于生意现在是由下人去做的,生意主管和其他人一样有空闲,而且现在学习本身就是一种交易。去书商那里,一个人可以得到他所能买到的一切。在我们的时代,恩主制度已经终结……作家可以远离大人物,寻求普通大众的支持。

旅行中的约翰逊

艾迪生建议"公正的读者要特别小心地对待传奇、巧克力、小说和类似令人感兴趣的事物"。想起18世纪的购物者多么广泛地接受阿兹特克人的常识时,艾迪生的警告——将食物和文学体裁奇特地并列起来——突然鲜活起来,阿兹特克人最早栽培并酿造可可豆;巧克力充当了一种快速有效的春药。情人节送一盒巧克力是别有用心的。(现代科学发现巧克力中含有苯乙胺,神经学家推测,这是大脑里的一种天然化学成分,它随着色情思想和幻想的增加而增加,或促使色情思想和幻想的产生。)艾迪生温和的建议指出,文学体裁(genre)或者文学类型(literary kind)不仅可以由对主题、风格和语言的形式上的考虑和惯例来决定,甚至更准确地是由与特定体裁(它的"意识形态")相关联的经验的价值和性质、体裁所能唤起的东西,以及体裁模仿力量的主导对象来决定。由于小说和传奇充当着这样的"兴趣引燃物",至少它们可能是所有非戏剧体裁中对道德行为的社会标准负有最大责任的体裁。①

新古典主义和18世纪早期的批评直接延续了文艺复兴对体裁理论至上的强调。② 人们必须恰当地以分类学的方式对文学进行系统研究,既使不是首次运用分类学的方式。所谓的规则,或者任何批评原则,除非适用于特定文学类型的文学作品,否则意义不大。这些规则依赖于对文学类型最初的命名。许多批评,尤其是18世纪中期的常规理论,都集中在体裁上,但这个领域的批评却落后于文学作品的实际创作和产出。英雄诗和史诗、田园诗和悲剧、壮美和秀美都得到了广泛的论述,但许多甚至大多数成功的诗歌和作品都是以新的体裁出现的,或者是新的衍生和转化、混合,或者有时作为反体裁重新创作。③ 在真正意义上,这些"混合"、转换的体裁或反体裁是最重要的。我们可以在其中包括区域描述诗或地理诗,混合田园诗、牧歌成分或甚至颂词成分的冥想诗形式,也可以包括嘲讽英雄诗,以及难以分类的——争论还在继续的——个别诗歌,比如《押沙龙,押沙龙》和考珀的《任务》(*Task*)。有时,值得一问的是,《劫发记》、《温莎森林》(*Windsor Forest*)、《哀洛伊莎致阿贝拉德》(*Eloisa to Abelard*)和格雷的《墓园挽歌》、《荒村》(*The Disserted Village*)或者《教堂记事簿》(*The Parish Register*)属于哪种体裁,因为答案复杂且富有启发。

---

① 与巧克力的关联,参见《国家地理》(*National Geographic*),166,1984年11月,第664—686页,尤见第676页。
② 现代批评理论区分了类型、历史体裁、种类、模式和亚体裁等等。这些区别通常是复杂的,却又是必要的,但是我在这里交替着使用类型和体裁,因为重点在于历史中的体裁和在文学理论中对它的论述。此外,类型是18世纪批评家最熟悉的特定术语(他们不使用体裁),类型已经历了一次复杂的重生。
③ 关于反体裁的概念,参见 Alastair Fowler,《文学类型:体裁和模式的理论简介》(*Kinds of Literature: An Introduction to the Theory of Genres and Modes*),Cambridge, Mass.:Harvard University Press,1982,第174—178,216页。重要的是,富勒从英语中列举的事例主要是从17世纪中期开始的,并且是随着盖伊的《牧羊人周纪》的出版,"反体裁以某种方式更加激进地出现了"(第176页)。

我们不理会涉及分类学的枯燥争论，开始讨论接受和解读的问题，在此，体裁是一种有用的思考方式，而不仅仅是命名。拉尔夫·科恩指出："到本世纪中期，形式和部分形式的结合或混杂已经被视为理所当然了。"①

在戏剧方面，最大的成功也往往出现在新的或改编的体裁中：盖伊的民谣歌剧，中产阶级悲剧，比如李洛的《伦敦商人》（它本身是 17 世纪早期《乔治·巴尼维尔优秀民谣》[Excellent Ballad of George Barnwel]的改编），以及谢里丹对王政复辟"巧智"的改写。田园诗经历了明显的转型，更多的是机智的抨击，而不是对田园的维护，直到华兹华斯的《迈克尔》（副标题"一首田园诗"）固守了对真实乡村生活的感觉的描写，而这正是 20 年前，约翰逊宣称田园诗中矫情地缺失的内容。小说很容易成为最重要的新体裁，其理论批评或描述相对较少。在类型的舞台上，小说的强大力量是自诩的"多样性"，它超越规则，融合、扩展已界定的文学体裁模式。菲尔丁将小说和喜剧史诗式浪漫传奇结合起来，这种体裁已经有了风格各异的个人作品。笛福、菲尔丁和奥斯丁等人极力主张的，与其说是为了一种新体裁，不如说是为了一种新的非体裁（nongenre），一种为了模仿人性、生活和风俗的整体性和多样性，无视体裁规则的写作形式。②

困难和烦恼伴随着为这个新类型，却又根本不是一种类型的写

---

① Ralph Cohen,"18 世纪文学模式的相互关联"(On the Interrelations of Eighteenth-Century Literary Forms),《18 世纪文学新探》(New Approaches to Eighteenth-century Literature),Phillip Harth 编, New York：Columbia University Press,1974,第 47 页。Margaret Doody,《勇敢的缪斯：奥古斯都诗歌重考》(The Daring Muse：Augustan Poetry Reconsidered),Cambridge：Cambridge University Press,1985 谈到了新的"体裁的自我意识"，并且指出，新的奥古斯都诗人"不得不面对创造每首诗自己的体裁的工作"（第 67 页）。她把这称之为"独具一格"（第 77 页）。
② Doody,《勇敢的缪斯》(The Daring Muse)说起小说时并不将其视为一种文学类型，而是将其视为"一个大而松散的想法，可以明显地具有几乎持久的变化和无数的特质"（第 200 页）。

作形式进行命名的问题。理查德·赫德熟知体裁理论,他认识到,作者可能会"混杂并混淆"不同类别,并感到很恼火:

> 比如,我们会怎么看待那些所谓的小说或浪漫传奇……最近它们在整个欧洲如此流行?……由于它们完全没有韵律(更不要说其他无数缺点),它们最多被认为是草率的、不完美的、失败的诗歌。无论是从戏剧,还是从叙事类型中衍生而来,都很难说……但是,无论这些事物的暂时成功是什么……除非是依照类型规则创作出来的作品,理智不会承认它们是艺术品。迄今为止,这些类型(KINDS),正如我们所描述的任意事物(因为我不会忘记,也不会质疑我们最好的哲学关于类型和种类[kinds and sorts]的教导),在事物的属性和合理性方面有了根基,不会允许我们随意地增加或改变它们。的确,如果我们愿意,我们可以混杂和混淆它们……但是,真正的品味在于纯朴、严肃和简单的快乐。①

从18世纪末开始,一直延续到浪漫主义时期,尽管在一些作家看来,体裁可能是稳固的,但当它成为比较陈旧且不变的概念时,人们对体裁的认识依赖的根基如芦苇般弱小。在八、九十年的时间里,我们经历了快速蜕变,新体裁的实验一直持续到19和20世纪。体裁转型一直在发生,但是现在却在加剧和加速。伴随着现代主义,特别是后现代主义的潮流,各种体裁变得更加混杂、更不纯粹、要么较难认定为某种体裁,要么自觉地期待自身被颠覆,体裁的转型发展到

---

① Richard Hurd,"论普遍诗歌的观点"(On the Idea of Universal Poetry),《理查·赫德作品集》(The Works of Richard Hurd, D. D.),8卷本,London: T. Cadell & W. Davies,1811,第2卷,第19—21页。

了巅峰。通常，一种体裁首次出现得越晚，它的现代"新类型"或者翻版出现得越晚。浪漫主义时期的诗歌体裁已经发生了相当彻底的变化。我们越来越依赖于快速的转变和过渡，可接受的主题和"诗歌词汇"的传播越来越广，直到没有涉及不到的范畴，包括婴儿粪便、咝咝响的土豆，以及西尔维娅·普拉斯(Sylvia Plath)诗歌中引起我们注意的切破的拇指。蒙田(Montaigne)、培根(Bacon)和考利的散文变异成了18世纪早期的期刊，再通过赫兹利特和兰姆(Lamb)的小品文变异成其他事物——或变异成爱默生追求的个人和哲学类型，本人就是"散文"。小说借用诗歌曾经专用的技巧，这开始成为日益复杂的叙事形式的特征，但是，小说，顾名思义(novel含有"新"的意思)是一种比较新的体裁；"试验小说"和新小说直到20世纪才会出现。直到最近，小说把有目的地回归体裁作为一种策略，标题是一个至关重要的体裁标记，正如约翰·福尔斯(John Fowles)所说的那样，他没有写小说，而是写了标题《一只蛆》(*A Maggot*)，这种情况显然发生在17世纪后期小说出现在文学领域之前。直到19世纪20年代或30年代，"自传"才作为一个词语进入语言，尽管马尔罗(Malraux)的《反回忆录》(*Antimemoires*)作出了姿态，但我们还没有看到它以一种全新的形式或反体裁重生。

那些18世纪的批评家也是实践着的优秀作家，他们对体裁本身并不怀疑，而是对构建体裁批评体系感到怀疑。体裁已经从文学批评任何不变的基础上消失，成为一个长期且不断变化的话题。体裁批评依然存在，但体裁发生了变化(这一事实最终使体裁批评在阐释和文学史中呈现出新的活力，尤其在过去的一两代人)。分类和类型总是有必要的，但是现在它们改变得如此之快，或者被视为是参与了文学进程，而不是对文学进程发号施令，因此，体裁批评不再是整个批评理论的主导基础。也许，第一位有点不安地注意到这一点的作家和批评家是德莱顿。虽然德莱顿有一种优秀且有见地的体裁意识——他的观点处处由此印证——他最终拒绝了将文学类型作为批判的关键依据。对于德莱顿来说,体裁随着文学的发展而改变,随着国家和语言的不同而变化和调整。德莱顿的比较本能促使他最终抛弃了传统的体裁规定,并在更灵活的临时关系中改变规则,以适应在特定传统和特定时间间创作文学的背景和过程。(后来艾略特称赞了这一改变。)约翰逊对体裁或类型非常了解:他几乎可以从批评资料和早期古典事例中,逐字引述每种文学的起源和发展预期。但是,约翰逊不相信固定在体裁上的批评,猛烈地抨击它不变的典型表现。① 作为新的尝试,约翰逊寻求体裁的蜕变——汤姆逊的《四季》(Seasons)、盖伊的《乞丐歌剧》(Beggar's Opera)或蒲柏的《哀洛伊莎致阿贝拉德》。

一定要有文学分类(literary classification),这是批评家发现自己不断地以不同程度的热情捍卫的一种工具。② 然而,在18世纪,这种分类在英国和德国比在法国多,即使林奈(Linnaeus)创作出伟大的作品,文学分类显然也不再是林奈式的:每一部文学作品都至少意味着一个微小的变异。无懈可击的分类学不可能存在,就像卡佐邦(Casaubon)解读所有神话的钥匙一样不存在。现在我们认为的一种方式,可能在一代人的时间内被认为归属在一个新的标题下,因为一个接一个的作品将会改变他们最初似乎建立或延续的、对传统和体裁的认识。随着类型的迅速变化,分类体系努力地跟进。19世纪后期,源于达尔文的进化概念,虽然常常歪曲了他提出的原始理论,但

---

① Jean Hagstrum,《塞缪尔·约翰逊的文学批评》(Samuel Jobnsonks Literary Criticism, Minneapolis: University of Minnesota Press,1952)第33页指出,关于体裁批评的尝试,"约翰逊并不在意",参见 Jr. Leopold Damrosch,《批评的作用》(The Uses of Criticism),Charlottesville: University Press of Virginia, 1976,第78页;约翰逊"对现存体裁理论的反应,并且潜在的理论论据是他的一些最出名的批评讨论的基础",参见第94页。

② 例如,大卫·洛奇在就任伯明翰大学现代批评主席的就职演说中,表达了一种温吞但必要的理论基础。关于更激烈的自辩,参见 Fowler,《文学的类型》(Kinds of Literature),第24—26页,"体裁的相关性"(The Relevance of Genre)是简洁而有说服力的。

仍然间接地对体裁和叙事的属性发挥着残余影响。①

蒲柏的观点很有力,这是一个持续影响着许多以英语为母语的批评的实证案例:首先,体裁真正的规则从不是来自批评家,而是来自原创诗人本身。这些规则只能从实践中得出,理论是在实践中诞生的,并且,根据蒲柏的观点,理论总是应该从实践中诞生。如果将这一观点与日益增长的原创压力结合起来,这也是爱德华·扬格在《关于原创作品的猜想》(Conjectures on Original Composition,约翰逊认为,该文曾在1759年重复过普遍接受的观点)中所举的事例,稳定的体裁观念进一步受到了削弱。扬格和其他人强调的不是模仿早期的形式,而是捕捉创造力或精神。毕竟,卢梭宣布,他的《自白》(Confessions)从没有先例,也不会有模仿者,他们自成一格(sui generis),因为,在某种意义上,每种"原创"作品都必须是独一无二的。②并且,弱化体裁界限和先入为主观念的部分动力来自于对朗基努斯的反击。在亚里士多德和朗基努斯的简单却影响深远且著名的对立中,我们看到,随着朗基努斯元素占了上风,体裁的重要性逐渐减少了。

古典文学模式仍然在18世纪产生着巨大的压力,但是建立一种英语文学或英国文学的新兴趣(格雷、柯林斯、贝蒂和其他作家)——寻求"北方"形式和民族主义力量的驱动力——带来了对新体裁的期盼和新的模式。站在莎士比亚和琼生的身后,德莱顿在戏剧文学中认识到这一点,它很快成为山水诗和山水叙事中的一股力

---

① Fowler,《文学的类型》,第159页,尤见第23页:"每种文学作品都改变了与之相关的体裁。这不仅适用于完全的创新,也适用于天才的作品。"最具模仿性的作品,即使它亦步亦趋地顺从着体裁的传统,却也影响着这些传统。他注意到Jurij Tynjanov令人印象深刻的系统最终如何变得"过于达尔文主义了"(第251页)。

② 关于在体裁语境中理解原创性的一个有说服力的观点,参见 Ralph Cohen 和 Murray Krieger,"创新与变化:文学改变和田园诗"(Innovation and Varation: Literary Change and Georgic Poetry),载 Clark Library 研讨会上《文学和历史》(Literature and History)的论文,UCLA,1973,Los Angeles,1974。

量。随着模仿观念的衰落,罗马或希腊模式对于理解英语本源作品变得不那么重要了。约翰逊的《人类愿望之虚妄》基本上是一首经典模仿诗,是最后的主要模仿诗之一,尽管约翰逊的模仿也不是很相似。格雷的双颂诗是品达体,华兹华斯后来的《不朽颂》(*Intimations Ode*)也是品达体,但是格雷和华兹华斯呈现了全新的主题。越想要掌握品达体的风格,品达体越难以捉摸。一开始是从形式和体裁的角度对品达体进行批判性的尝试,最终是赞美品达体的激情、精神和思维的敏捷。此外,随着18世纪读写能力的增长,很大部分阅读民众发现,他们无法理解原始古文的经典作品。大多数学校也没有掌握古文。当时,普通翻译对于大多数读者来说必不可少,被指定进行古文翻译的收费学校也应运而生。剧院的规模不断扩大,直到19世纪初,两千观众的规模并不少见。正如赫兹利特和柯勒律治所观察到的那样,不仅观众规模,而且散开的座位、大众品味都使得严肃的经典悲剧难以上演。用拜伦的话来说,最好的浪漫戏剧成为了"心理剧",这本身是一个新体裁。歌尔德斯密和赫兹利特声称,由于大众品味(这并不是什么新鲜事,现在大量出现在大剧院里)的压力,喜剧沦落成感伤剧,悲剧则成了情节剧。

总而言之,英国新古典主义体裁理论在1770年左右变得相当僵化,而且往往比作家的实际实践更加僵化。体裁一直在改变,在文学实践中,这种变化现在变得更加突出且加速前进,而讽刺的是,体裁理论则经历着一种推崇新的、更多说教色彩的相对纯粹和不变的发展趋势。体裁理论一直落后,直到本世纪中叶的某个时候,它才开始拓宽。在本世纪的后半期,我们听到一种新的拒绝,认为体裁要么定义得特别明确,要么在属性的基础上不可改变。① 拉尔夫·科恩非

---

① Fowler,《文学的类型》,第26—27页。在第37页,作者表明,布莱尔和凯姆斯已经看到体裁的这种灵活性,并且当许多人因此开始将体裁视为无用的时候,体裁的重要性开始从分类学转向了阐释和接收。

常努力地说明,新古典主义批评中的体裁观点如何强调混合和相互关联的方面,以及任何体裁的层级结构在某种程度上都是包含性的,因此并没有严格地区分:新古典主义体裁理论认为体裁是确定的、不变的和独立的,这种假设是"错误的"。这一点千真万确,如果我们看看诗歌和散文中的实践,就会得到更大的慰藉。不过,我们面临的是侧重点的问题,而不是绝对的矛盾。纯粹、完全不同且永恒的体裁的想法是一个没有被广泛接受、可能根本没有被接受过的极端想法。理论上对"混合"的兴趣始于文艺复兴时期或更早以前。因此,这里没有任何观点被逼到墙角。然而,与此同时,新古典主义理论所承认的"混合"和"相互关联的"属性,最终是基于更宏大的体裁的概念和定义的时间稳定性上,这种稳定性比新古典主义全盛期到来后相对更稳定一些,而且肯定比以往任何时候更强。我们能够想起赫德在上面所说的类别立足于"属性和合理性"之中,这是约翰·纽伯瑞在《诗艺》(1762)中也支持的观点。纽伯瑞建议扩大并改变他认为可以接受的体裁,但是他建议的"改变"应该建立在"真理和恰当的合理性"①的基础上。就像福勒的冒险(有点夸大了一个值得说明的事例)一样,这是"认为体裁永恒不变的信念",一种"几乎所有英国奥古斯都时期的批评家都有的幻觉"。②

时间稳定性的相对感觉减弱了,主要是由于成功创造出的体裁混合物带来的压力。所有体裁批评和理论的根本假设和上层结构改变了。在18世纪末期,体裁作为可靠的分类法和基础理论受到了质疑。体裁在文学理论中的地位经历了最大且单一的现代化改变,并一直延续到20世纪,这种情况下,弗雷德里克·詹姆森(Fredric

---

① John Newbery,《诗歌的艺术》(*Art of Poetry*),London,1762,I,第54页。
② Fowler,《文学的类型》,第27页。参见第182页:"在随后的时代(17世纪和18世纪早期),人们面对体裁的混合退缩了,转向了纯体裁的理想目标。"他引用了Rapin,并且在第218—219页回答了Cohen。

Jameson)甚至认为,体裁批评"被现代文学理论和实践彻底抹黑了"。① 除了分类法,体裁的应用——用于文学史、文学阐释,以及分析文学产生的过程和文化背景——在维多利亚时期和早期现代批评中,仍然处于相对的休眠状态,但在上一代已经重新觉醒。②

在纽伯瑞和赫德的时代,其他几个强大的模式也以此作为批评的基础。我们可以用一种全新的、更复杂的方式来谈论相互竞争的批评方法或方向。丰富且悠久的英国传统意识,以及传统中自己不断变化的诗歌类型,就是一种批评方式。非常重要的是,在此,对过去的模仿更多地依赖于风格或者诗节形式,而不是体裁。并非所有弥尔顿式的模仿诗都是史诗,事实上,只有很少一些是史诗。当然,不是所有模仿斯宾塞的诗都像斯宾塞写的那种传奇诗。难道申斯通(Shenstone)的《学校女教师》(*Schoolmistress*)和《仙后》是同一种体裁吗?正如汤姆逊在其《懒散城堡》(*The Castle of Indolence*)的眉批中所写的一样(当然更倾向于斯宾塞的风格),他的意图只是以斯宾塞的"方式"和"风格"来写作;他没有深入地探究体裁和类型的定义。对乔叟的新兴趣使较老的英国体裁的概念更加复杂;英国或欧洲大陆作家找不到可靠的术语来讨论单独的故事或"寓言"及其体裁起源。本世纪最后40年的修辞学分析了语法、修辞格和措辞,但较少注意体裁。修辞学的确注意体裁,展现出了新的灵活性。

对诗歌或文学过程的心理根源日益增长的兴趣——一种"内在

---

① Ralph Cohen 在"历史和体裁"("History and Genre",载《新文学史》[*New Literary History*],17,1986年冬)第203页中引用了 Fredric Jameson 的《政治无意识》(*The Political Unconscious*),Ithaca, N. Y.: Cornell University Press,1981,第105页;第203—218页 Cohen 的文章及第219—221页 Dominick LaCapra 的评论讨论了与这一章后面主题相关的社会学和经济语境中的体裁。简而言之,我相信,对于詹姆逊来说,体裁是读者和作者之间的契约,但是我也认同 Cohen 的观点,即这是一个有一些前提条件的契约。此外,体裁理论现在是一种实证工具,而不是一种规定性的或压制性的权威声音。

② Cohen,"论相互关联"(On the Interrelations),第33—39页。

感觉",观念的联想,美等美学观念的"起源",早在18世纪30年代人们对"创意想象"这一短语的兴趣——这些都为研究文学作品提供了基础,而在一定程度上,四种气质、五种感官和"巧智"从未提供过。(巧智本身即约翰逊所指的"精神力量",它与特定的体裁无关,但是几乎可以出现在任何一种写作中,包括悲剧。赫兹利特等人强调巧智和幽默之间缺乏同义关系。)《抒情歌谣集》是民谣复兴的新"试验",被视为是"北方"或英国古代的体裁,但是后来又依据心智机能进行了分类。柯勒律治最终断定,诗歌研究不仅应该建立在诗歌语法和逻辑的基础上,而且应该建立在对大脑各部分相对彼此的能力、各种职能、内在联系和相对重要性的认识的基础上。柯勒律治认为,这是德国当代批评的理论基础,它的基础不是体裁或抽象的规则,而是人的能力及其区别,如理性、理解、意志、幻想和想象。现代文学心理学理论——弗洛伊德的、荣格的、拉康的理论——反映了通过心理发展模型来理解文学过程的类似愿望。18世纪批评的重点是对戏剧人物的分析,在一定程度上,这是对作家个人创作过程的本质的分析。因此,理解文学的基本形式和过程的模式不断增加,并且随着古典先例在体裁中的重要性减弱,基于类型的批评事业受到挤压,成为许多相互竞争着却又往往相互补充的理论方向之一,这些方向没有一个是更重要的。

读者和正典

18世纪之前没有普通读者。也许我们可以说有"文雅的读者",这本身就意味着社会地位,但并不是柯勒律治所怀疑的"广大公众"。"普通读者"自然是一种精神建构。蒲柏坚持要调整好自己诗歌的无数印刷版本,以反映不同的受众读者:一些版本可能会提供姓名并斜体标出;有些版本则信任由读者来了解个人,并给予适当的强调。柯勒律治异想天开地将普通读者区分为筛子、海绵、喷泉或牡蛎,最后一种更受欢迎,因为他们能够含住砂砾,并随着时间的推移孕育出珍珠,而约翰逊能够将批评指向"未被文学偏见侵蚀的读者",这一事实本身就表明了读者和批评话语的转变。尽管我将不会考察读写能力的增长,或者新的习俗对读者群的具体影响(流通图书馆、越来越多的印刷商、更多的翻译、恩主制度的衰落、或者期刊的激增和竞争等等)①,但这一部分会概述所有人都认同的变化的影响,那就是,从德莱顿到华兹华斯,读者群正在变化且已经极大地改变了,尽管影响并不总是相同。

早在1762年,在《批评的要素》(*The Elements of Criticism*)中,凯姆斯就表明,社会——或者更准确地说,经济等级——是培养品味的有利的先决条件,这"和道德观念密切相关"。凯姆斯指出,这种培养——实际上是培养批判能力——"尤其是富足者的责任","他们有闲暇时光来改善他们的思想和情感"。像许多社会批评家一样,凯姆斯没有意识到事态已经超出了他的认知。不仅富有者,还有新兴的有闲阶层,如果他们愿意,就可以专注于批评,有足够的时间来精进和做学问。马龙、伯克、柯勒律治和赫兹利特都不富裕。重点是:新的文化素养和不断变化的社会秩序不仅积极地改变了想象文学的内容和形式,而且向新读者打开了批评和批判性讨论的大门。

---

① 一个很好的例子来自于John Feather,《18世纪英国各郡的图书贸易》(*The Provincial Book Trade in Eighteenth-Century England*), Cambridge: Cambridge University Press,1985。这篇可读性强的研究为我们提供了一些统计证据来支持一般结论。关于新出版的国家图书和期刊市场,特别是由伦敦出版商和书商建立的市场,费瑟指出:"这种成就所带来的社会、政治和文化影响,与其经济规模完全不成比例。尽管区域文化得以幸存,但是通过印刷文字的一致性,一种统一的民族文化叠加在他们们身上"(第123页)。参见Feather,"书信贸易:18世纪图书贸易研究"(The Commerce of Letters: The Study of the Eighteenth-Century Book Trade),《18世纪研究》,17,1984年夏,第405—424页。关于18世纪的一般读者,参见R. D. Altick,《英国普通读者》(*The English Common Reader*),Chicago: University of Chicago Press,1957以及Laurence Stone,"英国1640—1900年间的读写能力和教育"(Literacy and Education in England,1640—1900),《过去和现在》(*Past and Present*),62,1969,第69—139页。

批评也无法幸免于文化水平的提高或"中产阶级崛起"的影响（无论"中产阶级"这个词多么麻烦）。单单是期刊评论、出售带有批判性介绍的批评史和文选的销售，美学专著、语法、修辞和演讲技巧的普遍成功——这一切就都反映了广大读者不只是要读得更多，还要读更多的批评。虽然许多小说和诗歌可能只有一两个版本，但一些可观的评论作品进行了一次又一次的再版——雷诺兹的《艺术演讲录》（Discourses），霍加斯的《美的分析》（Analysis），伯克的《哲学探究》，艾迪生和约翰逊的批评文章，凯姆斯的《批评的要素》本身，更不用提新修辞学家们的作品了，其中许多已经成为大学和中学的教科书。

一些努力旨在教育或教导新的阅读大众，教导他们公认的和正确的"品味"。这有一定程度的区分度，一部分通俗读者从未读过畅销故事书之外的图书。① 然而，品味本身，包括文学品味，也体现着社会压力。本书开始时讨论过文雅的悖论，它在一个认为自己变得更加精致的社会中变得更加尖锐，但是，在艺术方面，人们意识到，品味正在缓慢且不可阻挡地摆脱等级社会权威、宫廷和贵族恩主的直接影响。此外，文学越来越商业化，批评也是一样。许多批评性的努力和图书版本取得了出色的市场成功。

人们积极地认为，读者服务于且帮助创造了作品及其效果。这并不是新鲜事，但是现在可以从他们现有的丰富的、相当体系化的、现有的批评材料中看待它。当然，我们必须记住，阐释往往是隐含其中，其方向暗示着文本作者的思想，但是我们还需要破除那种陈腐观念，即因为文本理应清晰明了，18世纪的批评（和作者）也期望有一种单一明确的阐释。鉴于太复杂难以在这里深入探讨的一些

---

① Pat Rogers, "经典作品和畅销故事书"（Classics and Chapbooks），《18世纪英国文学和流行文化》（Literature and Popular Culture in Eighteenth-Century England），第7章，Sussex and New Jersey: Harvester and Barnes & Noble, 1985, 第162—182页。

原因,这种观点一直代表了许多18世纪批评和文学所面临的奇特境遇。大多18世纪批评强调语言清晰,一个原因是它对语言极度且强烈的不信任——培根尖锐地评论过,后来洛克也明确地论述过这一点——词语的含义,尤其修辞格的指示意义非常不完善,在创建话语和阐释话语时容易被滥用。典故本身的作用是暗示性的,而不是机械记忆,它唤起了一种不能充分预测或引导的回应。只有在现代主义高度发达的情况下,我们才能再次发现一个富有诗意的成语,其中的典故如此丰富地用来激发回应和确保简练。① 即便是被称为批评家中最"专制的"约翰逊的叙事,也吁求同情且开放式的回应。对于《塞维其传》(Life of Savage)和《拉塞勒斯》(Rasselas),我们还能说些什么呢,作品的结局没有给出任何结论。②

文学正典在18世纪肯定不是固定的。文学的一般概念比现在包含的内容更多。此外,当时可供阅读的图书较少。18世纪经典的任何意义与其说是对应该阅读和讨论哪本书,或可能永远不会阅读哪本书的评判,不如说是对正典在全部已知文学体系中的相对重要性的理解。一如既往,一些传统经典的声誉依然稳固,

---

① 许多研究探讨了18世纪文学,尤其是诗歌的这一方面,其中有 Reuben Brower,《亚历山大·蒲柏:典故诗歌》(Alexander Pope: The Poetry of Allusion), Oxford: Clarendon Press,1959; Earl R. Wasserman,"《劫发记》中典故的局限性"(The Limits of Allusion in The Rape of the Lock),《英语与德语语言学杂志》(*Journal of English and Germanic Philology*),65,1966,第425—444页;最近还有 Bruce Redford,"托马斯·格雷的引喻"(The Allusiveness of Thomas Gray),《笔的对话:18世纪随笔书信中的亲密行为》(*The Converse of the Pen: Acts of Intimacy in the Eighteenth-Century Familiar Letter*), Chicago: University of Chicago Press,1986,第95—132页,文章专注于格雷的书信。Redford引用了 Roger Lonsdale 和 Christopher Ricks 早期的文章。

② Howard Weinbrot,"约翰逊和叙事艺术:《塞维其传》、《人类愿望之虚妄》和《拉塞勒斯》"(Johnson and the Arts of Narration: The Life of Savage, The Vanity of Human Wishes and Rasselas),《塞缪尔·约翰逊:纪念演讲》(*Samuel Johnson: Commemorative Lectures*), Beirut: Librarie du Liban, Egyptian International Publishing, Longman,1986,第13—页,尤见第13—16、19—22、33—34页。

另一些则或增或减。考利变得相对地名声下滑或默默无闻,莎士比亚成了偶像,罗威则成了追捧的风尚。本世纪中叶后,讽刺和说教模式衰落了,同时相应地影响了蒲柏和爱德华·扬格,尽管他们仍然被视为重要作家,作品也被多次重印。18世纪40年代,柯林斯和沃顿兄弟试图复兴弥尔顿和斯宾塞的壮美和荣光。50年后,华兹华斯试着减少大众读物的造作和煽情。伊拉斯谟斯·达尔文(Erasmus Darwin)的名声激射出流星般的光辉,与他诗歌的微弱光芒相契合,然后流星般迅速暗淡。小说赢得了广泛的读者群,而读者认为许多形式的历史读物就是文学,就像最新的戏剧或最狂野的颂诗一样。没有人能确切地揭密正典形成受到的繁杂的影响。

正典在很大程度上取决于作品的知名度。尽管正典和受欢迎程度有所不同,18世纪的确见证了新的现象:不断扩大的读者群——以及文学的新的社会地位——对过去和现在经典的直接影响。自贺拉斯或更早的时候,对一部经典的一种考验是作品能否完全传承下去,通常在一个世纪之后进行验证。(蒲柏在他的《致奥古斯都》[*Epistle to Augustus*]中讽刺地使用了这种检验方式,约翰逊的《莎士比亚序言》附和了这一点:"他的声名远远超越了他的世纪。")随着越来越多的人阅读,文学变成"消费"品,如果可以使用这个一般含义的话,经典回应了流行带来的压力。约翰逊没有将莎士比亚奉为圣典,但是他觉得必须解释这种确立正典的方式。除了约翰逊希望为序言式的《英国诗人传》添加的5位诗人之外,涉及到这个联合项目的36家书商和出版商已经选定了其他47位诗人,主要是出于商业和流行的考虑。难以置信的是,他们排除了詹姆斯·汤姆逊,他的知名度和受欢迎的程度当时仍然很高。(后来柯勒律治会说,汤姆逊的声名相当于乡间旅店里找到的一本破旧的《四季》。)这种遗漏可能是因为汤姆逊是苏格兰人,而出版商们当时正在和爱丁堡的阿波罗出版社争夺诗歌市场,而阿波罗出版社已经在销售一套最终会扩展到109卷的英国诗人的诗集。①

在这个时期,人们对正典形成的印象往往是,像德莱顿、艾迪生和约翰逊这样的"权威"通过咖啡馆评论或者发表的批评意见来确立正典。这种印象有点道理,但整体而言,它又有着严重的缺陷。然而,这的确表明,阅读这些批评家文章的后人们必须努力应对,并直面前人有力且见闻广博的批评。在这个意义上,他们对20世纪的读者和正式注册课程的学生的影响比对他们同时代的人大得多。并且,在某种程度上,正是由于他们的批评作品持续流行或引起争议,这些批评对象自己也进入了正典的行列。

对正典的思考涉及到许多问题,其中两个问题很简单,却难以解答。首先,什么是文学,或者什么不是文学?其次,什么是好的或者有价值的文学,值得归入"正典"或者"传统"(如果有这样的排他性存在)?第一个问题在18世纪没有得到很好的解决;艺术体系,与有别于其他文学的想象文学的体系,和有别于其他漫谈写作的一般文学的体系,还没有建立起强烈的自我意识。可以说,人们对受过教育的绅士应该懂得什么怀有一种社会期望,但是当我们谈到这个世纪的实际批评、理论和实践时,这种社会或教育的正典并不突出,常常似乎是消失了,就像约翰逊的批评中一样。

此外,中学或大学里还没有定期地教授英国文学,并且在现代意义上,直到19世纪中期或者更晚一些,学校才会开设英语文学课。学校课程的变化继续影响着正典的形成,并使其制度化,就像任何其他单一的社会或文学力量或事件的影响一样。在18世纪,正典作品是经典,尽管它们的名声也上下起伏。此外,没有英语学院和机构来确立英语文本正典;这种确立很大程度上是由读者和批评家来完成

---

① Fowler,《文学的类型》,第230—231页,似乎反常地犯了常见的错误,即认为约翰逊在《英国诗人传》选择传主。关于背景,参见 W. Jackson Bate,《塞缪尔·约翰逊》(*Samuel Johnson*), New York Harcourt Brace Jovanovich, 1977, 第525—526页。Bate指出(第531页),一些诗人已经正在被人遗忘。

的,而批评家的存在依赖于向公众兜售批评。同样,随着读者的变化,正典也会发生变化,对某些体裁的接受也会发生变化。福勒尖锐地评论道:"如果一种文学类型停止了对相称的读者进行教育,它就注定要完全灭亡。"①在这个意义上,显然,正典和正典的体裁都与教育、社会价值观,以及为了娱乐购买文学,或者在学院里系统地研究文学的读者有着直接关系。最后,为了娱乐和系统研究——最后的两种区别,促成了各自的正典。

有几个事例很吸引人。在诗歌、小说、非虚构的散文中,一些18世纪的作品在本世纪末备受推崇,它们仍然是学校里在读、编入选集和指定学习的作品。据说,18世纪将自己树立为正典。如果这是真的,而且在某种程度上看起来是真的(尽管肯定不是从18世纪末学校讲授的内容来看的),那么这可能是因为读者群和出版手段的相对扩大,以及实际出版的图书数量相对较少(这是与19、20世纪相比)。此外,19世纪后期并没有用变化的、积极的眼光来审视奥古斯都时期和18世纪晚期的文学。1830年确立的看法接近于1930年的看法。只是在过去50年的学术研究中,(至少对于学者来说)18世纪的正典才被更加重视地重新翻开。也许不断且大幅修订正典是一种后浪漫主义现象,18世纪的正典最近发生了一些有趣的变化。在过去的20年里,艾迪生和斯蒂尔的散文在学院和大学的阅读榜上备受打击。②曾经权威作家的衰落可能与他们散文中隐含的社会价值观和习俗有关,这些价值观尽管粗糙,却与资产阶级的权力结构、薄弱的智性"优雅"和修养有关。或者说,这些散文需要强大的历史想象力,并且基本上不受新批评的许多技巧和术语的影响。无论如何,随着文学理论转向与意识形态相关的社会和政治问题,转向作为文

---

① Fowler,《文学的类型》,第167页;关于在体裁的语境中对正典的讨论,参见第214—234页,尤见第214—216、230—234页。
② J. Paul Hunter通过一个详尽的调查证明了这一点。

学社会学中关键要素的公共领域的话语,这些散文将重新进入学术正典的行列。

正典(尽管有时不叫这个名字)的观念有助于确立英国国家文学。"北方"固有的文学形式、声音、神话、作家和他们作品的想法——与南方或地中海不同——激起了人们记录老民谣、寻找吟游诗人的技艺和民间传统的兴趣。《奥西恩》立时成为了正典,也几乎立时引起了争议。此外,沃特·惠特曼(Walt Whiteman)对沃尔特·司各特(Walter Scott)爵士诗歌的旁注也显然与此相关,表明了美国诗人主要对司各特的边境吟游诗人技艺的浓厚兴趣,而这种技艺体现在民众的歌谣和当地居民的声音上。① 的确,我们可以说,随着弗朗西斯·詹姆斯·恰尔德(Francis James Child)使英国本土英语和苏格兰语民谣重新成为正典,美国对英国文学的正式研究开始了。

批评的类别/种类

我们思考文学的类型时,常常忘记批评也有各种类型。自从系统批评开始以来,绝大多数读者查阅的文学判断和评论通常主要出现在期刊中。学术图书出版往往掩盖这样的事实,即大多数——几乎所有——大众批评都属于期刊的范畴。谁能对最初出现在杂志、评论和期刊中的批评文学作出可靠的判断,而不是因为它们与进入书中的那种批评相反,或是因为它涉及了其他书中已经包含的主题?

每周成百上千的读者浏览着评论和短评。他们可以快速浏览大量的批评散文,几乎和他们读的其他类型的作品一样多。奇怪的是,他们读到的批评为原书增添了更多的光彩,因为这种批评的主要目

---

① John Engell,"沃特和沃尔特爵士,或者吟游诗人和酒吧服务员:民谣歌手"(Walt and Sir Walter, or the Bard and the Bart.: Balladeers),《沃特·惠特曼季刊》(*Walt Whitman Quarterly*),5,1988年春,第1—15页。

标是评论图书。有多少评论或短评是针对单首诗、其他散文、演讲或一个短篇小说呢？"评论"几乎是"书评"的同义词。此外，写一篇引人入胜的长评也很难。几乎任何语言中都没有这样的长评。如果我们看看任何传统中持久的批评作品，长度似乎是一种负担。《诗学》《论壮美》、詹姆斯的序言、济慈的书信、约翰逊的短评、柯勒律治的演讲、歌德的评论、里尔克的信件、沃尔夫的散文或者巴特的研究报告——几乎是 20 世纪所有有影响力的批评主张：这些都表明，批评是一种不需要冗长的体裁。只有几部经典作品是长篇的，比如《英国诗人传》和《文学传记》。然而，这些作品展现出细分的特征：编辑进行分割并将它们收入选集，虽然有点损失，但并没有削弱其效果。撰写批评书籍是修辞学和诗学领域之外相对较少前人做过的任务（除非我们算上对经典的逐行评论和诠释）。在现代学院中，"专业人士"阅读和撰写批评书籍，而大多数其他读者阅读的是散文、杂志评论和报道中的批评。

目前，长篇评论的任务主要在学院里完成（并且在限量发行的学术刊物中得到评介）。尽管大众期刊中的评论动机可能与学术刊物的相同，但更多的是为了得到报酬，或者是为了引起公众对被评论的作品或期刊本身的关注。撰写一本批评性图书意味着有专门的读者。

期刊文学、批评和"图书"的关系始于启蒙运动时期，至少是从我们现在所认识的形式。约翰逊的"破坏文学的阴谋盛行"，很大程度上指的是年轻的他为之工作的格拉布街报刊界的批评和评论。我们记得的文学和批评界的大多数人物都参与过撰写期刊评论或散文：伏尔泰、艾迪生、约翰逊、斯摩莱特、柯勒律治、莱辛、赫兹利特、德昆西、歌德和施莱格尔兄弟。甚至亨利·詹姆斯，从他自己的经验谈起，将期刊文学称之为"需要喂养的张开的巨型大嘴"。除了序言，詹姆斯的许多批评都是以期刊文章的形式发表的——超过 2000 页，有些是在一个多世纪后才再版的。从实用主义的角度来看，可以说，现代批评制度是在读者无法消化所有出版的图书,需要有指南来帮助事先判断和筛选的情况下发展起来的。从这个意义上来说,现代批评是大众文化的产物。因此,开始的时候,这种批评不是专门的或特定的"文学"批评,也不是学术研究的产物,而是以文学理解为核心的一般批评,并会谈及近来或周围发生的重大的文化问题——如宗教、经济和政治。18世纪大规模的批评提供给了足够多的有闲的社会读者,使其在商业上可行。批评的传播和文化意义的一个形象正是考珀在《任务》中的描写:乡间小道上,居民们期待着报纸的到来,拿到后立刻兴奋起来。①

在期刊上发表文章的批评家往往会背离理论或教条,至少他们的期刊作品是这样。詹姆斯谈及圣贝夫(Saint-Beuve)时说,"对教条、模式和惯例的极度恐惧"使他成为了"最不遵守教条理论的批评家之一"。因此,文学理论和批评形式之间形成了一系列有趣的关系。期刊评论是大众社会中大多数读者——最普遍受过教育的读者——倾向于接受的类型,它本质上不是理论性的。它永远不可能是理论性的,除非它在联结文学和文化问题的方式上也是理论性的,正如巴特做的那样(顺便说一句,巴特很少犯的错误是,把他的批评书稿,尤其是他后期的书稿,拉长到人们一个夜晚难以读完的长度)。理论出现在书中或学术刊物中,但在大众期刊中,理论几乎只出现在对最初包含理论的书籍的评论中,或者理论的阐释者或注解者撰写的短评中。

18世纪第一次看到了贯穿现代文学界的一种根深蒂固的现象——批评书籍、关于"文学"的书籍与更短的、更流行的批评形式:独立短评、评论和期刊评论——之间的分歧,甚至是本质上的差异。

---

① 关于乡村阅读习惯和报纸的讨论,参见 Roy McKeen Wiles,"两个世纪前英国乡村阅读的乐趣"(The Relish for Reading in Provincial England Two Centuries Ago),《日益扩大的圈子》(*The Widening Circle*), Paul J. Korshir 编, Philadelphia: University of Pennsylvania Press, 1976,第85—115页。

值得注意的是,约翰逊、艾迪生、歌尔德斯密、斯摩莱特、雷诺兹、柯勒律治、赫兹利特和杰弗里都写过期刊批评和讲稿,但是他们最初构思为独立书籍形式的批评相对较少——几乎没有。随着爱伦·坡(Allan Poe)和亨利·詹姆斯期刊作品的再版,我们以新的视角来看待他们,将他们视为更重要的批评家。那些在18世纪的确写出批评书籍的人往往是学者、新修辞学者、哲学团体成员,文学或伦理学教授。不过,特别富有成效的是,期刊批评家、散文作者,以及在大学里撰写长篇批评的评论者之间建立了相互沟通和认识——智慧的交汇。

目前,我们生活在18世纪首次使用并永久确立的一系列批评话语中。我在这里说的不是批评的方式或方法——即使它们继续回到永恒的问题上,这些方式或方法也发生了改变,而是关于批评出版的形式、批评的类型。我们可能会继续这一系列的论述,因为它似乎是根深蒂固的,但是也许现在批评类型和受众之间的差别也更加明显了,因此学术书籍更专业化,对于圈外的读者来说,必然更少有直接的文化影响。200或250年前确立的批评话语的类型或亚型体裁,鉴于批评作为大事业的本性,仍然是我们经常忽视的决定性因素。这种批评在批评家和读者——批评家自己的读者——的关系中树立起重要的路标。在这一系列批评话语的一端,我们会发现公告和讽刺短文,往往只是简单公布书刊等的出版(通常匿名发表,大概是因为并不提供评判或观点)。这种形式可以追溯到之前要求750字(或更少)的期刊评论上。下一步,我们继续看看评论文章,这是以一本书或多本书为中心,或借口就书的主题写一篇长文章,所进行的更长时间、更有学识的探索。然后,我们有了关于一本书的文章或者章节,通常是将期刊的外观移植过来,最后集中到一个主题或作者身上形成学术书籍,书的一部分可以作为文章或章节出现在其他书中。范围是可变的,人们可能会问,划分批评的类型是否有意义:批评出现的类型在长度、语气和受众方面都有很大的差异。不过,形式、篇幅、风格和目标受众,与批评话语及其边界之间存在着相互关联。在这些问题得到更广泛的描述之前,批评在社会、教育和文化中的作用将被混淆,并且成为易于概括的目标。

在18世纪末19世纪初的评论中,批评话语中的这种区别得到了强调。比如,弗朗西斯·杰弗里含蓄地将某些类型的长篇学术研究(用仍可使用的术语来描述)和赫兹利特在《莎士比亚剧中人物》(*Characters of Shakespeare's Plays*)中所进行的另一种批评进行了比较:"这不是一本黑体字学习或者历史阐释的书,这也不是一篇玄学论文,充满着睿智的困惑和精心的调和。事实上,这与其说是对莎士比亚的评论和批评,倒不如说是对莎士比亚的赞颂,并且,写这本书更多是为了表达对莎士比亚非凡的爱,而不是对莎士比亚作品的非凡的了解。然而,这是一本非常令人愉快的书,而且,我们毫不犹豫地说,这是一本非常有独创性的和天才的书。"①

无论是从热奈特(Genette)为了文学体裁而发展批评的方式来发展广泛的批评范畴,还是期待一种批评必然决定其内容或观点,这都是徒劳的。一般来说,重要的仍然是思想的质量、观点和洞察力、吸引注意力的能力以及使文本或思想生动的能力,但是批评类型,以及所服务的大众的类型的确立,有助于解释批评的各种功能。它表明,某些文学形式——因而也是某种写作风格——与批评的一种功能,而不是另一种功能更契合。我们看到的是批评形式的社会关系学,就像一般的文学社会学一样。社会学虽然不准确,但值得研究。我们也可以看到,天才批评家——艾迪生、约翰逊、赫兹利特、甚至柯勒律治、阿诺德、王尔德、詹姆斯、艾略特和巴特——经常成功地运用流行且通俗易懂的批评类型。

18世纪,人们认识到文学是一门生意,"现在学习本身是一种交易",这是一种大胆的尝试。恩主制度的衰落鼓励了商业机构。本章开头引用的约翰逊随意的判断也是这么说的(这是从他到伦敦的

---

① Francis Jeffrey,《给爱丁堡评论的投稿》,1817年8月(1844年版),II,第315页。

那天起,约翰逊自己的经历使他理所当然地接受的事情)。他的名言"文学制造商"与《英国诗人传》中的商业形象产生了共鸣。18世纪的批评和其他文学一样,变成了一种商业行为。

在20世纪,我们看到了大量批评工作的学术化,以及不同批评形式可变性的潜在崩塌。正如芭芭拉·卢瓦尔斯基(Barbara Lewalski)所展示的那样——以《复乐园》(*Paradise Regained*)为例——在很大程度上,作品的特定体裁标签决定了针对该作品的批评的类型。同样,一种特定的批评很大程度上决定了它的受众、效果和接受程度。学术书籍或文章就是实例。它们还突出了批评的精细化(refinement)和专业化的问题,学术和批评、深奥的理论和"新闻"评论的差异和融合。它们在哪里互相丰富和结合,在哪里精细化开始遇到递减的回报?在18世纪,各种批评的丰富程度和相互作用,以及相应的支持制度,为文学的产出和自觉审查揭示出了新的社会经济基础。类型、正典和读者——以及各种批评——在今天仍然与这些更大的机构和制度紧密相连。

第三部分　方法和目标

第七章　约翰逊和批评的正反对立

　　他会经常会说出与他以前所说的完全相反的话,然而,两者都是对的。他喜欢说话,并且很会说话。

　　　　　　　　《战争与和平》中刻画的普拉东·卡拉塔耶夫

　　没有矛盾对立就没有进步,吸引与排斥、理性与激情、爱与恨是人类生存的必需品。

　　　　布莱克,《天堂和地狱的婚姻》(The Marriage of Heaven and Hell)

　　在约翰逊的批评中,我们看到几个动机在起作用——强烈的判断力、道德深度、改革的冲动,以及与权威的争吵或对它的屈服——针对读者而不是博学的批评家,约翰逊用有力简洁的措辞准确地描绘出所有这些。无论动机是什么,有一点是清楚的。约翰逊的立场并不是源自于一个受约束或僵化的体系,也不是源自于一套建立在仅仅因为与他人的批评不同而害怕他人批评的基础上的格言准则。约翰逊的立场和苛评很少是狭隘或自以为是的。他的行动和言语是思想的产物,时刻警惕着此刻被有力地呈现着的任何事物的相反含义。

　　我们很难想象约翰逊在谈话中自相矛盾或被人驳倒,这似乎就像在辩论中击败苏格拉底那样无法想象。通常情况是相反的:他会驳倒别人。约翰逊听到后来的利默里克主教托马斯·伯纳德(Thomas Bernard)说了一句天真的话,说一个人45岁之后,不可能有很大的进步,他尖刻地叫道:"先生,我不同意您的看法,人是可以进步的,您自己就有很大的改进空间。"①

约翰逊似乎总是能掌控着自己,他是一位有着不朽表达力量的作家,肯定并积极地坚持着自己所珍视的价值观,但是除了快速写作,谈话"像第二版一样正确"(用乌西亚·汉弗莱[Ozias Humphry]的话来说)的习惯之外,他还保持着谈话中争强好胜的习惯,甚至交替着支持同一个问题的正反两面,以至于人们离开时会认为,他比任何人都固执两倍。鲍斯威尔指出,人们可能会发现,约翰逊"在谈话中与自己原来的观点不同"。由于约翰逊经常和其他人针锋相对,他也自相矛盾,这种现象是他早年在斯托布里奇与科尼利厄斯·福特(Cornelius Ford)、后来在利奇菲尔德与吉尔伯特·沃姆斯利(Gilbert Walmesley)共同培养出来的,当时约翰逊会就一个问题的两面进行辩论,在任何问题上讲出正反两面的话,并且每次都抑制着自己同样有力地打击另一结论的能力。与他的大多数对手表达他们一直接受的观点不同,约翰逊会暂时接受且更有力地表达他最终会抛弃的观点。仅仅作心理学上的说明、考虑他的内心恐惧和内在挣扎(尽管这些起着作用)并不能解释约翰逊乐于自相矛盾的一面。显然,这是忠于经验的更广阔的辩证思维,很大程度上乐于接纳矛盾或对立面的意愿,保持坦诚并且最终不教条主义的开放心态,目的是形成正反思维方式来挑战常识的普遍观念。这种偏好在约翰逊的谈话和批评中有很多。《拉塞勒斯》中的伊姆拉克指出:"矛盾的两面也许不都是对的,但对不同人来说,它们可能都是真实的。"

---

① 《鲍斯威尔的约翰逊传》(*Boswell's Life of Johnson*),6卷本,George Birkbeck Hill 编,L. F. Powwell 修订,Oxford: Clarendon Press,1934—1950,第 A、IV、431 页。

这正是为什么如艾略特所说,不同意约翰逊的观点是危险的,其实质不仅在于艾略特认为约翰逊经常是对的,而且还在于艾略特知道,约翰逊可以通过权威的、有力的论证赢得批评性辩论,而且他的论证比别人意识到的更有表现力。约翰逊这种居高临下的语气,加上对心灵的全面审视,可以让我们几乎自动地作出反应,将他视为批判界的巨无霸,不管我们多么了解他的作品。艾略特公开修正了同样地看待自己的倾向。在《诗的音乐性》(The Music of Poetry)中,艾略特承认,他需要很痛苦地改变自己早期作品中的战斗精神。其中一些作品还有所保留,但很多已经没有了这种战斗精神:"我从来无法重读自己的散文作品,一读就会感到强烈的尴尬……我可能经常重复之前说过的话,也可能经常自相矛盾。"我们可能会认识到艾略特职业生涯中的转变(如果是艾略特自己指出的话),以及德莱顿和罗兰·巴特等其他不同的批评家职业生涯中的类似转变,但是对于许多人来说,约翰逊不幸仍然是一位批评家,像雕像一样被竖立出来。年轻的史文朋(Swinburne)写过一篇他选择不发表的牛津论文,对约翰逊的强烈声明作出了反应,其反对意见仍然很普遍:"随着约翰逊的年龄越来越大,他的性格几乎没有什么变化。无论对错,他的观点从未改变……。无论形成观点,还是发表意见,他都毫不犹豫。这种办法似乎取得了令人钦佩的成功……至少,我们很少读到他自相矛盾的内容。"①

约翰逊看到相反情况的能力,甚至是付诸行动的能力,必定让想象力不足的人感到困惑。例如,鲍斯威尔如何才能符合约翰逊对精进的建议呢?鲍斯威尔曾认为,品味高雅是一种缺点,因为那些有品味的人,比那些缺乏细致鉴赏力的人更不容易感到高兴,但是约翰逊却否认了这一点:"不,先生;这是微不足道的想法。要尽力在每个

---

① "约翰逊博士的性格和观点"(The Character and Opinions of Dr. Johnson),London:printed for Thomas J. Wise by Eyre and Spottiswoode,1918 [1858],第 8 页,Willian B. Todd 为约翰逊迷们再版,1985。

方面都争取完美。"换句话说,要精益求精。不过,另外一次,约翰逊却直言不讳地建议鲍斯威尔不要改进孩子的教育:"生活接受不了精益求精:你必须像其他人一样去做。"①

批评的特征

约翰逊的批评包含了明显的相反事例,甚至包含了看起来有些奇怪的态度,但最糟糕的是,还有古怪或粗暴的审查态度。约翰逊斥责莎士比亚说脏话,他说:"有比那些批评更高的权威法则。"——这一声明今天仍然困扰或烦恼着学院中的一些人。在学院里,批评家是他们自己的最高权威,否则,他们会以迂回的策略,否认任何批评都需要有权威。然而,对我们大多数人来说,约翰逊的谴责仍然是奇怪的。谁会从图书馆里出来攻击《利西达斯》(*Lycidas*),因为它被古典和基督教的"不虔诚组合……所污染"?我们倾向于忽略那些不符合更灵活标准的警告性评论。约翰逊专门抨击了《愚人记》里"粗劣的形象",并在谴责之后发表了常规性评论:"蒲柏和斯威夫特对身体不纯洁的想法表现出反常地快乐……而提及那些想法,所有听到的人都会退缩。"如果蒲柏和斯威夫特就像拉撒路和触碰过以利沙尸骨的死人一样,从坟墓里活过来,我不知道,他们会在作品中添加什么样的约翰逊可以讽刺的形象。

在这个礼仪问题上,似乎没有一个作家不受约翰逊的影响。德莱顿是一位可以安全地给任何青少年阅读的作家;不幸的是,仍然有些事情做得不够多。不管怎样,约翰逊反驳道,即使是"在德莱顿的作品中",也有"许多段落,即使有对人物和场合的种种宽容,虔诚的人也不会接受,他们也可能会败坏光明和无原则的人的思想"。② 如

---

① 《鲍斯威尔的约翰逊传》,第 4 卷,第 338 页;第 3 卷,第 169 页。
② Samuel Johnson,《英国诗人传》,第 1 卷,第 404 页。

果我们相信鲍斯威尔的报告,即为了作为序言的《英国诗人传》中的诗人,约翰逊特别希望乔治·斯蒂文斯(George Steevens)能"删除"罗切斯特(Rochester)的诗歌,我们就看到了真正的审查制度。① 罗彻斯特的诗歌一直是被删除掉的,直到20世纪60年代,美国法院才去除了自己的限制。这些丢失的部分,以前是私人印刷的,后来又被公之于众。

在这里更大的问题是诗歌的正义。每位拿起约翰逊《莎士比亚序言》的读者都会注意到一种不一致:即约翰逊对莎士比亚的现实主义、自然真理的赞美,与他对莎士比亚的谴责,因为莎士比亚没有在可能的情况下,把美德擦亮,让恶习凸显。我们几乎不认为这是莎士比亚的一个缺点。就约翰逊的批评而言,这个话题很少有人关注,通常是在流行的道德背景中对其进行简单解释,但也可能有更大的原因在起作用。

因语言不当,缺乏诗歌正义和背离虔诚而被约翰逊点名批评的作家有哪些? 这是一个令人印象深刻的名单,其中有显然受欢迎的英国文学天才:莎士比亚、弥尔顿、菲尔丁、蒲柏、斯威夫特和德莱顿。名单包括了伟大且广为人知的作家,他们在社会中的影响可能比任何其他人或所有其他人的总和都要更深——他们也是约翰逊在许多其他背景中钦佩的作家。作家越是值得尊敬,约翰逊越谴责他所发现的作家的不正直之处。(他根本不会费心抨击那些公开的淫秽或色情内容。)约翰逊对这些作家在某些方面的禁令与其说是源自于个人受到的震惊——他不会因此而感到震惊——不如说是源自于他敏锐的洞察力,即文学实际上能够产生重大的影响,尤其是对年轻人。毕竟,约翰逊正在批判最流行和最普及的大众传播、自我教育和大众娱乐的媒介——阅读。

仍有学院派批评家否认文学与生活,或者语言和再现(represen-

---

① 《鲍斯威尔的约翰逊传》,第3卷,第191页。

tation)之间有任何模仿性的关联,并且宣称,艺术不会培养性格,也不会塑造或损害人的行为。然而,同样这些人经常会被电视和电影中的暴力激怒,迅速地想要保护他们的孩子免受暴力的侵害;然而,第二天在课堂上,他们却告诉别人的孩子,文学是一个封闭的自我参照体系,对行为没有影响。

约翰逊知道,自由的道德投机总有其存在的地方,但它并不是无处不在的。约翰逊与鲍斯威尔和安娜·西沃德(Anna Seward)的父亲交谈时,后者问道:"先生,您会不会限制私人谈话?"约翰逊反驳说:"为什么,先生,很难说出私人谈话从哪里开始,在哪里结束。如果我们三个人私下讨论甚至是关于上帝存在的伟大问题,我们也不应该受到限制。因为那将终结所有的进步,但是如果我们当着10位寄宿学校的女生和同样数量的男生的面讨论这个问题,我认为法官最好给我们戴上枷锁,终止我们在那里的辩论。"①这个例子可能看起来很极端,但是在有人认为这意味着禁止研究或者隔离学生之前,我们应该记住,这里提到的孩子非常年轻,并且是别人的孩子。约翰逊的观点是,文学和智力教育并不在于一个肤浅的假设,即一个人的话题对年轻人或其他任何人都没有道德影响,这一假设如果得到认可,将使人们的工作变得无限容易且减少困惑。

有时,约翰逊似乎是一个独裁人物,甚至是一个喜欢权威的人。② 然而,他却与权威斗争,并且通常不信任奉为圣典的批评,主要是因为它们被经典化了。《漫步者》的格言正是英国皇家学会的

---

① 《鲍斯威尔的约翰逊传》,第4卷,第216页。
② 关于讨论,参见 James Gray,"作者的文字:约翰逊博士关于作者权威的观点"(Auctor et Auctoritas:Dr Johnson's Views on the Authority of Authorship),《加拿大英国研究》(English Studies in Canada),12,1986年9月,第269—284页。Gray指出,"文学史上,没有人能比塞缪尔·约翰逊更有资格声称自己是权威。然而,他的自我估计是这样的:他可能会拒绝,甚至可能会嘲笑这种指称"(第269页)。

格言:"我不信任何权威(nullius in verbis magistri)","没有什么是由权威来评判的。"(这句格言源自一个古老的拉丁短语,即"我不会发誓效忠任何大师",贺拉斯在他的第一封信札中使用了这个短语。)与德莱顿一样,约翰逊后来的批评变得更加灵活,更少有根深蒂固的传统观念。然而,1765 年,约翰逊与几个世纪的批评权威抗辩时的犹豫是如此深切,以至于他做出了书面道歉。与其说这展现的是有进取心的谦卑,不如说是一个真正的少数派的声音,甚至是一个局外人的声音。在《莎士比亚序言》中,约翰逊质疑了时间与地点的一致性、对悲喜剧的禁制,以及人物类型的规定性礼仪。然后,他觉得有必要做出道歉,就好像他违反了视为圣典的品味禁令一样,对很多人来说,约翰逊的确违反了禁令:

> 当我这样不在意地谈论戏剧规则的时候,不由得想起,有人可能会用多少智慧和学识来驳斥我;我害怕站在……这样的权威面前。因为,值得怀疑的是,如果不是比我所能找到的理由更好,这些准则并没有那么容易地被接受。
>
> 也许我在这里不是武断地,却是有意地写下的东西,可以唤起对戏剧原则的一个全新审视。我几乎被自己的鲁莽吓坏了;当我预料到那些持相反意见的人的名声和实力时,我准备在虔诚中沉寂下来。①

这并不是故作谦虚。约翰逊写这篇文章的时候,几乎没有写过系统的文学批评,几乎没有出版过精装书籍;他发表的多数文章

---

① "约翰逊论莎士比亚"(Johnson on Shakespeare),《耶鲁版塞缪尔·约翰逊作品集》(*The Yale Edition of the Works of Samuel Johnson*,7 卷本,New Haven: Yale University Press,1958—),Arthur Sherbo 编,第 80—81 页。

都是匿名的。他发表的批评比德莱顿、艾迪生、丹尼斯或莱默的更少;《英国诗人传》的发表距离当时还有 15 年。尽管之前有人已经质疑或甚至摈弃过三一律,但接下来 10 年里成功的剧作家,歌尔德斯密和谢里丹将继续按照规则精心创作他们的作品。约翰·纽伯瑞的《诗歌的艺术》(1762 年)坚定地捍卫了三一律,"因为它们与自然相通,而且越遵守它,戏剧就越完美"。① 约翰逊的《莎士比亚序言》似乎是在有意识地反驳纽伯瑞所说的三一律的特定属性,因为它们增加了对观众真实的心理欺骗。(约翰逊和纽伯瑞非常熟悉,并在 1751 年从纽伯瑞那里借了 2 英镑。)法国剧院将在接下来的 55 年里继续沿用了三一律。拜伦在为《萨达纳帕卢斯》(Sardanapalus)写序言时,似乎已经想到了这一点。在那里,我们发现了一个代表统一性的抗议,根据的是"直到最近存在于世界各地的文学规则,并且,在更文明的地方,仍然使用着的规则"。在评论拜伦的剧本时,弗朗西斯·杰弗里指出:"我们认为,约翰逊博士很好地解决了这个问题。"赫兹利特也有同样的看法。然而,这一问题长期以来一直存在争议。在比约翰逊的《莎士比亚序言》晚了近 20 年发表的《论道德和批评》(Dissertations Moral and Critical)中,詹姆斯·贝蒂仍然在详尽地驳斥时间和地点一致性,认为那是"创作的机械规则"。② 约翰逊对莎士比亚不遵守三一律的维护,本身可能源于他自己对规范的新古典悲剧态度的彻底转变。尽管约翰逊第一次获得文学界的承认是创作出如同《艾琳》(Irene)这样的常规的正式悲剧,对于 18 世纪 30 或 40 年代有抱负的作家来说,这是可以预见的,但贝特注意到,约翰逊却"发展出一种全然的痴迷,反对他

---

① John Newbery,《诗歌的艺术》(The Art of Poetry), London, 1762, "论戏剧诗"(Of Dramatic Poetry), II, 第 56 页。
② 《对爱丁堡评论的投稿》, 1846, II, 第 99 页; James Beattie,《道德与批判论文》(Dissertations Moral and Critical), Dublin: Exshaw, Walker, Beatty, White, Byrne, Cash, & M'Kenzie, 1783, 第 186—188 页。

所写的那种戏剧"。① 在这里,约翰逊似乎一成不变的批评意见再次发生了很大的改变。

约翰逊的批评,其内在矛盾的发挥,或者用不太准确的话来说,其"平衡"的本质中有着许多内在张力或辩证的例子。然而,这绝不是一种陈腐的、虚假的辩证,不是简化地将阐释过的概念集中起来互相对立——古典与浪漫,英语与法语,古代与现代。② 我们可以间断地摘出一些事例,印证了变化中被认可的对立双方的顽强品质:

——在《考利传》(Life of Cowley)中,约翰逊对玄学派诗人的复兴包含着钦佩和责难,尊重与保留。毕竟,约翰逊愿意花时间来讨论考利和这一群诗人:他们在许多方面被忽视,存在于英国诗歌传统的边缘。当艾略特在20世纪重新复兴玄学派诗歌时,他是在附和约翰逊的评价,尽管艾略特的语气更加积极,而且有着与他自己的诗歌相关的其他目的。

——约翰逊认同现代小说显著有别于旧传奇文学(尤其是在《漫步者》第4篇中),但条件是新小说仍然符合约翰逊所设想的文学的一般目的。约翰逊选择写这个话题也可以从他对传奇的痴迷中看出来,这种痴迷有时无法满足,却又如此强烈,以至于传奇文学中的语言和词汇影响了约翰逊的作品,比如对《人类愿望之虚妄》的影响。然而,约翰逊试图否认或克制自己品味中的这种冲动,并且警告他人不要养成类似的阅读习惯。

---

① W. Jackson Bate,《塞缪尔·约翰逊》(Samuel Johnson), New York:Harcourt Brace Jovanovich,1977,第158页;亦可参见R. D. Stock,《塞缪尔·约翰逊和新古典主义戏剧理论》(Samuel Johnson and Neoclassical Dramatic Theory),Lincoln:University of Nebraska Press,1973;以及 Calhour Winton,"启蒙运动时期英国的悲剧缪斯"(The Tragic Muse in Enlightened England),《格林百周年研究》(Greene Centennial Studies),Paul J. Korshin 和 Robert R. Allen 编,Charlottesville:University Press of Virginia,1984,第125—142、126页。

② W. Jackson Bate,《塞缪尔·约翰逊的成就》(The Achievement of Samuel Johnson), New York:Oxford University Press,1955,第182—183页。

——如果我们把《漫步者》第 4 篇和约翰逊以前给理查森的一封信中关于《克拉丽莎》所说的内容进行比较,便可以看出约翰逊改变了主意。①

——在《英国诗人传》中,专门描写弥尔顿的传记可能是全书中最缺乏同情心的作品。约翰逊对关于政府和宗教的重要话题感到反感,但我们可能还记得,约翰逊在法国旅行时,他在鲁昂的本笃会图书馆对罗费特神父发表了"如此热情洋溢、言辞动听且独出心裁的颂词赞美弥尔顿,以至于神父从座位上站起来拥抱了他"。这些颂词完全是约翰逊即兴用拉丁文发表的。②

——当传统智慧的影响力仍然指向更伟大的史诗和戏剧体裁的批评时,约翰逊为史诗和戏剧付出了多少努力呢?相对较少。从这个意义上来说,约翰逊又在与主流抗争。

——和德莱顿一样(并且把德莱顿放在心上),随着职业生涯的发展,约翰逊变得更加灵活。《英国诗人传》从整体上展现了他的辩证法思想。

——在自己的诗歌中,约翰逊留下了宏伟的悲剧诗和对贺拉斯、艾迪生、朱文纳尔和蒲柏的模仿。晚年,约翰逊以一种不同的诗歌习语,谦逊但断然地自成一格。这反映了约翰逊批判性判断和价值观中的态度转变,一种观念,如果不是别的,那就是时间在流逝,曾经实践过的东西将不复存在。又一次,约翰逊正在被"定型"的想法似乎并不恰当。

尽管随着时间的推移,约翰逊的批评态度发生了变化,甚至出现了矛盾,但约翰逊与德莱顿和柯勒律治一样,并没有推翻他所认同的

---

① 《塞缪尔·约翰逊书信集》(*The Letters of Samuel Johnson*),3 卷本,R. W. Chapman, Oxford: Clarendon Press,1952,第 1 卷,第 35—36 页;亦可参见第 49 封书信。
② 《思雷尔夫人和约翰逊博士的法语杂志》(The French Journals of Mrs. Thrale and Dr. Johnson),M. Tyson 和 H. Guppy 合编,Manchester: Manchester University Press, 1932,第 85—86 页和注释。

文学的基本前提或目的。(例如,柯勒律治在 1830 年就像 1795 年一样构想了文学的一般功能,但他晚期的诗歌与他对鲍尔斯[Bowles]十四行诗的模仿和对伊拉斯谟斯·达尔文的对句温和的言辞大不相同。)事实上,约翰逊的批评生涯可以被看作是一场战斗,通过改变对文学作品产生所需的方法和过程的强调,从旧传统或权威蛇皮一样的束缚中解放出来的那些关于文学一般功能的观点,让读者注意到这些观点。正如约书亚·雷诺兹(Joshua Reynolds)从自己的经历中注意到的,约翰逊希望读者不要"正确地"思考,而是思考时要有独立的意识和强大的思想。

约翰逊作出判断时总是能意识到另一种更强大、更持久的力量——公众的、普通读者的力量,柯勒律治称之为"众多的公众"。鲍斯威尔报道说,约翰逊"毫无怨言地"接受了公众对《艾琳》的评价。"他(约翰逊)的确在任何场合都非常尊重普通人的意见:'(他说)一个写书的人认为自己比其他人更聪明或更机智;认为自己可以指导或取悦公众,那么,喜爱他的公众终究会是他自命不凡的评判者。'"①

纵观约翰逊的作品,尤其是比较一下《英国诗人传》中的评论和他二三十年前的言论,我们可以看到约翰逊对自己批评的修正,如同修改后的绘画。批评景观的一般性质没有改变,但细节、视角、某些包含或排除的部分已经被完全润色了。借助于搜索的灯光和记忆,前后比较揭示了原始观点被擦去的痕迹。

约翰逊的性格或约翰逊对他人性格的判断也有类似的情况:他会意识到最初的草图不太正确,并且需要说一些完全不同的话。我们可以说这种情况是约翰逊判断中的"但是",正如理查德·法默(Richard Farmer)在给珀西的这封信中所描述的那样:"但是他随意地说了太多法国人所说的'但是'的精髓:用直白的英语来说,除了每个人的性格,他似乎都涉及到了。比如,赫德的情况很糟糕,而申

---

① 《鲍斯威尔的约翰逊传》,第 1 卷,第 200 页。

斯通则更糟:他可怜你对后者的看法。的确,他从你身上拿走了什么,他会还给你更好的另一半——他向我保证(那里有平等地获得信息的机会),珀西太太的判断比她丈夫的判断更让人喜欢。"① 这段话特别有启发性的一点是,法默自身已经具备了"但是"的技能——并且由此显示出约翰逊"技巧"的特点(显然没有经过安排)。也许不应该对技巧加上引号,因为这种左右摇摆和交叉重叠、这种对立的运动以及约翰逊思想的辩证法,真的是一种技巧和非常有效的方法,比表面上简单显示的内容还要罕见。约翰逊批评性散文因连词的频繁使用而引人注目,这些连词在文中限定或陈述对立的两面:"但是"、"然而"、"也不是"和"不管怎样"。使用这些连词的句子并不经常被引用为简练而直接的声明,因为为了引用它们,人们必须给出更完整的上下文和思想相互作用的情景。然而,这些连词构成了绝大部分的约翰逊风格和方法的结构:

> 但是,良好的判断力只是一种从容稳重的品质,它能很好地管理着自己的所有,但不会增加它们的价值……蒲柏有着类似的天分。

> 因此,不能被悬念所羁绊的注意力必须由多样性激发出来……。但是,这样可能会过于纵容对多样性的渴望。(《蒲柏传》)

> 弥尔顿的明喻比他的前辈少,但更多样。不过,弥尔顿没有受到确切的比较范围的限制:他的伟大之处在于他的丰富。(《弥尔顿传》)

> 他是……有时在过渡和关联时显得啰嗦,有时过多屈

---

① 《珀西书信集》(*The Percy Letters*),第2卷,见《托马斯·珀西和理查德·法默书信集》(*The Correspondence of Thomas Percy & Richard Farmer*),Cleanth Brooks 编,Baton Rouge: Louisiana State University Press,1946,第84—85页。

尊使用会话型语言；但是，如果艾迪生的语言不那么地道，他的语言可能就会失去一些真正的英国腔调。(《艾迪生传》)

在阿比西尼亚的领土上，压迫是不常见的，也不会被容忍。但是，人们还没有发现任何形式的政府，可以完全制止暴行。(《拉塞勒斯》)

很容易接受这是一种违反批评规则的做法，但是从批评转向人性总是有吸引力的……(《莎士比亚序言》)

的确，人们很少需要眺望远方，也很少需要长期找寻合适的主题……但是，常常发生的是，无限的多样性影响了人的判断，想象从一种构想不断地绵延到另一种。(《漫步者》第184篇论散文写作)

在《人类愿望之虚妄》中，我们甚至可以看到类似的辩证法或对立性质的结构，在这首诗的关键转折处，诗歌段落以"但是"、"然而"或"也不是"开启——共使用了7次。并且，在这首诗最后一节，冥想的徒劳反抗也以同样的方式最终转向了宗教：

询问者，停止吧。但是，仍然要求肯，
上天可能会听到，也不要认为宗教是徒劳的。
还是要永久地发出祈求的声音，
但是要由上天来评估和选择。

尽管约翰逊的批评话语（和诗歌）是理性的、理智的，并且充满了控制力——特别是在《莎士比亚序言》中——但他的思想更广泛地包含在段落，而不是个别句子中，这展示出约翰逊的思想，即他不相信可以把文学或生活强行放入固定的理性体系中。清晰的陈述和实际认识之间，如同有人行走于冰上，且凿冰戳到一个深不可测的其他生物居住的世界，总是存在着一种矛盾。在约翰逊的作品中，悖论或对立并不是单一短语中展现出的矛盾转折。约翰逊会用一种教条式的理性的语调,在较长时间里交替地表达出来——往往是两个短句或者两个段落的对比——对于有见识的人来说,这种方式或许更有效果。①

赫兹利特称约翰逊是"道德话题上的全面平衡大师。他从不鼓励人们去期望,但他会用恐惧中和这种失落;他从来不会得出一个真理,但会对真理提出的一些异议"。② 然而,如果我们删除"平衡"这个形容词及其杂耍般地缺乏保证的内涵,然后将其读作"道德话题方面的大师",那么,这个描述的其余部分捕捉到约翰逊对道德生活持续的想象所进行的不受约束的洞察,这种想象自身充满了矛盾和冲突。

亨利·詹姆斯评论说:"就像他有知觉和永不满足,正如人们会作出反应、回应和了解,批评家是一个有价值的工具。"这种对感情、甚至强烈感情的强调,对饱和状态、智力的反应性(类似于约翰逊的"但是")的强调,以及对批判性思维进行回应和洞察的方式——分析、寻找动机、手段和目的——的强调,这就是为什么批评成为了一

---

① 关于仔细研究,参见 James Boyd White,《当词语失去意义的时候:语言、性格和社区的构成和重构》(*When Words Lose Their Meaning*: *Constitutions and Reconstitutions of Language*, *Character*, *and Community*, Chicago: University of Chicago Press, 1984),第 6 章。"教授道德语言:约翰逊的《漫步者》文章"(Teaching a Language of Morality: Johnson's Rambler Essays),第 138—162 页。在细读《漫步者》第 2 篇时,怀特指出:"对每个观点给出一个相反观点的大脑已经尽其所能了;它已经走到了与苏格拉底式对话的参与者相似的沉默的境地。一种思想已经走到了尽头。约翰逊现在能做什么呢? 约翰逊在这种立场中的转换典型地反映了自身特性和当时的情形。"(第 147 页)怀特认为约翰逊"以对立和应对难题的方式"进行写作,"以认识和涵盖矛盾的方式"进行思考。(第 152 页)关于约翰逊和双相对立,参见 Earl Wasserman,"约翰逊的《拉塞勒斯》:内在语境"(Johnson's Rasselas: Implicit Contexts),《英语和德语语言学杂志》(*Journal of English and Germanic Philology*),74,1975,第 1—25 页。关于约翰逊批评中的对立问题,值得参见 Jr. Leopold Damrosch,《约翰逊批评的作用》(*The Uses of Johnson's Criticism*),Charlottesville: University Press of Virginia,1976,第 3,21—22 页。

② Hazlitt,"论期刊散文家"(On the Periodical Essayists),《作品集》(*Works*),20 卷本,P. P. Howe 编,Toronto and New York: J. M. Dent,1934,第 6 卷,第 102 页。

种工具的原因。有趣的是,回忆一下亨利·詹姆斯在《少年及其他》(*A Small Boy and Others*)中所作的评论,对于老亨利·詹姆斯的孩子们来说:"文字在我们的教育中所起的作用,也许就像它在其他领域中所起的作用一样小,我们健康地呼吸着不一致,吃着喝着矛盾。"小说家詹姆斯也很清楚,批判性思维变成了"有价值的工具",而本身不是一种目的。批判性思维的工具性渗透到人类生活中,使人迷惑,发人深思;它有着戏剧性的经历,而不仅仅包含文学问题和形式。约翰逊会同意,批评本身并不是一种目的,而是进行调和的有益活动,他在《漫步者》第208篇中称之为从属活动。

在一定程度上,约翰逊的矛盾或转变可以归因于17世纪和18世纪盛行的一种批评习惯,即给一部作品的加分项和减分项、谬误和优美之处打分。在《文学传记集》的第2卷中,柯勒律治对华兹华斯的著名评论采用了这种做法,《莎士比亚序言》也遵循了这一框架公式,约翰逊表现出一种更深远的认知,而不仅仅是平衡优点和缺点。他必须解释,正如莎士比亚的情形,为什么几代读者都对作品作出他们这样的反应。约翰逊知道,所有写作都涉及到选择,某种风格不是一种绝对的好或一个目标,而是一种高品质的解决方案,在这种情况下,做一件想做的事情很可能会阻碍或阻止另一件想做的事情。① 约翰逊不会长篇大论地谈作品的缺点——他更可能会对缺点不屑一顾。这种突然的不屑一顾使约翰逊以草率和负面的批评而著称(提起阿肯赛德的颂诗时,他说,批评永远不去读的诗歌有什么用呢;或者他把格雷的两首关联颂诗称为"温室的黄瓜"),不管怎样,他的大部分批评集中在正面成就上——或者某种正面成就如何限制了另一种成就;并不是所有想要的都可以立刻获得,或者在一位作者那里找到。正如妮卡

---

① 参见例如,Emerson R. Marks,"奥古斯都时期诗学中风格的矛盾"(The Antinomy of Style in Augustan Poetics),《约翰逊和他的时代》(*Johnson and His Age*),James Engell 编,Cambridge, Mass.:Harvard University Press,1984,第215—232页,尤见第224—227页。

娅提醒她的哥哥拉塞勒斯王子的一样,"大自然将她的礼物分别放在左手和右手"。约翰逊对《失乐园》的讨论正是这样一个例子——他对《失乐园》的赞扬有所保留。这让我们想起了约翰逊的妙语,没有人希望它(《失乐园》)更长一点,但这句话可能削弱了约翰逊最后主张的言外之意,即《失乐园》不是最伟大的史诗,只是因为它不是第一首史诗。荷马之后的诗人写的任何长诗都不会获得更高的赞美。

在德莱顿那里,我们发现了类似的无需严格一致的想法,也许这是塞缪尔·德里克(Samuel Derrick)在介绍德莱顿的《作品合集》(*Miscellaneous Works*,1760)时首先简洁地提出的看法。德里克说:"在他(德莱顿)的序言中,我们的确发现他有时是个背叛者,他以相同的方式反对着自己的观点;他的观点似乎无可辩驳,直到他自己作答。"正是这种品质让约翰逊钦佩德莱顿的批评反应和批评原则,德莱顿的原则并没有僵化地成为"定理"。①

经验性批评

不管约翰逊自己的观点有多强硬,他仍然警惕着批评家指令性或独断的角色。(然而,没有人能提供更好的角色——甚至没有人会这么做。)文学也许有说教或传播道德的作用,但是批评家不能自称具有界定并确立文学应该存在的边界的能力。一旦这种边界受人尊重,或甚至被奉为神圣,批评家就很容易受到崇拜,但是,约翰逊也知道,批评家在判断时,隔绝各种可能性、变得僵化、目光短浅,甚至思想狭隘也同样容易。追求具体的特性时,批评家可能会忘记其他职业和行业的广大读者所面临的明显问题。文学是为不具备专业批

---

① 《约翰·德莱顿作品杂集》(*Miscellaneous Works of John Dryden*, Esq.),4卷本,Samuel Derrick 编,内有"约翰·德莱顿传"(The Life of John Dryden, Esq.),London: J. and R. Tonson,1760,第1卷,xiii—xxxiv;第 xxiv 页。

评知识的读者准备的。当"他(约翰逊)宣称阅读的永恒任务如同矿山的苦役或桨手的劳作一样糟糕"时,约翰逊可能一直认为蒲柏的批评家们"永远在读,却从未被读过"。他的一个朋友说,"他(约翰逊)并不总是无条件地对自己读过的作品发表意见,即使那是他能作出判断的作品。他并没有选择让自己的情感众所周知,尽管有些人,尤其是那些在判断上没有北极星指引的人,非常想要在如何思考或评价文学成就方面得到指导"。①

正如时尚和宗教(讽刺对二者的滥用时,斯威夫特多么迅速地将两者联系起来)一样,也像一般艺术,或者甚至政治——这些追求的核心是明达的意见,而不是一致的事实是这些追求的关键——自由的思想需要抵御蛊惑人心的想法的威胁。尽管约翰逊知道,人的见解可能是见多识广或者知之甚少,但在过去的数百年或甚至数十年的时间里——没有什么可以充当特定文学判断的仲裁。毕竟,批评家能够最终经受住时间的考验,不是因为他们的具体言论,而是因为他们的思想,他们的思维活动,以及他们思考文学的方式,所有这些都成了精神和智力的向导,而不是成为用来重复的意见。

约翰逊强烈地意识到文学批评中的矛盾,这与他性格中同样强大的矛盾的一面紧密相关,并且共同起着作用,那是他相当惊人的自相矛盾的能力、抵制自己思想的倾向性或受到的诱惑——简而言之,克制自己,以便达到更大的平衡或正确性,更公正的看待事物。② 约翰逊的直

---

① Thomas Tyers,"塞缪尔·约翰逊博士生平札记,1785"(A Biographical Sketch of Dr. Samuel Johnson,1785),《塞缪尔·约翰逊早期生平》(The Early Biographies of Samuel Johnson),O. M. Brack 和 Robert E. Kelley 合编,Iowa City: University of Iowa Press,1974,第67页。
② 关于对寻找"明显地决定了评论家选择批评什么,以及他是如何选择的个人因素"的需要的清晰辩护,参见 Murray Krieger,《批评理论:一种传统和它的体系》(Theory of Criticism: A Tradition and Its System),Baltimore: Johns Hopkins University Press,1976,第3章,"作为个人和人物角色的批评家"(The Critic as Person and Persona),第38—64页,尤见第51、64、45(已引用)页。

言不讳,以及他个人和批评方面的克制,他对权威适度的尊崇,同时还有他对权威的抵制——这种强大的辩证,正是他描述为"非教条式的、却是有意遵循的"辩证法——所有这些使约翰逊的谈话和批评具有不可预知且令人耳目一新的品质。即使没有其他原因,仅仅因为这个原因,"他(约翰逊)的影响已经远远超过了他的时代",而这正是约翰逊谈及莎士比亚时说的话。我们说约翰逊不信任文学和哲学体系。我觉得,很大程度上是因为这些系统不轻易允许内在矛盾的存在;系统是内部无拘无束的结构。它们不轻易允许正反对立的发展,因此常常不允许经验本身的存在。约翰逊对系统的不信任不是来自于"无体系的"大脑,也不是来自于如此强烈的经验性证据意识和归纳感,因为系统的强度使人无法作出更大且合乎逻辑的概括。约翰逊总是在进行概括。然而,约翰逊对系统的不信任似乎与奥登所说的相似,那是奥登在结束《染匠之手》(*The Dyer's Hand*)前言时所说的话:"一首诗必须是一个封闭的系统,但是在我看来,系统批评中有一些毫无生气,甚至是错误的东西。在推敲我的批评文章时,我尽可能将这些错误简化成一套笔记,因为作为读者,我更喜欢读批评家的笔记,而不是他的论文。"[①]奥登故意说出"错误的"这个词,仿佛系统这个想法破坏了至关重要的想象自由——想象自由从定义上来说是无体系的——它把一首诗的"封闭系统"从混沌和静寂混乱的经验中解救出来。

最后,约翰逊的批评会表现出一种特殊的反对或禁止的倾向,等同于一个障碍物,就当今大学和期刊实行的完善且固定的批评方式而言,这种障碍几乎是不可想象的。然而,我们都牵涉其中。在苏格兰旅行中,约翰逊观察到,"对人们来说,谈论书中的内容、转述其他人而不是自己的情感是多么普遍;简而言之,他们的交谈没有独创性的思维……我不会看着书本说话"。[②] 这是真的,并且令人惊讶的

[①] W. H. Auden,《染色工的手》(*The Dyer's Hand*), London: Faber and Faber, 1953,第 xii 页。
[②] 《人生巡游》(*Tour in Life*), V,第 378 页;亦可参见第 378 页注释。

是,约翰逊的批评也是这样(赫兹利特后来也强调了这一点)。除了当时他可能正写到的作者的作品之外,约翰逊的批评非常少参考其他的书。然而,约翰逊知道其他的书;他把他读的书提炼出来了。这个人比英国的任何人读的书都多,也许比欧洲和新大陆的任何人读的书都多。至少亚当·斯密这样认为,但是约翰逊的批评完全通俗易懂,即使是依据他那个时代的标准;正如他在《格雷传》中所说的那样,他的批评"没有受到文学偏见的沾染",这句话他可以转述为,约翰逊的批评没有受到作为学术职业的批评所固有的过多和虚荣的知识的影响。约翰逊多次表达了他对只依靠书本的强烈反对。实际上,没有人能够比约翰逊更成功地沉迷于书本知识了。

如果说约翰逊不支持批评体系,他也不是公认的杰出的常识批评家。在《论品味的标准》(Of the Standard of Taste)中,休谟说,"确实有一种常识,它反对"任何仅仅谚语式的或者植根于幼稚现实主义的东西;"至少",休谟接着说,这种更高的常识起到了"改变和抑制"这种倾向的作用。更高的模式"反对"或抑制了我们通常认为的常识相当片面且缺乏想象力的消极作用。约翰逊的智慧和批评属于这种更高的常识。这是一种非同寻常和不受传统欢迎的常识,一种思维方式,不断地思考着如何调和我们面前的生活和艺术场所中的矛盾观点,而我们发现这些正令人尴尬地影响着我们。

这在一定程度上是传记批评的一种运用,并且是体现个人发展和性格的惯常活动的"传记",因为个人发展和性格塑造了思想,形成了判断。不管一个人多么"客观"(或代表纯粹的意识形态),没有批评家能够摆脱性格与个人观点之间的内在联系;印在心灵中的性格,与书页上的人物有着神秘而真实的关系。一个人越努力"净化"对性格的批评,它似乎就越能发挥作用。当沙夫茨伯里(Shaftesbury)把他的重要作品命名为《品格》(Characteristics,1711)时,他想到了这个说法是广泛地应用于思想、文学和哲学中的"人、道德和风俗礼仪"。约翰逊自己的《英国诗人传》并没有清楚地区分事实传记和思想特性,也没有将作家作品与作家性格区分开。没有某个因素能决定其他因素;它们是相互关联的——不是通过公式,而是通过对每个作者每部作品的单独考察。在约翰逊笔下,批判性思维和最宏大意义上的性格——包括智力风格——之间的联系是牢固和直接的,几乎毫无缝隙。约翰逊对自己人生的反省使他对正反对立很敏感,并且易于接受对立,他的批评也是如此,但是他本人告诫说,不要指望作家像他作品中描述的一样生活,像他的文字一样充满智慧。他知道这不是一个刻板的格言,而是经过长期的斗争得出的感悟,而漫长的斗争将他从自认为"虚荣顾虑"和令人虚弱的想要休息的惯性中拯救出来。

我希望,性格、思维方式和批评之间有关联的观点不会冒犯任何把约翰逊看作专一、始终思路清晰、几乎总是正确的人,但是如果我们允许自己去扰乱约翰逊坚固的整体和片面的建构,不管是在他好斗的轻蔑还是同情的肯定中,也许我们都不应该感到不安。约翰逊的原创态度使他成为我们知道的最不教条的人之一,并且令人惊讶的是,他甚至是我们最不专制的批评家之一。政治和社会哲学家格雷厄姆·沃拉斯(Graham Wallas)在与萧伯纳(Bernard Shaw)辩论时,他大声朗读了萧伯纳批评中两个相互矛盾的观点,然后带着胜利的笑容说,萧伯纳似乎至少是两个不同的人。然而,萧伯纳跳了起来,让观众忍俊不禁地叫了起来:"什么,只有两个我吗?"

一个更大的哲学问题处于危险之中,宏大的就像真相难以捉摸的本质。在文学研究中,彼得·托斯莱夫(Peter Thorslev)的学术专著《浪漫主义的反面》(*Romantic Contraries*)中的一个事例概述了这一点,但这一问题处处可见,即使在现代科学中也是如此。例如,尼尔斯·玻尔(Niels Bohr)说过,当他和其他"各国的年轻物理学家聚在一起讨论,遇到了困难,我们常常用笑话来安慰自己,其中就有关于两种真理的古老说法。属于第一种真理的观点如此简单明了,以至于显然无法维护相反的论断;而另一种所谓的'深刻真理'则是一些主张,其反面也包含着深刻的真理"。在积极的探索过程中,在批判性思考的中间步骤中,"深层真理占据了上风"。在那里,"工作真的令人兴奋,并且激发着人们发挥想象,去寻找更稳固的支撑"。①

尼采说,"世界上最大的错误"是不愿被反驳。还有,他在别处说:"不能自相矛盾的东西则证明是一种无能的浮夸,而不是真理……。最高的……将最有力地体现出自身存在的矛盾特性。"②乍看之下,从尼采回到了高夫广场(约翰逊编撰词典的地方)或博尔特巷(约翰逊去世的地方)似乎是一个奇怪的飞跃。约翰逊会接受这种对他的判断的质疑吗?我认为他会的。想一想在《冒险者》第107篇中,约翰逊温和而有意地告诫说:"与我们不同的人并不总是在反对我们",因为我们"发现别人与我们意见不同时,也没有多少理由感到惊讶或生气,因为我们常常自相矛盾"。说起约翰逊用措词坚定的结尾来结束一页的批判性判断的爱好时,他说过如下话语,并提到通常在酒馆清谈中度过的数小时,约翰逊指出,"[当时]我独断专行",然后"自相矛盾,但在这种观点和情感的冲突中,我感到快乐"。③ 毕竟,快乐是文学——甚至文学批评——可以提供的东西。

---

① Niels Bohr,"与爱因斯坦关于原子物理学认识论问题的讨论"(Discussions with Einstein on Epistemological Problems in Atomic Physics),《原子物理学和人类知识》(Atomic Physics and Human Knowledge),New York:Wiley,1958,第 66 页。
② 关于尼采对这一点的讨论,参见 Erich Heller,"尼采的恐慌"(Nietzsche's Terror),《大杂烩》(Salmagundi),秋冬季,1985—1986,第 89—90 页;关于矛盾作为一个现代哲学概念,参见 Willi Hayum Goetschel,"论近代矛盾史"(Zur Geschichte des Widerspruchs in der Neuzeit),《矛盾的方式》(Wege des Widerspruchs),Willi Goerschel、John G. Cartwright、Maja Wicki 合编,Bern and Stuttgart:Paul Haupt,1984,第 9—40 页。
③ 《约翰逊作品汇编》(Johnsonian Miscellanies),2 卷本,George Birkbeck Hill 编,Oxford:Clarendon Press,1807,第 2 卷,第 92 页。

第八章 新修辞学派批评家：
符号学、理论和心理学

……(科学的)第三个分支可以称之为符号学，或者关于符号的学说；符号中最常见的是词语，符号学也可以恰当地被称为逻辑学(Logika)。

他们常常认为词语也代表着事物的现实情况……无论何时，只要我们让词语代表不是我们头脑里的观念……，(词语)含义就不可避免地变得晦涩和混乱。(词语)……总是那么容易激发出人们心中的某些观念，以至于人们倾向于认为这些观念之间有一种自然的联系。不过，显而易见的是词语只代表人们特定的观念，并且这些观念是完全任意添加的，这是显而易见的。

洛克《人类理解论》(*An Essay concerning Human Understanding*)

似乎从一开始，修辞学的话题就在约翰逊所说的"学院的庇护下"蓬勃发展起来，而研究修辞学的人大多来自学校和讲坛。大多数诗人从其他诗人那里学习修辞。这是朗基努斯推荐的捷径。他说，柏拉图展现出一种不需要系统地分析修辞手法，就能达到崇高境界的方法："那么，这是什么，以及什么方式呢？这是对以前伟大诗人和作家的模仿和效法……因为，许多人仿佛受到启发一样被别人的精神所感动……，过去人们的伟大本性影响了那些效仿他们的人们的灵魂……我们可以称之为影响力。"① 在《吟游诗人》(*The Minstrel*, 第 1 卷, 第 43 节)中, 詹姆斯·贝蒂描绘了一位年长的女吟游诗人的艺术诱发出自己年轻时的诗歌天分, 大学课程并没有启发他:

> 于是, 以传统长者的方式教导
> 老妇人开始讲述她的传奇
> 或吟诵古老的英雄小调
> 他的心中充满了惊奇和欢乐
> 他非常喜爱她的故事
> 但更爱那曲调优美的艺术。

然而, 从 1750 年到 1780 年, 一群教授和预言者——这其中许多是苏格兰人, 但可能除了贝蒂本人, 没有一个人是特别优秀的诗人——彻底革新了修辞学研究, 并将其应用于当代英国文学。我们可以称这些批评家为新修辞学家, 以区别于文艺复兴时期和 18 世纪早期更为古典的形式主义批评家区分开, 这些新修辞学家改变了英国文学的进程, 为浪漫主义者崇拜比喻性"自然"语言的表现力和情感力量提供了基础。20 世纪之前, 人们恰当地认为新修辞学家们引领了一场统一运动, 新修辞学派则是英语中最重要和最具凝聚力的批评家群体。他们的讲座和书籍经常在大西洋两岸被用作教科书, 其吸引力一直延续到维多利亚女王统治时代。

取决于思想边界的大小不同, 新修辞学家涵盖了从六位到数十位讲师、牧师和教育者的任何地方——包括任何撰写句法文章, 或者关于风格和雄辩术指南书的人, 但是这其中重要的名字很少, 尽管有些人的其他成就超越了在这个群体中的作为: 亚当·斯密、乔治·坎贝

---

① Longinus,《论壮美》(*On the Sublime*), W. Rhys Roberts 译, Cambridge, Mass.: Cambridge University Press, 1899, 第 81 页。

尔(George Campbell)、约瑟夫·普里斯特利(Joseph Priestley)、休·布莱尔、詹姆斯·贝蒂,并且,如果我们稍微延伸一下,还有托马斯·吉本斯(Thomas Gibbons)、凯姆斯勋爵(Lord Kames)、托马斯·谢里丹(Thomas Sheridan)和罗伯特·洛斯(Robert Lowth)。① 对苏格兰来说,这是一个伟大的时期。直到 20 世纪中期,一群说英语的批评家才会如此彻底且系统地研究文学中的心理学、符号学和语言学基础。

新修辞学家认为语言是一系列符号和意义,是他们频繁谨慎地使用的历史悠久的术语;新修辞学家成为第一批用符号学和语言结构来集体阐释文学和文学形式的英国批评家。他们特别支持"理论"这个概念,并且发展出一种"修辞哲学",这里借用了乔治·坎贝尔 1776 年重要作品的名字。(理查兹[I. A. Richards]1936 年的著作有意识地重新使用了这个短语"修辞哲学"作为书名,这是他随后更大尝试的一部分,即重新使用新修辞原则作为现代批判研究的基础。)旧时修辞研究的最后一个重要的修辞学说出现在 18 世纪 50 年代末,约翰·劳森(John Lawson)的《论演讲术》(*Lectures Concerning Oratory*,1758)和约翰·沃德(John Ward)的《演讲体系》(*System of Oratory*,1759)。② 新

---

① 关于普遍研究,参见 Wilbur Samuel Howell,《18 世纪英国逻辑和修辞学》(*Eighteenth-Century British Logic and Rhetoric*),Princeton: Princeton University Press,1971,第 441—691 页,尤见第 536—691 页;George A. Kennedy,《古典修辞学和从古到今的基督教世俗传统》(*Classical Rhetoric and Its Christian Secular Tradition from Ancien to Modern Times*),Chapel Hill: University of North Carolina Press,1980,第 220—241 页,尤见第 227—241 页。

② 关于"理论",参见例如,George Campbell,《修辞哲学》(*The Phiolosophy of Rhetoric*),2 卷本,London: W. Strahan,1776,第 1 卷,第 25—83 页。Campell 提到了"现在确立且论述过的理论"(第 83 页)。Howell(第 616—633 页)"因新修辞学和旧修辞学……同样地"对待 Lawson(第 630 页)。关于 Ward and Lawson,参见 Kennedy,《古典修辞学》(*Classical Rhetoric*),第 228—229 页。Vincent M. Bevilacqua 与 Richard Murphy 在合编 Joseph Priestley,《雄辩术和批评讲座课程》(*A Course of Lectures on Oratory and Criticism*, Carbondale: Southern Illinois University Press, 1965 [1777 版的重印])时,将 Ward 和 Lawson 视为"18 世纪古典修辞学的集大成者"(第 xxii 页)。 (转下页注)

修辞学家应该得到相应的称谓,即使只是因为他们写的是书,而不再是手册,还有不断地反驳塞缪尔·巴特勒对新修辞术语和简单分类的指控(《胡迪布拉斯》[Hudibras],I,i,第89—90页):

> 修辞学家的所有规则
> 除了给批评工具命名,别无他用。

尽管新修辞学家借鉴了古典修辞学家,但他们赞成稳健的心理方法、自然的风格,以及坚实的语言和语法基础,将形式划分、冗长的术语表、死记硬背的策略置于次要的位置。亚当·斯密在他的《修辞学与文学讲稿》(Lectures on Rhetoric and Belles Lettres,1762—1763出版,但早在1748年就已演讲过)中断言,"许多古今修辞学体系都是从修辞手法及其分支和次分支中形成的,它们通常是一系列非常愚蠢的书,一点没有启发性"。这个主张为我们定下了新的基调。新修辞学——以斯密自己的《修辞学和文学讲稿》开始,主要包括了乔治·坎贝尔的《修辞哲学》(Philosophy of Rhetoric,1776)、休·布莱尔的《修辞学和纯文学讲稿》(Lectures on Rhetoric and Belles Lettres,1783)约瑟夫·普利斯特里的《雄辩术和批评讲稿》(Lectures on Oratory and Criticism,1777年[1762年首度发表])、詹姆斯·贝蒂的《论

(接上页注)

关于背景,参阅 Victor Anthony Rudowski,"18 世纪的符号理论"(The Theory of Signs in the Eighteenth Century),《思想史杂志》(Journal of the History of Ideas),35,1974,第683—690页。18世纪符号学和修辞的研究集中在德国和法国周围:例如,David E. Welberry,《拉辛的拉奥孔:理性时代的符号学和美学》(Lessing's Laocoon: Semiotics and Aesthetics in the Age of Reason),London:Cambridge University Press,1984;Tzvetan Todorov,"18世纪的美学和符号学"(Esthetique et semiotique au XVIIIe siècle),《批评》(Critique),29,1973,第29—39页;参见 Wolfgang Bender,"18世纪的修辞传统和美学"(Rhetorische Tradition und Asthetik im 18. Jahrhundert),《德国文献学报》(Zeitschrift fur deutsche Philologie),99,1980,第481—506页。

诗歌和音乐对大脑的影响》(*Essays on Poetry and Music As They Affect the Mind*,1776),影响较小的洛斯的《神圣的希伯来诗歌》(*Poesi Sacra Hebraeorum*,1753),凯姆斯的《批评的要素》(1762),托马斯·谢里丹的《雄辩术》(*Elocution*,1762)和托马斯·吉本斯的《修辞学》(*Rhetoric*,1767)——这些仍然是文学理论和实践中有益的探索。与以上书籍的重点相呼应,乔纳森·卡勒(Jonathan Culler)指出,修辞的附号标记是"一种枯燥乏味的辅助活动……,但符号学或结构主义的阅读理论使我们能够简单地扭转这种视角,把修辞训练看作是一种给学生提供一套形式模型的方式,学生可以用这些模型来解读文学作品"。① 只要一个陈述就够了,这实际上总结了新修辞学家的批评程序。

从更广义上来说,修辞意味着语言的力量,修辞艺术则分析了获得这种力量的手段,而新修辞学意在成为一个完整的批评体系,以及一种改进风格和品味的指南。新修辞学家求助于亚里士多德、哈利卡纳苏斯的狄俄尼索斯(Dionysus)、朗吉努斯、西塞罗(Cicero)和昆体良(Quintilian),但他们主要希望确立语言和文学的"根本原则"。② 修辞学家考察的文学作品基本上不是古代的,而显然是当代的。他们认为,修辞学源于严谨的文本细读、观察,以及对作家实际实践的研究。修辞学超越了分析和解释,说明了语言结构与创作过程的相互作用,以及如何增强写作的有效性并避免错误。修辞学

---

① Adam Smith,《修辞和纯文学演讲稿……1762—1763 年一位学生的报告》(*Lectures on Rhetoric and Belles Lettres ... Reported by a Student in 1762—1763*),John M. Lothian 编,London: Thomas Nelson and Sons,1963,第 23 页。这份手稿并不在斯密的手里;一些演讲稿可能是通过记忆记录下来的。关于修辞学仅仅作为术语的持久观点,参见 Wayne C. Booth,"目前的修辞学领域:辩论式概览"(The Scope of Rhetoric Today: A Polemical Excursion),《修辞学前景》(*The Prospect of Rhetoric*),Lloyd F. Bitzer 与 Edwin Black 合编,Englewood Cliffs,N. J.: Prentice-Hall,1971,第 94 页。参见 Jonathan Culler,《结构主义诗学:结构主义、语言学和文学研究》(*Structuralist Poetics: Structuralism, Linguistics, and the Study of Literature*),Ithaca,N. Y.: Cornell University Press,1975,第 179 页。

② Campbell,《修辞哲学》(*Philosophy of Rhetoric*),I,第 95 页。

的目标是提高理解和实践能力。修辞学从实践开始,以理论前行,最后回到了最初的说与写的行为,修辞学方法在描述性和规范性之间转换。

在1783年的《修辞学和纯文学讲稿》中,布莱尔声称,批评、品味和修辞几乎是同义词。① 在学术论文中,我们可以尽情享受在细化的氛围里区分它们的乐趣,但是作为全世界的读者,我们不能这样细分。这一基本信息是18世纪最好的批评依据,再加上不愿意简化或弱化给读者看——如此吸引了森茨伯里,以至于他的批评史以新修辞学家的立场为基础。因为"批评或改良修辞学几乎与文学品味的理性练习是一回事",而森茨伯里的书则"试图给出批评或改良修辞学的历史"。这根本不是实证主义文学史。如果修辞学避免了使用"技术行话的毛病",这种疾病会切断修辞学与一般受过教育的公众的关系,那么修辞学就可以成为"应该成为的文学批评"。② 这是新修辞学家的理想目标:将品味和批评等同起来,而不是把二者分开。森茨伯里指出,布莱尔"应该受到特别的赞扬,因为他充分接受了这个重要事实,即现代'修辞学'实际上意味着'批评'"。新修辞学无非是"文学艺术,也就是批评"。③

修辞学就在这些地方复兴了——苏格兰大学和学术社团的蓬勃发展,在这里,人们正在进行最有趣且激烈的哲学辩论。哲学与修辞学、哲学与诗歌一直是忽冷忽热的情侣。修辞学的特殊目的不是教导或传达真理(尽管培根等人认为它应该这样),④

---

① Hugh Blair,《修辞和纯文学讲稿》(*Lectures on Rhetoric and Belles-Lettres*),3卷本,London:W. Strahan,1783,第1卷,第8—9页。
② George Saintsbury,《欧洲批评和文学品味史》(*A History of Criticism and Literary Taste in Europe*),3卷本,New York:Dodd, Mead,1900—1904,第1卷,第4、72页。
③ George Saintsbury,《欧洲批评和文学品味史》,第2卷,第463、470—471页。
④ Karl Richards Wallace,《弗朗西斯·培根论沟通和修辞学》(*Francis Bacon on Communication & Rhetoric*),Chapel Hill:University of North Carolina Press,1943,第32—33、217—218、222—223页。

而是以最不可抗拒的方式说服、取悦,并且加入这两种效果。然而,即使哲学怀疑修辞学的艺术性,它却几乎不能不接受修辞学。人们可以和昆体良一样,坚持理想的演说家和修辞学家应该是道德的和诚实的,"比如说,每一个真正的哲学家的头衔"①,但这可能没有保证。伊阿古是一位有说服力的人,善于言辞。从一个更大的框架来看,修辞学本质上忠实于强大的创造性语言的价值,更广泛地说,坚守着想象艺术的价值。如此设想的修辞学将文学置于我们最迫切关注的学习、信仰和行为问题的背景中了。在一个日益关注越来越注重视觉形象和量化的"信息"文化中,在文学研究方法遍布各处的时代,回归修辞学的基本概念是有益的。②

语言的心理逻辑

即使在追求复杂的系统和理论的同时,新修辞学家也承认存在经验偏见。他们的理论来自于广泛阅读,回到具体的有重大影响的例子。在《修辞学和纯文学讲稿》的开始部分,布莱尔就表达了多数人的想法:"批评的规则不是由任何归纳形成的,它不是先验的……也就是说,它们不是由一系列独立于事实和观察的抽象推理构成的。批评是一门完全建立在经验基础上的艺术。"在《论品味的标准》(1757)中,休谟同样指出,艺术"规则"的基础"与所有实用科学的基础相同,那就是经验"。这种"谦逊的后验法"是森茨伯里《历史》一

---

① Quintilian,《修辞教育》(*Institutio Oratoria*),H. E. Butler 译,Cambridge,Mass.:Harvard University Press,Loeb Classical Library,1958,I,bk. I,尤见第 18 页(第 15 页,亦可参见第 9—14 页)。

② J. Hillis Miller,"目前修辞研究的作用"(The Function of Rhetorical Study at the Present Time),《20 世纪 70 至 80 年代的学科状况》(*The State of the Discipline* 1970s—1980s),《ADE 简报》(*ADE Bulletin*),62,1979 年 9—11 月,第 10—18 页,尤见第 12—13 页。

书中的主张。①

后来在他的《演讲稿》中,布莱尔表明,"所有科学"——由此他包括了系统的批评——"源于对实践的观察"。② 那么,这种方法确实是"科学的",但是布莱尔、约翰逊等人也认为批评是一门艺术。它可以同时是艺术和科学吗?答案显然是肯定的,这意味着,我们在白费力气去确定二者的差异。正如许多人类事务服从于普遍原则,并且主要依靠语言来表达一样,批评如同政治,既是科学,也是艺术。批评是一门科学,但不是一门精密科学。③ 批评也是一种艺术,但不是虚构的艺术。在《修辞的艺术》(Art of Rhetoric)的开始部分,亚里士多德就指出,他的主题涉及的是普遍感兴趣的问题,"并不局限于任何特殊科学",但他也说,修辞学不仅仅是一种技巧,它"可以归结为一个体系……并且这样的考察承认了,修辞学具有一门艺术的功能"。④ 乔治·坎贝尔和诺斯洛普·弗莱一样,把批评比作数学,但他承认,批评原则永远无法实现数学公理的清晰和完善。批评判断的本质是始终留有余地。⑤

坎贝尔指出,"纯粹的逻辑"不能控制批评,因为逻辑"只考虑主题"或手头的工作,"而考察主题和工作只是为了获取信息"。批评

---

① George Saintsbury,《欧洲批评和文学品味史》,第 1 卷,第 36—37、4 页。
② Blair,《演讲稿》(Lectures),I,第 276 页。
③ 约翰逊将批评家界定为"精通文学评判艺术的人",但是批评的第二个定义是"批评科学",参见 Harry Levin,"为什么文学批评不是一门精确的科学"(Why Literary Criticism is Not an Exact Science),《比较阵营》(Grounds for Comparison),Cambridge,Mass.:Harvard University Press,1972,第 40—56 页。
④ Aristotle,《修辞学的艺术》(The "Art" of Rhetoric),John Henry Freese 译,Cambridge,Mass.:Harvard University Press,Loeb Classical Library,1975,bk. I,i.,1,第 3 页。
⑤ 参见例如,Campbell,《修辞哲学》(Philosophy of Rhetoric),I,第 vii—x,155—159,367—370 页。Quintilian,I. bk. II,xiv,1—38(第 299—319 页)为"修辞是什么"提供了一个经典回答。关于阐释的余地,参见 Paul B. Armstrong,"解读的冲突和多元化的局限性"(The Conflict of Interpretations and the Limits of Pluralism),《现代语言协会会刊》(PMLA),98,1983,第 341—352 页。

必须居中调停。它关注更广泛的沟通和效果,批评不仅考虑主题,也考虑"演讲者和听众,主题和演讲者都是为了听众,或者更确切地说,为了在听众身上产生预期的效果"。① 虽然新修辞学家使用的一些术语现在并不流行(已经被遗忘,新术语被发明出来或者有选择地重新使用),但他们相当重视"读者反应"的方方面面。

一般认为,任何同时理解文本和回应文本的批评家必须具备两种知识:解读文本的能力和理解文本可能意义的能力;并且,为了衡量这篇文章在唤醒读者并与之交流方面的目的和成功,即心理敏锐度——批评家必须了解思想和激情,智力和情感,这些不仅体现在文学作品中,也体现在整体经验中。

新修辞学家是他们那个时代最敏锐的心理学者之一。如果文本细读是他们用来衡量文学的直立圆规的一条腿,那么圆规的另一条腿则完全是对人性的认识——这种认识不是某种稳定不变的结构,而是通过个人观察、反思和研究得到的。一位现代心理学家评论说,他的任何同事从事语言以外的工作都"只是在浪费时间"。② 批评家成了心理学家,以便为了帮助修辞专业的学生也成为心理学家。在这个意义上,修辞学家至少是一个人文主义者和伦理学家——不是一个道德准则导师,而是一个研究道德观念的人。昆体良在几个世纪之前就建立了修辞和伦理这种联系。③ 这个基本真理重新出现在几位新修辞学家的大学头衔中:他们是道德哲学教授。要模仿伟大的诗歌,人们需要以一种开放的态度对待道德观念——对待"生活

---

① Campbell,《修辞哲学》,I,第 96 页。
② O. Hobart Mowrer,"心理学家看语言"(The Psychologist Looks at Language),《美国心理学家》(*The American Psychologist*),9,1954 年 11 月,第 660 页,正如 Marie Hochmuth Nichols 所引用的,《修辞学和批评》(*Rhetoric and Criticism*),Baton Rouge: Louisiana State University Press, 1963,第 28 页。Nichols 的第 1 章,"作为人类研究的修辞学和公共演讲"(Rhetoric and Public Address as Humanc Study),第 3—18 页正说明了这一点。
③ Quintilian, II, bk. VI, ii,第 8—9 页(第 421—423 页)。

和习俗",这一个关键短语从德莱顿到赫兹利特充实了许多批评作品的内容,约翰逊在《莎士比亚序言》中也重复了这一点。这种对经验的开放态度是约翰逊欣然原谅莎士比亚混合悲喜剧的部分原因,虽然莎士比亚的混合戏剧是"违反批评规则的做法",但是"从批评转向人性总是有吸引力的"。我们越来越接近"生活的表象"。这与其说是在狂热地追求一些定义模糊的18世纪永恒人性的形象,不如说是试图将对语言的思考和对行为的思考联系在一起。普利斯特里确信,一个人"在成为雄辩家之前,必须在某种意义上是逻辑学家",他立即对这一说法加以限定:"尤其更为重要的是……要熟知人性",了解受众的"激情、偏见、兴趣和观点"——简言之,了解"人类行为准则"。①

作为学生,大多数新修辞学家被鞭策着熟知了难懂的希腊语和拉丁语文本。他们理所当然地认真阅读这些文本。他们的批评增加的是,坚持通过使用语言,尤其修辞手法,来描绘激情、情感和人类动机的方式。站在苏格兰常识学派和联想主义者批评方法的前沿,凯姆斯勋爵以对心理学的大略介绍开始了《批评的要素》(1762)。坎贝尔的《修辞哲学》(1762)最初是1757年给"一个私人文学社团"做的演讲,开篇说的是"人类思维差强人意的草图",因为只有手中有这个草图,他说,我们才可以"更精确地确定这种艺术的根本原则,而艺术的目标是通过使用语言来影响听众的灵魂"。人们"必须在人类心灵的本质中寻找,尤其是在想象的原则中寻找",诗歌和那些旨在"内在品味"的模仿艺术的起源,以及这些艺术"可以被调节"的"源泉"。② 这是

① Priestley,《演讲与批评》(*Oratory and Criticism*),Bevilacqua and Murphy 编,第3—4页。
② Campbell,《修辞哲学》,I, vii,第12页。参见 Campbell 的《修辞哲学》(*Philosophy*),Lloyd F. Bitzer 编,Carbondale: Southern Illinois University Press, 1963,本书是对1850年伦敦版的重印。到1912年,《修辞哲学》已经出版到第11版。1845至1887年间,该书在纽约重印了19次(参见 Bitzer,第 xxx—xxxi 页),这里引用的是第一版(1776年版)。

一种深刻的联系,一种批评观点,也许,它比任何其他单一的观点都更深刻地塑造了过去 200 年中的欧美文学:批评的原则完全成为了想象本身的原则。正如柯勒律治在《文学传记集》中所说的,"想象力的规则本身就是生长和生产的力量"。①

尽管我们现在认识到,这是上世纪中后期发展起来的主要批评立场,但坎贝尔进一步指出,批评不仅是建立在心理学,特别是想象的基础上,而且反之亦然:通过批评可以最好地理解心理学。弗洛伊德和拉康会迅速反对这个观点吗?"在这一观点中",修辞学"也许是最可靠、最便捷、最愉悦地触及人类思维科学的方式"。② 汉斯·阿尔斯列夫(Hans Aarsleff)以同样的方式解释了孔狄亚克对语言学的重要性。孔狄亚克认识到,"随着人工符号的运用,语言可以控制思想"。③ 掌握并回溯到修辞学分类的源头,可以看出,修辞学分类不只是命名或反映,更是对意识状态和心理现象的分析。语言学工具属于心灵工作室。早在约翰·霍斯金斯(John Hoskins)的《演讲和风格指南》(*Directions for Speech and Style*,1599 到 1600 年间写成)中,心理状态和修辞手法、心理学和文体学之间的联系就在英语中有所提及。在书中,霍斯金斯认为,"尽管所有隐喻都超越了事物的意义,但它们必须与人类心灵的愉悦相匹配,而人类心灵并不满足于专

---

① Samuel Taylor Coleridge,《文学传记集》(*Biographia Literaria*),2 卷本,James Engell 与 W. Jackson Bate 合编,Princeton:Princeton University Press,1983,第 2 卷,第 84 页。

② Campbell,《修辞哲学》,I,第 16 页;Karl R. Wallace,"修辞学基础"(The Fundamentals of Rhetoric),见 Bitzer & Black,《修辞学前景》(*The Prospect of Rhetoric*),第 11 页。

③ Hans Aarsleff,《英国 1780—1860 年间语言研究》(*The Study of Language in England*,1780—1860),Princeton:Princeton University Press,1967,第 23 页,参见第 20—25 页。Aarsleff 指出(第 53 页),Horne Tooke 认为语言是思想,而不仅仅是使思想成为可能的事物。关于普通背景,参见 Murray Cohen,《明智的话语:英国 1670—1785 年间的语言实践》(*Sensible Words: Linguisitics Practice in England*,1670—1785),Baltimore:Johns Hopkins University Press,1977。

注在一件事物上,它必须四处漫游"。① 心灵会对自己的活动感到高兴,并通过运用隐喻和创意来引导活动。

对心理学的重视,最初还不成熟,但很快就成熟起来。最重要的是,这意味着,正如托马斯·吉本斯所言,"修辞学绝不会局限于逻辑的真实性和精确性"。② 这不符合严格的逻辑,因为我们也不是。激情参与其中,并且是必不可少的。难怪语言会自我解构。坎贝尔说:"因此,到目前为止,调动人们的激情并不是一种不公平的说服方式,没有打动他们,就没有说服力。"③师从普利斯特里学习的赫兹利特吸收了这一原则,约翰·马奥尼(John Mahoney)称赫兹利特的批评是激情的逻辑。这种批评的教父教母是新修辞学家。除非疯狂和真正情绪失控——今天我们会说那接近于精神病患——激情加强了所有的精神行为和语言。布莱尔说,"当(激情)达到唤醒和点燃心灵的程度,而又没有失去自控时","人们普遍发现",激情"可以提升所有的人类能力。它使人的心灵比平静时更加开明、更加敏锐、更加活跃和更有技巧"。④ 迄今为止,人们已经普遍揭穿了激情是理性的敌人的想法。坎贝尔希望演说家运用"全部的……头脑、想象、记忆和激情的力量。这些都不是理性的替代者,或者甚至不是受她影响的对手,它们是理性的女仆"。⑤ 从这里只要一小步就到了华兹华斯的想象的概念,即想象是"处于最兴奋的情绪里的理性"。

每种比喻或图形可以被理解为一种感觉和情感的特定"符号"或"载体"。文字游戏是心灵游戏——或者情感游戏——它最能将我们的所有情感联系起来。一个特定的比喻或修辞手法并不总是代

---

① John Hoskins,《语言和风格的方向》(*Directions for Speech and Style*),Hoyt H. Hudson 编,Princeton:Princeton University Press,1935,第 8 页。
② Thomas Gibbons,《修辞学》(*Rhetoric*),London:J. and W. Oliver,1767,第 448 页。
③ Campbell,《修辞哲学》,I,第 200 页。这似乎与苏珊·桑塔格所称的艺术色情学相关。
④ Blair,《演讲稿》,II,第 6 页。
⑤ Campbell,《修辞哲学》,I,第 187 页。

表相同的感觉,但是某些激情可能与某些修辞手法更紧密地联系在一起。一个简单的比喻可以表示爱或恨;省略符号可以表示愤怒或喜悦的激动情绪。至关重要的是,心灵投入到情感活动中,并以个别单词的含义为指导,以一种增强所有感觉和知觉的方式来解释修辞手法。布莱尔认为隐喻的关键是缩短相似性,创造出一种自觉的直觉,"思维……的运动并不疲劳;并且对自己的聪明才智感到欣慰",所有修辞手法"都是由想象或感情激发出来的"。①

这种态度出现在心理学中,像托马斯·谢里丹(剧作家和政治家之父)等批评家谴责了"原则"和"定义或描述"之间的巨大差异,它们包含在"最近出版的关于感情的各种论文中"。② 不过,谢里丹等人认为,由于修辞语言是基于情感,而不是"纯粹的逻辑",所以期望它精确地传达信息,或者准确地表达出作者的意图是愚蠢的。谢里丹说,这是一种"普遍的错觉",即"仅仅借助文字"就能"传达出我们头脑中掠过的所有信息"。我们需要记得的是,"激情和幻想都有自己的语言,完全独立于文字之外,只有通过二者自己的语言才能体现和传达出它们的努力"。③ 没有一种人类语言像计算机的二进制代码那样工作,一组 1 和 0,或开或关。我们的语言是几乎无穷无尽的一系列差异。因此,尽管人类语言灵活多样、丰富多彩,但也正因如此,它不能准确地描绘出一种纯粹的激情;它永远不会是完全客观的;它从不能提供准确无误的沟通。

随着新的心理兴趣的出现,人们对自然的认识,以及对通过语言来模仿自然的意义的认知都发生了改变。"真实地反映自然"变成了

---

① Blair,《演讲稿》,I,第 296、275 页。
② Thomas Sheridan,《关于演讲艺术的讲座课程》(*A Course of Lectures on Elocution*),London: J. Dodsley,1787(1762 年第一版),第 xii 页。
③ Thomas Sheridan,《关于演讲艺术的讲座课程》,第 xii 页,新增强调。回想一下艾略特所说的话,仅仅交流并不能解释诗歌;或者回想一下柯勒律治的话,即不完全理解诗歌的时候,就不能够充分欣赏诗歌。

有点复杂的禁令,即使不是陈腐的。自然可能是外在的,但是一旦我们感知到它,尤其是当我们用语言表达它的时候,自然就与心灵紧密相连了。① 我们赋予自然人性化的参照物——我们将自然人性化。大自然是一篇无穷无尽的文本,我们要用所有的感官来阅读。艺术不再模仿或者描述自然,而是开始模仿我们对自然的感受。自然是没有感情的,我们把激情带到自然中,并向他人表达我们的感受。我们模仿意识的形态,不仅通过反思的冥想语言,而且通过自然的文本,因为我们用一种心理调谐的语言来描述自然。新修辞学家确立了一种批评理论,它成为了浪漫主义诗学与批评的支柱。② 在许多方面,与约翰逊、歌尔德斯密或雷诺兹相比,新修辞学家与赫兹利特、柯勒律治和华兹华斯有更多的共同点——尽管雷诺兹《演讲录》(1769—1791)一书中不断变化的重点部分是源自于他对新修辞学的认识。

新修辞学家的立场立刻引起了争议。正如诗人使用修辞的语言赋予自然生命——来表达心灵与牧神潘之间独特的互动——我们发现自己"人性化了自然",这正是柯勒律治声称莎士比亚具备的一种天赋。新修辞学家也预料到赫兹利特的"热情"的概念,以及济慈所说的"精神问候"。在诗歌语言中,诗人与主体的共鸣或同情式认同的完美实现有赖于二者的相似性,有赖于修辞手法,即使只是简单的隐喻。正如贝蒂简洁地指出的那样,"同情的哲学应该永远是批评科学的一部分"。③ 人们对人物批评(character criticism)越来越有兴

---

① 例如,关于描绘和实际模仿自然之间的不同,参见 Blair,《演讲稿》,I,第 94—95 页;亦可参见 Johnson 的《漫游者》第 36 篇,他谈到了自然在耳中和眼中的效果"缺乏描述的多样性"。

② 另一观点,参见 M. H. Abrams,《镜与灯:浪漫主义理论和批评传统》(*The Mirror and the Lamp: Romantic Theory and the Critical Tradition*),New York:Norton,1958(1953 年重印,Oxford University Press 版),第 53—54 页。

③ Gibbons,《修辞学》,第 392 页;Campbell,《修辞哲学》,I,第 242—248 页。《诗歌和音乐对大脑的影响文集》(*Essays on Poetry and Music as They Affect the Mind*),Edinburgh:William Creech,1778,第 194 页;Beattie,《道德与批判论文》(*Dissertations Moral and Critical*),London:W. Strahan,1783,第 166—190 页。

趣且感知敏锐,比如莫里斯·摩根(Maurice Morgann)的《论福斯塔夫》(*Essay on Falstaff*,1777)。

拟人之再考察与新批评

与修辞学和自然的心理学方法相结合,至少出现了另外三种观点。第一,对拟人或拟声法进行分析,使它们依赖于动词,而不是形容词或名词。自然形式对人类的动机或感情影响越大,或者这种自然形式的活动的影响越强烈,这种自然形式就越有效。布莱尔标出了三个层级的拟人。"模糊的程度"隐藏在常见的形容词中:"咆哮的风暴、虚假的疾病。"更高层次的拟人往往拟人化实体名词(约翰逊的沃尔西"声音里有律法、手中掌握财富")或自然物体,因为它们与我们产生共鸣。布莱尔引用了荷马、莎士比亚和弥尔顿的诗行来说明拟人的卓越效果。比如,当夏娃:

> 这样说着,她那性急的手,
> 就在这不幸的时刻伸出采果而食。
> 大地因而觉得伤心,"自然"从座位上
> 发出叹息,通过万物表示
> 灾祸临头,一切都完蛋的悲哀。
> 　　　　《失乐园》,第9卷,第780—784行,朱维之译

但在最高层次的拟人中,客观自然和主观人类是一体的。自然形式"被引入,它们不仅会感觉和行动,而且会对我们说话,或者当我们对它们说话时,它们会听到并被倾听"。布莱尔认为,我们可以在华兹华斯诗歌中找到很多这种最大胆的拟人用法的例证,它是"只有强烈感情的风格"。于是,夏娃在离开伊甸园时说道:

> 就这样不得不离开你了吗？乐园？
> 就这样离开了吗，我的故乡？
> 离开这些幸福的小径、林荫，
> 适合群神出没的地方？我们二人
> 正想在这里，虽可悲而幽静地
> 度过这必死的残生。啊，
> 易地不能生长的花儿啊！
>   《失乐园》，第11卷，第269—274行，朱维之译

综上所述，避免了抽象、实体名词、停滞和单纯描述的情况下，拟人有效地发挥着作用。当拟人涉及到自然和心灵的行为和激情时，打破自然和心灵之间的障碍，直到自然变成人类的宇宙，拟人就成功了。① 托马斯·吉本斯举了一个类似的事例，当时的情形是，"弥尔顿告诉我们，人类第一对父母偷吃禁果时，自然发出叹息，天空在他们身上撒下悲伤的泪滴"。②

其次，在凯姆斯的"理想存在"或"清醒的梦"，布莱尔的"愉快的幻觉"，特拉普的"谎言与虚构之间巨大的差异"，以及坎贝尔的"思想"或"想象的虚构"的主题之下，新修辞学家重新审视了诗歌和真实（或"现实"）的关系。③ 所有这些，无论如何阐释，都预示了柯勒

---

① Blair，《演讲稿》，I，第327、330、332—334、335页。
② Gibbons，《修辞学》，第394页。参见 Morton W. Bloomfield，"拟人-隐喻"（Personification-Meraphors），《乔叟评论》（The Chaucer Review），14，1980，第287—297页；Earl R. Wasserman，"18世纪拟人的内在价值"（The Inherent Values of Eighteenth-Century Personification），《现代语言协会会刊》（PMLA），65，1950，第435—463页。
③ Gibbons，《修辞学》，第95—96页；Campbell，《修辞哲学》，I，第306—309、314—338页；Kames. Henry Home, Lord，《批评的要素》（Elements of Criticism），3卷本，Edinburgh：A. Millar，1762，第1卷，第104—127页；M. H. Abrams，《镜与灯》（The Mirror and the Lamp），第270—271、324—325页。Erasmus Darwin 强调了在诗歌中令人愉悦的幻觉和理想存在的这种力量，他的观点可能影响了18世纪90年代的柯勒律治，参见 Wallace Jackson，《即时性：从艾迪生到柯勒律治一个批评观念的发展》（Immediacy：The Development of a Critical Concept from Addison to Coleridge），Amsterdam：Rodopi，1973，第3章。

律治的"自愿终止怀疑"或"消极信念",或者甚至再向前预示了奥斯卡·王尔德的"说谎",再向后回到西德尼的"假装",假装时,诗人既不说谎,也不说真话。

这种幻觉或存在的概念、虚构和梦境的结果是什么,德莱顿、约翰逊和休谟对结果的呈现有什么补充吗?(这个话题往往转向舞台幻觉。)新修辞学家的观点发展到了极致,得出了一个非凡的结论:风格和文字凝聚并创造时的神秘力量或印象(stylus 拉丁文触控笔)这些造就了我们的激情唤起和化学式混合而成的快乐或愉悦;文学中的所有真理在本质上都是象征性的,因为文字本身就是纯粹的关系和象征。语言可以使矛盾的体验相一致,"不一致的事物"可以"蒸发掉",因为一种新的体验模式——模仿心灵体验自然,而不是复制自然——创建出来了。

第三,通过依据感性的修辞手法来定义审美价值,新修辞学家成为了美学家,而这些修辞手法则模仿了感知到的自然和敏锐的心灵的相互作用。可悲的、不可思议的、崇高的,尤其是秀美的,在很大程度上是作为符号的文字结构,也是源自本身且关于自身的事物。隐喻语言将感性纳入了智力交流的范畴。没有这样的语言,没有修辞,美感就会无声无息,甚至于不完善。凯姆斯或济慈的梦在"文字的美妙咒语中"、在诗歌中醒来,"只有"诗歌"可以独自拯救/想象,从阴暗的魔力/无言的魔法中"。美学和修辞学是亲密的盟友,实际上是相互依存的,贝蒂在《论诗歌和音乐对大脑的影响》(1776)一书中强调了这一点。

虽然我并不是主要讨论美学理论,但我们应该注意到,修辞学家敏锐地关注着美学价值的语言定义和体现。我们需要克服很大的障碍,布莱尔说:"语言中没有一个词比'美'的含义更模糊。""美"这个词从来没有得到过充分的定义,直到19世纪晚期,它开始失去作为一个具有任何理论价值的批评术语的作用。此外,自然或经验与语言一样可能是审美感受的源泉,但语言是命名和分析这些感受的唯一可能的手段,因此,任何美学科学都与词语的含义密切相关。①

只要修辞学蓬勃发展,我们所指的新批评的有益影响也就会蓬勃发展。新批评家是一类修辞学家。莱奥·达姆罗施(Leo Damrosch)注意到,艾迪生《闲谈者》第163篇中的人物内德·索福德利实际上是"一位努力诞生的新批评家"。② 将文本细读(无论何种情况下)等同于新批评是危险的,但是两者有重叠之处。新修辞学家提出的批评范例和段落往往是义文细读中的练习。布莱尔最后的5次《讲稿》(20—24)逐篇——甚至逐句——考察了《旁观者》(第411—414篇)中关于想象的乐趣的地方,以及斯威夫特写给牛津伯爵的信件。布莱尔的文本细读,通常是在真实的文学想象中完成的,也可以用极端细微的方式来衡量修辞学和文体学。在书的一节中,布莱尔几乎花了整整一页来论述这样一个事实:艾迪生写到"我们的视觉是最完美和最令人愉悦的"时候,相应的英文句子没有重复冠词 the。③

后来,在浪漫主义诗人的实用批评和评论中找到了新修辞学家的许多例子。华兹华斯在《荆棘》(The Thorn)的注释中引用了黛博拉的歌曲来说明,"重复和明显的同义反复往往是最境界的美"。在《文学传记集》第17章的结尾处,柯勒律治引用了华兹华斯的话,"我认为这种重复是最高境界的美"。托马斯·吉本斯分析高度重复的一个词或短语是首语重复(epanapbora,源自于希腊语,意

---

① Blair,《演讲稿》,I,第81、75页。Campbell,《修辞哲学》,I,第207页,提供了对"感伤的"这个"相当现代的"术语进行的有趣辩护和定义。
② Leopold Damrosch,"艾迪生批评的重要性"(The Significance of Addison's Criticism),SEL,19,I979,第430页。亦可参见"作为'新批评家'的威廉·沃伯顿"(William Warburton as "New Critic"),《批评和美学研究:向塞缪尔·霍尔特·芒克致敬的文章》(Studies in Criticism & Aesthetics: Essays in Honor of Samuel Holt Monk),Howard Anderson 与 John S. Shea 合编,Minneapolis:University of Minnesota Press,1967,第249—265页。
③ Blair,《演讲稿》,I,第410页。

思是"我重复")的时候,他引用了黛博拉的"胜利颂,颂歌中描绘了《士师记》第 27 章中雅亿杀死西西拉的情形:'在她的脚下,他屈身了,他仆倒了,他躺下了;在她的脚下,他屈身了,他仆倒了:在那里,他屈身了,他就在那里仆倒死亡。'"①柯勒律治正是用这些话来结束他的篇章。并且,在 1815 年的序言中,华兹华斯赞美了弥尔顿将飞行中的撒旦形容为"像远处海面上的舰队一样挂在云中",他附和了贝蒂类似的赞美,"弥尔顿曾说过,在繁星间飞行的撒旦就是'在世界与世界之间航行',这种描写有种优雅和力量,远远超越了'飞行'这个恰当的词带来的感受"。②

贝蒂明确指出,修辞学应该使语言,特别是诗歌语言转向人工雕琢较少的语言,但也要远离只是平淡无奇的语言。这个原则表明了他的主张,"比喻性表达的效用"在于"使语言令人愉悦、更自然";或者"通过比喻和修辞手法可以使语言变得比没有它们时更自然、更令人愉悦。由此可见,比喻和修辞手法对诗歌比对其他任何写作方式都更为必要"。为了寻求"可以与其他人交流的同情",诗人说着自然的语言,"努力表达着人类的激情和同情"。③ 华兹华斯 1800 年的《序言》距离现在很近——在《序言》中,诗人是一位被强烈感情的自然流露激励着的人,他说着人与人之间的真实语言。在将近 40 年——几乎 50 年之前,亚当·斯密告诉他的学生:"风格的完美在于用最简洁、最恰当、最精确的方式表达作者的思想,并且用最能传达作者情感、激情或心情的方式来表达作者的思想;通过情感、激情或

---

① 《华兹华斯的诗歌作品》(*Wordsworth Poetical Works*),5 卷本,E. de Selincourt 与 Helen Darbishire 合编,Oxford: Clarendon Press, 1940—1949,第 2 卷,第 513 页;Coleridge,《文学传记集》(*Biographia*), Engell 与 Bate 合编, II, 第 57 页; Gibbons,《修辞学》,第 207—208、210 页。在他的《希伯来宗教诗歌讲稿》中,Bishop Lowth 也讨论了黛博拉之歌。

② Beattie,《论文集》(*Essays*),第 263 页。

③ Beattie,《论文集》,第 285、285—286、287 页。关于强调自然语言的另一观点,参阅 Abrams,《镜与灯》(*Mirror and Lamp*),第 16、288 页。

心情,风格影响着——或者诗人假装它确实影响着——诗人自己,而这些情感则是诗人打算传达给读者的内容。"①斯密并不是专门讨论诗歌,但这也切中要害。因为,和同华兹华斯一样,斯密认为散文语言和诗歌语言没有本质区别。斯密已经在支持一种基于同情和感情的自然修辞:"当说话人的情绪以一种简洁、清晰、质朴和巧妙的方式表达出来的时候,并且,当他拥有的并想要通过同情传递给听众的激情或感情被直接巧妙地激发出来的时候,然后,就在那时,只有恰当表达拥有语言赋予它的全部力量和美。是否使用了修辞手法并不重要。"修辞手法当然可以使用,并且特别有效,"因为它们正是表达这种情感的恰当且自然的形式"。②

符号学家

雅克·德里达以"语言学对语言学的谱系越来越感兴趣"开始了他的一篇短文,将卢梭与近来的语言学理论联系起来。③ 德里达的其他一些观点概括了 10 年前(1972)安德烈·乔利(Andre Joly)在 1796 年詹姆斯·哈里斯(James Harris)的《赫尔墨斯》(*Hermes*,1751)的法译本再版前言中所说的话,其中涉及到通用语法存在的可能性。乔利开篇所言的是,"语言学,慢慢地发现了自己的过去"。这种发现并不意味着重新改编文学史,而是认识到批评理论有时在特定语境和背景中更狭隘,并且在历史上和哲学上比它可能显现的更幼稚。批评家们会越来越多地发现,20 世纪的理论与自 17 世纪中期到 19 世纪早期的研究之间的相似与关联。德里达本人在评论《论文字学》(*De la Grammatologie*)中的"写作史"时指出,"18 世纪的写作涵

---

① Smith,《演讲稿》,Lothian 编,第 51 页。
② Smith,《演讲稿》,第 22—23 页;原文的强调。
③ Jacques Derrida,"日内瓦的语言学圈子"(The Linguistic Circle of Geneva),Alan Bass 译,《批评研究》(*Critical Inquiry*),8,1982,第 675 页。

盖的范围……经常被忽视或低估"。①

符号学应有的吸引力和表面上的新颖性,部分来自于语言学研究中出现的集体转变(或者正如莫顿·布鲁姆菲尔德[Morton Bloomfield]所说的,健忘症),这个转变开始于 19 世纪早期,延续到 20 世纪中期。上升的历史方法和比较方法的进步并没有强调语言研究的心理学研究。乔纳森·卡勒指出:"19 世纪抛弃了语言和心灵之间的联系,对作为符号或表象的文字失去了兴趣。"②在卡勒引用的一份更长的摘要中,汉斯·阿尔斯列夫给出了显而易见的例子:

> 人们普遍认为,当我们抛弃了 18 世纪哲学的先验的方法,转向 19 世纪的历史经验的方法的时候,语言研究的决定性转折发生了。前者从心理范畴入手,正如在通用语法中,在语言中寻求例证,并且将语源学建立在对语言起源的推测之上。后者只寻求事实、证据和实证,它将语言研究和心理研究分离开来。③

换句话说,卡勒指出,当开创者索绪尔"开始与他最近的前任们争论时,尽管复杂程度不同,而且方式不同,索绪尔又回到了 18 世纪关心的问题上"。④ 尽管新修辞学家声称修辞学和品味使用的是经验方法,但他们对语言的态度是先验的,他们成果最丰富的研究仍然来自于坎贝尔的《修辞哲学》。⑤ 新修辞学家找出反复出现的符号、所指

---

① Derrida,《论文字学》(*Of Grammatology*),Gayatri Chakravorty Spivak 译,Baltimore: Johns Hopkins University Press,1977,第 75 页。
② Jonathan Culler,《费尔迪南·德·索绪尔》(*Ferdinand de Saussure*),New York: Penguin,1976,第 57 页。
③ Aarsleff,《语言研究》(*Study of Language*),第 127 页。
④ Culler,《索绪尔》(*Saussure*),第 58 页。
⑤ Kennedy,《古典修辞学》(*Classical Rhetoric*)第 233 页对坎贝尔的评价是"有创意和挑战性的",并将其视为"完全"背离了传统术语和呈现方式。

事物和意义的概念,并且非常灵活地把心理学和符号学分析运用到现代文学中,着眼于教授有效的创意写作,所有这些都是以一个理论上复杂的观点为支撑,即思维和语言之间有着内在联系。

阿尔斯列夫认为法国语言学,尤其是孔狄亚克的语言学,在18世纪很重要。新修辞学家提供的几个佐证之一来自于休·布莱尔的评论:"尽管法语长期以来一直是该国许多有才干且有创意的作家关注的对象……英语的天赋特质和语法……还没有经过同样慎重的研究,也没有经过同样明确的证实。"①

事实证明,许多早期对语言科学的探索都是荒唐的、无趣的,或不切实际的。斯威夫特在格列佛的第三次航行中取笑了这些探索。在小说中,哲学家们坚信,事物比具有不可避免的欺骗性的语言更真实,于是他们互相交换物品(他们用背包背负物品,以便随时取用),而不是互相说话或书写。格列佛遇到了一台符号机器,一个巨大的机械框架,或者一个带有小立方体的广告牌,这些小立方体可以单独和随机旋转,产生信息或符号。牵强吗?语言研究依赖于分析和系统,而这些分析和系统可以产生自体复杂化的托勒密模式,然而,无论多么有趣或愚蠢,这些模型却失去了与更大世界的联系。事实证明,斯威夫特的故事并没有夸大。好的讽刺作品的痛苦在于意识到,现实中的愚蠢和残酷与想象中的一样糟糕。乔治·坎贝尔断言,斯威夫特的描述"并不像我曾经认为的那样过分"。与雷蒙德·吕利的魔法逻辑圈和阿塔纳斯·珂雪的艺术保险箱相比,"学者对自己构想出的惊人事物的炫耀远远没有夸大其词",而"事实上,他们非常相似"。②

新修辞学家考察了文学作为象征性传播方式的根本性质。这项丰富而有疑问的研究掌握了词语、思想和事物之间的关系。洛克是英

---

① Blair,《演讲稿》,I,第138页。
② Campbell,《修辞哲学》,II,第125—129、127—129页注释。

国人心目中影响深远的人物。正如霍恩·图克指出的那样,把洛克的主要著作称为"理解论"可能是错误的。这篇论文实际上是关于语法、语言和词语的作品。汉斯·阿尔斯列夫认为,洛克在语言学研究的伟大转变中起着关键的作用:"洛克站在过去和未来的分界线上。"① 代表"未来"的新修辞学家所采用的话语听起来很熟悉,并且特别指的是思想、符号、意义、所指事物和作为工具的语言。对于新修辞学家来说,根本没有符号指代的自然。他们一致反对这一点,并且宣称,除了拟声词,声音与意思之间的对应是"任意的"。坎贝尔最恰当地总结了这一观点:"语言纯粹是一种时尚……其中,经由特定州或国家人们的普遍默许,某些语音可以挪用给某些事物,成为它们的符号。此外,某些改变和组合这些语音的方式被确立起来,用以表明与所指事物之间存在的关系。"换句话说,"哲学中每个一知半解的人都会告诉我们,任何语言的声音和所指事物之间不可能有天然的联系"。②

---

① Hans Aarsleff,《从洛克到索绪尔:语言和思想史研究文集》(*From Locke to Saussure: Essays on the Study of Language and Intellectual History*), Minneapolis: University of Minnesota Press, 1982, 第24页; 亦可参见第42—83、120—145页关于洛克在19世纪的声誉。James G. Buickerood 提供了关于哲学语境的一个敏锐观点,"理解的自然史:洛克和18世纪兼性逻辑的兴起"(The Natural History of the Understanding: Locke and the Rise of Facultative Logic in the Eighteenth Century),《逻辑史和哲学》(*History and Philosophy of Logic*), 6, 1985, 第157—190页, 尤见第170—178页, 这里追踪了17世纪70和80年代期间,洛克思想中符号学和逻辑作为相关概念的进化过程。关于修辞学和知识的关系的更多背景,参见 Nancy S. Struever,"健谈的世界:修辞学和真理关系在18世纪的转化"(The Conversable World: Eighteenth-Century Transformations of the Relation of Rhetoric and Truth), William Andrews Clark Memorial Library Seminar Papers, 第65篇。

关于词语、观点和事物,参见例如,Thomas Gunter Browne,《露出真相的爱马仕,或者,建立在词语和观点相关联基础上的语言艺术》(*Hermes Unmasked, or The Art of Speech Founded on the Association of Words and Ideas*), London: T. Payne, 1795, 以及更早匿名出版的《用文字来表达事物的方式与用事物来表达文字的方式》(*The Way to Things by Words, and to Words by Things*), London: Davies and Reymers, 1766。

② Campbell,《修辞哲学》, I, 第340页, 亦可参见 II, 第112页; I, 第342页; Blair,《演讲稿》, I, 第105页; Culler,《索绪尔》(*Saussure*), 第10—15页。

结合理论和实践,新修辞学家得出结论:语言交际必定是不完善的。语言与事物之间并没有内在的联系,正如拜伦在《恰尔德·哈罗尔德》(*Childe Harold*)第3卷,第114节中慨叹的那样:

尽管我自己不曾看到,在这世上
我相信
或许有不骗人的希望,真实的语言,
我还这样想:
当人们伤心的时候,有些人真的在伤心,
有那么一两个,几乎就是所表现的那样——
我还认为:善不只是说话,幸福并不只是梦想。

查良铮 译

所以,尽管新修辞学家同意,"在批评的问题上,就像在抽象科学中一样,最重要的是准确地确定词语的含义,并且……以便使词语和自然赋予所指事物的界限相呼应",新修辞学家也意识到,词语并不是不完美地指代事物,只是不完美地指代事物的观念,虽然他们仔细阅读了洛克。这就是华兹华斯所说的"人类语言能力的悲哀",并且,当雪莱让狄摩高根(冥神)说出,"深层的真理是没有形象的",这也许是雪莱的意思。每一个短语或句子、甚至每一个单词的每一个定义——更不用说一篇长文——都变成了各种不完美的符号之间复杂的相互作用,成了不同能指与所指的自由发挥。① 因此,所有的语言都是通过某种关系形成的进一步转喻(稍后我将讨论这一点)向前发展的,但是无论多么错误,语言交流的确在一系列的惯例中发挥作

---

① Campbell,《修辞哲学》,I,第38—39页。华兹华斯的短语不仅出现在《序曲》(*The Prelude*)中,而且也出现在他1815年发表的《抒情歌谣集》(*Lyrical Ballads*)的序言中。

用,并且避免自己陷入"胡言乱语"的境地,在那里,每一种解释都是同样有效的,也同样可以解释为更多的释义。进一步转喻可能是我们所拥有的一切,但转喻比模糊或对语言的完全不信任更清楚。完美的清晰或"真实"的沟通是海市蜃楼,一种集体幻觉,但至少是一种能让我们继续前行的幻觉。

雪莱在《为诗辩护》的一开始就简要地表达了语言的社会性和自我参照性。如果我们的"社会同情"得到了发展,我们用语言来交流看到的每个人作为"社会存在"所做的行为,那么"即使在社会的萌芽期",我们也会"遵循一定的秩序……我们的言语和行为,与客体和它们所代表的印象截然不同,一切表达都受制于它所依据的原则"。

进一步转喻简化了语言的自我参照性,并且提供了一个模式,通过这个模式,词语作为任意的能指相互联系,以便从混乱中拯救意义。正如约翰·沃德的《雄辩术》所定义的,转喻中含有:

> 两个或更多的修辞格,以及不同种类的修辞包含在一个词中。因此,说出的词和词所指的事物之间出现了含义变化或中间意义。西拉和马吕斯之间的……比赛对于罗马帝国来说非常致命。当时,朱利尤斯·凯撒还是一位年轻人,但是西拉注意到了凯撒的野心抱负,于是西拉说,一个凯撒相当于许多马吕斯……这个表达中有一个进一步转喻,因为通过提喻或换称,马吕斯这个词指代了任何野心勃勃或强横的人。并且,又通过表示原因的转喻,指出了这样的性情对公众带来的不良影响。所以,去掉这些修辞格,西拉的意思是,凯撒会成为罗马帝国有史以来诞生出的最危险的人,事后证明西拉所言是正确的。①

---

① Gibbons 的引用,《修辞学》,第 69 页,来自于 John Ward,《演讲体系》(*A System of Oratory*), London: printed for John Ward, 1759, II, 第 25—26 页。在他自己诗歌想象心理学的新修辞学中, Harold Bloom 将转喻性想象作为核心行为。

因为一个修辞手法、句子或文本中的每个单词,与其他词语并排或邻近,不仅意指一件事或一个想法或一个动作,也可能意指许多其他词语或比喻汇合后的一部分,我们可以扩展沃德的分析,说所有语言和文本(text,除此意之外,"编织"是 text 从 teks 发展出来的意思)都是通过进一步转喻发展出来的。所有语言都是任意的;意义在差异也在能指的过渡特性中存在和凝聚。我们必须与不完美的自我指代的能指进行沟通,否则就像《格列佛游记》里面愚蠢的哲学家,只能互相交换物体。很自然地,生活中的许多重要行为仍然使用礼仪物品和词语:水、面包、酒、戒指、灰尘、灰烬、蜡烛和鸡蛋。

新修辞学家认为,思考和理解的过程可以进行下去,但只能通过某种语言,通过符号指代,以及在语言中通过与符号和修辞手法相关或普遍地进一步转喻的过程进行。我们只能通过符号来思考。大脑不仅需要通过图像和符号进行交流,甚至不能在没有它们的情况下思考。坎贝尔尖锐地问道:"是什么造成了推理和意象之间的区别?"① 柯勒律治后来提出写一篇关于无意象的思考是不可能的文章!创造并使用语言的修辞学,不仅是一种载体,还可以被视为思想本身的一部分。习惯使用的词语成为这种力量的象征,以至于它们比自己代表的自然和思想"更强大"。坎贝尔承认,"词语和事物"之间的联系"从一开始就是任意的"。然而,他接着说,"(不同关联的)效果差异并不像人们想象的那么大。两种情况都无关紧要……除了被心灵重视的符号的力量"。② 至于那些本质上成为事物的词语,恰尔德·哈罗尔德"没有发现它们",而拜伦后来在《唐璜》(第 3 章,第 88 节)中抗议说:

> 文字是有分量的事物,一滴墨水

---

① Campbell,《修辞哲学》,I,第 192 页;Aarsleff,《语言研究》(*Study of Language*),第 53、20—25 页。
② Campbell,《修辞哲学》,II,第 112—113 页。关于艾迪生对待自然(事物)、描写(符号)和涉及这些的大脑活动的方式,参见《旁观者》(*Spectator*)第 416 篇。

> 一旦像露珠一样被滴上一个概念，
> 就会产生使成千上万人思索的东西……

语言是思想的载体；没有语言，思想维持不动，不仅不可交流，而且或许不可想象。大脑是一个类比推理器官，并且通过符号来思考。纯粹的直接经验是没有符号的，但是也不代表思想。如果语言作为媒介的言语行为似乎有问题，那么任何媒介都是如此。比如，我们不会遇到光，因为微粒现象也显示出波的特性；它只是一种帮助我们去看的媒介，因为我们的眼睛对它有反应。光子撞击视网膜，但是我们有意识地感知到的并不是光子。然而，我们眼睛的椎体细胞和杆体细胞确实会对光线作出反应，而不是感受到反射光线的物体的实际压力。言语也是这样，它们成为思想的光子。语言作为"载体"则是新修辞的前提。爱默生在新修辞学家的熏陶下成长起来，他在"诗人"中谈到，"所有的语言都可以承载和传递事物，就像渡船和马匹一样，是好的运输工具，而并不像农庄和房屋那样，可以组成好的家园"。① 尽管洛克和约翰逊使用了"本体（tenor）"，但我在新修辞学家那里没有发现这种用法。不过，"媒介（载体）"在洛克和约翰那里大量出现。讨论凯姆斯，并且（而不是兰塞姆）将本体和媒介引入自己的《修辞哲学》（1936）的时候，I. A. 理查兹正在阅读洛克和约翰。

许多新修辞的形成有赖于一种认识，即语言不是完美的，它是含

---

① 《漫步者》第202篇使用了"媒介"，正如 Blair 的类似使用，《演讲稿》，I，第98、289页。在约翰逊的《词典》（Dictionary）中，"tenour"的第二个定义是"包含的意义；一般课程或漂流物"，并且例证来自于洛克："阅读它必须要不断地重复，且密切注意话语的主旨，以及完全忽视章节和韵文的分隔。"在"媒介"的第三个定义中，约翰逊引用了 L'Estrange："一个有趣的词的快乐，用作传达一件事物的力量和意义的媒介"。

《拉尔夫·沃尔多·爱默生文集》（The Collected Works of Ralph Waldo Emerson），第3卷。《文集：第二系列》（Essays: Second Series），Joseph Slater 与所有其他人合编，Cambridge, Mass.：Harvard University Press，1983，第20页。

糊易变的能指。这有助于解释新古典主义和 18 世纪对语义清晰的痴迷——不是因为作家和批评家相信文字,而是因为他们非常不信任文字及其可能的滥用。普利斯特里敦促说,"对明察秋毫的关注将会指引我们(如果我们能被理解的话)清楚地解释我们使用的每个字的含义,那最毋庸置疑的意义"。① 语言是被用钝了的刀锋,必须不断地打磨它,但是部落方言必须保留下来,并且对我们来说,只有难以应付的语言。坎贝尔简明扼要地说:我们试图"把我们的情感传达给他人……语言是能够实现这种传递的唯一工具"。

新修辞学家从语言的普遍不完美中形成了新的文体观。这种语言缺乏的终极精确性和准确性允许且鼓励了个人风格。有了完美的沟通,风格就不可能存在了(只有"正确性"才能实现——这是清晰表达岌岌可危时最值得珍视的诗歌价值)。普利斯特里指出,通过以不同的顺序和准确程度,替换并使用"其他意思相近的词语",我们就得到了一个特别的强调、节奏和意义。"风格的准确性和卓越之处很大程度上在于",对能指和含义、语法、声音和句法难以捉摸的特性的认识和掌握。② 乔纳森·卡勒将这一原则应用于体裁和比喻性语言中:"人们可能会说,讨论修辞和特定体裁中特定表达的恰当性之所以可能,只是因为表达同一个事物的方式多种多样:修辞手法是一种装饰,不会影响语言的表征功能。"③

目的和手段

新修辞学家关于语言作为符号和意义的最佳讨论——"说话和思考中符号的性质和力量"——即将开始时,坎贝尔讲述了洛佩·

---

① Priestley,《演讲稿》,第 47 页;Campbell,《修辞哲学》,I,第 39 页。
② Priestley,《语言理论与普遍语法讲座教程》(*A Course of Lectures on the Theory of Language and Universal Grammar*),Warrington W. Eyres,1762,第 163、164 页。
③ Culler,《结构主义诗学》(*Structuralist Poeticst*),第 135 页。

德·维加(Lope de Vega)的轶事:

> 某种疏忽有时会引起最细心的读者的注意;而一位敏锐的作者则应该已经仔细地领悟了他所写的一切。据说,事关著名的西班牙诗人洛佩·德·维加,在西班牙时,贝勒的主教请求诗人解释他的一首十四行诗,并且说自己经常读,但从来无法理解。洛佩兹拿起这首十四行诗,反复读了几遍之后,坦率地承认,他自己也不懂这首诗。这可能是诗人从未有过的发现。
>
> 不过,尽管人们经常注意到这个普遍事实,但我却没有发现有人试图去解释它。①

这听起来像是勃朗宁(Browning)的自白,即当他写了一首诗的时候,只有他和上帝知道这首诗的意思,但诗歌创作完成后,只有上帝知道它的含义。对坎贝尔来说,这种现象促成了一个值得深入研究的整体论述,但在这里,我将用他的主要观点来总结我的讨论。坎贝尔建立了三种联系,通过这些联系,意义和联想以一种复杂的方式产生效果:"首先,事物之间存在的联系;其次,言语和事物之间存在的联系;第三,言语之间或者同一语言使用的不同术语之间存在的联系。"②这种联系的整体背景来自于洛克,但坎贝尔的分析建立在联想的基础之上。简而言之,关键是,我们习惯地且即时地使用语言,以至于像活的生物一样,言语发展出它们自己的联系和关联。可以说,言语形成了第二性。这种性质并不相同,但类似于我们的直接经验:"现在,就像习惯地使用一种语言一样……无论所指的事物在自

---

① Campbell,《修辞哲学》,II,第 93 页。本章是第 2 卷,bk. II,第 7 章(II,第 92—129 页)。
② Campbell,《修辞哲学》,II,第 96—97 页。

然界中连接在哪里,符号都会在想象中不知不觉地连接起来;因此,通过语言的常规[规定]的语言机构,人们认为,这些符号之间的联系类似于它们的原型之间的联系。"由于这种习惯性的(进一步转喻的)活动,我们并不总是有"闲暇去关注那些必要的符号,以便形成对所指事物的正确概念"。① 语言开始自我发挥,成为自己的主体(正如诺瓦利斯[Novalis]在《独白》[Monolog]中宣称的那样)。我们可能被带到了胡言乱语的死胡同中,显然正如洛佩兹在他的十四行诗中明显表现出的一样,但是语言内部结构的(常规的)关联中有和洛佩同样的"不敏感",这也给了语言承载强大的意义和感情的自由。符号发展出这种力量,不是因为它们是专制的,也不是因为我们压制了自己的意图,而是因为通过不断的联想,大脑在为自己寻找最短的沟通和理解的路径,而这条路径以最具象征性或最能表意的模式接纳语言。这是一个关于心理和情感习惯以及效率的问题。

新修辞学家为比喻性的自然语言奠定了心理基础,这种语言表达了处于兴奋或强烈情绪中的人们的心理活动。与任何其他群体或批评家相比,新修辞学家更能将我们的古典修辞学传统与现代符号学和语言学联系起来,那是从亚里士多德到文艺复兴以来的古典修辞传统(坎贝尔的工作尤其需要更多的关注)。然而,新修辞学并没有呈现出单一的综合。讽刺的是,人们证明了,新修辞学的见解对系统逻辑有害,因为这些批评家们意识到,文学,作为修辞,其最大的力量来自于情感表达。正如布莱尔所说,诗歌或雄辩"赢得了人类的赞赏……没有温暖或激情就永远没有诗歌或雄辩。激情,当达到唤醒和点燃心灵的程度,而又没有失去自控时,人们普遍发现它可以提升所有的人类能力。它使人的心灵比平静时无限地更加开明、更加敏锐、更加活跃和更有技巧"。②

---

① Campbell,《修辞哲学》,II,第 101、102 页。
② Blair,《演讲稿》,II,第 6 页。Edward P. J. Corbett,"约翰·洛克对修辞学的贡献"(John Locke's Contributions to Rhetoric),《修辞学传统和现代写作》(The Rhetorical Tradition and Modern Writing),James J. Murphy,New York:MLA,1982,(转下页注)

一些最乏味的书是那些试图解释伟大文学的方法和奥秘的书。新修辞学家们有时很无趣，但他们很少晦涩难懂。他们不会使用阿诺德后来所说的"现代批评的行话"。许多修辞学家是学者，但他们的批评面向受过一般教育的公众。他们主张，批评研究的终极目标是说服性地使用语言，不仅因为批评研究审视了我们的批判能力和体系，而且因为它激励我们思考、感觉和行动。新修辞学家意识到，文学本身是一门独立的学科，是社会的一种装饰品。然而，如果文学促进其他目标、文化价值或人类行为的更大问题，或者与它们相关联，我们可以将文学视为重要的必需品。

正如所有文学或批评运动都认为文学的价值和风格不仅仅视为目的本身，而且至少有可能影响人类的目的和需求的文学及批评运动一样，新修辞学家既不颠覆，也不支持流行的文学品味。他们既保守，又自由，甚至激进和反动。他们同时是科学的，即表现出松散的系统性和经验性。然而，他们的直觉却排斥僵化的实证主义。他们相信成熟的天主教品味和训练有素的耳朵的感性认识。① 他们的主

（接上页注）第 73—84 页，作者指出，"学派[18 世纪和 19 世纪]中修辞领域的扩展可能主要是由于乔治·坎贝尔的影响，他提议，话语的目的是'启发理解、取悦想象、调动激情、影响意志'，或者受到 Alexander Bain 的影响，他宣传了话语的 4 种模式的概念——叙述、描写、说明和论述。然而，显而易见的是，这种扩展的动力来自于洛克的《文集》(Essay)"（第 75 页）。Bain 强调了这些修辞手法比如转喻和提喻，并不是来自于作者的视角，而是来自于读者的视角。

参见《修辞学传统》(The Rhetorical Tradition)，"文科修辞学：19 世纪苏格兰大学"(Rhetoric in the Liberal Arts: Nineteenth-Century Scottish Universities)，作者 Winifred Bryan Horner，第 85—94 页；"19 世纪心理学和亚历山大·贝恩的《英语写作和修辞学》的形成"(Nineteenth-Century Psychology and the Shaping of Alexander Bain's English Composition and Rhetoric)，作者 Gerald P. Mulderig，第 95—104 页；以及"三位 19 世纪修辞学家：作为技巧管理的人文主义修辞学替代"(Three Nineteenth-Century Rhetoricians: The Humanist Alternative to Rhetoric as Skills Management)，作者 Nan Johnson，第 105—117 页。

① 关于理论讨论，参见 Campbell，《修辞哲学》，"不同的证据来源，以及它们分别适应的不同主题"(I，第 103—163 页)。

要目的是改善教育和一般的宗教实践。他们几乎不打算组建一个批评派别,至少不自觉地组建。他们中的任何一个人都会首先认为自己是神学家、经济学家、教育家、道德哲学家或公务员。整体上,他们的批评有一个显著的特点,那就是,我们很少能找到小说和论述性文章(如散文、布道和演讲)之间的明确区别。(早在1748—1751年斯密的《讲稿》中,这一点就显而易见了)。① 至少从修辞学的角度来看,对于他们而言,文学就是一个整体。许多新修辞学家都是神学家,他们希望他们的学生不仅能写好布道文,而且能阅读和欣赏圣经教义,还能欣赏圣经的美和里面的诗歌。我们可以毫不夸张地说,18世纪晚期新批评的一种推动力是宗教,但肯定不是带有教义或道德倾向的。正如亚历山大·卡莱尔(Alexander Carlyle)1793年在苏格兰教会总会的演讲中所言:"在文学领域,这个教会的牧师很少表现不佳。在优秀的写作中,几乎没有哪个主题,他们在作者的排名中不是最靠前的。"

约翰逊的期刊写作就是这种理性的、体会到的修辞运用的一个例子,其目的是反思人类行为的动机和目的。在《漫步者》第3篇中——这是一篇关于真假批评的寓言——约翰逊主张,"作者的任务是,要么教导未知的事情,要么推荐已知的真理,借助于文学修辞的方式"。在同一篇散文中,约翰逊还声称有一种虚假的和一种真实的修辞。霍伊特·特罗布里奇(Hoyt Trowbridge)评论到,在约翰逊的作品中,"话语和思想是从隐含发言人的思想和道德品质中自然地表露出来,并且因此而增添了力量"。这句话中的"自然"与言语中任何假定的自然联系或符号指代的自然没有任何关系,而言语则代表着我们发出的声音和道德价值,无论多么不准确,也是我们认同的。话语和思想、能指和所指事物——符号自身的单

---

① 在《逻辑与修辞》(*Logic and Rhetoric*)的第547页,Howell说Smith"使修辞学成为所有文学分支的普遍理论——历史的、诗歌的、说教或科学的,以及演讲学的"。

位——自然地出现了,因为说话者相信这些价值,并用行动证明了它们。①

修辞艺术将模仿论(*mimesis*)的观点带回了原处。正如模仿可以描述普利斯特里(以及后来的赫兹利特)所说的"人类行为的原则",修辞的目的是让读者和听众欣赏、决定并行动起来。② 这样构思出来的文学与我们的每一种选择和经历都有联系,从辩论到简单的消遣,再到童谣(通常是首先作为讽刺作品阅读的)。写作和批评的动机成为了人类行为的普遍动机。

---

① 关于对约翰逊修辞学的讨论,参见 Hoyt Trowbridge,"《漫步者》中的理性修辞学语言"(The Language of Reasoned Rhetoric in The Rambler),《格林百年文集》(*Greene Centennial Essays*),Paul J. Korshin 与 Robert K. Allen 合编,Charlottesville:University Press of Virginia,1984,第 200—216 页。Trowbridge 巧妙地讨论了约翰逊的修辞学逻辑的功效和局限。
② Wallace,"修辞学基础"(The Fundamentals of Rhetoric),见 Bitzer & Black,《修辞学前景》,第 19 页,注释 7,作者引用了 Everett Hunt,见《修辞学习语》(*The Rhetorical Idiom*),Donald Bryant 编,Ithaca, N. Y.:Cornell University Press,1958,第 4 页:"如果我们能够保持基本观念,即人文学科拥抱任何有助于做出自由和明智选择的东西,无论那是科学、社会学或诗歌的知识,并且,除了充分了解所有替代品之外,必定有想象力来预见到所有的可能性和同情,以便使一些选择来吸引情感和意志的力量,从而我们能够看到,修辞学是人类精神活动的必备工具。"

第九章　什么是诗歌？

诗的功能将等效原理从选择轴投射到组合轴上。

罗曼·雅各布森,"结束语:语言学和诗学"
(Roman Jakobson, "Closing Statement: Linguistics And Poetics")

那些把诗歌和散文区分开来的巧妙的词语组合……

塞缪尔·约翰逊,《德莱顿传》

18世纪的批评家,比如威廉·达夫、卢梭、赫尔德(Herder)和他们的间接继承人(包括黑格尔),认为我们应该问什么不是诗。在几乎所有的文学形式和社会中,诗歌形成得最早。散文是对诗歌的一种删减,可以说是一种更专门的形式,是文明的副产品,以便促进更抽象、更专业的交流。许多18世纪的理论家认为,诗的先行性使它成为了一种更"自然"的话语。因此,用新修辞学家的话来说,诗歌应该展现出"一种表达感情的自然语言",并强调情感的"自发性"。除了反对新古典主义理论确立的所谓的不自然的措辞,诗歌涉及的内容更多。这里的论证使用了人类学和语言学相结合的论点,诉诸于对遥远的时空和人性假设的研究。雪莱在他的《为诗辩护》中总结了几十年来的推测:"在社会的萌芽期,每个作家都必然是诗人,因为语言本身就是诗歌……每一种接近源头的原始语言本身都是一首循环诗的混沌状态:内容丰富的词典编撰和语法的区分是后世的作品。"诗歌试图消除文明的虚假精致或不满。

不过,技术和形式上的区别也普遍存在。法国批评家争论散文和诗歌的界限,这里插入一个德莱顿认为有用的中间术语:有节奏的散文。在《贵人迷》中,莫里哀嘲弄了这场辩论愚蠢的一面。罗兰·巴特在他的散文《有诗意的写作吗?》(Is There Any Poetic Writing?)中再次提了这场争论:在法国传统的"古典主义时期",巴特认为,"散文和诗歌类似于函数,它们的不同可以衡量。它们之间的差异不亚于两个不同的数字,相近却又不同……如果我用散文这个词作为最小的语言形式,最经济的思想载体,并且如果我用字母 a,b,c 代表语言的某些属性,这些属性无实际用途,却有装饰作用,比如节拍、韵律或常规意象,那么,所有的语言表象都将在茹尔丹先生(M. Jourdain)的两个方程式中得到解释:

$$诗歌 = 散文 + a + b + c$$
$$散文 = 诗歌 - a - b - c$$

由此可以清楚地看到,诗歌总是与散文不同,但是这一差异并不是本质上的,而是数量上的。因此,这种差异不会损害语言的统一性,它是经典教条中的一项。"[1]

华兹华斯 1800 年的《序言》比茹尔丹先生发表的更晚且更大胆,文中主张,散文语言本质上是诗歌语言。然而,柯勒律治指出,华兹华斯所说的"语言"很大程度是指词汇或措辞——单个词本身,而不是它们的特定组合。这是至关重要的,因为即使撇开节拍的存

---

[1] Roland Barthes,《写作的零度》(Writing Degree Zero), Annette Lavers 与 Colin Smith 合译,New York: Hill and Wang,1968(1953),第 41 页。

在,华兹华斯也不会把诗或韵律文章与作品等同或视为一样。此外,在一场已经参与的反对诗歌措辞的战斗中,华兹华斯看到了更大的猎物:"这种诗歌和散文的对比区分,而不是更哲学意义上的诗歌与事实或科学的对比区分,给批评带来了许多混乱。"诗歌是知识的呼吸与更美好的精神,雪莱持有这种信念,柯勒律治也是如此——我们记得,柯勒律治将诗歌定义为一类作品,与科学不同,其直接目标不是真理,而是愉悦。华兹华斯主张的主要区别,以及《序言》对于整个浪漫主义最具代表性的看法,不是写作形式之间,而是认知形式之间的区别。这种区别首先是哲学上的。对于柯勒律治来说,正如我之前提到的,第一个能够写出真正的哲理诗的诗人是华兹华斯,这不足为奇。

在后古典时期,诗歌遇到了几个相互抵消的压力。诗歌变得或多或少的专业化了。它反对诗歌语言,但是倡导诗歌知识。在某种意义上,诗歌的"语言"可以被视为本质上是散文的语言——诗歌用语学说日渐衰落了——但它的功能和意义比以往任何时候都更有可能脱离事实和系统理解。要解释诗歌与散文中特定、个别词的本质共性,并认识到它们在通往知识的路径上的分歧,因为那是不同类别的作品表达的知识,唯一的方式是把词语的组合提升到一个新的重要级别,不再把比喻视为意义的点缀或装饰,而是把比喻当作一种带来新意义和知识的语言应用。近来大众关注的不是作为孤立词语的诗歌语言,而是作为词语的特殊结构和组合的诗歌语言,这种诗歌语言体现了更精炼、更强化的知识和意识。

我们至少对结构主义者试图界定语言的诗性功能有一种期待。在"结束语:语言学与诗学"(*Closing Statement*: *Linguistics and Poetics*)中,罗曼·雅各布森给出了著名的定义。诗的功能"将等效原理从选择轴投射到组合轴上";换一种说法,"相似性叠加在相邻性上,赋予诗歌彻底、象征、多元和多义的本质……在相似性叠加在相邻性的诗歌中,任何转喻都有轻微的隐喻性,任何隐喻都有转喻色彩"。① 一位评论者这样举例说明了雅各布森的主张:"当我说'我的汽车像甲虫一样前行',我从许多可能的词语'库'中选择了'甲虫',这个词库还包括'走'、'匆忙地走'和'小步快走'等等词语,在这里,甲虫与'车'结合起来,依据的原则是这将使汽车的运动等同于昆虫的运动。"② 结构主义诗学包含许多类似的例子。约翰逊的定义和事例概述出,雅各布森所认为的隐喻与转喻之间的互相渗透——这是雅各布森的诗性功能所依赖的原则。对约翰逊来说,隐喻是"把一个词运用到原本无法使用的用途上:比如,他给愤怒套上了笼头(控制住怒火)"。在这里,套上了笼头"用在了……不能用的地方"代替了愿意,"投射到……组合轴上"。并且,"最初的意义"代替了"选择轴"。约翰逊只是给隐喻下定义,但在别处关于"那些区分诗歌与散文的巧妙的词语组合"的评论中,他暗示出转喻的意义,那具有更大的普遍意义。在《蒲柏传》中,约翰逊重复了这个观点,将《心智的改善》(1741)中的评论归功于艾萨克·瓦茨:"几乎没有一个词的巧妙组合或诗意优雅的短语……蒲柏没有插入到他翻译的荷马史诗中。"(1802 年,柯勒律治给威廉·苏富[William Sotheby]比写到,诗歌需要"一些新的语言组合"。)最终,约翰逊在最后的定义中将隐喻和明喻联系起来:"隐喻是一个词构成的明喻。"对于雅各布森而言,"更专业地说,接续而来的任何事物都是明喻",包括一个单独的词语。

1750 年左右,诗歌批评观念的变化加剧了。在那之后,英语中没有一首重要的诗直接模仿特定的古典模式。1749 年的《人类愿望之虚妄》基本上是最后一首。此外,把诗歌定义为"数列"遇到越来

---

① Roman Jakobson,"结束语:语言学与诗学"(Closing Statement: Linguistics and Poetics),《语言风格》(*Style in Language*), Thomas A. Sebeok 编, Cambridge: M. I. T. Press, 1960, 第 358、370 页。正如他之前的 J. S. Mill 和 Lamb, Jakobson 被提示着用诗歌是什么这个问题作为他的文章"什么是诗歌"的题目。

② Terrence Hawkes,《结构主义和符号学》(*Structuralism and Semiotics*), Berkeley: University of California Press, 1977, 第 79 页。

越多的阻力。在他的文章《什么是诗歌?》(*What Is Poetry?*)(1833年创作,1859年出版)中,约翰·斯图亚特·穆勒(John Stuart Mill)最终抛弃了诗歌是"韵律组合"的回复,认为这是"最粗俗的"答案。诗歌的形式变得不那么确定,也没有被普遍接受。我们看到,人们对试图将任何诗歌理论建立在节拍或押韵模式之上的持续不满,从而更多地求助于新的诗歌定义:强调诗歌的哲学意义,或者强调诗性语言和隐喻的结构。换句话说,随着我们进入18世纪末和19世纪初,对诗歌的思考变得更加理论化,理论获得了新生命。哲学和形而上学的负担累积在一起,人们要么承担起来,要么不屑一顾。"诗歌"代表了一种新的心理学,新的世界观——对于一些作家而言,诗歌代表了对宇宙的革命性看法,对灵魂的重新诠释。① 如果诗歌是华兹华斯所说的,"知识的气息与更美好的精神"(雪莱换种说法所说的"知识的中心和边界"),这并不代表着人们恐惧地退回了专业领域。

然而,诗歌的地位也不可否认地受到挑战,不仅在文学领域受到小说和散文小说的挑战,而且受到科学和技术的挑战,受到历史发展的挑战,而历史则是有着自己基本规则和考量的独特的探索分支,此外,挑战还来自于作为单独的制度化范畴的法律和道德,以及一个不断扩大的经济和政治世界,在这个世界中,具体事实、"渠道"、"社会关系"和专业词汇都在激增。这种对学识的全新解析,即阿诺德的"多元性(multitudinousness)",可以说是通过增加语篇数量限定了诗歌话语的范围。雪莱说,"这些科学的发展已经扩大了人类帝国相对于外部世界的界限",但是"因为缺乏诗性能力,也同比例地压缩了人类内部世界的范围。尽管人类奴役了这些自然元素,而人类自身仍然身受奴役"。面对这一切,阿诺德坚持,诗歌最普遍的定义是

---

① 参见 Thomas McFarland 在《创新性与想象》(*Originality and Imagination*)中关于灵魂的观点, Baltimore: Johns Hopkins University Press, 1985, 第 ix—xii、88—89、174 页。

"本质上对生活的批评"。他重复了诗歌和宗教最终会融合的旧主张。诗歌曾经在知识漏斗的大头端盘旋,有空间冲洗宽大的表面,吸收几乎所有与自己的表现力相关的人类努力,并且避免沉重的责任,这些责任指的是诗歌呈现出准宗教的救世形式,或表达出被挑选和提炼为"更高"、更"纯洁"的深刻经验和感觉。但是,诗歌现在发现自己在漏斗更窄的一端,承受着更大的压力、更大的期望、更多的吸收和连接不同事件的需求。

为了应对这些压力,以艾略特早期文章为范例的高度现代主义的批判策略,摈弃了诗歌的超验或神秘的维度,擦去了浪漫主义的沾染——即休姆所指的"分裂的宗教"。艾略特指责阿诺德固守庞大、不精确却虔诚的观念。在《玄学派诗人》(The Metaphysical Poets)和《传统与个人才能》(Tradition and the Individual Talent)中,艾略特反而专注于诗人连接斯宾诺莎(Spinoza)、坠入爱河、打字机噪音和烹饪气味时所要应对的复杂情况:诗人如何将这些成分"暂时搁置,直到合适的组合"到来(再次"组合"),"使融合发生的……压力"到来。因此,在诗歌中,现在似乎有更大的压力涵盖着整个主题,而诗歌的语言和技巧往往出现在距离我们积累知识的各种语言和方法更远的地方。为了将许多主题中的不同要素吸收到一个新的、集中的语言作品中,人们付出了一定的代价,而这是一种通过词语的特殊组合表达的新的认知方式。当然,尽管有批评修辞,许多现代主义诗歌——包括艾略特的一些诗歌——都具有深刻的宗教色彩或神秘色彩。诗人的日常感觉(打字咔嗒声和烹饪气味)都是以坠入爱河和阅读斯宾诺莎为开端的,这一事实揭示了一些更深层次的东西,仅凭文字技巧的任何定义都难以表达。诗歌结合了什么(华兹华斯简称为"意义")以及什么词语仍然至关重要,但在理论上似乎很难令人满意地谈论。

雪莱相信,节拍,无论多么有效,都只是实现诗歌所需的和谐的一种方式,并且"诗歌中单调或多余的事物,都可以用散文表达得更好"。这种态度使得说教、政治、科学、或甚至讽刺诗难以生存。《彼得·贝尔第三》(Peter Bell the Third)戏仿了雪莱心中华兹华斯缺乏想象的一面,但是主题的排他性或稀缺性带来了新的需求。在这里,散文和诗歌中主题和思想模式的分离日益扩大,但这并不是基于词汇、节拍、韵律甚至意象等标准的任何形式上的分离。这是一个比较新的诗学重点。艾略特总结了这一变化:"任何能用散文表达的内容都可以用散文表达得更好。而且,在内容的意义上,很多作品属于散文,而不是诗歌。"①因此,诗歌被剥夺了"意义上的丰富",少了一条腿,却必须跑得越来越快。简而言之,写诗变得更加困难。艾略特认为,合乎逻辑的解决办法是,通过写诗来迎接挑战,这些诗歌必须难写,并且更难读。在这方面,诗歌摈弃了原始的东西,转而怀旧地追寻本质和真实。相反,作为一种解决同样的、18世纪中期最初面临的持续压力的方法,诗歌现在变得前卫,展望未来,并且创造出研究诗歌——而不是叙事故事——的英雄任务,而读者随着每次阅读,都会将诗歌研究作为一种全新的叙事。现代诗歌中最普遍发展的知识是如何阅读的知识。读者成为了现代文学中的英雄。②

18世纪后期,诗歌的形式和本质越来越多地承受着各种压力。弥尔顿谴责到,押韵"在诗或好诗中,不是必要的附属品或真正的点缀,在较长的作品中尤其如此……押韵是相似结尾处的叮当声,这是博学的古人想要避免的错误"。很少有人认为押韵可能是区分诗歌的因素。(令人惊讶的是,歌尔德斯密有时会坚持这一点。)在伪民谣诗节"我把帽子戴在头上"里面,从韵律、节拍或两者更随意的组合

---

① T. S. Eliot,《诗歌的用途与批评的用途》(The Use of Poetry and the Use of Criticism), London: Faber and Faber, 1933, 第152页。
② Northrop Frye,《世俗圣典:传奇的结构研究》(The Secular Scripture: A Study of the Structure of Romance), Cambridge, Mass.: Harvard University Press, 1976, 第185—186页。

等方面,约翰逊嘲笑了这种先入为主、简化的民谣形式。华兹华斯在 1800 年的《序言》中引用了这一戏仿,我认为,约翰逊并没有质疑"生活和大自然"或"现实生活中"的语言,他对莎士比亚的对话的称赞正是其"与生活并行不悖"。正如柯勒律治所指出的,尽管他在别处批评约翰逊,在这里,华兹华斯却再次认同了约翰逊的做法,"30 天的月份有 9 月、4 月、6 月和 11 月",从技巧上讲,这是韵文,几乎算不上诗歌。或者,正如柯勒律治在关于莎士比亚的一次演讲中说的那样,糟糕的诗歌不是诗歌——它的语言不是诗性语言。此外,英语主要有一种节拍——抑扬格,或者如罗伯特·弗罗斯特(Robert Frost)所言,只有两种节拍——严格的和松散的抑扬格,如果只是因为这么多的散文和言语会随着松散或规则的抑扬格重读而音调起伏,英语的散文和诗歌之间没有明确的界限。口语中不会用到的不自然的节拍有助于"定义"和促成诗歌,但 18 世纪的诗律要点倾向于使用不太"人为的"以及严格规范的节拍,这有赖于重读和重音与有节奏的语言相一致,而这种情况下经常会出现"实际的意义重音与理论或人为重音的持续相反。"①这表明了一种研究布莱克无韵诗的特别富有成效的方式。我们也可能会想到柯勒律治提到的考珀的《神圣的聊天》(Divine Chit Chat),或者他自己的"对话诗"。本着这种精神,柯勒律治把早期诗歌的副标题命名为"一首装作不是诗歌的诗"。

用或多或少的规范节拍作为诗歌标准——或者唯一标准——的必要性受到了严重的质疑。蒲柏评述了当时的惯例:"大多数人用节拍来评判诗人的诗歌/节拍的平滑或粗糙,即是对还是错。"因此,乔叟因所谓的粗糙受到了冷漠的看待,尽管如此,对于蒲柏同时代的人来说,规范节拍"数量"的首要地位比英语诗歌中任何其他时期都

---

① Jr. Paul Fussell,《18 世纪英国韵律理论》(*Theory of Prosody in Eighteenth-Century England*),Connecticut College Monograph No. 5,1954,第 113 页,尤见第 127—163 页。新修辞学家,正如韵律中的"自由韵",吁求"自然"或"实际的"诗歌语言(参见第 8 章)。

要高。完美的艺术家蒲柏对韵律的完美和灵活正确性的追求,没有给韵律的进一步完善留下多少空间。约翰逊警告说,试图完善韵律是"危险的"。我们还必须探索其他方向。正如爱默生·马克斯(Emerson Marks)所指出的那样,"自西方文学批评开始以来,人们就一直在争论,节拍是诗性话语的要素,还是只是一种令人愉悦但可有可无的点缀"。马克斯指出,赫兹利特的表现就像一个领头羊,他以前后不一的方式对待这个问题,结束了这种讨论。但他的"不一致是……一些征兆,与其说反应了作者的困惑,不如说反应了问题固有的复杂性"。① 节拍似乎已经成为现代欧洲语言诗歌的一个基准。不过,洛斯的《讲稿》只是许多有影响力的反例之一,它颂扬了希伯来经文的诗性,尽管经文没有使用严格的节拍,而是使用了韵律和平行结构。柯勒律治在《文学传记集》中引用了《约伯记》来说明,这是一种没有节拍的诗歌(几十年前,熟悉洛斯的雅克比也是如此)。他还认为杰里米·泰勒是诗人,也许他是在弗朗西斯·杰弗里(Francis Jeffrey)的赞美中最初读到的这一结论:"我们敢断言,杰里米·泰勒(Jeremy Taylor)任何的一部散文对开本中,都有比欧洲此后产生的所有颂歌和史诗更美好的想象和原创的意象,更鲜明的概念和热情洋溢的表达,更多新形象,以及对旧形象的新应用,简而言之,更能体现诗歌的结构和灵魂。"②和西德尼等人一样,柯勒律治认为,柏拉图是一位伟大的诗人,而柏拉图对诗人的"不予理会"有悖于他自己的诗歌实践。赫兹利特已经谈到了散文诗,他指出,伯克和其他演讲者的散文"最接近诗歌的边界"。③

---

① Emerson Marks,"英国浪漫主义诗歌中的节拍"(Meter in English Romantic Poetics),《文学理论和批评:雷内·韦勒克纪念文集》(*Literary Theory and Criticism: Festschrift for Rene Wellek*),Joseph P. Strelka(Peter Lang,1984 版)编,第 975、976 页。
② Jeffrey,《给爱丁堡评论的投稿》,1844,II,第 287 页。
③ Hazlitt,"论诗人的散文风格"(On the Prose Style of Poets),来自《朴实的发言人》(*The Plain Speaker*),《作品集》(*Works*),P. P. Howe 编,London and Toronto: J. M. Dent & Sons, 1930—1934,XII,第 5 页。

在重新定义诗歌的背景和混乱中,蒲柏死后不久,关于他究竟是不是诗人的问题就出现了(相当于在 1920 年询问狄更斯是否是小说家——当时许多人否认了这一点)。对于蒲柏之后的一代人来说,关于诗歌的本质、形式和目的一套假设发生了显著的变化。在《蒲柏传》中,约翰逊不得不面对这些变化,他总结说:"如果蒲柏不是诗人,还可以在哪里找到诗歌?用定义来界定诗歌只会表现出定义者的狭隘。"然而,对于一位经常被愉快地贴上新古典主义标签的作家来说,约翰逊的诗歌标准并不是形式化的,而是需要了解许多过去和现在的作家及作品。事实上,约翰逊——一般来说是一个权威,且他一生中都被视为权威——拒绝给诗歌下定义,这充分说明了整体诗歌观念的变化。此外,早在《蒲柏传》中讨论天才时,约翰逊就预见到柯勒律治的问题,诗人是什么?

根据措词、节拍、诗行、诗节外形或者任何形式模式来识别"诗歌的本质"变得越来越困难。自由诗和散文诗的发展最终确认了这种变化情形(并提供了一些解决办法)。有些人尝试在定义上将诗歌与隐喻、转喻 提喻,或拟人法联系起来,但是对于熟悉古典修辞学和早期英语散文的批评家来说,结果是令人不安和非常有限的。词汇层次与特定主题或体裁相适应的诗歌用语学说正在慢慢消失。华兹华斯声称体裁没有"本质"差异。体裁的区分越来越不持久。现在很少诗歌或散文单独或主要占有某些语言特征。然而,诗歌可能会被挤进更小的文学空间。

因此,对诗歌的全新审视产生了一系列潜在混乱的理论立场。16 世纪以来,大量的诗节类型、诗行长度和节拍试验不断积累。诗歌将纯文学多出的几片棕榈叶让给了散文小说和散文。汤姆逊、扬格、考珀和华兹华斯将无韵诗拉长,直到它成为几种截然不同的声音,它不仅是对弥尔顿的摹仿,而且是带有个别大师连续印记的灵活的重音模式。诗歌摹仿或模仿的传统理想发生了变异——它并没有在类别上改变——仍然在赫兹利特、柯勒律治和华兹华斯那里茁壮成长。不过，这是一种转变了的观点，在这种观点中，描述性地模仿外在自然和行为的空间缩小了，富于表现力的情感和感知眼睛的辅助光线的地位提高了。诗歌的基本说教或道德目的受到了深层腐蚀，潜在的裂缝出现在艺术的道德功能与公正的审美观赏追求最大快乐的目标之间。然而，与此同时，人们认为诗歌是语言"更高级的"功能，是"更存粹的"知识形式，世界因此而变得诗意化。

定义诗歌已经变得令人不安和矛盾重重，充满了复杂新奇的组合和不一致。许多批评家最终会要求诗歌具备这些品质。可以说，18世纪和19世纪早期见证了诗歌在形式和实践层面上的去定义（不能解释为失去活力），以及在理论知识和作为"诗歌功能"的词语的特殊比喻性的组合方面，诗歌的重新定义。这是现代诗学的分水岭，并且解释了为什么巴特用"后古典主义"来描述整体诗学。"后浪漫主义"进一步描述了诗歌失去了理想主义和对任何超越性的使命的不安。人们对一个主题的共识淡化时，就像18世纪后半叶人们对诗歌本质的看法一样，一种表现是重新确立和重新定义这个主题的浪潮，它呈现出一个理论化的模式：目前对文学和文学性的理论争论表明，人们对这些主题普遍缺乏共识。但是，这场辩论也可以被视为一个新的分水岭。

理论的变化

柯勒律治断言，如果我们问诗歌是什么，我们必须问相关的问题：什么是诗？什么是诗人？于是，我们转向了哲学和心理学范畴——一个体验着的、有知觉的大脑的特性，那是大脑以整体风格书写、观察和表达自己，并且与它对世界的特定看法和重新建构联系在一起：当我们把某物称为"叶芝式的"或"乔伊斯式的"时候，我们的意思是什么。在一些（较老的）事例中，依据常规的认同，仍然是基于形式的品质，比如"斯宾塞"诗节或"弥尔顿"无韵体。不过，现在在诗人身上寻找的品质可以被视为与笔头的——或甚至口头的——创作行为几乎没有或根本没有关系。柯勒律治坚持认为,"伟大的诗人必定是,如非显而易见则是内在的,一位深刻的玄学家"。① 华兹华斯称他的兄弟约翰为真正的诗人,尽管约翰从未写过诗。卡莱尔(Carlyle)的立场是,诗人可能会写散文或韵文——或者什么都不写。② 穆勒大胆地认为,诗歌是"一种甚至不需要文字工具的东西"。弗里德里希·施莱格尔(Friedrich Schlegel)和诺瓦利斯主张,诗歌是一个可以改变世界的富有远见的过程。然而,这种诗意精神的心理的、有远见的前提并不需要实际的作品或特定的词汇。诗歌可以是赋予读者力量的事物,读者利用提供给他们的暗示性碎片或象形文字,通过想象完成文本,以自己的方式成为诗人。在《道连·格雷》的开篇格言中,奥斯卡·王尔德同样会说:"艺术真正反映的是观众,而不是生活。"诗歌,或者产生诗歌的心灵,将听众和读者的心理智慧转化和催化成活动,而听众和读者反过来又成了代言人和最终作者。换言之,重新推敲诗歌的一种方式就是通过文字体现的神秘,上升到语言指向却没有占领的领域,去吁求一些作为诗歌的终极目标的妙不可言的东西。在后浪漫主义批评和哲学中,静默有了全新的意义。

定义诗歌的其他尝试尽力包含诗歌的流动性和不准确性,试图在诗歌似乎变得过于正确和衰弱之后纠正它。有一点建议是将蒲柏和说教式诗歌视为异常,放弃蒲柏(和一些法国批评家)的"良好判断力"——重新回归到弥尔顿的壮美和斯宾塞的神话想象中,人们在很大程度上低估了这个建议的成功。再现"本真的"诗歌成为许多诗歌的主题。公众诗歌、融入公民、社会或道德问题的诗歌变得不

---

① Coleridge,《书信集》(*Collected Letters*),6 卷本,E. L. Griggs 编,Oxford and New York: Oxford University Press,1956—1971,II,第 810 页。
② Thomas Carlyle,《论英雄、英雄崇拜和诗歌中的英雄主义》(*Heroes, Hero-Worship and the Heroic in Poetry*),P. C. Parr 编,Oxford: Clarendon Press,1910,第 96 页。

那么诗意了。如果民族诗歌的源泉真的枯竭了,孤独的收割者的数量越来越少,寻找他们的热潮就出现了——或者去虚构——他们,这在文化上与可供观赏的隐士和建筑上的"华而不实"等现象有关。在整个过程中,琼·皮托克(Joan Pittock)指出,至始至终,"人们越来越关注诗歌的本质,以及过去的诗人所展现的天才"。① 18 世纪和 19 世纪经常认为,这种诗歌重新根本上是一种对过去的回顾,与对原始主义和独创天才的崇拜有关。然而,回到斯宾塞、弥尔顿或芬格尔则会威胁到诗歌的原创性价值,人们也会发现很少有新的主题。这种情形的半衰期是两代,最多三代。丁尼生把弥尔顿搁置一边的史诗故事拿了起来,但是《国王之歌》(*Idylls*)标志着传统意义上的英语古老诗歌神话的终结,叶芝的戏剧就是这样结束的。在现代诗歌中,没有了隐士和德鲁伊的庙宇,我们看到一种类似的尝试,人们试图重现或复苏语言的一些基本或原创性的用法,重建世界在文字中的启示性新奇,世界在文字中的化身。这有助于解释庞德对表意文字的痴迷,以及斯坦因重塑英语的尝试。

无需承担尽力找回不确定且理想化的过去,或找回同样不确定的未来的责任,人们进行了一个相关的尝试,确定并评价了"纯粹的诗歌"。这种诗歌可以被视为一种既完善又原始的诗歌形式,但是在历史上,纯粹诗歌不如后者那样根深蒂固。这是一个更纯粹的理论概念。这个术语"纯粹的诗歌"不是源于马拉美,但从 18 世纪后期在英国的约瑟夫·沃顿、亚历山大·杰拉德、詹姆斯·贝蒂和安娜·利蒂希娅·巴鲍德(Anna Laetitia Barbauld),到美国的威廉·克林·布莱恩特(William Cullen Bryant)和埃德加·爱伦·坡(Edgar Allan Poe),然后进入法国,这个术语形成了一种血脉传承,其中的每一位批评家都改变了"纯粹"的原则,以适应当时的理论需求或实践

---

① Joan Pittock,《品味的影响》(*The Ascendancy of Taste*),London: Routledge & Kegan Paul,1973,第 92 页。

需要。比如,在《论天赋》(*Essay on Genius*)中,杰拉德(Gerard)将雄辩与诗歌分开,这一举动很快被普遍认为理所当然,并表现出令本·琼生感到困惑的轻松。这种区分的极致是穆勒的说法:"让人听到的是雄辩"和"无意中听到的是诗歌"。对于杰拉德来说,雄辩会打动读者,但是"纯粹的诗歌"主要是"取悦"读者。它不需要任何公共或社会背景(因此也不需要历史背景)。从布雷德利(A. C. Bradley)1901年在牛津就任诗歌教授的演说开始,纯粹诗歌的概念就不断地出现在20世纪的批评辩论中,影响着叶芝(Yeats)、瓦莱里(Valery)、兰塞姆(Ransom)和布莱克默(R. P. Blackmur)、阿尔弗雷德·诺伊斯(Alfred Noyes)和欧内斯特·德·塞林科特(Ernest de Selincourt),以及包括艾伦·塔特(Allen Tate)在内的其他人。路易斯·麦克尼斯(Louis Macneice)甚至在《现代诗歌》(*Modern Poetry*,1938年)的序言开篇中抗辩:"这本书呼求不纯粹诗歌,即呼求诗人生活和周围世界制约的诗歌。"①

对于文学和诗学而言,定义诗歌的问题不仅涉及到诗歌与散文的区分,而且涉及到诗歌中最诗意或最纯粹的是什么,诗歌的最高职责和理想化目标是什么,以及最典型的诗歌是用什么语言或想象创作出来的?通过对体裁和模式的排序——史诗/悲剧、大颂诗、挽诗、抒情诗、田园诗和讽刺诗等等,人们曾经大致解决了这个问题。现在,随着文学种类的——"种类"是"体裁"被采用之前使用的英语术语——相对价值出现波动,在实践中经历着蜕变,较旧的体裁标准很快开始失去权威。这些标准对约翰逊没有什么意义,他显然对依赖标准感觉不适。追求诗意话语的理想不能通过体裁的分级来实现,

---

① John Sitter,《18世纪中期英国的文学孤独》(*Literary Loneliness in Mid-Eighteenth-Century England*),Ithaca, N. Y.:Cornell University Press,1982,第9、13页;亦可参见 Clarice de Sainte Marie Dion,《英语批评中'纯粹诗歌'的观点,1900—1945》(*The Idea of 'Pure Poetry' in English Criticism*, 1900—1945),Washington, D. C.:Catholic University Press of America,1948。

体裁的分级过于(尽管没有完全地)依赖主题、节拍和适当的个别词语的选择。消除这样的限制积极地成为现代诗学的一部分。

在18世纪晚期和浪漫主义时期的批评中,问到"最高"或最基本的诗歌时,人们常常得到的回答是"莎士比亚"。这个回答对赫兹利特和柯勒律治很有效,并且强烈吸引着济慈。但是,提高戏剧诗和虚构诗歌的地位——以及个体措辞的重要性——开始把诗歌其他曾经合法且接受了的用途排挤出去。说教的、科学的或叙事的历史诗歌——指的是任何涉及事实和经验的事物,并不涉及想象的概念或个人表达——现在与智性和叙事散文进行着更直接的竞争,这些诗歌可能看起来不那么诗意,根本不是真正的诗歌。伊拉斯谟斯·达尔文的诗歌最初广受欢迎,随后又声名陡降就是一个实例。他受欢迎并不是因为人们对科学或智性感兴趣——也不在于诗歌的主题本身——而是在于达尔文天才的华丽辞藻。

提炼诗歌精髓的另一种策略是缩减却坚持使用格律,但要有新的理念。这一系列论点形成了一个更宏大的理论立场,这个立场提倡"愉悦感"——而不是"真理"或教诲——是诗歌首要、甚至唯一目的。理查德·赫德(Richard Hurd)对"普遍诗歌"的定义(类似于杰拉德)有赖于此,即如果诗歌的功能是获得最大的快乐,格律比任何其他单一的形式元素更能持久地提供这种快乐。赫德承认,在称之为诗的"复杂概念"中,"可能包括,也可能不包括格律的概念",但他同时认为,"格律作为一种赏心悦目的工具,对每件诗歌艺术品来说都是必不可少的"。①

奇怪的是,施莱格尔的"普遍超验诗(universal transcendental poetry)"或"万象诗(Universalpoesie)"进行定义的动力可能是来自于赫德给"普遍诗歌"下定义的尝试。德国知识届热衷于阅读赫德的

---

① Richard Hurd,"论普遍诗歌的观点"(On the Idea of Universal Poetry),《作品集》(Works),8卷本,London: T. Cadell & W. Davies,1811,II,第17页;亦可参见第11页。

德译本,但通过宣告一场诗学和哲学革命,施莱格尔强调的是"进步的"和"超验的"思想,而不是韵律或纯粹的快乐。如果人们在充满了感受或情感的诗意精神的背景下进行接吻、示意或眼神交流,这些行为就是是诗。埃里克·海勒(Erich Heller)指出,这种普遍诗是"一个非凡的概念,从来没有人明确表达过,但经常有人用理智的激情和格言的力量暗示出来"。如果我们拼凑起来关于这个主题的许多片段,就会得到一个十足的诗意帝国才气横溢的宣言:"诗歌必须征服世界,世界必须成为诗歌。"①

诗歌功能的全新定义在交替变化,明显地从强调最大的快乐,转变为强调改变世界。对于后者,我们又回到了智慧和知识的问题上。济慈称之为"哲学",他与自己辩论过哲学的价值,并且在自己的诗歌中,济慈检验了哲学是居于诗歌的核心,还是对于诗歌完全陌生。在这种辩证关系中,人们纯粹或者无利害的审美判断视为解决问题的方式,或者将它视为与诗歌同时对现实本身的彻底重估,而这就是使哲学"完整"的必需品——这是一项激发兴趣的且承载道德责任的事业,如果真有这种事业的话!在施莱格尔的普遍诗歌中,审美体验不仅与理解的概念不同,它还取代或成为了理解。难怪柯勒律治和谢林指出,诗人的想象力必须调和对立面——就像读者和批评家在理解诗歌的功能和定义时必须做的一样。

诗歌与其他写作形式的区别是什么?——或者"诗性功能"与一般诗歌的区别是什么? 这些问题仍然是20世纪主要的批评运动

---

① Erich Heller,"现实的谬误"(The Realistic Fallacy),《艺术家走进内心的旅程和其他散文》(*The Artist's Journey into the Interior And Other Essays*),New York and London: Harcourt Brace Jo vanovich,1976,第92页。Heller认为,黑格尔令人着迷的理性的世界精神,是对普遍诗歌的想象精神的镜像反映,是一种表现为理性意识的反映,从这种理性的意识和普遍诗歌最初的形象,产生了两个后浪漫主义文学的现实主义。一个是巴尔扎克、托尔斯泰和福楼拜所代表的小说的理性描写。另一个是对在波德莱尔、《尤利西斯》或《维吉尔之死》中发现的对内在现实的一种富有想象力的把握。

的焦点。① 俄罗斯形式主义、布拉格学派、新批评、语言学分析、解构主义、文学理论等——所有这些都是从诗歌的语言特征、形式特性或者诗歌功能出发,从文本阅读时考察的人物形象和修辞格来探讨主题。庆幸的是,只要人们仍然搁置僵化的批评权威,对诗歌和诗歌语言的研究就会持续下去。不过,这种活跃的、频繁的理论变化和探究机会是比较新的现象。这些现象开始出现于18世纪,在19世纪末和20世纪初经历了相对平静,然后强势回归。我们可以反驳约翰逊的评论,但是并不能推翻它们:在德莱顿之前,英语中"没有诗意措辞"。然而,即使在约翰逊的有生之年,措辞、其他形式机制,以及对诗歌的哲学期望,都经受了越来越多的审视。巴特所说的"语言的统一"已经被打破,所以,并非巧合的是,知识的统一也被打破了。

尽管雅各布森谈论的是诗和散文中的诗性功能,约翰逊谈到是诗与散文的不同,他们的共识是,"巧妙的"组合,即成功且新颖的组合,构成了我们所说的诗性——这本身不是修辞手法的列表,也不是某类诗歌接受或禁止的个别词语列表。在词语组合的意义上,语言的诗意功能比散文的更难以预测。正如詹姆斯·梅里尔(James Merrill)在理查德·肯尼(Richard Kenney)的《不会飞的鸟的进化》(*Evolution of the Flightless Bird*)的前言中所说,我们寻找的是"词语高尔夫运动中的一杆进洞"。诗性会融合创新,展现出一定程度的所谓的自然新奇感,引人入胜,又令人不安。诗性对期望中的和熟悉的事物起着作用,以便引入新的词语排列。自蒲柏的时代以来,人们越来越多地寻求一些个别词语,它们是独特成功的组合,并且之前从

---

① 现在,更多强调的是话语和写作的不同。参见例如,J. Douglas Kneale,"华兹华斯的语言意象:《序曲》中的声音和文字"(Wordsworth's Images of Language: Voice and Letter in *The Prelude*),《现代语言协会会刊》(*PMLA*),101,1986年5月,第351—362页。尽管这种不同是重要的,它并没有完全取代或否认诗歌和散文中感知到的差异,尤其因为那些术语本身正在被使用着,并且无论多么有问题,它们仍然是重要的。

未在语言中出现过,但是随着蒲柏对真正智慧的定义的逐渐变化,人们发现:词语的新组合并没有试图表达"经常想到"的事物。相反,这些新词语组合本身变成了更多的目的,他们的代理人(诗人)则创造出写作的最高形式的原创性。

重新审视诗歌的本质有助于保持诗歌的生命力,这与定义诗歌完全不同。即使在某种语言或民族传统中,诗歌也不是语言符号的一个静态属性,更不是诗人可靠的心理轮廓,也不是社会强加的一套审美或道德标准。诗歌并不完全是上面的这些,但却带有每一种的特征,在它们之间转换着重点,以满足各种需求:对过去的诗歌和传统("修正主义")的负面反应——或崇拜,哲学思想或心理学理论的出现,文化的主导价值,以及建立新模式的诗人的出现。

在所有这些对诗歌理论性的重新评价之中,1660 至 1820 年间扭转力的两大主要来源仍然发挥着巨大的作用。第一,人们相信通过模仿感觉或激情,诗歌创造着最大的快乐,我将在本章末尾探讨这一点。第二,诗歌是最"有效"的语言应用——不是因为诗歌提供了更多的信息,而是因为诗歌同时需要更多的语言资源。这是最大的语言经济体和语言游戏,而且并非不合逻辑的,结果得到最大的心理效应。语言是紧凑的或压缩的(赢得的沉默,演讲后的沉默是这种功效的一个特例)。这颠覆了诗歌的古典概念,虽然简化了,但这种观念认为诗歌是思想加上装饰和韵律,这使得诗歌更令人愉快,却也可能由于其丰富和庞大而缺乏"功效"。对于诗人来说,18 世纪后期发生的逆转意味着更多形式上的许可和自由,但也意味着诗歌承载的期待更多,更强调措辞的魔力,以及更多使用象征性和暗示性的词语。象征符号——或一般意义上的象征——可以被视为一种特别适合提高语言功效的技术,以及一种将巴特所说的"语言的统一性"分割开来的技术。语言的统一性越被破坏,它的功效可能就越大,因为语言的破坏(这种情况下是象征符号)变成了一种代码,这个代码不仅表达,而且反映和唤醒了它自己与众不同却又不可分割的日常用法。

诗歌效果的"统一",即各部分的相互渗透,是柯勒律治最喜欢的主题,也有助于解释他对"统一中的多样性"等短语的依赖。在黑格尔那里,统一效果是最理性却相当无趣的构想。① 正如华兹华斯谈到格律时所说,诗歌中的任何一个元素,在任何时候,都不完全仅仅是一个"多余的附加物",因为多余的附加不会对整体起作用——和作出反应。一切都在活动中,既有催化作用,又在作出反应。因此,任何短到足以记住的诗歌定义难免会被证明是不足的。定义诗歌的目的是引发辩论,或者是试图纠正某些实际实践中感知到的缺陷。一些诗歌是经典,但是经典的诗歌定义是不存在的。

与强调诗歌的功效或统一性相一致,诗如音乐(ut musica poesis)更多取代了诗歌作为会说话的图画,诗如画(拉丁文 ut pictura poesis)。音乐有阶段时间上的和谐与节奏,虽然与韵律和格律不一致,也没有任何特定特征,如双声叠韵、头韵、元音相互作用、或中间停顿,但和谐与节奏在音乐作品中形成了一种独特的合奏,类似于诗歌中的效果(艺术、和谐与发音等词有着相同的印欧语系根源)。此外,措辞、主题、主旨、节拍、音高、声音、引语、语气、共鸣和情绪——所有这些共同起着作用:批评词汇将音乐与诗歌联系在一起,甚至比文学或绘画做得更多。然后,尤其是18世纪末和19世纪初,音乐的理想性质,或者理想结构模式,变得与诗歌的理想性质相关了。贝蒂的《论诗歌和音乐对大脑的影响》,丹尼尔·韦伯的《诗与音乐对应关系研究》(Observations on the Correspondence between Poetry and Music),赫德的《普遍诗歌的观点》(Idea of Universal Poetry),谢林的《艺术哲学》(Philosophie der Kunst),卡莱尔的音乐赞歌,所有这些都详细论述了这个主题。韦

---

① G. W. F. Hegel,《美学:美术讲座》(Aesthetics: Lectures on Fine Art),2卷本,T. M. Knox 译,Oxford: Clarendon Press,1975,第2卷,第982—983页。

伯就音乐类比对诗歌演绎形式的影响作出重要评论:"对句恒定且平稳的基调保证它[诗歌]不会落入……松散的状态;然而,这是一种诗人无法赢得的保证,而持续回归的类似印象就像重担一样压在我们的精神上,压制着我们的想象。强烈的情感……从来没有注定要缓慢地流过单调的平行结构;他们呼吁更自由的韵律……用感情来衡量,并且以永远新颖且悦耳的均衡流动。"因为诗歌更关注个体的声音和内在的情感生活,所以在叔本华(Schopenhauer)的描述中,音乐同样被视为是个人意志的表达,"意志本身的客观化和复制"。①

实践中的差异

在诗歌的定义和诗歌的美学或文体价值的理论讨论中,我们总会考虑批评和当代实践之间的不一致。1660至1740年间,诗歌的两个核心目标——以及,对于许多人来说,最高目标——是英雄诗和壮美。批评对讽刺诗的投入相对较少,几乎没有关注过戏仿英雄诗。然而,这一时期的诗歌带来了这个语言中最伟大的戏仿英雄史诗和讽刺诗。

浪漫主义时期,莎士比亚的戏剧成为英语语言中富有同情心和创造性想象的最高体现,但是浪漫主义批评——济慈、柯勒律治、德·昆西和赫兹利特写出了大部分最好的批评——集中在莎士比亚的人物和语言上,而没有关注他的戏剧性或结构方面的天赋;浪漫主义时期的戏剧没有重新复兴莎士比亚的戏剧形式。用拜伦的话来说,打动我们的是称之为"心理剧场"的更好的戏剧成就,在其中,通

---

① Daniel Webb,《诗歌和音乐对应关系观察》(Observations on the Correspondences between Poetry and Music),London,1769,第113页;Schopenhauer,《作为意志和观念的世界》(World as Will and Idea),I,iii,第52页。

常是一个单独的角色或措辞的力量承载着作品的重要性。所以,浪漫主义批评听起来似乎在赞美莎士比亚的戏剧,而实际上是在赞美对心理的描绘,以及那些概括诗歌特点的词语组合。莎士比亚浪漫主义批评的特别强调,使当下戏剧的诗意再现变得更加困难,而不是更容易。艾略特认识到这一点,这也解释了为什么他呼吁回到伊丽莎白时期戏剧"惯例"的回归。

尽管没有严格的规定,但总的来说,批评往往是不合时宜的。它并不总是与诗歌创作同步。批评家们可以评价并分析,诗人现在没有追求但过去已经创作出的,或者将来可能受到启发创作出来的品质。阿诺德看到了一个批判和创造时代的周期循环。这种说法是一个片面的真理,不应该受到轻视,但它过于简化了问题。更恰当的说法是,作家们的整体重心在创造和批评工作之间转换。有时是这一个,有时是另一个预示着重要变化的到来。这两种工作很少同时进行。当它们的确同时进行时,标志着一种新的强烈的感情的出现。无论好坏,我们称之为"时期"或"运动"的开幕仪式指向了这种罕见的结合,通常是重要的诗人和批评家形象的结合。新实践和新理论的相对联合可以最好地定义文学运动的开始和创建,这种结合从来不是完美的。这种结合标志着浪漫主义和现代主义的开始。维多利亚主义是一个特例,因为它更多是文化融合的产物,而不是文学先锋运动。浪漫主义实践改变了,适应了文化,然后,在美学运动和随之而来的"颓废主义"中,抛弃了这种文化适应。阿诺德试图引导这种文化适应,但同时也反对文化适应的许多方面。维多利亚文学构成了一个时期,但并不是一种运动。

阐释、理想和作为双重符号的诗歌

18世纪后半叶,更新的诗歌定义造成了解读的潜在僵局,由此吸引了批评,并且给无休止的系列出版物提供了素材。由于强调即时感受和文字的本性,特别是比喻性语言,于是,不在意确定性的阅读敦促诗人时,诗歌并不严格合乎逻辑,也就根本没有逻辑,因此诗歌成为一种话语或作品,必须摆脱纯粹的推理或理解。诗歌必须摆脱本身没有使用比喻性语言表达的任何解读。例如,在定义普遍诗歌时,赫德表明,比喻性表达"是普遍令人愉悦的",因此,"再现的真实""在这种写作方式中不如它的生动性重要"。①不仅脱离"真实",而且脱离"理解"是诗歌的理论使命的一部分。正如休谟在本世纪中叶指出的那样,虽然诗歌不是完全不可理解,或完全非理性的,但我们也不能理直气壮地称它为理性的。此外,诗歌作品越是依赖于充满激情的比喻性语言,仅仅基于分析比较和理解的任何释义或解读就越会否认自己或与自身冲突。谢林是德国最理想主义的美学家,其在《先验唯心主义体系》(*System of Transcendental Idealism*)一书接近结尾时主张,艺术作品,尤其是天才的作品,呈现出一个虚拟无限的视角,一种不可削减的诠释数量(然而,这并不是说,任何和所有诠释都是有效的)。这样,我们可以在诗歌中看到诗歌自我毁灭或分解的种子,他们的自我吞噬和重生。从一开始,这种认知就构成了多数18世纪后期和浪漫主义理论的重要负担:想象语言的不可还原性,它不可转化为仅仅表达理解的反思能力的散文。此外,人们常常认为,诗歌本身——以形象和拟人的形式表达的隐喻和情感——常常被认为只是一块渐渐熄灭的煤炭和创造性思维的影子,因为大脑构想的是一种在现实中进行且穿越现实的理想工作。所以,任何激情的自然语言及其成为意象的骤变,都不是确保重现诗人灵感的方法,而只是追求不可言传、没有音调的小曲的方法。正如费希特所言,当画家把画笔放在画布上的时候,所见事物的完美形式已经消失了。诗歌模仿着,在人类语言可悲的无能中挣扎着,尽力找回体验过的、却还没

---

① Hurd,《作品集》,II,第6页。

有成为巧妙的词语组合的事物,而词语组合则表明了诗歌的启示和感觉到的知识。黑格尔总结这种对理想的压力时,首先问道:"艺术是诗歌,还是散文?"他的答案是:"艺术中真正的诗歌元素正是我们所说的理想。"① 为了找到这种理想,诗歌变得更需要命名确定和永无止境的重新命名。

新批评指出诗性语言解读中的张力、悖论和歧义的时候,或者其颠倒的兄弟解构主义看到自我参照的悖论和修辞的时候,该修辞把自己的形象视为构成与分解的平行反射镜的修辞的时候,这两种解读模式重新发现了浪漫主义理论从一开始就宣称的内容。解构主义的一个奇怪的概念是这个建议,即人们可以永远期望,任何读者都能接受逻辑和因果关系,或者接受最初仅仅由理解建构的意义或方法可以理解的比喻表达法。这种批评方法,尤其在极端情况下,成为了实证主义或字面上的——要么/要么——因为它假设任何人都希望这样解读诗歌。作为一种解读策略,这种批评有变成多余的风险,但这是一种假象,在充斥着权威和理解的批评散文的社会里深受喜爱。从被大量引用和讨论的意义上来看,美国实行的解构主义的守护神不是费希特、谢林,或者也不是最适合的奥斯卡·王尔德,而是唯心的绝对理性主义者黑格尔。"现实是理性的,理性是真实的。"没错,黑格尔说,诗歌必须避开"评判的哲学形式和三段论",即避开认知领域,但讽刺的是,黑格尔为诗歌设定了完全可以理解的规则和界限。他力求简洁明了,用理性判断将诗歌置于万物的格局中。解构主义,尤其是美国实行的解构主义,从一个角度来看,可以被视为试图基于黑格尔,而不是基于尼采,来否定黑格尔。当然,解构主义会自我解构,因此不可阻挡地获得了永久的成功。

---

① Hegel,《美学》(*Aesthetics*),Knox 译,第 3 章,"艺术美或理想"(The Beauty of Art or the Ideal)。

公正地看待新批评对有机整体或者诗歌"统一性"的强调,我们应该记得,这样一个原则(如果如此多变且不同对待过的事物是一个原则)与逻辑结果或认知中展开的不成文的意义没有任何关系。相反,这种统一可能意味着,所有伟大的诗歌都有一种不断交替、自我反思的品质,那是康德、费希特和谢林所描述的想象的盘旋和摇摆。尽管有机统一的意识被推向了极端,成为一种解释性的虔诚,但这种统一显然不需要一视同仁的永久的解读。在这样的诗歌中,诗歌自我创造的高度自觉始终是主题的一部分,但不是唯一的主题。

无论从哪个方面来说,详细解读很少用许多诗歌(特别是浪漫主义诗歌)文本中的一个重要的、难以捉摸的元素来补充自己。这个重要元素就是诗歌中存在的理想,或者,正如柯勒律治所指出的,诗歌中共存的理想和思想。也许这是因为,当我们实际上通读这些阐释时,我们往往会发现,浪漫主义或唯心主义哲学的基础不足,还有观点相反的主张。我们发现,18世纪后期具体相关的批评理论几乎没有基础,而这些理论却抚育、激励而又没有惹怒过浪漫主义诗人。相关的哲学背景对解读者往往和对诗人一样陌生。追溯华兹华斯、布莱克、雪莱、柯勒律治、诺瓦利斯、弗里德里希·施莱格尔以及席勒对普罗克鲁斯(Proclus)、普罗提诺(Plotinus)、柏拉图、伯麦(Bohme)、约翰·斯密(John Smith)、伯克利(Berkeley)、哈特利(Hartley)、坎贝尔、杰拉德、谢林和费希特的呼应和引用表明,即使从语言的角度看待诗歌,人们也将诗歌定义为不仅指向自己,还指向其他事物(甚至黑格尔也同意这一点,尽管他认为,随着世界精神完成其最终的启蒙并揭示出绝对真理,诗歌正变得过时)。诗歌是一种独特的符号——能指、所指和符号都在一起。就像神话,诗歌讲述了自己,但也同样讲述我们神秘的负担。虽然不是无所不能,但这种对理想的强烈追求站在了浪漫主义批评理论和诗歌的背后,就像几个宗教庙宇背后隐现的圣山。最后,这一特点最能区分之前诗歌与现代主义诗歌和对诗歌功能的现代定义。归根结底,这是一种精神上的差别。①

"哪里可以找到……人类的感情"

诗歌主要模仿并主要唤起"激情"的理论在1750年后获得了影响力,变得无处不在。这种理论有许多经典先例,首要的是朗基努斯,他把强烈的感情和格律的存在联系起来。丹尼斯认为,激情是"诗歌中最重要的东西"。蒲柏说,诗歌的存在是因为荷马的伟大力量。② 但是,与对立的理性判断所在的天秤的另一端相比,激情越来越不能与之抗衡。莎士比亚戏剧备受关注,与其说是因为其结构,不如说是因为其富于暗示的逼真,并不是因为他对激情的枯燥描绘。说莎士比亚是自然诗人意指的是他对人性的了解。"莎士比亚崇拜"伴随着诗歌理论的这种转变。人类的感情转移到自然或无生命的物体上,这是拟人或拟代之法(依据本世纪后半叶许多修辞学家的说法)的最高形式——这是柯勒律治所说的莎士比亚"人性化自然"的天赋——这种情感前提改变了对诗歌本质和更深刻的模仿功能的看法。在约瑟夫·沃顿尖锐的语言很尖锐,但他的评论预示着赫兹利特的观点:"机智和讽刺是转瞬即逝的,但自然和情感是永

---

① Heller,《艺术家的旅程》(*The Artist's Journey*),第93页:"这是一个深刻的浪漫反讽,黑格尔原本应该总结并超越对这种过度理性的所有的浪漫主义哲学化,将对诗歌和思想的失责性的怀疑……抛在诗歌的帝国主义者身上。"取而代之的是,我们得到了批评中的帝国主义者。

② John Dennis,"诗歌的进步和改革"(Advancement and Reformation of Poetry),《批评作品集》(*The Critical Works*),2卷本,Edward Niles Hooker 编,Baltimore: Johns Hopkins University Press,1939—1943,I,第215页。更多讨论参见蒲柏的"荷马序言"(Preface to Homer),Steven Shankman,《蒲柏的"伊利亚特":激情时代的荷马》(*Pope's 'Iliad': Homer in the Age of Passion*),Princeton: Princeton University Press,1983。

恒的。"①

在这里,激情不应该与"主导性感情"相混淆,尽管一些莎士比亚的批评的确把主要人物与单一压倒一切的情感联系了起来——比如,麦克白与野心,奥赛罗与嫉妒。柯勒律治称诗歌是"激情与秩序的交融"。赫兹利特的著名术语"热情"包含"定义任何物体的力量或激情"。诗歌的目的是立刻唤起读者的快乐,富有想象力地引导读者重新形成内心的感受。"激情"或"感情",令人感动的一切,已经改变了内涵意义。我们认为激情是强烈的或暴虐的——激情犯罪——并且把它与激烈的、不合理的欲望,通常是性欲,联系起来,但在18世纪和19世纪初,"激情"涵盖了感觉和情感的方方面面,还包括所有的行为和动机。莫里斯·摩根在他关于福斯塔夫的文章中明确了这一点。约瑟夫·沃顿甚至抱怨说,法国作家在爱情阴谋中运用了太多机巧,这种激情占据了并且被"不恰当地引入所有主题",从而破坏了戏剧再现中的激情理念。② 然而,激情反而延伸到快乐、希望、恐惧、笑声、愤怒和焦虑——不仅进入更猛烈的情感,还有更弱或者更"细微"的感情。"情感(sentiment)"更接近于拉丁语词根的感觉(feeling),但也是最广义的感觉,而不仅仅是与理性相对的东

---

① Joseph Warton,《论蒲柏的天才和作品》(*An Essay on the Genius and Writings of Pope*),2卷本,London: W. J. and J. Richardson 1806,I,第330页。关于18世纪后半期,感觉作为品味和诗学的重要力量的前提,参见 W. J. Bate,《从古典主义到浪漫主义》(*From Classic to Romantic*),Cambridge, Mass.: Harvard University Press, 1946,尤见第5章,"个人主义的成长:感觉的前提"(The Growth of Individualism: The Premise of Feeling),第129—159页。亦可参见 Douglas Lane Patey,《可能性和文学形式》(*Probability and Literary Form*),Cambridge and New York: Cambridge University Press,1984,第144页:"到本世纪中叶,'自然'在批评话语中几乎完全意味着人性,尤其是人的激情天性;同时,激情比以往任何时候都更被认为是所有真正诗歌的来源和关注。"更多研究参见 P. W. K. Stone,《诗歌的艺术 1750—1820:新古典主义后期和浪漫主义早期的诗歌构成与风格理论》(*The Art of Poetry 1750—1820: Theories of poetic composition and style in the late Neo-Classic and early Romantic periods*),New York: Barnes and Noble,1967。

② Warton,《论蒲柏》(*Essay on Pope*),I,第258页。

西。伯克的术语"感人(affecting)艺术"意味着任何打动或唤起感情的事物,"感人的"可能会带来眼泪或温柔的冥想——或者激起愤怒或仇恨。

本世纪以来,越来越多的理论反思围绕着弥尔顿对诗歌的定义展开——"简单、感性和热情"。这个定义引发了许多常见的共鸣。即使想重新强调模仿,赫兹利特强调模仿的也是激情。戏剧中的悲剧因此代表了诗歌的顶峰,因为在那里,"自然"被广泛地模仿。休谟认为,对激情的模仿先于文学的任何道德目标。早在 1703 年,洛克在《阅读和研究》(Reading and Study)中写到,世界上所有会负有责任的人都应该阅读"有目的地论及人性的书,这有助于深入了解人性。这就是那些论及激情的人,以及他们是如何被激情打动的,亚里士多德在他的《修辞学》第 2 卷中令人钦佩地论述过这一点,那是一个小范围的论述"。通过首先考察约翰逊如何对待和分析人类的激情和感情,可以看出,把约翰逊看作一个道德思想家、批评家和诗人不仅是可能的,而且是必要的。艾伦·麦肯齐(Alan McKenzie)已经展示了这种分析是多么严谨和系统化,并且对于贝特来说,这种分析是约翰逊所有知识前提的基础,是使他成为伟大的道德作家和批评家的原因。① 这种情感至上的目的地——或者至少是后来的一个停靠点——就是华兹华斯诗歌的定义:"强烈感情的自然流露……平静中回忆起来的情感"。因为华兹华斯说的是情感的力量、几乎无法区分的情感和思想,以及"说着一种更直白、更有力语言"的"内心不可或缺的激情"。此外,在《抒情歌谣集》序言中,华兹华斯特别地对"我的读者"提出了最后一个请求,即"评价这些诗"时,在批评和创造性行为中,读者"真正地由自己的感受来作出决定,而不是通

---

① Alan McKenzie,"对约翰逊《漫游者》中激情的系统考察"(The Systematic Scrutiny of Passion in Johnson's Rambler),《18 世纪研究》,20,1986—1987 年冬,第 129—152 页;W. J. Bate,《塞缪尔·约翰逊》(Samuel Johnson),New York:Harcourt Brace Jovanovich,1977,第 296—317 页。

过思考别人可能的判断"。

在诗歌语言的组合性和融合性中,对激情的强调与更高的效率或者词语简练有什么关系呢？深层感觉激励着大脑以更精炼、更高标准和更"有力的"方式使用语言——通过感觉上的紧迫性或情感的主导——寻找新的组合来引起注意和吸引听众。柯勒律治认为,格律传导力量,并且,通过对激情增加一点秩序,加强格律的力量,正如磨坊水槽传输且加速水流,使水流做更多的工作。1802 年,柯勒律治写信给威廉·苏富比:"格律本身就意味着一种激情,也就是说,一种兴奋的状态,不仅在诗人的心中,而且在读者心中也是如此。"① 柯勒律治大西洋彼岸的学生爱默生发现,格律和争论中激情的力量是"契合"的。感情自己聚集起来,以便可以调节到足以增强自己的力量时,表现情感的节奏产生了:"不是格律,而是构成格律的变量"创造了诗歌。

从另一个角度来看,感觉和激情最终讲述的是个人的故事,读者"不能选择,而只能听"的故事。他们描述了济慈早期所说的"更高尚的生活/在那里我可能会发现痛苦、冲突/存在于人们的心中。"承担这一使命的浪漫主义诗歌多种多样:诗歌的主题(和标题)主要是个人,通常是身陷某些行动及其后果的个体。大多数诗歌是一定长度的叙事。这表明了诗歌叙事、激情、个人,以及人物或诗人在世间的生活经历之间的特定关系。19 世纪中期,这些关系开始了一段长期的崩塌。

阿诺德相信模仿激情是诗歌的核心——通过塑造特定的人物而赋予诗歌生命。他只需在他父亲托马斯·阿诺德身上读到当时广为人知的前提:诗歌情感是"我们天性中最崇高、最纯粹的感情"。② 然而,坚持这一原则的同时,年轻的阿诺德意识到这是一个问题和威

---

① Coleridge,《书信集》,II,第 812 页。在《抒情歌谣集》序言里面,柯勒律治指出,华兹华斯对这个"论点"不公正,"我认为他也没有充分回应这个论点"。
② Thomas Arnold,《作品杂集》(*Miscellaneous Works*),London: B. Fellows,1845,"《日常生活诗歌》序言"(Preface to "Poetry of Common Life"),第 252 页。

胁——因此，他决定不发表《恩培多克勒斯在埃特纳火山》（*Empedocles on Aetna*），并且写出了毁誉参半的《苏赫拉布与鲁斯坦姆》（*Sohrab and Rustum*）。在诗歌中刻画一个或多或少完全了解的个人（作者本人除外），完整讲述或部分推测这个人的一生，诗歌的这种书写倾向一直贯穿了整个19世纪。我们往往忘记这是一种明显的前现代主义诗歌的特征。从1750年至1900年，作者的形象或情感往往主宰着诗歌，诗歌往往表现为自我书写。但是，自从托马斯·布莱克洛克（Thomas Blacklock）的《格雷厄姆》（*The Graham*）和约翰·兰霍恩（John Langhorne）的《国家正义》（*The Country Justice*）（两本书都发表于1774年），以及汉娜·摩尔（Hannah More）的《鲍尔的埃尔德雷德爵士》（*Sir Eldred of the Bower*，1776）到浪漫主义叙事，再延伸到丁尼生、勃朗宁，甚至更早的艾略特（《普鲁弗洛克的情歌》[*Prufrock*]和《小老头》[*Gerontion*]），诗歌创造出了作者之外的个人，这些个人的情感和动机得到了了解并且是复杂的。这样的诗歌画像，经常是全身式或至少四分之三的人物描写，也是以作者的声音进行个人表达的冥想诗歌，激活了18世纪批评所膜拜的原则，即诗歌模仿许多事物，但主要是模仿激情。诗歌描绘并激发出通过回忆和反思，或通过讲述与他人的相遇而体验到的情感的源泉。用华兹华斯区分诗歌的话来说，诗歌要么在沉思中模仿情感，要么戏剧性地模仿情感。

不过，就人物和他们的激情而言，在19世纪后期的某个时候，传奇——也就是对他人激情的叙事——开始从诗歌中消失。没有对事件的叙述和对人物感情的描绘，传奇就无法存在。因此，传奇的缺失以及对它有意的摒弃是现代诗歌的标志之一。也许这种现象出现是因为，福楼拜（Flaubert）、詹姆斯、普鲁斯特（Proust）、劳伦斯（Lawrence）、乔伊斯（Joyce）和伍尔夫都在成功地运用诗歌技巧（除了常规的格律，这是许多现代诗歌要避开的内容）来描绘人类的情感和心理动机。这种诗歌技巧的挪用限制了诗歌的独特范围（并且再一次，语言的诗性功能将不得不再次投靠永远新颖的词语组合本身,事实上,极端的新颖词语组合的例子终结于《芬尼根的觉醒》[Finnegans Wake]中的散文)。这种发展使得埃德蒙·威尔逊(Edmund Wilson)在1928年发表了名为《诗歌是垂死的技巧吗?》(Is Verse a Dying Technique?)的文章,并且在文中提出了和标题一样的问题。现代主义时期,诗歌总的来说成为了不太引人注目的"传记"或个人叙事。它可以是自传或自白体,从定义来看,这些模式以自我为中心。大卫·珀金斯(David Perkins)指出了这一点,他在标题为《叙事反抗》[The Narrative Protest]的文章收集了一些例外情况,比如吉卜林(Kipling)、曼斯菲尔德(Masefield)、切斯特顿(Chesterton)和诺伊斯(Noyes)等诗人"试图与现代世界中男男女女的实际经历相联系"。其他诗人,如科珀德(A. E. Coppard)则回归到描写乡间人物的民谣,比如"贝蒂·佩兰"。① 我们可能会想到弗罗斯特的《帮工之死》(Death of the Hired Man),多半还有奥登为叶芝写的挽歌,或者叶芝自己的疯珍妮组诗。埃德温·阿灵顿·罗宾逊(Edwin Arlington Robinson)描绘了具体的、活生生的个人。不过,这些都是例外,很多都不是现代主义的经典。完整的现在活着的他者,戏剧性的个体,作为诗歌叙事的一个重要主题正在离开。难道18世纪术语所说的"激情",或者约翰逊在《弥尔顿传》中所言的"人类兴趣",只是回到诗人身上了吗?还是在许多无名的他者中支离破碎了呢?——"我不知道死亡已经毁灭了那么多人"?自我,或者令人意外的支离破碎的自我遇到的一个杂乱的世界,取代了在丰满想象中构想出的另一个自我的存在——当然,除非这个自我是自己的"另一面"。

现代主义诗歌中,约翰逊所说的"人类兴趣"的缺乏,并非源自于对宗教或时代错误神话的兴趣,而是源自于对无数私人神话的内

---

① David Perkins,《现代诗史》(A History of Modern Poetry),2卷本,Cambridge, Mass. Harvard University Press,1976—1987,第1卷,第60—83页。

向考察,而大多数私人神话似乎没有足够的凝聚力,无法成为叙事诗的主题。对这些私人神话的内向考察就像17世纪以来的情况一样,成为了小说之一:《追忆似水年华》(A la REcherche du temps perdu)、《尤利西斯》、《菲利克斯·克鲁尔》(Felix Krull)、《达洛维夫人》(Mrs. Dalloway)。人们可以把贝内特(Benet)的《西部的星星》(Western Star)、罗伯特·佩恩·沃伦(Robert Penn Warren)的《奥杜邦》(Audubon),或者贝里曼(Berryman)的《梦中之歌》(Dream Songs)称之为另一个人的故事吗? 这些书只是有着强大的、几乎不可逾越的资格。正如海伦·文德勒(Helen Vendler)指出的那样,在《梦中之歌》里面,"亨利并不是贝里曼,但是也不能说亨利不是贝里曼"。[1]然而,由于现代主义诗歌往往反映一种内在的生活和精神状态,所以在某种意义上,它仍然是高度的模仿(而且在很大程度上与浪漫主义和浪漫主义理论联系在一起)。现代主义诗歌代表着意识状态,存在和感知的状况,但是它不再寻求创造一个完整的人作为另一个人。这不再是文学理论的显性或隐性本质。这样的描述不再有任何"理论性"。在这个特殊的意义上(不是否定的,而是诗歌必须做些什么来使自己焕然一新),现代主义诗歌,甚至诗歌散文都是"不育的",无生殖能力、感情缺乏和贫瘠形成了诗歌的一大主题。《布登勃洛克一家》(Buddenbrooks)并不是事业的开始,而是对一个终结的时代的长久告别,即深情又超然,托马斯·曼(Thomas Mann)意识到这个时代不可能成功地延续下去——这是一个没有继承人的家庭。汉斯·卡斯托普的孩子是谁呢? 没有人;他自己就是那个垂死的孩子。到后来,格拉斯(Grass)的《铁皮鼓》(Tin Drum)里男孩根本不想长大。

---

[1] Helen Vendler,《部分自然,部分我们:现代美国诗人》(Part of Nature, Part of Us: Modern American Poets),Cambridge, Mass.: Harvard University Press,1980,第120页。

所谓的"叙事或叙事激情"呈现出一种相对的沉默,过去一代或两代批评家(尤其是学者)在试图思考诗歌的本质时,几乎是尴尬的。对于诗人本身,以及为学院外相对更广泛的读者写作的批评家来说,这并不完全正确。不过,被知识和文本分析所吸引的批评家或学者往往显得对情感的起伏无动于衷。超越有序的形式主义,似乎常常意味着快速奔向混乱的形式主义的游戏。也许是因为歌词涉及激情的设想沉默了这么久,很少有人说出这种说法,然后以它为向导;或者也许是因为语言和技术问题占据了上风,诗歌和诗性语言充满激情和感受的一面被挤出了大多数的学术批评。单单是词语组合,就像叶芝的马戏团动物——而不是根据所需的感受以及模仿的情感而形成的词语组合,心灵肮脏的碎布和骨头商店——这在理论上已经发挥了更重要的作用。

远离讨论情感的批评趋势部分上是一个题材问题:恰当地研究批评应该是研究什么。因为批评家的确经常想主要,甚至专门谈论语言、修辞格、编码、解码或策略。毕竟,这个讨论与领域、部分的分类和分析有关,正如亚里士多德所知,分类和分析必然是任何系统研究的特征。① 然后,还有信任的崩溃,那是对模仿能力或指称意义,对文本的稳定性和"准确性",以及对作者意图的信任的崩溃——所有这些问题,无论多么真实,都有助于将注意力从可传播的人类经验和感受上转移开;此外,对文本的任何模仿性或意向性的持续怀疑,很快就使这种不信任及其所有副产品成为批评的主要对象,通过模糊或专业技巧强大的镜头使所有的写作和阅读行为都充满了偏振光(两极分化)。心理学方法,如弗洛伊德理论,在效用和洞察力上证明是无限的,但却很少能够广泛应用,即像早期的文学理论所设想的

---

① 参见 David Lodge,《现代主义、反现代主义和后现代主义》(*Modernism, Antimodernism and Postmodernism*),在伯明翰担任现代批评主席时的就职演讲,Birmingham:University of Birmingham Press,1977,第 1 页。

那样,全面且多样地检查激情、动机和行为。

批评作品也会受到广泛关注并被学术专家以外的读者所接受,那往往是作家传记——通常是批评传记——不同版本的作家书信,或讨论作家的生活思想和情感,或表达独特的批评个性和风格的散文。如果批评失去了人类兴趣,它就会在批评过程中迷失自我——人类兴趣是真正的兴趣(inter esse),讨论或揭示特定心灵的压力,一种无法与(但无需反对)方法或理论相提并论的个体感受和反应。

我们如何定义诗歌——也就是说,我们如何从理论上谈论诗歌——反映了我们所珍视的事物,以及我们在诗歌实践中感受到的可能。语言学家提供的定义和诗人暗示或提供的定义很少一致。理论随着实践的枯竭和其他发展而变化。这些永恒的问题和给出的答案提高了人们对诗歌的可能性和功用的认识:词汇、音乐、节奏、句法、修辞和思想的取之不尽的资源并不总是存在,它们是诗人和批评家寻找和创造出来的。用济慈的话来说,英语必须跟上步伐。询问什么是诗歌? 什么是诗性语言? 或者什么是一首诗或一位诗人? 永远不会有不变的答案。批评常常被引诱,把注意力集中在一两个答案上面,因为这些答案在某种程度上比其他答案更重要。如果仅仅从语言学的角度来研究诗歌,界定诗歌的理论就显得越来越狭隘和地方化了。

在德莱顿之前,英语诗歌用语体系并不存在。人们普遍认同诗歌的性质和诗性语言的功能。随着18世纪批评家们详细阐述这些问题,定义变得更加有趣和多样,而不只是对诗歌形式的关注:文学理论反映了关于人性、癖好、天赋(如果有的话)、激情、快乐和知识,以及我们如何控制和表达感情和认知的争论。现在,给诗歌下定义可以看作是暗示关于人性、知识、命运、甚至不同文化的一般观点的一种方式——这些定义超越了亚里士多德《诗学》里的观察,即人类有两种本能,一种是追求和谐,一种是用来模仿。伴随着什么是诗歌的问题,新的紧急情况出现了。

雅努斯(Janus)：批评与现代性

> 书并不是……达到任何目的的手段；它所献身的目的就是读者的自由。
>
> 萨特:文学是什么？

在阅读中与在体验中一样,每次脉搏的计数,每次清晰的阐释,都展现了一个无限接受和再创造的世界,这个世界在终身阅读和感受的一生中不断演变。尽管已有数百年的批评——每个人都有可能接触到文本——但个体读者还是形成了一个有独特的参照和内在联系的宇宙。每一种阅读行为都是一种重新思考和重新感受的行为,并且,我们活着且为了我们的生命再次创造文学时,阅读行为带给我们的不亚于一切。在我们珍视的阅读中,一本书或一个文本重塑了我们直到那一刻所构建的整个"阅读"世界；阅读还神秘地重新组合了我们与其他读者和受难者共同生活的相关宇宙。因此,对文学的使用成为了对自由的使用。

没有一位批评家是完全客观或完全主观的,但是如果我们认为术语之间没有差别,或者将它们视为相互排斥的对立面,那么我们就站在了滑坡上。(如果我们在几个哲学语境中研究这些术语,而不是依赖一种原始的、真实和不偏不倚的"客观"的感觉,以及一种个人的和自以为是的"主观"的感觉,那么文学阐释中的许多主客观争论就可以消除了。)令人恼火的是,人文学科不可简化,充满了分歧和不严谨。人文科学常常赞美含糊说法和对话模式;很少讨论公认的事实,而是研究不同程度的明达的或误信的观点——但很少以可证明的方式。每位批评家都有一个特殊的爱默生式的"视角"——或许这正是我们真正看重的自己喜欢的批评家身上的事物。并且,我们可能更喜欢这个视角,因为它不是再次肯定我们的所见,而是赞美或挑战我们的眼界。

我们可以强调两点。第一,说某位批评家有一种意识形态或意识形态观点,并不是把他从道德选择或伦理价值的领域中排除;相反,而是把批评公正地放在这个框架内。一种意识形态可能被视为一套连贯的价值观,不可避免地涉及到道德和伦理层面。意识形态包含社会和人类关系、经济和权力的价值观。除非你想谈论一种纯粹的审美意识形态(如果存在这种极端的纯粹的话),或者除非你对道德价值有一个简化的定义,否则,意识形态就是谈论道德体系的另一种方式,对某些人来说,这种方式的好处是避免使用"道德"这个词。

第二,一些批评家把他们的道德价值观或意识形态以纲领性或辩论性的方式充分发挥作用。我们可以感觉到什么是模板批评。也就是说,尽管每一位批评家持有的意识形态或价值观,并且可能比另一位批评家的意识形态或价值观更敏感或更有见识,也可能不如另一位批评家,但并非所有的批评家都会让这些价值观发挥同样的效果。许多严重依赖政治意识形态,或宗教或文化价值观的批评家,比那些非意识形态的批评家更有吸引力,但关键是,与其说我们都有"意识形态"的观点变得如此不确切和毫无意义,不妨说我们都有舌头。就文学批评的应用而言,并非所有的意识形态都同样一致或清晰。与一个文本相关的内容可能不适合另一个文本。尽管我们无法避开意识形态或道德价值,但运用它们并不能使每个人的意识形态都接受智力、力量或相关性的相同影响。一些批评家将他们的理论或阐释定位在一种连贯的意识形态上,而其他人则以一套不太明确的价值观为导向,或者,用亨利·詹姆斯的关键词来说,以印象为导向。

当我们开始抛出一个像"意识形态"这样的术语时,我们需要仔细考察我们意指的是什么。否则,它就变成了一个袋子,我们几乎可以把任何东西都扔到里面去,然后把它甩到我们背上。

在不到 20 年的时间里,我们看到了结构主义和后结构主义来来去去。在美国,结构主义几乎还没有时间开花结果,它的承诺就落空了,而后便常常以解构主义或"实用主义"为特征,在这两种思维模式中,文本走到极端,要么最终意味着除了差异什么都没有,要么意味着任何包括所有差异的东西。或许,一些批评模式将是明显地摆脱对古老正统学说的挑战,它们就是新马克思主义批评和女性主义,不是因为二者将获得最多的追随者,而是因为它们在现实和苛刻的政治、历史和社会背景中谈论文学。它们把文学与生活和习俗联系起来,或者至少有能力这么做,如果不把精力浪费在内部冲突上,这种内部冲突往往比与阵营外人士的分歧还要尖锐。下一个主要的运动可能会出现在文学社会学领域。然而,这不仅需要理论,还需要历史知识、社会研究,以及对思想、宗教和政治运动的了解。随着文学社会学的不断发展,模仿或"再现"将再次成为批评理论的重要内容。

泰瑞·伊格尔顿(Terry Eagleton)的《批评的功能:从〈旁观者〉到后结构主义》(*The Function of Criticism*:*From The Spectator to Post-Structuralism*,标题的主要部分来自于阿诺德,通过艾略特转引)是一部简短却引发争议的概论,在书中,伊格尔顿主张,"现代欧洲的批评产生于反对专制国家的斗争"。[①] 这是其中一个微小的事实,却承

---

① Terry Eagleton,《批评的作用:从旁观者到后结构主义》(*The Function of Criticism. From the Spectator to Post-structuralism*),London:Verso,1984,第 9 页。Frank Lentricchia 的《批评和社会变革》(*Criticism and Social Change*,Chicago:University of Chicago Press,1983),依据 Kenneth Burke 的思想,也许给出了一个更具说服力、更为严密讨论过的观点,来说明评论家对伦理和政治方面考虑的介入,但是这绝不是对英国批评的调查。Lentricchia 的立场根本上是新马克思主义学派,并且倾向于解构主义,尤其是保罗·德曼,认为它在避开社会和政治问题时巧妙地保持了"传统"。

载了足够的价值让它存活下去,包括了足够权威的错误信息,以保证方法的新颖性。伊格尔顿的观点——18 世纪的批评成了推动"资产阶级权力集团"崛起的、或多或少单一的公共话语的一部分——在其影响范围内引起联想,却又言过其实。一种观点是,关于一般文化和知识兴趣的非专门的批评话语,是从一些界定模糊却显然有意识的政治阴谋中浮现出来的,这是一个颠覆君主专制的计划,但也能使无产阶级中粗俗的不满意者沉默,或者更好的是,拉拢这些不满意者的计划,但这个观点忽略了事实,用极度陈词滥调的标签掩盖了几十年高度复杂的历史,基本上完全没有引用上下文中的许多批评。"《闲谈者》和《旁观者》都是资产阶级文化政治的产物,它们广阔、温和的同质化语言能够涵盖艺术、道德、宗教、哲学和日常生活",伊格尔顿争辩道:"'文学批评'反应不是完全由整个社会和文化意识形态决定的,在这里没有任何问题。谁能怀疑这一点呢?如果能让似乎与你意见相左的每个人都因为同样的原因一起策划反对你,那么在机智的回应时,你总会感觉更舒服和勇敢。"①这种辩论超越了传统的后此故因此(post hoc ergo propter hoc),转移到了更别出心裁的后此故因彼(post hoc ergo propter hac)的谬误。

伊格尔顿粗略调查后断言,19 世纪早期,"普遍人文主义"的共识在政治分歧和激进化问题上触礁分裂了。维多利亚时期的圣贤们无法把碎裂的事物复原起来。很快"市场"决定了一切。但是,伊格尔顿对 20 世纪批评方向的评论,特别是大学里的趋势,是敏锐而有见地的。和之前的其他人一样,伊格尔顿认为,19 世纪后期的流行品味和高雅品味的分离是一种有趣且持续不断的文化事件。在他的标签和意味深长的名词(资产阶级、中产阶级、统治集团,以及总是

---

① Eagleton,《批评的作用》(*Function of Criticism*),第 18 页强调了我的观点。他说(第 12 页),没有"普遍一致性",但是他的确"在英国社会中"设立了"一个日益自信的统治集团"。

"晚期"的资本主义)之中,这些词没有具体的释义,承受着没有提供事实和文本的重压,伊格尔顿的确提出了一个紧迫的问题,还提出了一个关键的请求。即使人们不同意他对批评史及其动机的解读,他的基本论点也值得我们对其进行最仔细的审视。主要的一点——也是悲哀的一点——是"现在的批评缺乏所有实质性的社会功能"。通过在学院里获得有限的专业化知识,批评已经在政治上和社会上自杀了。(我认为,伊格尔顿通常将批评视为一种惯例,因为上面的观点不能准确地概括学院内外的所有批评家。)那么,特别是对于二战以来专业化爆炸中产生的大学批评,伊格尔顿对其缺乏实质性社会功能的指责是一个值得反思的挑战。最后,他再次呼吁批评家肩负起"传统"的角色,"不要为了发明而发明出一些时髦的新功能"。这涉及到一种对语言、话语和社会的审视,并不仅仅是掌握"过去传统意义上有价值的作品"。伊格尔顿提出了批评"根本没有未来"的解决方案,对他来说,这将使批评家卷入到一场"反对资产阶级政权"的战斗中。① 伊格尔顿的书到此结束了。

批评家们会参与其中,因为他们是知识分子,也因为他们广泛阅读和思考,熟悉人性和历史,并思考道德动机和社会制度。为了成为全面意义上的批评家,那些读和写的人要做这些事情,但是如果批评家仅仅是针对文本解读的技术方法大师,那么这一切都没法做到。当阿诺德呼吁批评要公正,他并没有打算让批评退出公共领域,而是不打算维护个人或阶级的权利或利益,尤其不是为了稳定现状。他的批评的目的不仅是同情新的、甚至颠覆性的想法,而是要在实际上支持它们(奇怪的是,伊格尔顿不愿谈论阿诺德)。阿诺德对不存在的法国诗人进行评论,来看看谁会发现这一点,借此戏弄英国文学的

---

① Eagleton,《批评的作用》,第 7、123、124 页。注意,在这里"传统"在 Lentricchia 对德曼的评价中有了完全相反的内涵,展现出人们如何能够唤起"传统"来赞同或反对某事。

孤立和数量有限的经典。他认为贵族是没有想法的"野蛮人",中产阶级是"非利士人",社会融合的唯一希望是真正地解放广大平民,而不是把平民作为替补选择。

批评概况

文学是唯一一门这样的艺术,在其中,艺术的实践、艺术的批评、艺术的学术和分析都是在同一个媒介上进行。如果只是因为这个原因,批评就可以理直气壮地获得文学这个称号。这其中的含义是多方面的——我们可以设想"文学"和"文学批评"之间有一种更紧密的共生关系,二者之间的界限变得模糊(而不是将二者分离)。但是,我们也面临着缺乏外在符号,以及缺乏其他媒介在内的不同视角。在整个艺术领域,文学批评因此呈现出一种特殊情况。如果批评的测量标尺或工具与它所研究的对象在相同的媒介中运作,那么,任何批评或知识体系都不可能是完全系统化,甚至不能用全新的视角看待研究主体。批评没有办法完全脱离媒介,这是一种监狱或荒野。

然而,文学批评在更广泛的意义上属于文学,随着人们认识到它是一般批评的一个子集,这一事实得到补充。对其他艺术的批评也是在语言中进行的,我们常常也可以把这种批评看作文学,尤其如果我们认为文学包括任何形式的写作,只要作品达到一定程度的清晰表达和足够智慧。(这种程度本身是文学理论研究的一个主题,很难准确界定。)

200多年前,约翰逊说过,文学中再也不会出现一本非常特别的书了。有些书比另一些书更引人注目,但约翰逊的意思是,再也不会出现超越一般的书了,没有一本书能将整个主题彻底颠覆并产生持久的影响。尽管在文学形式和文化价值观上出现了持久的运动和本质的变化,但是文学和批评方面的哥白尼式的革命,即使有的话,也寥寥无几。任何已经出现的运动,比如浪漫主义运动或现代主义运动,已经包含了许多作家和一致的观点,而这种一致往往如此松散,以至于运动的具体特征和恰当定义产生了真正的分歧。《华氏451》(*Farenheit* 451)表明,即使是消除过去建立新秩序的措施也无法抹杀人类的记忆。文学有太多的积淀和同化,而语言则发展得过于缓慢且为人们所共同拥有,不到几代人里任何事情都不会完全改变。实际上,现代学术结构可能使变革更难从内部压力和理论中发展出来,变革更可能从其他领域的事件和观点,从政治革命和社会运动中发展出来。无论如何,没有一种文学结构可以与元素周期表、进化论或相对论相提并论,文学构想不会建立全新的疆界。

谁能说得出今天不朽的批评将来会是什么?它可能是由一些易逝的碎片组成:短卷诗歌的序言,死后出版的个人日记,等待下个世纪某个时候出版的书信集;或者日记,或年轻诗人写给小杂志的系列文章;或者采访,或者像索绪尔的语言学演讲稿,亚当·斯密的修辞学讲稿,以及柯勒律治的莎士比亚讲稿——在所有事例中,这些主要是由细心的学生和旁听者保存又誊写下来的内容,并且往往几十年没有发表。

我们往往会忘记,按照我们现在的理解,约翰逊从未写过关于批评的书。德莱顿、艾迪生、赫兹利特、济慈或王尔德也没有写过。约翰逊版的《莎士比亚戏剧集》跟在经久不衰的《〈莎士比亚戏剧集〉序言》之后上市,而他的《英国诗人传》最初介绍了52卷独立作品,那是一位书商以赚钱为目的的英国诗人系列作品集。无论专题,还是期刊散文,最初都不是我们认为的那种意义上的书。柯勒律治一生中唯一一部以书出版的批评著作《文学传记集》,自称为"草稿"的"毫无条理的汇编",文章质量也是出了名的参差不齐,其中包括他自己的部分演讲、旁注、早期的期刊杰作、评论、旅行信件和大量引文,以及来自德国作家以不同署名改编的部分。甚至那本书最初也是作为《通灵诗叶》诗歌的序言构思的,以便回应华兹华斯1815年发表的《序言》，以及回答1800年出版的某个作品的代笔人。

阿诺德撰写评论文章，爱默生、爱伦·坡、霍桑和詹姆斯也是如此（阿诺德关于宗教和文学的长篇著作最不受关注）。艾略特的所有批评作品都是散文。他决定写一本伊丽莎白时期和詹姆士一世时期的诗人和剧作家的系统长篇研究，最终仍然分散出现在散文和短文中。当然也有批评是书——亚里士多德的《诗学》加上他显然已经失传的喜剧专著，那会是一本短小的书。在我关注的时期有很多这样的作家：莱默、坎贝尔、布莱尔、杰拉德、赫德等等。然而，仍有待观察的是，批评——不是文学史和传记的学术研究——是否已经在"书"中找到最合适的篇幅。讽刺的是，批评家得到学术认可之前，现代大学通常要求他——越自觉有声望的大学，要求越多——至少有"一本书"（最好两本，或者一本"巨"著）。批评或甚至文学学术著作是相对较新的体裁，其创建部分上具有惯例性和专业性。将这样的作品奉为最高级、最全面的批评体裁，带来了值得质疑的假设。

艾布拉姆斯、诺思洛普·弗莱、哈利·莱文（Harry Levin）、克劳迪奥·纪廉（Claudio Guillen），雷纳·韦勒克（Rene Wellek）和奥斯汀·沃伦（Austin Warren）等人已经试着有计划地引导批评了。接下来的方向并不是要反驳或取代它们，而是要补充它们，并且强调所有的导向，正如国民经济的模式，都不可避免地经历选择和简化。我的标题和纲要表明，在阅读之前、之中以及之后的反思中，批评家和读者审视文本时，都有几个不亚于经验本身的宽泛的基础——假设和知识、事实和观点、"意识形态"和价值观的混合——这些基础实际上指导着批评理论的方向，以一种也许与强调读者、作者或文本所表现出的特定"文学"品质同样重要的方式。我们简单指称的"阅读行为"是一系列极其复杂的感知，它引发了无法预见的反应和进一步的感知，尽管这当然不是从零开始的。我们面对文本，阅读和书写它们，不仅遇到并创造出新的事物，而且是作为已经形成和有见地的个体，自己仍然还在形成中。对于这样一种宽泛的批评回应的导向，我们可以选择世界、时间、人和媒介(媒介之一是"文本")作为标题。不引入作为技术术语的词汇,也不引出特定的历史或哲学含义,而只是为了有助于记忆,这4种图式,它们可以被称为"宇宙"(cosmos),"时间"(chronos),"心灵"(psyche)和"理性"(logos)。

Cosmos,宇宙,或者世界

世界、"天地万物"或宇宙很快就会变得自命不凡或愚蠢,正如爱默生无理地贬低道,他很高兴玛格丽特·富勒终于接受了宇宙的存在。或者,我们可以回忆一下约翰逊的一位老师写的《致宇宙》,那是一本单词拼写课本,但批评家(读者和作者)的确有价值观,即使不是明确的,也是默认的——那是一种"意识形态"或世界观,一种关于现实或客观经验本质的观点或立场。因此,我们说,艾略特对这种难以捉摸的现实或世界图景的看法受到了布拉德利的影响;或者,但丁以某种方式集中体现或表达了中世纪的世界观;或者弥尔顿是基督教人文主义者,休谟是把怀疑论和现实主义结合起来的无神论者,奥斯丁是道德家,她描写的小世界是一方象牙上的微缩图画,却包含着最深刻的道德洞见。艾略特本人则偏爱具备某种哲学方法或统一世界观的诗人,并且以此作为衡量莎士比亚的标准。因为他们特殊的哲学和政治立场,德里达和卢卡契(Lukacs)在文坛上发挥着重要作用。文学批评对整体的批评界知识分子总是有吸引力。文本允许——坚持——作者和读者的世界观相互渗透,以便形成一种新的或者"第三种"观点,而这种观点不能单独作为作者或读者的阐释或模仿存在。

Chronos,时空或时间

我们所说的历史发生在时间之中,并且通过时间来形成,但历史不是时间的本质。时间总是有一种过程感,而历史是我们选择、表达和阐释的一个更受限制的过程,虽然它与时间表不同,但却是相关的。从某种意义上来说,历史就是发生在其他人身上的事情。我们可以忽略历史,直到我们意识到自己对于别人来说就是那些其他人。从另一种意义上来说,历史就是我们画出来的手,我们从废牌堆里挑选的牌,它本身就在我们面前,因此已经限制了我们的选择。没有历史,我们就无法从时间里得到救赎。韦奇伍德(C. V. Wedgwood)在她为缄默的威廉写的传记里说:"历史是向前发展的,但却是在回顾中书写的。在考虑历史的开始之前,我们就知道了结局,我们永远无法完全重新体会到,只知道历史开始的感觉。"①个人的生命也是如此——韦奇伍德正在诠释克尔凯郭尔的话:生活是向前的,但向后追溯才能了解人生。

时间是文学变革的媒介,并且,不尽相同的是,时间是构建从相同材料中提取出来的所有文学史和传统的必要条件,即使是不同的文学史和传统。无论我们称之为历史的是什么,它的传统、过程、新颖性、独创性、年代顺序或者影响——所有这些都发生在时间里并穿越时光,但并不是因为它们的发生而按时间为我们建立起来的:我们对时间里发生的事情的积极的、合理的、选择性和部分上的认识必须创造出这些概念,以及它们在作品、作家、活动和风格上的应用。我们必须赢得和拯救这种认识。这可能会带来明显的问题。在《英国诗人传》的"作者广而告之"中,约翰逊说:"在这种瞬时的历史中,人们不容易发现事实的先后顺序,我怀疑德莱顿的一些作品被归入了错误的年代……如果我以后能得到更准确的年代表,我会发表出来。"但是,即便如此,约翰逊知道,这并不意味着,文学史就是一个

---

① C. V. Wedgwood,《缄默的威廉,拿骚的威廉,奥兰治王子,1533—1584》(*Willian the Silent*, *William of Nassau*, *Prince of Orange*,1533—1584),New Haven Yale University Press,1944;1948 年重印。《诗人传》(*Lives of the Poets*),3 卷本,George Birkbeck Hill 编,Oxford:Clarendon Press,1905,第 1 卷,第 xxvi 页。

事实一览表。批评中的时间意味着精神活动,一种投射和记忆——简而言之,一种能够抓住连续性和间断性,影响和独创性,语言和用法变化的想象——所有这些,甚至更多,都在彼此相互作用。我们自己的理解也受到历史的制约,我们对时间长河里的文学的认识就像眨眼一样,有时是无意的,有时是有意的。在眨眼期间,我们净化和刷新了我们的视觉,但是由于眨眼,我们会暂时失明,睁开眼睛则回到了一个与我们最后一瞥大不相同的世界。最终,很少有批评理念能够切断自己与当时或一段时间以来出现的文学意义的关系。① 因此,文学史是永远不可舍弃的;但是人们又难以从方法、叙事和价值观方面界定文学史,它必须由每一代人重新塑造。

时间就在作品自身里面,比如《汤姆·琼斯》(*Tom Jones*)、普鲁斯特,或者《烧毁的诺顿》(*Burnt Norton*)对时间的伟大沉思。时间与叙事中的相关概念有关,比如巴赫金的时空观,或者巴特的对历史、小说和法语叙事中过去时的沉思(《写作的零度》[*Writing Degree Zero*]),他引用了瓦雷里认为集中体现了小说体裁惯例的一句话:5点钟,侯爵夫人出了门。在《1984》书中,钟表敲了13下,以一种特殊的方式宣告着它的新现实主义。最近,历史和哲学研究使用了考古学这个术语:德里达等人则利用了这种发掘和重建过去的感觉,从微小的细节、缺失的碎片和混乱的地层中重建过去。这种"考古学"是一种特殊的历史,建立在敏锐的过程意识之上。

文学史与其说描述的是发生的事件,不如说是考察不同个体在不同情况下创作的一系列文本,尽管如此,由于时间、文化、民族

---

① 例如,在18世纪研究中,参见 Phyllis Gaba,"一连串的娱乐:《拉塞勒斯》中对洛克的时间叙述的道德说教"(A Succession of Amusements: The Moralization in Rasselas of Locke's Account of Time),《18世纪研究》,10,1977,第451—463页;Paul K. Alkon,"约翰逊和年表"(Johnson and Chronology),《格林百年研究》(*Greene Centennial Studies*),Paul J. Korshin 与 Robert R. Allen 编,Charlotresville: University Press of Virginia,1984,第143—171页,文章侧重于对于作为普通思想家的约翰逊,年表和时间的重要性。

或所读内容之间有着关联,这些文本常常共享某些东西。我们继承了文化遗产,但却是通过我们的历史感;通过我们对过去部分上和极少的公正的一瞥,我们有机会重塑我们的文化和研究领域。文学史的存在很大程度上是为了服务于社会和文化需要。即使这种文化遗产似乎主要是由统治阶级或小集团创造的,即使文学史似乎将一套排他的、不容置疑的价值观奉为神圣,它对个人思想的价值仍然基本上是中立的。就像想象力和原创性一样,它可以用得好或者用得差。人们可以把文学史看作是压迫和教条主义的大厦,也可以敬畏和珍视它——或者两者兼而有之。无论我们怎么看待它,文学史都不会消失;它将继续变化,不仅仅是因为发生的事件,而且还通过不断地被重新阐释。文学史呈现给我们不可避免却又不断变化的情形,不仅对批评家,而且对所有的读者,甚至对那些没有这样反思的读者。文学史是一个高度复杂和多样的课题,其形式和方法与一般历史一样多。所以,谈论"文学史"或"历史方法"是一种极端幼稚的简化。

Psyche 心灵,或者人

在这里,人性意味着广泛的探究和了解人类的不同方式:心理学、人类学、精神分析,对人类在各种社会环境中的意义的看法,或者人性本质上(如果它确实具有内在的"本质")是什么的观点。这一系统研究可能包括亚里士多德、联想心理学、维柯、弗洛伊德、荣格、诺伊曼、拉康和贝特海姆(Bettleheim)。当然,它也包括文学本身。如果有人不相信,除了生殖能力,人性中还有一些固有的或本质的东西,而甚至一些激情和行为都不是固有的,但生活是由独特的社会和语言环境构成的,那么对这些人类本性的研究不过是幸存下来的一种探究,它探究的是人类如何和为什么创造或获得如此不同的特点和独特的行为。因为语言和文学比其他任何单一的人类表达、制度或努力都更好地代表了经验和行动的多面性,文学创作和批评都借鉴了,并且实际上有助于创造了人类心灵与其社会存在的理论和理解。自霍布斯甚至比韦斯(Vives)以来,对系统心理学的兴趣不仅是批评家的主要工具之一,而且是所有作家工作的知识环境的基本特征。

Logos 理性或媒介

这个媒介是语言本身,它在所有图式中也许是最核心的,但仍然是一种媒介,被视为是一个内在和本身抽象的系统。除了阅读字典定义,或为修辞术语手册创编例证之外,这种媒介并没有更多地描述人类生活和世界。然而,我们可以继续把所有主要由修辞学和诗学,隐喻、文献学、语法和语言学的研究,语言与翻译的比较研究——甚至基于语言的心理学和社会理论探讨的内容都包括在内。有趣却非巧合的是,约翰逊和柯勒律治,两位英语中最伟大的批评家,对语言和文字最感兴趣,并且最了解语言和文字(柯勒律治常常选择与约翰逊辩论语言问题)。他们在这方面的批评特别丰富的原因是,他们各自有能力将对语言文字的洞察力与他们对其他领域的兴趣结合起来:这些其他领域包括历史、传记、心理学或哲学。几乎不可能将"媒介"或语言视为一个单独范畴,因为它是我们表达对其他一切的理解和看法的主要方式。这使得语言研究成为了中心,也有助于解释为什么半个世纪以来,语言研究发生了"语言学转向"——或者,更概括地说,转入了符号语言学——它激发了许多领域里的学术成就:哲学、文学批评、心理学、宗教、人类学和社会学。

语言作为一种媒介的概念也涉及到一般所说的文学形式——叙事、体裁、模式或风格的问题。显然,这些主题与其他领域结合在一起——正如叙事可能与历史、风格可能与精神分析、体裁可能与意识形态相结合一样。

宇宙,时间,心灵,理性

不仅在批评方面,而且在整个文化中,比如从古典主义到浪漫主义的转变,根本的变化或分裂都涉及到所有这些元素的基本概念的变化,并且必须要在这些元素之中、通过它们以及它们相互关联的复杂性来看待这种变化或分裂。在这样的转变中——我们经常称之为新的"时期"或"时代"或新的认知观点或范式——人性获得了新的定义,为自己创造了新的定义,无论是借助于卢梭和法国大革命,席勒的《美育书简》(Aesthetic Letters),还是雪莱的改革期望。宇宙观从蒲柏、机械化者以及大神正论的创造者的宇宙观改变为一个更开放、更有机和更有生命的计划——甚至没有计划;伟大的存在的巨链成为了雅各布的阶梯和有机的丰富。时间的感觉也发生了改变。法国大革命把时钟拨回到零——华兹华斯的时间点与约翰逊所说的时间点相呼应——时间对人类意识来说尤其具有延展性。厄谢尔主教的造物之钟受到了嵌在石灰岩中的微小化石的挑战,而这个小化石则是丁尼生心情忧伤时散发出的"疯狂散乱的尘埃"。而媒介,即逻各斯,在语言的力量、拟人化的形象,以及象征,词语的"奥秘"方面被赋予了新的力量,以体现科学以外的真理。

人们仔细审视和重新定义相对孤立的这些元素中的一个时,批评也发生了重大变化:例如:精神分析对人性的审视,现代语言学理论取代历史比较语言学对语言,相对论对宇宙,以及历史调查新方法对时间的审视。批评方法来自于对一个或多个这些方向的特别强调。这样的实例数量众多。达尔文和各种形式的社会达尔文主义影响了文学形式。文学批评中的结构主义源于一个知识范式,人们首次用这种知识范式在社会科学中研究人类行为、智力和文化的本质。事实证明,这种范式令人不安,却富有成效(而且无法给出恰当的定义),正是因为它可以涵盖并呈现出所有图式的变化:对人性、历史、媒介,甚至现实的新看法。读者反应理论既立足于心理学,也立足于社会学,而新文学史则立足于我们对于一些观念的改变的态度,那是对社会发生了什么,以及我们对事件和"心态"的解读发生了什么的观念。批评传记的核心在于个人生活与写作过程之间的关系。成功的时候,这种传记呈现出一整套批评态度,在与小说类似的创造性叙事中清楚地表达出来。新批评最专门地集中在媒介、诗性语言、样式和结构上。在某种程度上,文本主义(包括解构主义)延续了同样的侧重点,尽管角度不同。因此,解构主义是语言和修辞观念改变所促成的一系列运动中的最新一项,但是现在,一些追随者将它与一个哲学观点关联起来,即关于现实的本质,以及更具体地,关于形而上学历史的哲学观点。女权主义和马克思主义批评(有不同程度的系统一致性)建立在最初的社会、政治和经济的世界观之上,这些世界观与对现实和历史的信念直接相关。弗洛伊德或新弗洛伊德解读来自于对心灵的特殊研究。诸如此类还有很多。每种批评方法都植根于"纯粹"批评或"纯粹"文学之外的领域,并由此产生。由于基础是多样而复杂的,前面提到的4种类别——不是分离的,而是始终相互渗透的——不应将每一种批评方法简化为一个公式,而是旨在强调重点观念的来源和组合。

每个批评观点,就像任何哲学研究一样,都是从一个或多个关于宇宙、时间、心灵或理性的假设或信念开始的。尽管批评可能会质疑自己的假设,但它始终无法避开这些假设:如果一个观点被抛弃,另一个就会取代它。从这个意义上来说,批评永远不可能是完全科学的,因为它的假设从来没有经过真正的验证。它们越倾向于排它,以便受到约束和符合标准,它们越倾向于扭曲文学创作和体验中发生的事情。

单独使用任何一种方法都没有生命力。正如反复地吃一种食物会造成营养不良。我们会在纯氧和真空中死去。要求批评全面实现完全顺从的"客观性",就像要求一个隐喻来做同样的事情。批评,还是像一个隐喻,要用不止一条腿站立。在隐喻中,亚里士多德看到的不只是一个装饰性的修辞手法;对他来说,这是天才的典型标志。创造隐喻是一种用语言表达的精神或心灵的行为,以新的身份、空间和时间关系来理解世界。隐喻的行为——因为它是一种真实的行为——显示了思维、自然、过程和媒介的分类并不是完全分离的,而是通过比喻性思维的想象天分奇妙地关联起来。隐喻之所以强大,正是因为它把所有的类别联系在一起。它是我们免强地称之为"跨学科"的最紧凑的版本,它沟通、连接且渗透了分类和分析提供的更大的"独立"图式。隐喻同时作用于宇宙、时间、心灵和理性(自然、过程、思维和语言),并在转化中发生作用。在批评中,这一隐喻性启示转化为一系列至少潜在地共同形成的观点。① 哈里·莱文描述这一批评行为时,它揭示并展开,寻求解释的含义:"从应有的公正来诠释文本,应该是从语言、结构、历史和比较方面分析它;要保持一种同步的眼光,寻找人们迄今未观察到的审美角度;并且要保持历时地认识文本在其他语境和注解本重读中的含义。在最灵活和多元的标准下,没有什么可以被排除在深思熟虑的考察之外,但是除非能够经受住内部连贯性和外部相关性的令人信服的检验,否则没有什么紧要的观点值得去追求。"②

爱德华·萨义德(Edward Said)在其内容丰富的著作《世界·文本·批评家》(*The World, the Text, and the Critic*)中提出,批评家们可以利用过去10年或20年里发展起来的方法和理论对斯威夫特的作品进行有益的研究。在平衡和适度的情况下进行,这无疑是正确

---

① 当然,隐喻在批评理论中的重要性从亚里士多德就存在了。在批评理论和历史语境中的一个不错的讨论是 Jr. Willam K. Wimsatt 与 Cleanth Brooks,《文学批评:简史》(*Literary Criticism: A Short History*), New York: Alfred A. Knopf, 1957, 第752—755页。

② Harry Levin, "解说的内涵"(The Implication of Explication),《今日诗学》(*Poetics Today*), 5, 1984, 第109页。

的,但萨义德还是表达了一些困惑,即为什么这种研究没有发生。他给出了几个理由,但归根结底,我相信,这是因为斯威夫特已经反复地审视了自己的作品,他自己就在那里。他的角色揭露了这些研究和研究者更黑暗、荒谬的一面。他的许多作品都是对"批判性"思维、方法和工具的过度、迂腐和浪费的成功戏仿。对一般读者来说,一本冗长深奥而无幽默感的深奥的对《木桶的故事》的理论研究很快就如同原书一样无趣。不过,斯威夫特仍然不受批评方法编织者的影响。用少数发起者掌握的高科技批评手段接近他,就像试图用假币贿赂罗宾汉一样。方法论已经被树立为内部圣殿,而斯威夫特则是对方法论崇拜的一种指责。

在一个价值观、历史和个性并不重要的论坛上讨论斯威夫特,会完全错失其作品的要义。当然,斯威夫特所说的内容取决于他的技巧,而他的技巧使他成为天才,但是他所说的内容超越了技巧,首先是技巧的动机(爱默生的"催生格律的思想")。他的技巧是他天赋的一部分,而不是相反。只谈论理论、叙事、比喻、修辞手法、语言和文学形式的性质,我们可以避免谈论很多别的事情。比如说,斯威夫特看到了其中的愚蠢之处。贝特和哈罗德·布鲁姆(Harold Bloom)之所以对批评很重要,不仅因为他们谈论伟大、天才、比喻表达法和其内部和自身的误读,还因为他们谈论,承载着这种冒险涉及的所有负担和复杂心理的时候,一个人写作意味着什么。

大卫·洛奇(David Lodge)警告说,在如今的批评中,"普通读者难以理解实际工作中的专家",而那些"明白易懂的人往往没有有价值的话可说"。我们需要认真对待他的谴责,因为这指出了一种不断深化的趋势。然而,批评仍有可能成为一套固有的形式语言结构和文本策略,并与人类在行为、价值观和行动方面的相关问题积极融合。批评可以将自己特有的"根本上有争议的概念"与人类价值、道德和精神生活、伦理、教育和政府中本质上有争议的概念联系起来。这里的关键内容不是固定的或永久意义上的关键,而是本质上值得讨论的内容。通过回到意义的问题——在本身涉及到人类体验的意义和价值的文本中——并且通过使用我们"可以"利用的知识和方法,正如托多洛夫(Todorov)所言:"我们可以超越无效的二分法,即专家批评家了解作品却不去思考,和道德批评家不太了解所谈的文学作品却发表言论的二分法。"①拥有完善的批评手段却没有目的的境况变成一场疯狂的追逐,没有任何结果,正如格雷厄姆·霍夫(Graham Hough)对它们的描述,"装备齐全大功率的知识机器,车轮在空中徒劳地旋转"。②

所有阶梯的起点

人文主义的历史或考古学也许可以这样开始:注意到"人文主义"这个名字在它存在的5个世纪里,多次改变了含义。人们可以绘制出"人文主义"相对清晰且不同的表现形式:仅仅在英语传统中,埃利奥特(Elyot)和伊拉斯谟斯、弥尔顿的基督教人文主义,奥古斯都人文主义,阿诺德的文雅传统,新人文主义,学术人文主义,以及它们的所有变体。我们现在可以呼吁一种批判或自我批判的人文主义。在评论罗伯特·斯科尔斯(Robert Scholes)的《文本的力量:文学理论和英语教学》(*Textual Power: Literary Theory and the Teaching of English*)一书时,托多洛夫考察了美国的批评情况。他发现自己与斯科尔斯的观点基本一致:后结构性主义已经自己划分为解构主义者和实用主义者,两者都不能令人满意。托多洛夫认为,另一种方法在直接合理地将文学与人类兴趣和关注联系起来方面获得了最大

---

① *TLS*,1985年10月4日,第1094页。"反人类的一切"(All Against Humanity)是Robert Scholes的《文本的力量》(*Textual Power*)的一篇评论。Scholes的书和Todorov的评论提供了富有挑战性的分析。
② Graham Hough,《伦敦评论》(*London Review*),1985年10月17日,见对《大学批评》(*Criticism in the University*)的一篇评论,Gerald Graff与Reginald Gibbons合编。

的影响力,它就是马克思主义(托多洛夫可能也包括了女权主义),但他的最后一点是,我们已经忽略了人类参照。我们创造了一个纸塔,而不是一个象牙塔,它变得脆弱易燃。斯科尔斯写道:"我们将不得不恢复对批评的评判维度,不是对文学文本进行无意义的排序,而是最严肃地质疑我们研究的文本所倡导的价值观。"对相关性、感觉和价值的追求似乎是永恒的。尽管从另一种政治角度来看,这也是伊格尔顿的观点。

在《蒲柏传》中,约翰逊认为这句话最恰当,他说,友谊是一种不能保证诚实的美德。文学批评是一种智力活动,并不总是使人诚实。一些上一代的学术批评家对批评的评判基础上提出了质疑,不仅仅是对华丽或短暂的潮流,对"股票市场"式的评价作者声誉的方法,而是对更深层次的、后天获得的、高度复杂的知识、事实、比较和熟知体系提出质疑,这些体系在文学和政治中形成了品味和信念。具有讽刺意味的是,这些批评家中的一些人可能会随意地给自己的同事、同事的著作进行排名,然后对学术部门和大学同样排名,并一直使用评判性的词语(好的、坏的、弱的、陈腐的、令人兴奋的、肤浅的、保守的、传统的和冒险的)进行评判,而这些却是他们要从"严肃"专业的作品和批评中剔除的词语。如果这其中的一些观点成为批评法则,想起这位作家的作品,他的生活就可能会变得可疑,因为他的同事会通过搜索剖析他或她的个人经历、教育和加入的机构联盟,以便解释或者揭示他的批评偏好和观点。

任何对文学的思考都伴有一种谦卑的成分,我们有许多先驱。"哲学中的公理只有在我们的脉搏上得到证实后才是公理。"济慈如何粉饰自己的观点的呢?"我们阅读美好的东西,但是从来没有充分地感知它们,直到我们与作者走了相同的路。"本着这种精神,我们可能会意识到,阅读和批评既是一项私人的事业,也是一项公共事业。然而,学术批评是一个有限的专业领域。只有30%授予文学学士或硕士学位的机构恰好开设文学理论或批评课程(只有一半授予博士学位的机构开设这门课)。① 我们作为读者喜爱的饮食多种多样;这里也有这么多。我们以不同的和个人的方式对批评家的反应,所以,恰好在学院里的批评家也没有理由认为"学术批评"等同于一般批评。约翰逊在《漫步者》第 146 篇中的主张是有道理的,那些"致力于文学的人很少把他们的观点扩展到某些特定的科学之外;而且大部分人,即使在他们自己的专业里,除了关注那些现在的研究模式恰好引起他们注意的人,也很少探询任何其他作者。他们不想用过时的知识填满大脑,而是心满意足地将那些他们现在认为受到指责或忽视的书籍抛诸脑后"。

我们的头脑似乎倾向于在价值观和美学,价值观念和意义,以及快乐和不快的感觉之间进行类比。(康德是这样认为的,无论生活模仿艺术,还是艺术模仿生活,这种类比是双向的。)我们无需像艾迪生、休谟、康德和许多其他人那样把这种类比能力称为"品味"。我们可以用另一个词。希腊哲学家和诗人们反复自问,什么是快乐? 这个问题隐含着一系列答案,涉及到道德生活、感官世界、人类个性的本质,以及价值——追求在人们身上发现的某些经验或者品质的价值,或者在这个词更宽泛的意义上,充满欲望地追求那些作为个体、体现这些可贵品质的人。无论我们在文学文本中找到什么样的快乐和价值,批判性问题很快就会延伸到同样广阔的领域。通过选择摈弃价值观或意识形态、历史或心理学、语言学或语文学——或者任何可能与文本、文本的世界、它的创造者、读者和读者生活的世界相关的东西——我们使批评的任务变得更轻松、更有序,但是不那么真实了。最终,我怀疑我们使批评变得更无聊了。

通过以独特的方式进行批评,我们就可以避免谈论我们阅读和写作时实际发生的大量事情。人们可以构建自给自足和专业化的系统和词汇,但是当把它们重新融入其他系统,并最终融合到艺术本身

---

① 《美国现代语言协会时事通讯》(*MLA Newsletter*),1986 年夏,第 18 页。

更大的系统时,测试随之而来了。也许,这种更大的融合可以作为阿诺德对索福克勒斯隐晦的评论的一个亮点:"沉静地观察生活,并观察生活的全部。"这种说法并不推崇简单;它并不是自信的、乐观的或高人一等的,而是令人恐惧的。我们可以看到,这一命令,就像里尔克诗歌结尾处阿波罗的声音一样,饱含着对抗复杂、怀疑和限制的努力。你必须改变你的生活(Du musst dein Leben andern)。尼采在《悲剧的诞生》中的主张背后有这样一种含义,我们的知识体系变得受限了,甚至当我们站在体系的边缘向外看时,它们会过来像蝎子尾巴一样刺痛我们,"解构"我们——体系的创造者,正如它们必须做的那样。而且,即使系统内部的系统是为人类知识而构建的,为了充分表达,它们都需要更大的艺术体系,以及只有艺术才能带来的悲剧性的重要意义。艺术是如此美丽和神奇,以至于我们不会感觉到卑微,而是在内心被改变和改造,于是,艺术成为了一种消遣、奉献,甚至是一种癖好。艺术揭示了认知的极限,揭示了陌生旅程中的快乐和痛苦。批评参与到这种启示中是困难的,但却是可能的。

索引

（索引中页码为原书页码）

A

Aarsleff, Hans 汉斯·阿尔斯列夫 5, 202, 209, 210, 300n24, 302nn55, 59
Abrams, M. H. M. H. 艾布拉姆斯 5, 121, 123, 133, 258, 273n1, 290nn47, 52, 291n11, 301nn34, 38, 44
Addison, Joseph 约瑟夫·艾迪生 6, 22, 47, 53, 56, 60, 62, 64, 67, 84, 105, 106, 123, 132, 136, 151, 163, 165, 167, 168, 170, 181, 183, 185, 207, 259, 269, 286n15, 303n60; *Spectator*《旁观者》60, 67, 123, 136, 254; *Tatler*《闲谈者》207, 254
Aeneas 埃涅阿斯 83
Aeneid《埃涅阿斯纪》27, 78
Aeschylus 埃斯库罗斯 84
Aesthetics 美学 1, 127—149; values 价值 206
Agrippa 阿格里巴 82
Akenside, Mark 马克·阿肯赛德 79, 80, 84, 88, 188; *Hymn to the Naiads*《水神颂》80, 84, 88
Alexander, Keith 基斯·亚历山大 x
Alfred, William 威廉·阿尔弗雷德 282n20
Alison, Archibald 阿奇博尔德·艾利森 63, 64, 106
Alkon, Paul K. 保罗·K. 艾尔肯 307n6
Allegory 寓言 91, 94, 95; mystical 神秘寓言 95

Allusion 运用典故 80，81，162
Altick，R. D. 理查德·D. 奥尔蒂克 294n16
Alves，Robert 罗伯特·阿尔维斯 Sketches of a History of Literature《文学史札记》59
Analogy 类比 between ethics and aesthetics 伦理学和美学之间的 133—135
Ancients 古代 18，30，72
Anne（Queen）安妮(女王) 69
Antigenres 反体裁 152
Apuleius 阿普列尤斯 Golden Ass《金驴记》24，78
Aristotle 亚里士多德 17，34，118，128，156，197，217，244，248，249，258，262，265，308n7
Armstrong，Paul B. 保罗·B. 阿姆斯特朗 299n16
Arnold，Matthew 马修·阿诺德 ix，8，21，30，32，49，65，110，115，127，148，149，170，217，224，225，238，239，245，253，255，257，268，270；Preface to Poems,《诗歌序言》21
Arnold，Thomas 托马斯·阿诺德 245
Association of Ideas 观念的联想 159
Associationists 联想派 201
Auden，W. H. W. H. 奥登 18，38，190，246；The Dyer's Hand《染工之手》190
Auerbach，Erich 埃里希·奥尔巴赫 17
Augustus（Caesar）奥古斯都(凯撒) 83
Austen，Jane 简·奥斯丁 28，64，139，142，153，259；Northanger Abbey《诺桑觉寺》28
Authority 权威 116，147，161，180

B

Bacon，Francis 弗朗西斯·培根 4，45，53，54，78，97，122，154，162，198
Bain，Alexander 亚历山大·贝恩 303n68
Bakhtin，Mikhail 米哈伊尔·巴赫金 15，23，24，25，26，27，261，275n17；The Dialogic Imagination《对话的想象》24；Epic and Novel《史诗和小说》25
Balzac，Honore 奥诺雷·巴尔扎克 305n16
Banier，Antoine 安托万·巴尼尔 86，94

Barbauld, Anna Laetitia 安娜·利蒂希娅·巴鲍德 232

Barnard Thomas 托马斯·巴纳德 176

Barnes, Thomas 托马斯·巴恩斯 56

Barthes, Roland 罗兰·巴特 5, 33, 34, 37, 94, 130, 166, 168, 170, 177, 221, 230, 235, 236, 261, 276nn33, 39, 284n46, 28s5nn60, 61, 304n1; *Writing Degree Zero*《写作的零度》261

Basker, James 詹姆斯·巴斯克 x

Bate, W. J. W. J. 贝特 x, 5, 182, 244, 267, 277n5, 279n38, 28onn37, 45, 281n5, 283n38 286n8, 295n20, 296nn11, 12, 316nn24, 26; *Burden of the Past and the English Poet*《过去的重担和英国诗人》38

Baudelaire, Charles Pierre 夏尔·皮埃尔·波德莱尔 305n16

Baumgarten, Alexander 亚历山大·鲍姆加登 *Aesthetica*《美学》133

Beattie, James 詹姆斯·贝蒂 6, 61, 80, 130, 156, 181, 195, 197, 204, 206, 208, 232, 237, 289n42; *Essays on Poetry and Music, as They Affect the Mind*《论诗歌和音乐对大脑的影响》130, 206, 237

Beauty 美 207

Belloc, Hilaire 西莱尔·贝洛克 9—10; *The Silence of the Sea*《海的寂静》9

Bender, Wolfgang 沃夫冈·本德尔 298n3

Benet, Stephen Vincent 斯蒂芬·文森特·贝内特 247

Berkeley, George 乔治·伯克利 5, 110, 243

Berlin, Isaiah 以赛亚·伯林 5

Berryman, John 约翰·贝里曼 247

Berthoff, Warner 华纳·伯特霍夫 292n29

Bettelheim, Bruno 布鲁诺·贝特海姆 262

Bevilacqua, Vincent M. 文森特·M.贝维拉考 298n3

Bialostosky, Don H. 唐·H.比亚罗斯托斯基 275n11

Bible《圣经》82, 96, 97, 218

Blacklock, Thomas 托马斯·布莱克洛克 245

Blackmore, Richard 理查德·布莱克莫尔 *Prince Arthur*《亚瑟王子》128

Blackmur, R. P. R. P.布莱克默 232

Blackwell, Thomas 托马斯·布莱克威尔 65, 77, 78, 84—87, 90, 97—100; *Enquiry into the Life and Writings of Homer*《荷马生平与写作考察》65, 78, 87 90; *Letters Concerning Mythology*《神话书信集》78, 85, 87; *Memoirs of the Court of Augustus*《奥古斯都宫廷回忆录》84

Blair, Hugh 休·布莱尔 7, 110, 111, 195, 197—199, 202, 203, 205—207

210，217，258，289n42，294n44，300n33；*Lectures on Rhetoric and Belles Lettres*《修辞和纯文学讲稿》7，195，217，各处可见

Blake, William 威廉·布莱克 66，68，70，75，87—89，96—99，109，137，149，175，227，242；*The Four Zoas*《四个佐亚》66；*Jerusalem*《耶路撒冷》99

Block, Haskell M. 哈斯凯尔·M. 布洛克 285n59

Bloom, Harold 哈罗德·布鲁姆 5，38，267；*The Anxiety of Influence*《影响的焦虑》38

Bloomfield, Morton 莫顿·布鲁姆菲尔德 209，301n37

Bohme, Jakob 雅各布·伯麦 242

Bohr, Niels 尼尔斯·玻尔 192

Boileau-Despreaux, Nicolas 尼古拉·布瓦洛 16，26

Booth, Wayne C. 韦恩·C. 布斯 273n1，299n4

Boswell, James 詹姆斯·鲍斯威尔 54，64，176—179，184

Bouhours, Dominique 多米尼克·布渥尔 29，113，136

Bourdieu, Pierre 皮埃尔·布尔迪厄 65，108，122，124，280n40，286n14，290nn51，53；*Distinction: A Social Critique of the Judgment of Taste*《区分：对文学品味判断的社会批判》108，122

Bowles, William Lisle 威廉·L. 鲍尔斯 183

Boyer, James 詹姆斯·伯耶 80

Bradley, A. C. A. C. 布雷德利 232

Bradley, F. H. F. H. 布雷德利 259

Brantlinger, Patrick 帕特里克·布兰特林格 56，279n22

Bredvold, Louis I. 路易斯·I. 布雷沃尔德 275n8，288n32，

Broch, Hermann 赫尔曼·布洛赫 *The Death of Virgil*《维吉尔之死》126

Brooks, Cleanth 克林斯·布鲁克斯 308n7

Brower, Reuben 布劳尔·鲁本 295n18

Brown, John 约翰·布朗 66，68，71，84，90；*Dissertation on the Rise, Union and Power, the Progressions, Separations and Corruptions of Poetry and Music*《论诗歌与音乐的兴起、融合与力量、进步、分离和堕落》90；*Estimate of the Manners and Principles of the Times*《对时代礼仪和原则的评价》66

Browning, Robert 罗伯特·布朗宁 216，245

Brunius, Teddy 泰迪·布吕纽斯 287n23

Bruno, Giordano 乔尔丹诺·布鲁诺 129

Bryant, William Cullen 威廉·克林·布莱恩特 232

Buber, Martin 马丁·布伯 26

Buckley Jerome 杰罗姆·巴克利 x

Buickerood, James G. 詹姆斯·G. 贝克罗德 302n55

Burke, Edmund 埃德蒙·伯克 5, 19, 30, 73, 97, 106, 116, 133, 136, 161, 228, 243; Enquiry《探究》73, 97, 133, 161; Reflections on the Revolution in France《对法国大革命的反思》136; Speech on American Taxation《美国税收演讲稿》19

Burney, Fanny 范妮·伯尼 142

Burton, Robert 罗伯特·伯顿 282n9

Bush, Douglas 道格拉斯·布什 88, 281n3, 282n22, 283nn34,42

Bush Ronald 罗纳德·布什 276—277n40

Butler Samuel 塞缪尔·巴特勒 105, 141, 196

Byrd, Max 马克斯·伯德 279n24

Byron, George Gordon, Lord 乔治·戈登·拜伦勋爵 21, 22, 109, 131, 132, 145, 157, 181, 214, 238; Don Juan《唐璜》22, 214

C

Cage, John 约翰·凯奇 120

Campbell, George 乔治·坎贝尔 1, 5, 10, 199—203, 206, 210, 211, 214—217, 242, 258; Philosophy of Rhetoric《修辞哲学》1, 5, 201, 210

Canon 正典 123, 162

Canonization 正典化 120

Canonized 成为正典的 180

Cantor, Paul 保罗·康托 285n61

Capaldi, Nicholas 尼古拉斯·卡帕尔迪 287nn23,25

Carlyle, Alexander 亚历山大·卡莱尔 218

Carlyle, Thomas 托马斯·卡莱尔 ix, 230, 237

Cartland, Barbara 巴巴拉·卡特兰 120

Casaubon, Isaac 伊萨克·卡佐邦 16, 26

Cassirer, Ernst 厄内斯特·卡西尔 107, 285n3

Castelvetro, L. L. 卡斯特尔维屈罗 38, 129

Cave, Edward 爱德华·凯夫 3

Cervantes Saavedra, Miguel de 米格尔·德·塞万提斯·萨维德拉 Don Quixote《唐吉坷德》113

Chambers, Ephraim 伊弗雷姆·钱伯斯 93, 94; Cyclopedia《百科全书》93

Chapin, Chester 切斯特·蔡平 288n28

Chapman, Gerald 杰拉德·查普曼 116 273n2, 288n40

Character, of an author's work 角色, 作者作品中的 17, 29, 43

Charles II 查尔斯二世 19, 41

Chatterton, Thomas 托马斯·查特顿 59, 60, 61, 68, 86, 142

Chaucer, Geoffrey 杰弗里·乔叟 6, 15, 16, 27—29, 41—43, 51, 53, 159, 227

Chesterton G. K. G. K. 切斯特顿 246

Cheyne, George 乔治·切恩 118

Child, Franck James 弗朗西斯·詹姆斯·恰尔德 166

Christian religion 基督教宗教 97

Chronos 时间 259—263, 265

Cicero 西塞罗 197

Clare, John 约翰·克莱尔 61

Clarendon, Edward Hyde, Earl of 爱德华·海德, 克拉伦登伯爵 52

Clark, Katerina 卡特里娜·克拉克 275n19

Clarke, Charles Cowden 查尔斯·考顿·克拉克 99, 281n9

Classicism 古典主义 66

Cleveland, John 约翰·克利夫兰 21

Clio 克利欧 86

Close reading 细读 197, 200, 207

Cobb, Samuel 塞缪尔·科布 53

Cochetti, Stefano 斯特凡诺·科凯蒂 281n4

Cohen, Murray 默里·科恩 286n17, 300n24

Cohen, Peter 彼得·科恩 x

Cohen, Ralph 拉尔夫·科恩 137, 152, 157, 287n23, 288nn30, 33, 35, 37, 289nn40, 42, 43, 44, 291n17, 293n4, 294n10, 295nn14, 15

Coleridge, Samuel Taylor 塞缪尔·泰勒·柯勒律治 vii, ix, 5, 6, 8, 17, 20, 21, 30, 41 61, 67, 68, 75, 76, 80, 87, 88, 95, 97, 99, 103, 105, 107, 109, 110, 118, 133, 135, 145, 148, 157, 159, 160, 161, 163, 166—168, 170, 183, 184, 187, 201, 204, 206—208, 214, 221—223, 226—230, 233, 234, 236, 238, 241—244, 257, 263, 285n59, 300n32; *Biographia Literaria*《文学传记集》6, 8, 21, 107, 201, 207, 228, 257;

Lyrical Ballads《抒情歌谣集》21; Sibylline Leaves《通灵诗叶》21, 257; The Statesman's Manual《政治家手册》95; willing suspension of disbelief 自愿终止怀疑 206

Collier, Mary 玛丽·科利尔 59

Collins, William 威廉·柯林斯 66, 84, 88, 89, 156; Ode on the Death of Mr. Thomson《汤姆逊先生的逝世颂歌》89

Common reader 普通读者 160

Common sense 常识 111, 112, 137, 191, 287n25

Common Sense School 常识学派 201

Communication, in poetry 交流,诗歌中 212, 215

Condillac, Etienne B. de 艾蒂安·博诺·德·孔迪雅克 5, 63, 202, 210

Congreve, William 威廉·康格里夫 17, 22, 50, 141

Conrad, Joseph 约瑟夫·康拉德 21, 146

Contraries, in critical thought 批评思想中的对立 175—193

Coppard, A. E. A. E. 科珀德 246

Copy of nature 复制自然 206

Corbett, Edward P. J. 爱德华·P. J. 科比特 303n68

Corman, Brian 布莱恩·科尔曼 292n26

Corneille, Pierre 皮埃尔·高乃依 16, 21, 130

Cornfield, Stuart 斯图亚特·康菲尔德 276n36

Cosmos 宇宙 259, 263, 265

Cowley, Abraham 亚伯拉罕·考利 47, 61, 67, 154, 162, 182; "Of Obscurity""论隐晦" 62

Cowper, William 威廉·考珀 62, 68, 88, 152, 168, 227, 229; The Task 62, 168

Crabbe, George 乔治·克雷布 68, 142, 152; Parish Register,《教堂记事簿》152

Creuzer, Friedrich 弗里德里希·克罗伊策 94

Critical and creative ages 批评和创造的时代 238

Criticism: "objective" 批评:"客观的" 104; periodical 期刊的 161; contraries of ……的对立 175—193; feminist 女权主义的 265; Marxist 马克思主义的 265; See also New Criticism 亦可参见"新批评"

Culler, Jonathan 乔纳森·卡勒 197, 209, 210, 215, 299n4, 302nn49, 51, 56, 303n64

Cycles, in literary production 周期,文学创作中的 50

D

Dacier, Andre 安德烈·达西耶 25

d'Alembert, Jean Le Rond 让·勒朗·达朗贝尔 93

Damrosch, Leo (pold), Jr. 莱奥波德·达姆罗施 207, 275n17, 293n7, 297n17, 301n40

Daniel, Samuel 塞缪尔·丹尼尔 49

Dante Alighieri 但丁·阿利基耶里 15, 49, 131, 259

Darwin, Charles 查尔斯·达尔文 156, 264

Darwin, Erasmus 伊拉斯谟斯·达尔文 163, 184, 233, 301n38

Davenant, William 威廉·戴夫南特 30, 48, 275n10; *Gondibert*《冈底波特》67; *Preface*《序言》21

Day, John 约翰·迪 *Parliament of Bees*《蜂之议会》81

Decline (in literature) 衰落（文学中的） 44—75

Deconstruction 解构主义 32, 240, 241, 264, 265

Defoe, Daniel 丹尼尔·笛福 28, 153

de Man, Paul 保罗·德曼 5, 95, 284n49, 286n16

Dennis, John 约翰·丹尼斯 47, 53, 122, 181, 242, 278n16

De Quincey, Thomas 托马斯·德昆西 63, 167, 238

Derrick, Samuel 塞缪尔·德里克 188

Derrida, Jacques 雅克·德里达 5, 115, 209, 259, 261, 288n38, 301n47, 302n48; *De la Grammatologie*《论文字学》209

Descartes, Rene 勒内·笛卡尔 19, 20, 98; *Discourse on Method*《方法论》19

Dialogic 对话的 23

Dialogic imagination 对话的想象 24

Dialogue 对话 20—21, 26, 43

Dickens, Charles 查尔斯·狄更斯 28, 88, 228; *Our Mutual Friend*《我们共同的朋友》28

Diction 措辞 82; poetic 诗歌的 249; *See also* Poetic language 亦可参见"诗歌语言"

Diderot, Denis 德尼·狄德罗 47, 48, 93

Dilthey, W. 威廉·狄尔泰 ix

Dion, Clarice de Sainte Marie 克拉丽斯·德·圣玛丽·迪恩 305n14

Dionysus of Halicarnassus 酒神狄俄尼索斯 197

Discourses, natural 话语,自然的 31, 220

Dobree, Bonamy 博纳米·多布里 20, 275n9

Doody, Margaret 玛格丽特·杜迪 293nn4,5

Doscoevsky, Fyodor 费奥多尔·陀思妥耶夫斯基 291n21

Dryden, John 约翰·德莱顿 vii, 2, 3, 6, 7, 15—50, 52, 53, 55, 57, 58, 60, 63, 68, 60, 69, 71, 73, 83, 90, 103, 105, 110, 115, 130, 132, 152, 155, 156, 160, 163, 177, 178—181, 183, 188, 200, 206, 221, 235, 249, 257, 260, 275n10, 276n40, 285nn59, 2; *Absalom and Achitophel*《押沙龙与阿齐托菲尔》24, 25, 27, 29, 152; *Aeneis*《伊尼特》18, 19, 37; "Anne Killigrew" "安娜·基利格鲁" 58; *Annus Mirabilis*《奇迹之年》23, 36; *Astraea Redux*《正义恢复了》81; *The Conquest of Granada*《格拉纳达的征服》57, 63, 90; *Defence of the Epilogue*《为尾声辩护》37, 41; *Defence of an Essay of Dramatic Poesy*《为戏剧诗辩护》41; *Discourse concerning the Original and Progress of Satire*《论讽刺文学的原创与进步》24, 26, 33; *Essay on Criticism*《论批评》7; *Essay on Dramatic Poetry*《论戏剧诗》20, 24, 33, 39; "The Grounds of Criticism in Tragedy" "悲剧批评的基础" 31, 33; *Heads of an Answer to Rymer*《对莱默回复的要点》31, 33; *Mac Flecknoe*《麦克·弗莱克诺》24, 29; Preface to *All for Love*《一切为了爱》序言 103; "Preface to Fables" "寓言序言" 20, 27; Preface to *Ovid's Epistles*《奥维德书信》序言 29; Preface to *Troilus and Cressida*《特洛伊勒斯与克芮丝德》序言 31; *Prologue to Aureng-Zebe*《奥伦·泽比序言》44; *Religio Laici*《门外汉的信仰》35—36; *State of Innocence*《天真之心》7

Duck, Stephen 斯蒂芬·达克 59

Duff, William 威廉·达夫 66, 73, 90—91, 92, 220

Dunbar, James 詹姆斯·邓巴 51

E

Eagleton, Terry 泰瑞·伊格尔顿 253—255, 268, 307nn1, 2; *The Function of Criticism: From The Spectator to Post-Structuralism*《批评的作用:从〈旁观者〉到后结构主义》253

Eco, Umberto 翁见托·艾柯 4

Eliot, T.S. T.S.艾略特 ix, 2, 10, 15, 17, 30—32, 38—40, 46, 51, 80, 81, 105, 109, 110, 155, 170, 177, 182, 225, 226, 238, 245, 253,

257—259, 274n4, 276—277n40, 278n9, 300n32; "Dialogue on Dramatic Poetry" "戏剧诗对话" 39; "John Dryden: The Poet, the Dramatist, the Critic," "约翰·德莱顿:诗人、剧作家和批评家" 38, 39; *The Listener*《听众》39; *The Metaphysical Poets*《玄学派诗人》225; *Tradition and the Individual Talent*《传统和个人才能》225; *The Waste Land*《荒原》28, 40, 81

Elizabeth I 伊丽莎白一世 132
Elyot, Thomas 托马斯·埃利奥特 268
Emerson, Ralph Waldo 拉尔夫·沃尔多·爱默生 2, 20, 126, 127, 154, 214, 244, 257, 259, 267
Engell, James 詹姆斯·恩格尔 283n33, 284n55
Engell, John 约翰·恩格尔 295n23
Epictetus 埃皮克提图 34
Erasmus, Desiderius 德西德里乌斯·伊拉斯谟 41, 268; *Praise of Folly*《愚人颂》24
Eratosthenes 埃拉托色尼 131
Etherege George, 乔治·埃斯里奇 50
Ethics 伦理(学) 1, 42, 126—149
Evaluation 评价 *See* Judgement; Taste 参见"判断,品味"

F

Fable 寓言 82, 92, 93
Farmer, Richard 理查德·法默 184, 185
Farquhar, George 乔治·法夸尔 141
Faulkner, William 威廉·福克纳 78; *The Sound and the Fury*《喧哗与骚动》29
Feather, John 约翰·费瑟 294n16
Feeling 感情 239
Feldman, Burton 伯顿·费尔德曼 281n2
Feminism 女性主义 253, 268
Feminist criticism 女性主义批评 265
Fenelon, Francois 弗朗索瓦·费奈隆 83, 94, 117
Ferguson, Adam 亚当·弗格森 51
Fergusson, Robert 罗伯特·弗格森 68

Ferry, Anne Davidson 安妮·戴维森·费里 277n45

Feuerbach, Ludwig 路德维希·费尔巴哈 26, 275n18

Fichte, J. G. 约翰·戈特利布·费希特 135, 139, 240, 241, 242

Fielding, Henry 亨利·菲尔丁 6, 21, 28, 30, 81, 130, 142, 145, 146, 153, 179; *Joseph Andrews*《约瑟夫·安德鲁斯》21, 28, 81, 146; *Tom Jones*《汤姆·琼斯》81, 261

Figuration 比喻表达法 240

Figures 人物角色 196, 201—203, 208, 213, 215, 235; *See also* Language 亦可参见"语言"

Flaubert, Gustave 居斯塔夫·福楼拜 246, 305n16

Fleming, Ian 伊恩·弗莱明 120

Fletcher, John 约翰·弗莱彻 41, 50

Flynn, Philip 菲利普·弗林 289nn42,43

Folkenflik, Robert 罗伯特·弗肯弗里克 279n33, 285n59

Fontenelle, Bernard 伯纳德·丰特内尔 85, 97 225;

Ford, Cornelius 科尼利厄斯·福特 176

Foucault, Michel 米歇尔·福柯 5

Fowler, Alastair 阿拉斯泰尔·福勒 137, 158, 164, 291n18, 293nn3, 9, 294nn11,13, 295nn20, 21

Fowles, John 约翰·福尔斯 154

Fox, Christopher 克里斯托弗·福克斯 x

Franklin, Benjamin 本杰明·富兰克林 5, 74

Freneau, Philip 菲利普·弗莱诺 84

French Structuralism 法国结构主义 32; *See also* Structuralism 亦可参见"结构主义"

Freret, Nicolas 尼古拉斯·弗莱雷 *Conversations with Fenelon*《与费奈隆的对话》83

Freud, Sigmund 西格蒙德·弗洛伊德 202, 262

Frost, Robert 罗伯特·弗罗斯特 33, 227, 246

Frye, Northrop 诺思洛普·弗莱 5 8, 9, 15, 72, 93, 131, 147, 199, 258, 284n43, 305n6; *The Secular Scripture*《世俗的经典》93

Fuentes, Carlos 卡洛斯·富恩特斯 78

Fuller, Margaret 玛格丽特·福勒 259

Fussell, Paul 保罗·福塞尔 5, 305n7

G

Gaba, Phyllis 菲莉斯·伽巴 307n6

Gallie, W. B. W. B. 加利 273n1

Garcia Marquez, Gabriel 加夫列尔·加西亚·马尔克斯 78

Garrick, David 大卫·加里克 70

Garson, Greer 葛丽亚·嘉逊 64

Gay, John 约翰·盖伊 81, 143—144, 152, 155; The Gay, John (Continued) Beggar's Opera《乞丐歌剧》143—144, 155; The Fan《扇子》81

Gay, Peter 彼得·盖伊 82

Genius 天才 44, 240

Genette, Gerard 杰拉德·热奈特 170

Genre 体裁 32, 105, 142—144, 149, 151—160, 229, 233, 263

Gentleman's Magazine, The《绅士杂志》3

George III 乔治三世 3

Gerard, Alexander 亚历山大·杰拉德 106, 232, 233, 242, 258, 286n15, 289n42

Gibbon, Edward 爱德华·吉本 5, 90

Gibbons, Thomas 托马斯·吉本斯 195, 197, 202, 205, 207

Gide, Andre 安德烈·纪德 120

Gilbert, William 威廉·吉尔伯特 98

Ginsberg, Allen 艾伦·金斯伯格 114

Godel, Kurt 库尔特·哥德尔 116

Goethe, J, W, von 约翰·沃尔夫冈·冯·歌德 15, 21, 39, 47, 49, 63, 86, 87, 98, 166, 167; Conversations with Eckermann《与艾克曼对话录》21; Faust《浮士德》76, 86, 87

Goetschel, Willi Hayum 威利·海伊姆·格切尔 298n26

Golden Age 黄金时代 50, 69, 87, 88

Goldsmith, Oliver 奥利弗·歌尔德斯密 6, 16, 22, 30, 47, 54, 55, 68, 69, 72—74, 82, 88, 106, 119, 140, 152, 157, 168, 181, 204, 226; The Bee《蜜蜂》22; The Deserted Village《荒村》52; Polite Learning《古典教育》74

Gosson, Stephen 斯蒂芬·戈森 70

Gower, John 约翰·高尔 51, 120

Granville, George, Lord Lansdowne 乔治·格兰维尔,兰斯多恩勋爵 76, 81; *Heroic Love*《崇高的爱》81
Grass, Gunter 君特·格拉斯 247
Gray, James 詹姆斯·格雷 296n7
Gray, Thomas 托马斯·格雷 53, 74, 80, 84, 88, 103, 112, 129, 152, 156, 188; *Elegy*《墓园挽歌》62, 103, 112, 152; *Progress of Poesy*《诗歌的进步》129
Great Chain of Being 伟大的存在之链 264
Greenblatt, Stephen 斯蒂芬·格林布拉特 4
Guillen, Claudio 克劳迪奥·纪廉 258
Greene, Graham 格雷厄姆·格林 29
Guarini, Giovanni Battista 巴蒂斯塔·乔万尼·瓜里尼 *Verato Secondo*《维拉托Ⅱ》129

H

Hagstrum, Jean 简·哈格斯特鲁姆 274n5, 286n16, 293n7
Hakewell, Thomas 托马斯·黑克威尔 68
Halberstadt, William H. 威廉·H.哈尔伯斯塔特 289n42
Halifax, George Savile, Marquess of 乔治·萨维尔,哈利法克斯侯爵 52
Halpern, Ben 本·哈尔彭 283n41
Hardy, Thomas 托马斯·哈代 *Tess of the D'Urbervilles*《德伯家的苔丝》139—140
Harris, James 詹姆斯·哈里斯 *Hermes*《赫尔墨斯》209
Hartley, David 大卫·哈特利 242
Hartman, Geoffrey 杰弗里·哈特曼 1, 5, 273n4
Hastings, Henry, Lord 亨利·黑丝廷斯勋爵 45
Hawkes, Terrence 特伦斯·霍克斯 304n3
Hawthorne, Nathaniel 纳撒尼尔·霍桑 257
Hazlitt, William 威廉·赫兹利特 18, 28, 30, 33, 47, 52, 65, 72, 74, 75, 77, 87, 109, 114, 122, 145, 154, 157, 159, 161, 167, 168, 170, 181, 186, 190, 200, 202, 204, 219, 227—229, 233, 238, 243, 257; *Characters of Shakespeare's Plays*《莎士比亚戏剧中的人物》170; *Lecture on the English Poets*《英国诗人讲稿》65
Hebrew Poetry 希伯来诗歌 84

Hegel, G. W. F. 格奥尔格·威廉·弗里德里希·黑格尔 ix, 5, 16, 220, 236, 240, 241 242; *Aesthetics*《美学》16

Heine, Heinrich 海因里希·海涅 141, 270, 54,

Hellenic Revival 希腊复兴 83

Heller, Erich 埃里克·海勒 234, 297n26, 305n16, 306n22

Hercules 赫拉克勒斯 79

gibbo, J. G. von 约翰·哥特弗雷德·赫尔德 90, 99, 135, 220

Hermeneutics 解释学 35

Hesiod 赫西俄德 131; *Theogony*《神谱》85, 90

Heteroglossia 多声性 25, 26

Hieroglyphics 象形文字 94

Hirsch, E. D. 艾·唐·赫希 5

Historical approach 历史方法 262

Historical philology 历史语言学 viii

History 历史 2; of criticism 批评的 198; *See also Chronos* 亦可参见"时间"; Literary history 文学史

History of Ideas 思想史 ix

Hobbes, Thomas 托马斯·霍布斯 5, 20, 21, 82, 103, 105, 145, 262; *Leviathan*《利维坦》82

Hogarth, William 威廉·霍加斯 161

Holquist, Michael 迈克尔·霍尔奎斯特 27sn19

Holyday, Barton 巴顿·霍勒迪 34

Home, Henry 亨利·休姆 *See* Kames, Lord 参见"凯姆斯勋爵"

Homer 荷马 11, 18, 20, 84, 85, 91, 117, 188, 205, 223, 242; *Iliad*《伊利亚特》18, 84, 85; *Odyssey*《奥德赛》18

Horace, 贺拉斯 21, 25, 70, 84, 98, 130, 163

Horner, Winifred Bryan 威尼弗雷德·布赖恩·霍纳 303n68

Hoskins, John 约翰·霍斯金斯 202

Hough, Graham 格雷厄姆·霍夫 267, 308n10

Howard, Robert 罗伯特·霍华德 36

Howell, Wilbur Samuel 威尔伯·塞缪尔·豪威尔 298nn2, 3, 304n70

Hulme, T. E. T. E. 休姆 126, 225

Humanism 人文主义 126, 268

Humanist 人文主义者 41

Hume, David 大卫·休谟 2, 4, 5, 47, 48, 52, 55, 58, 69, 71, 91, 103—

125, 131, 134, 139, 145, 206, 239, 243, 259, 269, 289n42; *Essay on the Rise and Progress of the Arts and Sciences*《论艺术和科学的兴起与进步》91; *Of the Standard of Taste*《论品味的标准》4, 103—125

Hume, Robert D. 罗伯特·D. 休谟 274n3, 275n9, 276nn32, 40

Humphry, Ozias 奥扎厄斯·汉弗莱 176

Hunter, J. Paul 保罗·J. 亨特 295n22

Hunt, Leigh 雷·亨特 87

Hurd, Richard 理查德·赫德 53, 67, 89, 91—92, 97, 131, 153, 158, 184, 233, 234, 237, 239, 258; "Idea of Universal Poetry"《论普遍诗歌的观点》237; *Letters on Chivalry and Romance*《论骑士精神和传奇故事的书信》89

Huxley, Aldous 阿道斯·赫胥黎 64

Hyde, Thomas 托马斯·海德 85

I

Ideals 完美事物 238, 239, 240

Ideology 意识形态 125, 126, 147 151, 252, 270

Imagination 想象 107, 111, 133, 134, 147, 148, 159, 186, 192, 201—203, 216

Imitation 模仿 206, 246; meditatively or dramatically 沉思或戏剧性的 246; *See also* Mimesis 亦可参见《模仿论》

Indeterminism 非决定论 in progress of the arts 艺术进步中的 50

Interpretation 阐释 197, 200, 240, 241

Irony 反讽 139; romantic 浪漫的 139, 147

J

Jackson, Wallace 华勒斯·杰克逊 301n38

Jacobi, Friedrich 弗里德里希·雅可比 228

Jacob's Ladder 雅各布的梯子(通往天堂的阶梯) 264

Jaeschke, Walter 瓦尔特·耶施克 99, 285n60

Jakobson, Roman 罗曼·雅格布森 69, 220, 222, 235, 304n2

James, Henry 亨利·詹姆斯 11, 15, 21, 64, 147, 166—168, 170, 187,

246, 252—253, 257
James, Henry, Sr. 老亨利·詹姆斯 187
Jameson, Fredric 弗雷德里克·詹姆森 158, 294n14
erson, Thomas 托马斯·杰斐逊 5, 74
Jeffrey, Francis 弗朗西斯·杰弗里 38, 52, 65, 69, 122, 168, 170, 181, 228
Jenyns, Soame 索姆·杰宁斯 146
Jerningham, Edward 爱德华·杰宁汉 66
Jesus 耶稣 82, 88, 97
John of Salisbury 索尔兹伯里的约翰 127
Johnson, Nan 纳恩·约翰逊 304n68
Johnson, Samuel 塞缪尔·约翰逊 2, 4, 6—8, 10, 15, 16, 18, 20—22, 27—31, 33, 34, 38, 47, 48, 52, 54—57, 60, 62—64, 67, 69, 70, 71, 76, 79—82, 85, 86, 90, 92, 94, 96, 97, 100, 105, 106, 110, 112, 115, 116, 120, 128—130, 132, 141, 142, 144—146, 151, 155—157, 159, 160, 162—164, 166—168, 170, 171, 175—193, 194, 199, 200, 204—206, 215, 219, 220, 223, 226—228, 233, 235, 244, 246, 247, 256, 257, 259, 260, 263, 264, 268, 269, 299n14, 300n33; *Drury Lane Prologue*《德鲁里巷开场白》62; *Life of Dryden*《德莱顿传》15, 30, 115; *Life of Gray*《格雷传》4; *Life of Pope*《蒲柏传》39, 228, 269; *Life of Savage*《塞维其传》162; *Lives of the English Poets*《英国诗人传》21, 81, 129; *London*《伦敦》62; *Preface to Shakespeare*《莎士比亚序言》128, 163, 180, 200; *Rambler*《漫步者》8, 10, 60, 67, 116, 142, 146, 219, 269; *Rasselas*《拉塞勒斯》55, 146, 162; *The Vanity of Human Wishes*《人类愿望之虚妄》146, 157, 223
Joly, Andre 安德烈·乔利 209
Jones, Henry 亨利·琼斯 59
Jones, Peter 彼得·琼斯 289nn43,44
Jonson, Ben 本·琼生 22, 38, 41, 45, 49, 50,
Jonson, Ben 本·琼生 (*Continued*) 53, 54, 58, 59, 69, 127, 128, 156, 232; *Timber*《灌木集》128; *Volpone*《狐狸》127
Joyce, James 詹姆斯·乔伊斯: *Finnegans Wake*《芬尼根的觉醒》, 246; *Ulysses*《尤利西斯》, 29, 81, 247
Judgment 判断 7; pure aesthetic 纯粹审美, 133, 137. *See also* Taste and Evaluation 亦可参见《品味和评价》
Jung, Carl 卡尔·荣格 262

Juvenal 朱文纳尔 25, 34, 83, 183

K

Kames, Henry Home, Lord Kames 凯姆斯勋爵,亨利·休姆 4, 51, 91, 116, 123, 160—161, 195, 197, 201, 206, 215, 289n42, 294n11; *The Elements of Criticism*《批评的要素》, 160, 201; *Sketches of the History of Man*《人类历史札记》91

Kant, Immanuel 伊曼努尔·康德 ix, 3, 5, 11, 23, 98, 99, 104, 106, 119, 120, 123, 124, 133—136, 140, 241, 269, 287n25; *Critique of Judgment*《判断力批判》119, 124, 133, 136

Keats, John 约翰·济慈 6, 21, 51, 60, 65, 70, 77—79, 87, 98—100, 109, 110, 118, 119, 135—137, 148, 166, 204, 206, 233, 234, 238, 245, 249, 257, 269, 278n11, 282n9; *Lamia*《拉弥亚》65, 98, 110

Kennedy, George A. 乔治·A. 肯尼迪 298nn2, 3, 302n52

Kenney, Richard 理查德·肯尼 235

Kepler, Johann 约翰尼斯·开普勒 73

Ker, W. P. W. P. 科尔 275nn16, 17

Kierkegaard, Soren 索伦·克尔凯郭尔 260

Kinds 类别 152; *See also* Genre 亦可参见"体裁"

Kinghorn, A. M. A. M. 金霍恩 289n42

Kipling, Rudyard 鲁德亚德·吉卜林 246

Kircher, Athanasius 阿塔纳斯·珂雪 211

Kirsch, Arthur 亚瑟·基尔希 23, 33, 276nn31, 38

Klee, Paul 保罗·克莱 120

Kneale, J. Douglas J. 道格拉斯·尼尔 305n17

Knight, Richard Payne, archi 106

Krieger, Murray 默瑞·克里格 55, 273n4, 279nn22, 25, 279n38; 294n10, 297n22

L

La Bruyere, Jean de 吉恩·拉布吕耶尔 73

Lacan, Jacques 雅克·拉康 202, 262

La Capra, Dominick 多米尼克·拉卡普拉 294n14

Laing, Malcolm 马尔科姆·莱恩 91

Lamb, Charles 查尔斯·兰姆 80, 140, 154, 304n2

Landa, Louis 路易斯·兰达 x

Langhorne, John 约翰·兰霍恩 245

Language 语言 vii, 200, 202, 204, 217, 221, 222, 244, 248, 262; "natural" "自然的" 22, 24, 34, 43, 208, 240; metaphoric "隐喻的" 206; unity of "统一" 212; arbitrary nature of 随意性, 213; as vehicle 作为媒介 214; pure 纯粹的 224; figurative 比喻性的 239; See also Poetic language, Words 亦可参见"诗歌语言,词语"

Law, William 威廉·劳 146

Lawrence, D. H. D. H. 劳伦斯 120, 246

Lawson, John 约翰·劳森 196

Leavis, F. R. F. R. 利维斯 127

Lempriere, John 约翰·伦普里尔 281n9

Lentricchia, Frank 弗兰克·兰特里夏 286n16

Lessing, Gotthold Ephraim 戈特霍尔德·埃夫莱姆·莱辛 15, 167

L'Estrange, Roger 罗杰·莱斯特兰奇 303n61

Levin, Harry 哈里·莱文 258, 266, 283n41, 299n14, 308n8

Levi-Strauss, Claude 克洛德·列维·斯特劳斯 42, 93, 94, 283n43, 284n47

Lewalski, Barbara 芭芭拉·卢瓦尔斯基 171

Lillo, George 乔治·李洛 London Merchant《伦敦商人》143, 182

Linguistics 语言学 263, 270

Linnaeus, Carolus (Carl von Linne) 卡洛斯·林奈 155

Literary history 文学史 48, 49, 262

Literature: "polite" 文学: "古典的" 4; sociology of 文学社会学 253

Lobeck, Christian August 克里斯蒂安·奥古斯特·洛贝克 94

Locke, John 约翰·洛克 viii, 162, 194, 211, 212, 215, 244, 303nn61, 68; Essay Concerning Human Understanding《人类理解论》194; "Reading and Study" "阅读和学习" 244

Lodge, David 大卫·洛奇 267, 293n8, 307n31

Logan, John 约翰·洛根 51

Logic, and criticism 逻辑, 和批评 200, 203

Logos 理性 259, 262—263, 26s

Longinus 朗基努斯 21, 83, 156, 197, 242

Lonsdale, Roger 罗杰·朗斯戴尔 295n18
Lope de Vega 洛佩·德·维加 216, 217
Lovejoy, Arthur 亚瑟·洛夫乔伊 87
Lowell, Robert 罗伯特·洛威尔 282n20
Lowth, Robert 罗伯特·洛斯 77, 84, 95, 196, 197, 228; *Lectures on the Sacred Poetry of the Hebrews* 《希伯来宗教诗歌讲稿》 84, 428
Lucan 卢肯 37
Lucilius 卢齐利乌斯 25
Lukacs, Georg 格奥尔格·卢卡契 259
Lully, Raimund 雷蒙德·吕利 211

M

Macaulay, Thomas Babington 托马斯·巴宾顿·麦考莱 17
MacDonald, Ross 罗斯·麦克唐纳 120
McFarland, Thomas 托马斯·麦克法兰 304n4
McKenzie, Alan 艾伦·麦肯齐 244, 206n26
MacKenzie, Henry 亨利·麦肯齐 91
MacNeice, Louis 路易斯·麦克尼斯 232
Macpherson, James 詹姆斯·麦克弗森 59, 90, 91
Madan, Judith 朱迪斯·马登 53
Mahoney, John 约翰·马奥尼 x, 202
Malone, Edmond 埃德蒙·马龙 161
Manuel, Frank 弗兰克·曼努埃尔 77, 281n4
Mann, Thomas 托马斯·曼: *Buddenbrooks* 《布登勃洛克一家》 247; *Doktor Faustus* 《浮士德博士》 81; *Felix Krull* 《菲利克斯·克鲁尔》 247
Marcellus 马塞勒斯 45
Marino, Giambattista 詹巴蒂斯塔·马里诺 (Il Cavalier Marino 骑士马里诺) 120
Marks, Emerson 爱默生·马科斯 227, 297n19, 305n8
Marlowe, Christopher 克里斯托弗·马洛 80
Marquez 马奎斯 See Garcia Marquez 参见"贾西亚·马奎斯"
Marx, Karl 卡尔·马克思 91, 100
Marxism 马克思主义 126, 268; neo-Marxism 新马克思主义 253
Marxist criticism 马克思主义文学批评 265

Masefield, John 约翰·梅斯菲尔德 246
Melmoth, William 威廉·梅尔莫斯 136
Melville, Herman 赫尔曼·梅尔维尔 88
Merrill, James 詹姆斯·梅里尔 235
Metalepsis 转喻 212, 213
Metaleptic activity 转喻性活动 217
Metaphor 隐喻 69, 203, 223, 224, 263, 265, 266
Metaphoric language 隐喻性语言 206
Metaphoric plot 隐喻情节 93—94
Metaphoric power 隐喻性力量 73
Metaphysical Poets 玄学派诗人 182
Meter 节拍 221, 227, 233, 236, 237, 244
Mill, John Stuart 约翰·斯图亚特·穆勒 223, 230, 304n2; *What is Poetry?* 《诗歌是什么?》223
Miller, J. Hillis, J. 希里斯·米勒 273n1, 299n11
Milton, John 约翰·弥尔顿 6, 16, 41, 42, 53, 54, 59, 70, 82, 84, 89, 91, 96, 97, 163, 179, 183, 185, 205, 206, 226, 229, 231, 243, 259, 268; *Hymn on the Morning of Christ's Nativity* 《基督诞生的早晨》82; *Paradise Lost* 《失乐园》89, 97, 205
Mimesis 《模仿论》219, 229, 248, 253; *See also* Imitation 亦可参见"模仿"
Minim, Dick 迪克·米尼姆 (in Johnson's criticism 在约翰逊的批评中) 106
Minturno, Antonio 安东尼奥·明图尔诺 127, 130
Modern Language Association 现代语言学会 9
Modern movement 现代主义运动 256
Moderns 现代人 18, 30, 72
Moir, John 约翰·莫伊尔 *Gleanings* 《拾遗》63
Moliere, Jean-Baptiste Poquelin 莫里哀,让-巴蒂斯特·波克兰 46, 221
Montaigne, Michel de 米歇尔·德·蒙田 154
More, Hannah 汉娜·摩尔 245
More, Thomas 托马斯·莫尔 41
Morgann, Maurice 莫里斯·摩根 204, 243
Moses 摩西 97
Mossner, Ernest Campbell 欧内斯特·坎贝尔·莫斯纳 288n34, 289nn40,42
Mowrer, O. Hobart 奥·霍巴特·莫瑞尔 299n18
Mulderig, Gerald P. 杰拉德·P. 莫德瑞哥 303n68

Murphy, Richard 理查德·墨菲 298n3
Murray, H. A. H. A. 默里 283n41
Music 音乐 237
Myth 神话 vii, 1, 76—100, 147, 242
Mythology 神话学 vii, 76—100, 242; "artificial" 人为的 90; "natural" 自然的 90

N

Neff, Emery 埃默里·内夫 76
Neumann, Erich 埃利希·诺伊曼 262
Newbery, John 约翰·纽伯瑞 The Art of Poetry on a New Plan《诗歌艺术新方案》61, 142, 158, 181
New Critic 新批评家 207
New Criticism 新批评 ix, 32, 127, 165, 207, 234, 240, 241, 264
Newman, John Henry, Cardinal 约翰·亨利·纽曼主教 110
New Rhetoricians 新修辞学家 161, 168, 194—219
Newton, Isaac 艾萨克·牛顿 77
Nietzsche, Friedrich Wilhelm 弗里德里希·威廉·尼采 65, 131, 141, 192, 193, 270; Birth of Tragedy《悲剧的诞生》65, 270
Nisbet, Robert 罗伯特·尼斯比特 55, 279n23
Novak, Maximillian 马克西米利安·诺瓦克 x, 276n24, 277n42, 278n8
Novalis 诺瓦利斯 (Baron Friedrich von Hardenberg 弗里德里希·封·哈登贝格男爵), 88, 98, 217, 230, 242; Monolog 独白 217
Noyes, Alfred 阿尔弗雷德·诺伊斯 232, 246

O

Oldham, John 约翰·奥尔德姆 29, 45
Olivier, Laurence 劳伦斯·奥利弗 64
Originality 独创性 68
Origins 起源 vii
Ortega y Gasset, José 何塞·奥尔特加·伊·加塞特 118, 122, 126; The Dehumanization of Art《艺术的去人性化》118

Osborne, James 詹姆斯·奥斯本 277n42

Ovid 奥维德 *Metamorphoses*《变形记》78

P

Pan 潘 88

Passion 激情 43, 55, 58—59, 73, 111, 202, 217, 236, 242—244, 246; ruling 支配性的 243; narrative or narrated 叙事的或被叙述的 246

Pater, Walter 沃尔特·佩特 8, 115

Patey, Douglas Lane 道格拉斯·莱恩·佩蒂 275n20

Patronage 恩主制度 161, 170

Peacham, Henry 亨利·皮查姆 15

Peacock, Thomas Love 托马斯·洛夫·皮科克 47, 51, 70, 132

Pechter, Edward 爱德华·派彻特 274n3, 275nn9, 15, 276n23

Peirce, C. S. C. S. 皮尔斯 viii

Percy, Thomas 托马斯·珀西 68, 88, 90, 184; *Reliques of Ancient Poetry*《英诗古韵集》68

Periods, literary 文学阶段 239

Perkins, David 大卫·珀金斯 x, 246 307n29

Personification (prosopopeia) 拟人(拟人法) 82, 134, 204, 205, 240

Petronius 佩特洛尼乌斯 29

Phillips, Edward 爱德华·菲利普斯 68, 69; *Theatrum Poetarum*《剧院诗人》68

Pindar, 品达 82

Pitt, William 威廉·皮特(the younger 年轻的) 17

Pittock, Joan 琼·皮托克 231, 305n13

Plath, Sylvia 西尔维娅·普拉斯 154

Plato 柏拉图 107, 110, 194, 228, 242

Pleasure, in literature and criticism 愉悦,文学和批评中的 33, 34, 42, 130, 193, 206, 233, 234, 269, 270

Plotinus 普罗提诺 242

Plotz Judith Abrams 朱迪斯·艾布拉姆斯·普罗茨 277n1

Plumb, J. H. J. H. 普拉姆 3, 273n3

Poe, Edgar Allan 埃德加·爱伦·坡 168, 232, 257

Poetic justice 诗歌正义 178

Poetic language 诗歌语言 vii—viii, 1, 43, 69, 99; diction, 24, 99, 221, 235; "sounding and significant" "有影响力的和重要的" 37; function 功能 222, 230, 234. See also Language 亦可参见"语言"

Poetry (and Criticism) 诗歌(与批评) 6, 111, 132, 133, 139, 148; origin of 诗歌的起源 201; attempts to define 界定诗歌的尝试 220—249; pure 纯粹的 232; universal 普遍的 233, 234; as efficient use of language 对语言的有效运用 236; as unique sign 作为独特标志 242; See also Language; Words 亦可参见"语言、词语"

Pomfret, John, 约翰·庞弗雷特 The Choice《选择》62

Pope, Alexander 亚历山大·蒲柏 3, 6, 7, 16, 18—20, 27, 45, 46, 51, 53, 54, 56, 58, 62, 63, 82, 85, 91, 105, 115, 130, 132, 141, 152, 155, 156, 160, 162, 163, 178, 179, 183, 185, 188, 223, 227, 228, 231, 235, 242, 264; The Dunciad《愚人记》81; Eloisa《哀洛伊莎》155; Epistle to Augustus《致奥古斯都书》45, 163; Essay on Criticism《论批评》7, 58, 118; Essay on Man《人论》7; The Rape of the Lock《劫发记》81, 82, 152

Positivism 实证主义 218

Postelli 波斯特里(Guillaume Postel 纪尧姆·波斯特尔) 98

Pound, Ezra 埃兹拉·庞德 ix, 30, 51, 82, 232, 278n9; Cantos《诗章》29

Practice and theory, in criticism 实践和理论,批评中的 18, 197

Prague Circle 布拉格学派 32, 234

Preface, prefatory criticism 序言,前言批评 20

Prefatory method 前言方法 21

Priam 普里阿摩斯 83

Priestley, Joseph 约瑟夫·普利斯特里 5, 74, 75, 195, 197, 201, 202, 215, 219

Primitivism 原始主义 68, 87—89, 232

Principles, of criticism 批评原则 3, 103, 107, 117, 152

Prior, Matthew 马修·普赖尔 22, 91; Solomon《所罗门之歌》81

Proclus 普罗克鲁斯 242

Progress, in literature 文学进步 44—75

Prose 散文 220

Prose mesurée 有节奏的散文 35—37

Proust, Marcel 马塞尔·普鲁斯特 246, 247, 261; A la Recherche du temps perdu《追忆似水年华》247

Pyche 心灵 78, 159, 262, 263, 265
Psychology, associationist 联想主义心理学 262
Putnam, Hilary 希拉里·帕特南 114
Puttenham, Richard 理查德·普登汉姆 49
Pye, Henry James 亨利·詹姆斯·派伊 The Progress of Refinement《文雅的进步》62

Q

Quintilian 昆体良 197, 108, 200

R

Racine, Jean 让·拉辛 47, 49
Ramsay, Allan 艾伦·拉姆齐 83
Ramsay, Andrew 安德鲁·拉姆齐 83, 84, 85, 86, 94; *Discourse upon the Theology and Mythology of the Pagans*《论异教徒神学和神话》86; *Travels of Cyrus*《塞浦路斯游记》83, 84
Ransom, John Crowe 约翰·克罗·兰塞姆 215, 232
Rapin, Rene 雷内·拉宾 19—20, 294n13; *Reflexion sur la poetique d'Aristote*《对亚里士多德诗歌的反思》31
Reader, the 读者 36, 37, 43, 226, 244; response of 读者反应 200, 264
Reason 理性 203
Reddick, Allen 艾伦·雷德迪克 x
Redford, Bruce 布鲁斯·雷德福 295n18
Refinement 文雅 1, 43, 44—75, 133; paradox of 文雅的悖论 161
Religion 宗教 224
Renaissance 文艺复兴 76, 86, 137, 152
Restoration 王政复辟 4, 19, 69
Reynolds, Henry 亨利·雷诺兹 38, 129, 132, 142; *Mythomystes*《神话故事》129
Reynolds, Joshua H. 约书亚·H. 雷诺兹 51, 105, 106, 168, 184; Discourses 演讲 161, 204
Rhetoric 修辞学 1, 194—219

Rhyme 韵 226

Richards, George 乔治·理查兹 66

Richards, I. A. I. A. 理查兹 5, 20, 109, 196, 215; *Philosophy of Rhetoric*《修辞哲学》5

Richardson, Robert D. 罗伯特·D. 理查逊 281n2, 283n41

Richardson, Samuel 塞缪尔·理查逊 30, 130, 142, 183; *Clarissa*《克拉丽莎》30

Ricks, Christopher 克里斯托弗·里克斯 295n18

Ricoeur, Paul 保罗·里克尔 5

Ridley, Gloster 格洛斯特·里德利 *Psyche*《心灵》84

Rilke, Rainer Maria 赖内·马利亚·里尔克 21, 166

Robinson, Edwin Arlington, 埃德温·阿灵顿·罗宾逊 246

Rochester, John Wilmot, Earl of 约翰·威尔默特,罗切斯特伯爵 129, 141, 178; *Valentinian*《瓦伦提尼安》129

Roffette, Abbe 罗菲特神父 183

Rogers, Pat 帕特·罗杰斯 295n17

Romances 传奇故事 182, 246

Romanticism 浪漫主义 256

Roscoe, William 威廉·罗斯科 *On the Origins and Vicissitudes of Literature, Science, and Art, and Their Influence on the Present State of Society*《论文学、科学、艺术的起源与变迁及其对当代社会的影响》71

Rose, Mary Carman 玛丽·卡曼·罗斯 287n17, 289n42

Rothstein, Eric 艾瑞克·罗斯坦 6, 16, 273n5, 274n3; *Restoration and Eighteenth-Century Poetry*《王政复辟时期和18世纪诗歌》6

Rousseau, J. -J. 让-雅克·卢梭 5, 47, 48, 90, 93, 156, 209, 220, 263; *Confessions*《忏悔录》156

Rowe, Nicholas 尼古拉斯·罗威 162; *Ulysses*《尤利西斯》81

Rudowski, Victor Anthony 维克多·安东尼·鲁多夫斯基 298n3

Rules, of art 艺术规则 104, 105; of criticism 批评规则 117, 152

Ruskin, John 约翰·罗斯金 ix

Russell, Thomas 托马斯·拉塞尔 *Suppos'd to be Written at Lemnos*《利姆诺斯岛上拟写作的内容》83

Russian Formalism 俄国形式主义 32, 234

Rymer, Thomas 托马斯·莱默 3, 16, 33, 47, 105, 130, 142, 145, 181, 258

S

Said, Edward 爱德华·萨义德 *The World, the Text and the Critic*《世界·文本·批评家》266

Sainte-Beuve C. A. C. A. 圣贝夫 ix, 168

St. John 圣约翰 97

Saintsbury, George 乔治·森茨伯里 4, 23, 41, 198, 199, 274n6

Salvaggio, Ruth 鲁斯·萨尔瓦吉奥 274n2

Santayana, George 乔治·桑塔亚纳 72

Sartre, Jean Paul 让·保罗·萨特 126, 129, 251

Satire 讽刺 26, 139, 243; Menippean 梅尼普斯式讽刺 23, 24, 25, 26, 28, 29; Varronian 瓦罗式讽刺 24

Saussure, Ferdinand de 费尔迪南·德·索绪尔 viii, 210, 257

Savage, Richard 理查德·塞维其 146

Scaliger, Joseph 约瑟夫·斯卡利杰 16, 38

Scaliger, Julius Caesar 尤利乌斯·凯撒·斯卡利杰 16, 127

Schelling, F. W. J. von 弗里德里希·威廉姆·约瑟夫·冯·谢林 ix, 95, 97, 99, 100, 135, 234, 237, 240, 241, 242

Schelling, F. W. J. von 弗里德里希·威廉姆·约瑟夫·冯·谢林(承上) *Philosophie der Kunst*《艺术哲学》237; *System of Transcendental Idealism*《先验唯心主义体系》240

Schema 图式 95; *See also* Symbol 亦可参见"象征"

Scherwood, John C. 约翰·C. 谢尔伍德 274n6

Schiller, J. C. F. von 约翰·克里斯托弗·弗里德里希·冯·席勒 ix, 47, 109, 123, 133, 135, 242, 263; *Aesthetic Letters*《美育书简》123, 263; "On the Sublime"《论崇高》133

Schlegel, August 奥古斯特·施莱格尔 ix, 100, 167, 230, 234, 242

Schlegel, Friedrich 弗里德里希·施莱格尔 ix

Schleiermacher, Friedrich 弗里德里希·施莱尔马赫 ix

Scholes, Robert 罗伯特·斯科尔斯 268, 308n9

Schopenhauer, Arthur 亚瑟·叔本华 237

Schubert, Franz 弗朗茨·舒伯特 120

Science 科学 20, 72, 74, 192, 199, 222, 224

Scott, Walter 沃尔特·司各特 65, 166; *Lady of the Lake*《湖上夫人》65

索引 339

Selincourt, Ernest de 欧内斯特·德·塞林科特 232
Semiology, 符号学 217
Semiotics, 符号学 viii, 196, 209—215, 263, 302n55
Seneca 塞内加 *Troades*《木马》32
Sentiments, 情感 107; *See also* Passion 亦可参见"激情"
Sermo pedestris 文字 35—37; See also *Prose mesurée* 亦可参见"有节奏的散文"
Seward, Anna 安娜·西沃德 179
Shadwell, Thomas 托马斯·沙德韦尔 2
Shaftesbury, Anthony Ashley, Earl of 安东尼·阿什利,沙夫茨伯里伯爵 135, 145, 191
Shakespeare, William 威廉·莎士比亚 6, 7, 16, 27—29, 31, 32, 39, 41—43, 49, 50, 53, 54, 58, 59, 63—65, 70, 106, 128, 129, 132, 133, 140, 156, 162, 163, 170, 178, 179, 182, 186—188, 200, 204, 205, 226, 227, 233, 238, 242, 259
Shaw, G. B. 乔治·伯纳德·肖 141, 192; *Pygmalion*《卖花女》141
Shelley, Percy Bysshe 珀西·比希·雪莱 ix, 6, 20, 47, 75, 109, 127, 128, 135, 212, 220, 222, 224, 225, 242, 257, 263; *Defence of Poetry*《为诗辩护》109, 128, 212, 221; *Peter Bell the Third*《彼得·贝尔第三》225
Shenstone, William 威廉·申斯通 159, 184
Sheridan, Richard B. 理查德·B.谢里丹 71, 72, 141, 143, 152—153, 181
Sheridan, Thomas, 托马斯·谢里丹 196, 197, 203
Sidney, Philip 菲利普·西德尼 33, 38, 49, 60, 70, 86, 110, 127, 130, 131, 206, 228
Sign 符号 203, 211, 217, 219; arbitrary nature of 符号的随意性 211; linguistic 语言学符号 211; poetic 诗学符号 242
Significations of words 词语意义 207
Signs 符号 214; and significations 符号与意义 196
Sitter, John 约翰·锡特 305n14
Smedley, Joseph 约瑟夫·斯梅德利 54
Smith, Adam 亚当·斯密 5, 70, 74, 112, 190, 195, 196, 208, 218, 257; *Lectures on Rhetoric and Belles Lettres*《修辞学与文学讲稿》112
Smith, John 约翰·斯密 242
Smollett, Tobias 托比亚斯·斯摩莱特 82, 167, 168
Socrates 苏格拉底 25, 176
Solon 梭伦 85

Sophocles 索福克勒斯 270
Sotheby, William 威廉·索思比 223, 244
Southerne, Thomas 托马斯·萨瑟恩 50
Spence, Joseph 约瑟夫·斯彭斯 16, 51, 281n9; *Polymetis*《波里墨提斯》81
Spenser, Edmund 埃德蒙·斯宾塞 6, 15, 53, 86, 91, 92, 106, 129, 159, 163, 231; *Faerie Queene*《仙后》129; *Mother Hubbard's Tale*《哈伯德嬷嬷的故事》24
Spingarn, Joel 乔尔·斯宾加恩 129, 278n18
Spinoza, Benedict de (Baruch) 本尼迪克特·(巴鲁赫)·德·斯宾诺莎 225
Stael, Madame Anne-Louise de 安妮-路易丝·德·斯塔尔夫人 52
Stage illusion 舞台错觉 206
Stapylton, Robert 罗伯特·斯塔皮尔顿 34
Starobinski, Jean 让·斯塔罗宾斯基 5
Steele, Richard 理查德·斯蒂尔 56, 67, 97, 132, 165; *Christian Hero*《基督教徒英雄》97; *Guardian*《卫报》67
Steevens, George 乔治·斯蒂文森 178
Stein, Gertrude 格德鲁特·斯坦因 232
Stella, Frank 弗兰克·斯特拉 65
Stephen, Leslie 莱斯利·斯蒂芬 59, 279n30
Stevens, Wallace 华莱士·史蒂文斯 109
Stock, R. D. R. D. 斯托克 296n11
Stone, Laurence 劳伦斯·斯通 295n16
Stone, P. W. K. P. W. K. 斯通 306n24
Strabo 斯特拉波 131
Struever, Nancy S. 南茜·S. 施特吕弗 302n55
Stukeley, William 威廉·斯蒂克利 88, 89; *Stonehenge, a Temple Restor'd to the British Druids*《巨石阵,为英国德鲁伊人复建的一座神殿》89
Structuralism 结构主义 32, 223, 253, 264; post-structuralism 后结构主义 253
Swedenburg, H. T., Jr. 小 H. T. 斯威登堡 274n6
Swift, Jonathan 乔纳森·斯威夫特 3, 17, 53, 56, 73, 82, 84, 130, 138, 178, 179, 188, 210, 211, 266, 267; *Battle of the Books*《书之战》17; *Gulliver's Travels*《格列佛游记》73; *A Tale of a Tub*《木桶的故事》82, 266
Swinburne, A. C. A. C. 史文朋 177
Symbol 象征 93, 94, 95, 96, 135, 236

Symbolic words 象征词 206
Sympathy 同情 139, 204, 208
System of criticism 批评体系 175, 199

T

Taine, Hippolyte-Adolphe 伊波利特·阿道尔夫·泰纳 ix, 17
Tasso, Torquato 托尔夸托·塔索 129
Taste 品味 57, 103—125, 133, 134, 197, 198; standard of 品味的标准 191;
　See also Evaluation; Judgment 亦可参见"评估、判断"
Tate, Allen 艾伦·塔特 232
Taylor, Jeremy 杰里米·泰勒 228
Taylor, John 约翰·泰勒 61
Temple, William 威廉·坦普尔 Essay upon the Ancient and Modern Learning,
　《论古典和现代学识》89; Of Poetry《论诗歌》89
Tennyson, Alfred, Lord 阿尔弗雷德·丁尼生勋爵 81, 110, 231, 245, 264;
　The Palace of Art《艺术之宫》110
"Tenour" 要旨 303n61; See also Vehicle 亦可参见"媒介"
Textualism 文本主义 264
Theocritus 忒奥克里托斯 60, 61
Theory and practice 理论和实践 22
Things signified 所指事物 211—212, 216
Thompson, Benjamin, Count Rumford 本杰明·汤普森,伦福德伯爵 74
Thomson, George 乔治·汤姆逊 51
Thomson, James 詹姆斯·汤姆逊 54, 66, 89, 96, 155, 159, 163, 229;
　Agamemnon《阿伽门农》81 84; The Seasons《四季》62, 96, 155, 163
Thoreau, Henry David 亨利·大卫·梭罗 92
Thorslev, Peter 彼得·托斯莱夫 192
Tickell, Thomas 托马斯·蒂克尔 80
Todorov, Tzvetan 茨维坦·托多洛夫 5, 11, 267, 268, 274n9, 298n3, 308n9;
　Introduction to Poetics《诗学导论》11; Theories of the Symbol《象征理论》5
Tolstoy, Leo 列夫·托尔斯泰 52, 62, 118, 138, 305n16; War and Peace《战争与和平》175, What is Art?《艺术是什么?》138
Tooke, Horne 霍恩·图克 211, 300n24

Tragicomedy 悲喜剧 34
Trapp, Joseph 约瑟夫·特拉普 206
Trilling, Lionel 莱昂内尔·特里林 127
Trissino, Giovanni Giorgio 乔瓦尼·乔治·特里西诺 *L'Italia liberata*《意大利的解放》84
Trope 修辞 203, 235; *See also* Figuration; Language 亦可参见"比喻表达法,语言"
Trowbridge, Hoyt C. 霍伊特·C. 特罗布里奇 219, 274n6, 304n71
Tucker, Abraham 亚伯拉罕·塔克 *Light of Nature Pursued*《自然之光》84
Turner, Sharon 莎伦·特纳 51, 278n10
Twain, Mark 马克·吐温(Samuel Clemens 塞缪尔·克莱门斯) 88
Twickenham 特威克南 83
Tynjanov, Jurij 尤里吉·特尼亚诺夫 294n9

U

Understanding 理解 and interpretation of poetry 理解和诗歌阐释 239—241
Universal grammar 普遍语法 viii
Upton, John 约翰·厄普顿 50, 277n7
Ussher, James, Bishop 詹姆斯·厄舍尔大主教 264

V

Valery, Paul 保罗·瓦莱里 232, 261
Values 价值 72—73; artificial 人工的 72, 73; natural 自然的 72, 73
Van Doren, Mark 马克·范多伦 20, 27, 274n6, 275nn7,15, 276nn21,23,37
Variety, in literature 文学的多样性 15—43, 153
"Vehicle" 媒介 203, 214, 215, 303n61; *See also* "Tenour" 亦可参见"主旨"
Velleius Paterculus 维莱里乌斯·帕特尔库路斯 69, 90
Vendler, Helen 海伦·文德勒 247, 307n30
Vico, Giambattista 詹巴蒂斯塔·维柯 99, 128, 131, 262
Victoria I 维多利亚一世 195
Vida, Marco Girolamo 马可·吉罗拉莫·维达 16, 38
Viereck, Peter 彼得·菲尔埃克 x, 64

Virgil 维吉尔 29, 37, 41, 42, 60, 61, 81, 83, 91; *Aeneid* 埃涅阿斯纪 27, 78
Vives, Ludovico 卢多维科·比韦斯 262
Voltaire 伏尔泰 15, 21, 47, 49, 130, 167
Vonnegut, Kurt 库尔特·冯内古特 *Slaughterhouse Five*《五号屠场》29

W

Wallace, Karl Richards 卡尔·理查兹·华莱斯 299n9, 300n23, 304n72
Wallas, Graham 格雷厄姆·沃拉斯 192
Waller, Edmund 埃德蒙·瓦勒 79, 91
Walmesley, Gilbert 吉尔伯特·沃姆斯利 176
Walsh, William 威廉·沃尔什 50
Warburton, William, Bishop 威廉·沃伯顿主教 77, 85, 94; *Divine Legation of Moses Demonstrated*《示范的摩西神圣使节》84
Ward, John 约翰·沃德 196, 213; *Oratory*《雄辩术》213
Warren, Austin 奥斯汀·沃伦 23, 258
Warton, Joseph 约瑟夫·沃顿 6, 49, 63, 72, 137, 163, 232, 243
Warton, Thomas 托马斯·沃顿 34, 66, 75, 88, 89, 91, 96, 163; *History of English Poetry*《英国诗史》75; *Pleasures of Melancholy*《忧郁的快乐》89
Wasserman, Earl R. R. 沃瑟曼伯爵 280n45, 295n18, 297n17, 301n37
Watson, George 乔治·沃森 x, 274n1, 275n12, 276n25, 277n4
Watson, Robert N. 罗伯特·N. 沃森 291n21
Watts Isaac 艾萨克·瓦茨 *The Improvement of the Mind*《思想的进步》223
Waugh, Evelyn 伊夫林·沃 29
Webb, Daniel 丹尼尔·韦伯 *Observations on the Correspondence between Poetry and Music*《诗与音乐的对应关系研究》237
Webb, William 威廉·韦伯 132
Wedgwood, C. V. C. V. 韦奇伍德 307n4; *William the Silent*《缄默的威廉》260
Weinbrot, Howard 霍华德·温布罗特 x, 278n14, 279n31, 282n24, 295n19
Wellek, Rene 雷纳·韦勒克 x, 5, 23, 104, 258, 282nn19,24, 283nn35,38, 284n53, 285n3
Welsted, Leonard 雷奥纳德·韦尔斯特德 69, 131; "A Dissertation concerning the Perfection of the English Language and the State of Poetry"《论英语语言的完善与诗歌的状态》69, 131

White, James Boyd 詹姆斯·伯伊德·怀特 296—297n17

Whitehead, Alfred North 阿尔弗雷德·诺斯·怀特海德 86

Whitehead, William 威廉·怀特海德 84

Whitman, Walt 沃特·惠特曼 166

Wilde, Oscar 奥斯卡·王尔德 17, 21, 30, 103, 115, 116, 140, 141, 150, 170, 206, 231, 241, 257; *The Decay of Lying*《谎言的衰落》30, 39; *Dorian Gray*《道连·格雷》21, 30

Wiles, Roy Mckeen 罗伊·麦基恩·威尔斯 295n24

Williams, Raymond 雷蒙德·威廉斯 127, 290n24

Williamson, George 乔治·威廉姆森 277n3, 279n27

Wilson, Edmund 埃德蒙·威尔逊 21, 246; "Is Verse a Dying Technique?" "诗歌是垂死的技艺吗?" 246

Wilson, John 约翰·威尔逊 49

Wilson, Thomas 托马斯·威尔逊 64

Wimsatt, William K., Jr. 小威廉·K. 威姆萨特 5, 308n7

Wit 巧智 21, 23, 36, 37, 57, 141, 235, 243; "written" "被书写的" 23, 35; "writing" "书写的" 23, 35

Wolsey, Robert 罗伯特·沃尔西 129

Woolf, Leonard 雷奥纳德·伍尔夫 39

Woolf, Virginia 弗吉尼亚·伍尔夫 39, 166, 246; *Mrs. Dalloway*《达洛维夫人》247

Words 词 203, 211, 214, 215, 216; significations of 词的意义 207; deception of 词的欺骗 210; distrust of 词的不可信 215; combinations of as poetry 词作为诗歌的组合 222, 235, 248; and language 词和语言 263. *See also* Language 亦可参见"语言"

Wordsworth, John 约翰·华兹华斯 230

Wordsworth, William 威廉·华兹华斯 6. 8. 21, 57, 61, 67, 68, 71, 78, 79, 80, 81, 83, 87—88, 97, 107, 109, 121, 122, 129, 134, 148, 153, 157, 160, 163, 187, 203, 205, 207, 208, 212, 221, 222, 224—226, 229, 230, 237, 242, 244, 246, 257; *Essay Supplementary*《散文补记》121; *Lyrical Ballads*《抒情歌谣集》21, 61, 97; *Michael*《迈克尔》71, 153; *Ode to Lycoris*《石蒜颂》79; 1815 *Preface*《序言》257; *The Thorn*《荆棘》207

Wotton, William 威廉·沃顿 *Reflections upon Ancient and Modern Learning*《古今学术的反思》73

World War I 第一次世界大战 126, 127
Wright, John P. 约翰·P. 赖特 289n41
Wycherley, William 威廉·威彻利 50, 141

Y

Yeats, William Butler 威廉·巴特勒·叶芝 82, 131, 231, 232, 246, 248
Young, Edward 爱德华·扬格 6, 84, 85, 130, 156, 162, 229; *Conjectures on Original Composition*《关于原创作品的猜想》85, 156

图书在版编目(CIP)数据

批判性思维的形成:从德莱顿到柯勒律治/(美)詹姆斯·安格尔著;夏晓敏译.
--上海:华东师范大学出版社,2019

ISBN 978-7-5675-8319-1

Ⅰ.①批… Ⅱ.①詹… ②夏… Ⅲ.①英国文学—近代文学—文学批评史 Ⅳ.①I561.094

中国版本图书馆 CIP 数据核字(2018)第 210525 号

华东师范大学出版社六点分社
企划人　倪为国

Janus 译丛
批判性思维的形成:从德莱顿到柯勒律治

著　　者　(美)詹姆斯·安格尔(James Engell)
译　　者　夏晓敏
责任编辑　徐海晴
封面设计　蒋　浩
出版发行　华东师范大学出版社
社　　址　上海市中山北路3663号　邮编　200062
网　　址　www.ecnupress.com.cn
电　　话　021-60821666　行政传真　021-62572105
客服电话　021-62865537
门市(邮购)电话　021-62869887
地　　址　上海市中山北路3663号华东师范大学校内先锋路口
网　　店　http://hdsdcbs.tmall.com
印　刷　者　上海盛隆印务有限公司
开　　本　890×1240　1/32
印　　张　11.25
字　　数　250千字
版　　次　2019年1月第1版
印　　次　2019年1月第1次
书　　号　ISBN 978-7-5675-8319-1/I·1964
定　　价　88.00元

出版人　王　焰

(如发现本版图书有印订质量问题,请寄回本社客服中心调换或电话021-62865537联系)

FORMING THE CRITICAL MIND: Dydren to Coleridge
by James Engell
Copyright © 1989 by the President and Fellows of Harvard College
Published by arrangement with Harvard University Press through Bardon-Chinese Media Agency

Simplified Chinese translation copyright© 2019 by East China Normal University Press Ltd.
ALL RIGHTS RESERVED.
上海市版权局著作权合同登记　图字:09-2016-058 号